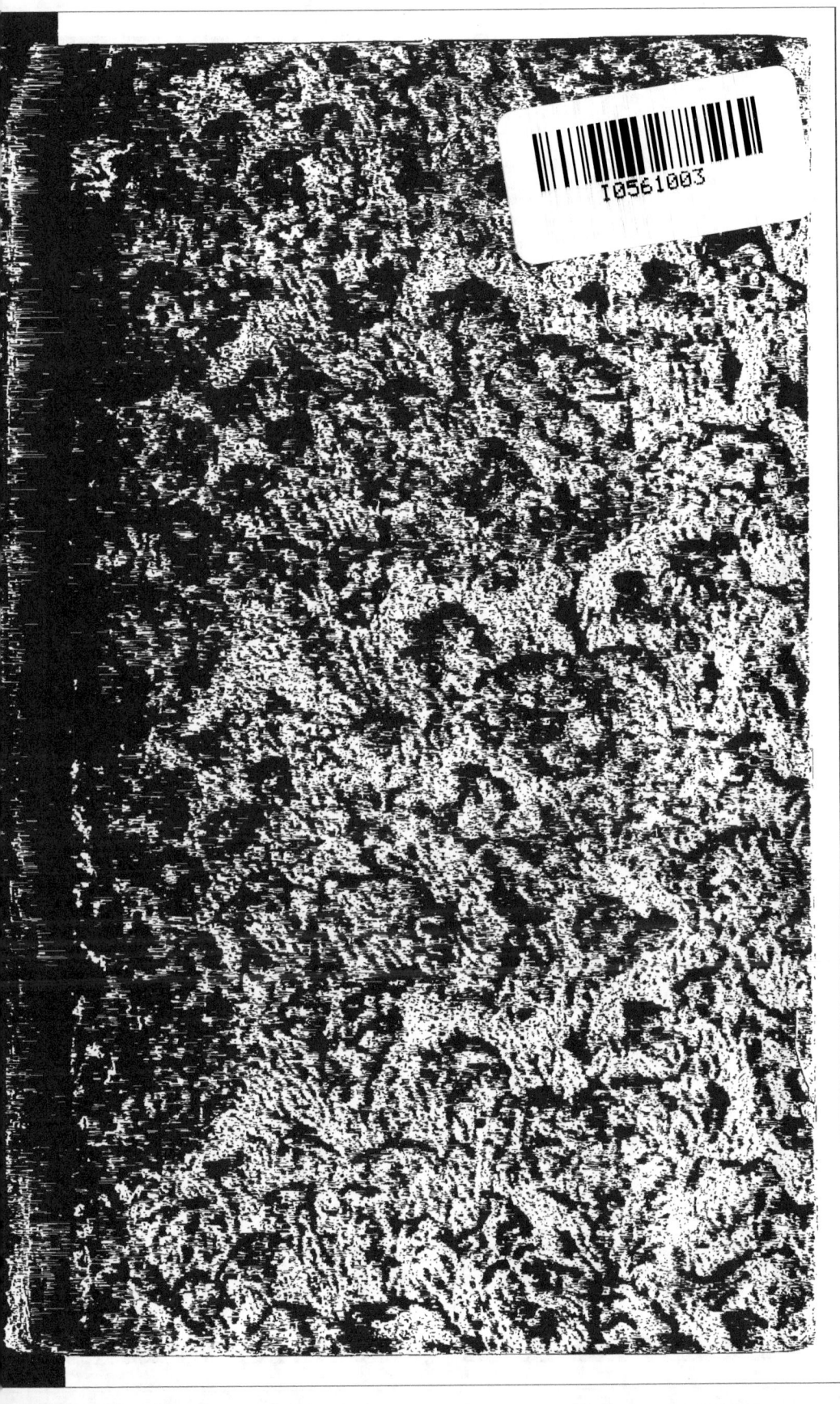

R. N⁰ 2. S⁰ R P. l. C. g.

LETTRES ORIGINALES

D E

MIRABEAU.

On trouve chez les mêmes Libraires la Collection complette des travaux de Mirabeau à l'Assemblée Nationale , précédée de tous les Discours et Ouvrages du même auteur , prononcés ou publiés en Provence pendant le cours des Elections ; par Etienne Mejan. 5 vol. in-8°. d'environ 500 pages , avec le *Portrait* de l'Auteur. Prix , 18 liv. et 20 liv· franc de port.

———————

FAUTES ESSENTIELLES
dans le Discours préliminaire.

Page 19. Si Gabriël pensoit comme Sophie : *lisez* sentoit.
Page 23. la jeune Sunanimite : *lisez* Sunamite.
Page 34. mettez une virgule à la place du point qui se trouve après le mot *Clytemnestre.*

LETTRES ORIGINALES

DE

MIRABEAU,

ÉCRITES DU DONJON DE VINCENNES,
pendant les années 1777, 78, 79 et 80;

Contenant tous les détails sur sa vie privée, ses malheurs, et ses
amours avec Sophie Ruffei, marquise de Monnier :

RECUEILLIES

Par P. Manuel, Citoyen français.

Quelque jour, je causerai avec vous sur l'histoire de ma vie entière.
Vous ne comprendrez pas et ne pourrez croire ce dont vous serez pourtant
convaincu.   (*Lettre de Mirab. à M. Béranger.*)

TOME · TROISIÈME.

A PARIS,

Chez J. B. Garnery , Libraire, rue Serpente, n°. 17.

A STRASBOURG, chez Treuttel , Libraire.
A LONDRES, chez de Boffe, Gerard-Street, n°. 7 Soho.

1792, an 3e. DE LA LIBERTÉ.

LETTRES ORIGINALES

DE

MIRABEAU,

ÉCRITES

DU DONJON DE VINCENNES.

A SOPHIE.

MA Sophie ! mon ignorante Sophie !
moques-toi encore de mon algèbre et de
ta géométrie. Avec tes phrases douces et
tendres, tu crois tourner toutes les têtes
comme la mienne... Eh ! non, non : ces
messieurs de là-haut, (ou plutôt de là-bas ;
car hélas ! je suis logé bien plus haut
qu'eux), sont accoutumés aux cajoleries
des belles dames : tes *ange*, tes *bonange*
ou rien, vois-tu, c'est la même chose.

Tome III.   A

Mais moi, le savant moi, oui *moi*, madame,
j'écris : *de 1778 à 1779 incontestablement
un an ; donc je n'ai pas reçu de lettres
depuis un an...* Aussi-tôt toute la hiérarchie
céleste, qui sait sur le bout du doigt la géométrie trascendante, appointe ma requête :
et le lendemain je reçois une feuille de
papier qui ressemble beaucoup aux griphes
égyptiennes ou à la cédule du sabat ; mais
mon cœur devine tout ce griffonnage, et il
fait du bien à mon cœur, et je suis heureux,
content, et je baise mon trésor, et je remercie le messager céleste... Mais imagine-
toi bien, ma pauvre Sophie, que de tous
les anges et archanges du ciel, il n'y a que
Gabriel de galant, et que tes gentillesses
sont perdues pour tout autre. — Amour si
bonne, tu te portes donc bien ; car tu le
dis, et ce seroit un crime de tromper ton
ami. Tes maux n'ont donc pas été si forts
que je me les figurois. Hélas ! sur ta propre
description, ils l'ont été beaucoup trop ;
mais je t'avoue que malgré mes complimens
sur ta *frigidité*, je crois qu'il pourroit bien
y avoir un reste de jeunesse dans tes *bobo* ;
ce qui ne seroit pas précisément inconcevable à 24 ou 25 ans dont tu es chargée
manco male, madame ; je ne saurois avoir

une très-grande pitié de tes souffrances.
Prends patience, Sophie ; je la prends bien ;
et j'y ai assurément plus de mérite que
toi. Point, absolument point de pavot. Du
camphre et des bains, s'il te falloit sérieusement des calmans. — Ce n'est pas du
tout un avantage que les dents se déve-
loppent lentement. Les 8 incisives, 4 au-
devant de chaque machoire, se forment
ordinairement les premières ; et elles sont
communément sorties à la fin de la première
année. Je suis venu au monde avec deux mo-
laires, ce qui est assez singulier, mais cependant pas très-rare. Gabriel-Sophie se porte
bien, et, comme tu dis, voilà l'essentiel.
Ne sais-tu pas quel est le médecin ou le chirurgien qui la verra en cas d'accident ? et
peux-tu lui parler ? Il est trop vrai que les
trois premières années de l'enfance sont
très-orageuses. J'espère que ma fille n'est
pas avec d'autres enfans : tu peux me dire
cela. Les maladies contagieuses auxquelles
on est trop sujet à cet âge, ne s'évitent
qu'en les élevant séparément. Est-ce qu'elle
ne bégaye pas encore, cette demoiselle ?
Il me semble qu'elle pourroit bien se
donner la peine de t'appeler, peut-être.
Madame la savante, je trouve dans le

onzième volume des œuvres de M. de
Buffon , qu'on a imprimé en 1778 et que
l'on m'a apporté avant-hier : je trouve ,
dis-je, p. 82, (ou si tu n'as pas cette édition) supplément , addition à l'article de
l'enfance , les mêmes raisons , quoique
moins développées que dans mes lettres
que je t'ai apportées contre l'usage des
corps de baleine. Ayez la bonté de le lire.
Je te recommande le volume 10 tout aussi
nouveau, qui contient un admirable essai
sur l'arithmétique morale ; tu y trouveras
quelques raisonnemens que je t'ai faits il
y a long-temps sur la passion du jeu ,
p. 101, 2, 3 et 4, paragraphe XIII. Je
t'avoue que je suis bien flatté d'avoir deviné une des pensées de ce grand homme.
Lis avec une très-grande attention dans le
vol. XI (supplémens) le mémoire sur le
strabisme ou la cause des yeux louches.
Il y a beaucoup d'observations qui pourroient te servir pour ta fille , si la mauvaise
position de son berceau ou la nature lui
avoient donné de l'inégalité dans les yeux.
— Mes syncopes n'ont rien eu de commun
avec celles de la Balme. C'étoit précisément
une suffocation et suffocation en beaucoup
de sens. Mon estomac va mieux ; j'ai été

et je suis tourmenté de néfréties; mais à
cela point de remède que le cheval et
beaucoup d'exercice; et le moyen ! mais
ce qui me fait vraiment de la peine, c'est
le triste état de mes yeux. J'ai un obscur-
cissement presque absolu le soir, et je ne
vois, pendant le jour, qu'assez mal, et
baigné de larmes âcres et luisantes. Enfin,
je me prépare à dire comme Milton ! *Tout
revient, mais le jour ne revient pas pour
moi...*

> Dans un affreux néant, tout me semble abîmé,
> Et pour moi la nature est un livre fermé.

Hélas ! ma Sophie, tu y seras encore,
et je t'y retrouverai; et tu me serreras dans
tes bras, et tu m'aimeras toujours; mais
les roses de ton teint et le feu de tes regards, leur expression tendre et touchante,
ne charmera plus mes yeux, n'adoucira
plus mes malheurs. Je sentirai ton ame,
mais je ne la verrai pas. O tyran impitoyable, c'est-là ton ouvrage ! mais si
jamais je recouvre ma liberté, c'est au
pied du trône que je porterai ta cause et
la mienne : je m'y ferai conduire; et là, je
dirai au jeune souverain qu'on rend, à
son insu, complice d'une injustice si barbare... « Sire, vous voyez devant vous une

des infortunées victimes des surprises faites à votre équité. Vous voyez un jeune
homme accablé de maux et privé de la
vue par de longues et d'intolérables douleurs qu'il n'a point méritées. Mes pères
vous ont bien servi plus de cinq siècles,
et j'avois hérité de leur ardeur. J'aurois
donné avec joie mon sang pour vous qui
êtes le père de ma patrie. Vous êtes le
mien, sire, et vous l'êtes avant le barbare
qui a emprisonné la vie que j'ai reçue de
lui ; car c'est sous la protection de votre
autorité que les nœuds qui m'ont donné
l'être ont été formés. Eh bien ! sire, on
m'a ôté à vous, à mon pays, à ma famille ;
on a étouffé mes plaintes ; on a osé soustraire les lettres que j'adressois à V. M.
pour réclamer votre justice et votre bonté.
Sire, je ne puis plus en saisir l'expression
sur votre front auguste, mais je sais que
chaque instant de votre règne a décélé votre
ame paternelle. Apprenez donc de moi ce
que vous ne saurez jamais de nul autre.
— Tenez, voilà le fruit de mes veilles et de
mes larmes : du sein d'une odieuse prison,
j'ai payé ma dette à vous et à ma patrie,
autant qu'il est en moi, vu la foiblesse de
mes talens et le dénument absolu de secours.

Voyez quelles iniquités s'exercent en votre nom, et malgré les plus vertueux de vos préposés : foudroyez ces tyrans subalternes qui vous font perdre la plus belle de vos prérogatives, celle de vous réserver les trésors de clémence dont vous êtes l'unique dispensateur, et de laisser la sévérité sur le compte des loix. Lisez, Sire, et cherchez la vérité qu'on vous dérobera, si vous ne la cherchez pas vous-même. Je n'ai pas trop payé de la perte de la vue, de la santé et de la moitié de ma vie peut-être, ce moment où je puis vous la dire et vous la montrer, si les suites en sont aussi heureuses pour mes concitoyens, que je dois l'espérer de votre bienfaisance et de votre équité»...

Au reste, ma Sophie, j'ai pris à peu près mon parti, et si bien que je m'occupe actuellement plus d'une heure par jour à apprendre à écrire les yeux fermés, afin de pouvoir t'écrire encore de ma main, lorsque je serai aveugle; et j'y parviendrai. Je plie une feuille de papier en autant de petits réglets que je veux faire de lignes, et je suis chacun de ces réglets, posant mon doigt sur la fin de chaque mot, pour faire une séparation convenable. Cela est lent, et il faut de la patience; mais il

m'en faudra bien davantage encore, si j'en
viens à la cécité. Ce que je crains le plus,
c'est l'excès de la méditation , dont je
n'éprouve déja que trop les inconvéniens
avec la facilité de me distraire par la lecture. Chaque idée , et tu en es toujours
l'occasion ou l'objet, chaque idée m'arrête.
Je la suis , je la pousse aussi loin qu'elle peut
s'étendre. Je médite, mes mains portant ma
tête, les yeux fixés sur ma table et ne voyant
rien. J'ai été long-temps que les heures
s'écouloient dans cette position stupide.
Quelque bruit soudain me réveilloit: j'allois à ma lucarne. J'y restois collé. Tout
ce qui se passoit me rappeloit quelque chose
de relatif à toi ; mais le plus souvent des
souvenirs douloureux. Tu ne saurois croire
combien cette manière d'être épuise et est
pénible ; je ne m'en suis sauvé qu'en m'a-
bîmant de travail, et j'y ai perdu les yeux.
On me dit , *travaillez moins*...Eh quoi !
vaut-il mieux devenir fou qu'aveugle ? Je
me souviens qu'un jour machinalement ,
et sans savoir ce que je faisois, je me mis
à chanter le beau monologue de Tom-
Jones : *O toi qui ne peux m'entendre ,
toi dont le crime est d'être tendre (* tu sais
que depuis long-temps , depuis que j'adore

Sophie, cet opéra-là est mon favori. Lorsque madame de Changey me tourmentoit pour chanter, elle disoit: *sur-tout quelque chose de Tom-Jones.*) Jamais, jamais je n'ai mieux senti combien cette musique est belle et vraie, énergique et assortie à la passion; puisque c'est au milieu de la plus profonde méditation que je me suis mis à la chanter, pour exprimer ce que je sentois. Sans doute la nature choisissoit les accens les plus analogues à ce qu'elle éprouvoit. Tu t'es apperçue cent fois que mes yeux se mouilloient quand je chantois quelque chose de tendre: pour cette fois je me suis mis à sangloter, et sans doute mon expression n'en a été que plus parfaite. Enfin je me suis apperçu que quatre ou cinq personnes s'étoient arrêtées et m'écoutoient. Je cessai bien vîte de peur de contrevenir à la RÈGLE qu'on nous jette sans cesse en guise de bâillon. Mais je fus bien étonné de me surprendre chantant ici: je te le répète, ce chant-là étoit le cri de l'ame; mais juge donc quel chemin faisoit mon imagination. Si je ne deviens pas fou, mon aimable amie, il faut que ma tête soit beaucoup meilleure que je ne croyois. — Le ton de la lettre, quoique si doux et si ten-

dre, est triste, ô ma fanfan. Il faudra bien
que je te déguise la vérité, si elle t'affecte
trop, ô mon adorable amie ; je ne te flat-
terai jamais légèrement, ni toi ni moi, sur
mon sort, parce que ces vains déguisemens
sont mal-entendus et plutôt cruels que salutaires. Mais il me paroît certain que, pourvu
que mon corps puisse y suffire, ceci finira
bien. Si tu as imaginé qu'une issue favorable fût jamais ouverte par une femme
dont l'ame est aussi vile et les principes
aussi méprisables que la conduite, tu t'es
étrangement trompée. Elle n'a seulement
pas rempli envers moi les plus simples devoirs de civilité ; d'où il suit qu'elle ne craint
pas de tomber sous mon inspection ; car
comme on ne devine jamais que ce dont
on est capable, elle s'attendroit à des vengeances, et seroit aussi rampante alors
qu'elle est insolente aujourd'hui. Tu t'es
donc abusée de ce côté, et j'en suis fâché,
parce que le vrai moyen d'alonger le temps,
c'est de se figurer qu'il sera court ; et ce
penchant à la crédulité t'a causé et te prépare des tourmens. Ce Brugnière t'avoit
déja fixé ma détention à six mois, comme
s'il eût pu le savoir, et tu trouvois le terme
bien long. Peu de jours après, il te parla

d'un an , et tu te lamentas. Voici près de
vingt mois que je suis ici, et je m'abon-
nerois bien à en sortir pour les étrennes de
1780. Mais enfin, il est d'autres voies de salut
que celles que tu pressentois. Je les envisage
avec confiance, quoique dans le lointain.
Prends donc courage ; tu me retrouveras,
Sophie, non tel que je fus ; mais quelque
chose que j'aie perdue et que je perde, il est
peu de Gabriel pour loueur, et c'est là ce qui
touche. Le reste séduit, et la séduction n'est
pas plus durable que l'illusion. Or l'habitude détruit l'illusion ; je puis donc me flatter que peu d'hommes sont plus dignes
d'inspirer de la constance à leur amante;
mais aucune femme n'est capable, comme
Sophie , de ce sentiment qui demande du
courage et de la raison, autant que de tendresse , lorsque par des circonstances funestes , tout conspire contre notre amour.
Les ames vulgaires prennent les difficultés
pour des impossibilités, et se croient déga-
gées de leurs devoirs, parce que la persé-
cution et les contrariétés les rendent pénibles. Mais l'adversité est la saison brillante
de Sophie, et de combien peu de femmes
et d'hommes aussi peut-on en dire autant?
Je crois que tout ton sexe seroit bien éton-

né, s'il entendoit cette phrase charmante
sortie de ta plume ou plutôt de ton cœur :
le bonheur d'aimer et d'être aimé, dédom-
mage de tout, même de la privation de la
liberté et des plaisirs de l'amour. (Je n'ai
que faire de garder tes lettres pour me souvenir de ces mots-là ; et si quelques femmes
dans un accès d'enthousiasme spéculatif,
trouvoient cette maxime de leur goût, quelques semaines de pratique les en auroient
bientôt dégoûtées. Heureusement nous
avons trouvé des hommes que ces sentimens-
là touchent ; mais je connois bien quelqu'un ou quelqu'une qui pousseroit de
beaux hurlemens au moindre soupçon....
Comment un homme en place, complice
d'une telle correspondance ! Et les mœurs !
et la religion...—Mais, madame, votre malheureuse enfant seroit morte de douleur
ou de désespoir...... Qu'importe ? j'aime
mieux la voir morte que coupable...—Mais,
madame, elle seroit damnée tout de même...
— vaut mieux l'être par le désespoir que par
l'amour. J'écrirai au ministre, au roi, au
pape, à Dieu, s'il le faut : j'aurai justice. La religion, les mœurs, l'ordre, la société, l'état,
l'Europe, la terre, le ciel, l'univers y sont
intéressés.... Ecris, écris, ô bienheureuse

héritière de la figure de la fée Concombre,
et dont l'ame est empruntée des trois fu-
ries (c'est d'une dévote que je parle)
écris et laisse-nous en repos.—Non, madame,
non, puisqu'il faut une fois s'expliquer clairement, je ne vous ai point crue à Pont**,
et si je vous y avois crue, je n'aurois écrit
ni à vous, ni à d'autres. Le plus vil de
tous les esclavages seroit, selon moi, d'aimer celle à qui l'on ne pourroit refuser
du mépris, et comme il est des passions
dont on ne peut guérir, si elles tournent
ainsi, elles coûtent la vie, mais ne font
pas faire une lâcheté. J'avois plusieurs raisons de te croire des correspondances à
Pont**, et cela me choquoit. Cependant je
voulois m'en éclairer et me servir du moins
de cet incident imprévu pour te faire entendre qu'un certain *fidei-commis* étoit très-
imprudemment placé. Quant au mécontisten-
tement que je te marquai dans une certaine
lettre, qui me paroît t'avoir affectée ; c'est
que la tienne m'avoit navré le cœur. 1°. Je
voyois que tu n'avois point reçu mes réponses, et je me disois: *O ma Sophie !*
j'ai là quatre lettres de toi, et dix lignes
de moi te sont à peine parvenues! Cela
m'étonnoit, et m'affligeoit d'autant plus,

qu'excepté la lettre que je t'écrivis avant tes couches , les autres ne contenoient que des tendresses , encore bien contraintes , et pas un mot d'affaires ; j'éludois répondre à ce qui , dans tes lettres, pouvoit m'y conduire : je m'étois efforcé d'être tiède , tandis que je bouillois , et je voyois arrêter ces billets glacés , et tu n'avois pas la consolation dont tu me faisois jouir. Cette idée empoisonna tout mon plaisir ; je t'écrivis une lettre froide et sombre : on l'attendoit : on étoit là : à peine eus-je une demi-heure. 2°. On m'avoit rendu un mot très-austère de M. B. , aujourd'hui notre bon ange. Ce mot, qui ne m'en imposeroit pas actuellement , parce que je sais que certaines gens , par état, quand ils entendent *pendu* , disent *roué*, ce mot me désepéra alors , parce qu'il s'accordoit bien avec la rigueur dont on usoit envers toi. Ah ! je ne sentis jamais mieux que les plaisirs que tu ne partages point ne peuvent qu'être un tourment pour moi. J'écrivis aussi-tôt quatre lignes ardentes à M. L. N. ; mais c'eût été alors un crime de lèse-majesté divine et humaine que d'écrire à M. B. dont j'ai si bien deviné le cœur depuis que je l'ai vu , et que je sentois , alors comme aujourd'hui,

être, d'après un premier ordre, maître
unique des détails qu'un homme aussi occupé que M. L. N. ne sauroit régler. Je
crois bien aussi que le bon ange ne nous
connoissoit pas dans ce temps-là comme
aujourd'hui, parce que nous avons usé
depuis notre seule politique qui est de nous
développer dans nos lettres, lesquelles montrent et montreront toujours de plus en
plus que nous sommes d'honnêtes gens.
Tu sens bien que ce que j'écris à un homme
en place n'est pas et ne sauroit être aussi
libre, aussi naïf, aussi empreint de ma
manière de sentir que ce que je t'adresse.
3°. Une certaine bigarrure de *tu* et de *vous*
que je trouvois dans ta lettre, me déplai-
soit excessivement. Je n'en voyois ni l'à-
propos, ni la nécessité; puisqu'un *tu* équivaut à cent, et que *trente vous* me donnent trente mille coups de poignard. Cette
lettre même me paroissoit singulière, soit
mauvaise disposition de ma part, soit négligence de la tienne. J'y trouvois des phrases, du pur remplissage, des tournures
recherchées, des excuses sans avoir offensé,
certain air d'apologie bien étrange entre
nous, enfin ce je ne sais quoi qu'il est
impossible d'exprimer, et qui prouve plus

qu'on ne peut exprimer, fit couler mes
larmes et mes larmes les plus amères;
jamais tu n'écrivis mieux; mais jamais tu
n'écrivis avec plus d'apprêt. Je sens, ô
mon adorable ange, que la contrainte peut
y avoir contribué : je sens que quelques
phrases énigmatiques pouvoient être ex=
près à double entente; en un mot, tu ne
te défendrois pas mieux que je ne te défends;
mais on n'est pas maître de son premier
mouvement, et le mien fut d'inquiétude et
de douleur. Il falloit répondre sur le champ,
et interrompu à tout moment. Tout mon
chagrin passa sur mon papier; mais tu
as dû voir avec indulgence ces lettres frois=
sées par des mains profanes et glacées,
(car on ne nous aimoit pas trop alors,
n'est-ce pas, monsieur?) et comme si ce
n'étoit point encore assez de tant de gêne,
on me trouvoit trop fort, tout mutilé, tout
garotté que j'étois : on craignoit jusqu'à
mes cendres, et quand je ne serai vrai=
ment plus que cendre, me disois-je à moi=
même, on craindra peut-être encore mon
souvenir et mon nom....O Sophie! Sophie!
que j'étois triste! que j'étois découragé! Je
ne suis plus ni l'un ni l'autre; c'est du fond
de mon cœur, et comme si je te parlois

en

en tête à tête que je te dis que notre bienfaiteur est une ame rare, et que son organe est bien digne de lui. J'ai du tact,
et je vois et je sens cela. Ne te désoles
donc plus et oublie le passé. Je ne suis
pas indigne de la liberté, puisque j'ai mérité ton amour. Oh! non, je n'en suis pas
indigne. Qu'ils me calomnient les lâches !
la voix intérieure de mon ame et sur-tout
la tienne parlent plus haut qu'eux. Hélas !
l'incertitude est toujours plus féconde en
cruels pressentimens, qu'en espoirs con-
solateurs ; et souffrir à la fois au présent
par la réalité, et dans l'avenir par l'imagination..! Ah! c'est un très-grand mal.
Mais, ô ma Sophie-Gabriel! il peut être
réparé, il peut l'être avec usure. La connoissance réciproque de nos cœurs en est
un bien sûr garant. Ajoute au souvenir
des délices que nous avons goûtés et que
nous puiserions encore dans les bras l'un
de l'autre, les plaisirs inexprimables de la
nouvelle union que cette cruelle épreuve
qui doit centupler notre confiance, et la
naissance de ma fille qui a doublé notre
existence et nos liens, ont tissue, et tu
sentiras qu'il n'y a aucune comparaison
à faire des malheurs que nous éprouvons

Tome III. B

au bonheur que nous pourrions saisir encore. O Sophie ! ne fût-ce que l'éducation
de notre enfant, le plaisir de la voir croî-
tre sous nos yeux, de former, de développer, d'élever son ame ! Quelle intarissable source de jouissances exquises réser-
vées à nous seuls ! Car si personne n'aime
comme nous aimons, personne ne ressen-
tira jamais l'amour paternel comme nous,
selon ta charmante et touchante observation, que *c'est le père qu'une amante aime
dans son enfant.* Hélas ! le don de l'oubli
rapide des maux les plus cruels, ce don
précieux que la nature a fait aux animaux,
elle le refuse aux hommes qui n'aiment
rien ; mais une caresse de l'amour énivre
de ce philtre bienfaisant. Que nos ames se
communiquent une fois encore, et cette
étincelle céleste, en nous embrâsant, nous
dédommagera de tout. O toi ! qui me fais
aimer la vie que j'ai tant de sujets de haïr,
toi qui me fais résister à tant de maux,
la récompense est dans ton cœur. Con-
serve-le moi pur, tendre et fidèle. Réserve
toi pour vivre et mourir avec ton Gabriel ;
aime-le toujours ; aime-le comme il t'a-
dore, et confie au temps et à la constance le soin de notre bonheur. O charme

de ma vie ! je patienterai dans l'espoir de te revoir : mon ame qui s'élance sans cesse du fond de ces sombres voûtes pour te chercher, te rejoindra enfin, et reposera encore une fois sur tes lèvres. Ah ! Sophie ! un instant ! un seul instant... Je donnerois ma vie pour un instant... Je la donnerois pour qu'un de mes songes pût se réaliser... Mon cher tout ! ne sois donc plus si poltronne ! et sur-tout plus d'esprit, ou je me fâcherai tout rouge. Car ton esprit me suffoque aussi bien que tes *vous*. Ah ! que tu dus être bien honteuse en voyant mes audacieux *tu* arrivés à bon port ! Que tu dus regretter la cargaison de vous que tu m'avois dépêchés ! Je crois que ce *G.* te parut aussi pouvoir être alongé... Mais bête, bête, tant bête, comment as-tu pu croire qu'un *tu*, sous ta plume, dans une lettre adressée à moi, pût étonner ? Est-ce d'avoir un enfant de moi, ou de me tutoyer, que les plus sévères aristarques eussent pu te faire le reproche ! O ma Gabriel-Sophie ! ta mère n'est jamais bête, que lorsqu'elle veut faire de l'esprit ; mais elle l'est bien alors. Dis-lui cela, entends-tu ? bien respectueusement, mais dis-le lui. Ce qu'il y a d'excellent, c'est que, dans toutes

B 2

tes premières lettres, tu ne faisois de déclaration d'amour qu'à ta fille ; mais c'é-
toit *parce qu'elle me ressembloit*, tu conviendras que la gaze étoit claire. J'espère
que tu t'aviseras quelque jour d'un autre
détour ; c'est ta fille que tu feras parler :
ainsi tu pourras écrire les mots d'*amour*
et de *tendresse* en tout bien et tout honneur ; mais pour conserver le costume ,
il faudra, entends-tu bien, y joindre du
très-*profond respect*, de la *vénération* ; et
c'est tout au plus ma main que tu prendras
la liberté de baiser. Et moi, je soufflette-
rai la mère et la fille, parce que je n'entends point les affaires, et que tant d'esprit m'humilie. Je ne veux pas qu'on en
ait plus que moi dans ma famille, entendez-vous *perronnelles*.—A propos d'esprit,
assurément tu n'es pas dans ton jour, et
tu abuses de la permission que je t'ai donnée de n'avoir pas le sens commun. Quoi !
parce que je t'ai dit qu'il étoit cruel d'être
mort pour son pays, avant l'âge de trente
ans, la *fureur guerroyante* m'a repris ! car
on ne peut faire pour son pays que la guerre
apparemment. Oh la bonne logicienne !
Mais puisque ceci t'inquiète, il faut parler sérieusement. Sans doute j'ai eu une

grande passion pour mon métier. Cela est
assez simple. Elevé dans le préjugé du service, bouillant d'ambition, avide de gloire,
robuste, audacieux, ardent et cependant
très - flegmatique, comme je l'ai éprouvé
dans tous les dangers où je me suis trouvé,
ayant reçu de la nature un coup d'œil
excellent et rapide, je devois me croire
fait pour le service. Toutes mes vues s'é-
toient donc tournées de ce côté, et quoique mon esprit, affamé de toute sorte de
connoissances, se soit tourné vers tous les
genres, cinq annés de ma vie ont été consacrées presqu'entières aux études militaires:
il n'est pas un livre de guerre dans aucune langue morte ou vivante que je n'aie
lu; je puis montrer les extraits de trois
cents auteurs militaires, extraits raisonnés, comparés et commentés, et des mémoires de moi sur toutes les parties du
métier, depuis les plus grands objets de la
guerre, jusqu'au détail du génie, de l'ar-
tillerie, des vivres même. Tu sens bien
qu'on ne renonce pas volontiers à de telles
avances, et qu'elles attachent encore aux
projets qui ont fait entreprendre tant de
travaux. Mais outre que je n'ai plus qu'une
passion à qui tout dans ma vie est et sera

et doit être subordonné, il y a long-temps que mes idées sont changées sur ce sujet. 1°. Je crois que les hommes, et par conséquent les rois, ne peuvent donner que ce qu'ils possèdent, le droit de faire et de commander des actions justes, conformes à l'ordre et aux loix immuables de la nature. Un homme vertueux doit donc être le seul juge de la légitimité de la guerre qu'il s'agit de faire ou de ne pas faire. Cette philosophie qui est et sera la mienne, n'est pas compatible avec un uniforme. 2°. Les troupes réglées, les armées perpétuelles n'ont été, ne sont et ne seront bonnes qu'à établir l'autorité arbitraire, et à la maintenir ; or, je ne suis pas de ces mercenaires qui, ne connoissant que celui dont ils reçoivent la solde, ne se rappellent jamais que cette solde est payée par le peuple ; qui s'honorent de servir un homme, tandis qu'ils devroient se croire uniquement destinés à la défense de leur patrie ; qui volent aux ordres de celui qu'ils appellent leur *maître* (mot infâme, injurieux au roi et à la nation) ; sans penser qu'ils se réduisent à porter une livrée plutôt qu'un uniforme, sans savoir que le plus vil, le plus odieux le plus détestable des métiers est celui de satellite d'un despote, de geolier de ses frères : le service ne me convient donc pas. 3°. Enfin depuis que j'ai vu que mon père ne vouloit pas m'acheter quoi que ce soit, et ne songeoit qu'à me fermer toutes sortes de carrières, je me suis replié sur moi-même, et j'ai approfondi d'autres études qui m'ont attaché à leur tour : peut-être suis-je devenu aussi propre aux affaires étrangères que je l'étois à la guerre dans mes plus beaux jours ; à plus forte raison aujourd'hui que ma vue est excessivement affoiblie. Tu vois, Sophie, que tu étois très-loin d'avoir deviné mon secret, et qu'il ne faut pas juger tout-à-fait Gabriel comme les autres hommes. Je suis maintenant et par principes, et par goût, très-revenu de ce que tu appelles très-bien *la fureur guerroyante*; ce qui n'empêche pas que comme le premier besoin et l'un des premiers devoirs est de recouvrer sa liberté, si Je n'avois que ce moyen, je le tenterois. Mais le *philosophe* qui me disoit stupide à 15 ans, qui, quand il entendit un de nos meilleurs hommes de guerre parler de moi, après la campagne 69 de Corse, comme d'un planton très-distingué dans

la pépinière de nos jeunes officiers, dit qu'en
effet cela paroissoit être mon unique talent et qui finit aujourd'hui par assurer
que j'ai de l'esprit comme tous les diables, d'où il suit que je suis un infernal
scélérat incapable de résipiscence, et que
d'ailleurs mon esprit est une suite de
lueurs, d'étincelles, incapable d'un travail
et d'un raisonnement suivi (sans doute
parce qu'en deux ans j'ai poussé les mathématiques au-delà du calcul intégral et dif-
férentiel) ce philosophe ne veut, ni n'entend d'aucune manière que je sorte de
mon tombeau, encore ne veut-il point
payer le linceul. Rassure-toi donc sur la
guerre. Pour mon *honneur*, crois, je te
prie, qu'il est très-indépendant du service.
Sans avoir jamais conçu, à beaucoup près,
l'indigne manie du ferraillage, j'ai eu le
malheur de faire assez complètement mes
preuves de cette qualité simple et vulgaire que l'on appelle *bravoure*, et jamais
homme me regardant en face ne mettra
en doute ma fermeté.—Je ne sais en vérité où est ton esprit; et je ne vois pas
comment il est si difficile de comprendre
que la fille d'un homme est la petite-fille
de la mère d'un homme, et que cette mère

qui abhorre tant les amies de cet homme, peut avoir cependant, indépendemment de la *détestation*, fait donner l'assurance de sa bonne volonté pour sa petite-fille à cet homme, laquelle bonne volonté peut valoir beaucoup d'argent à la petite fille. Dieu me pardonne ! tu me mettrois en colère ; mais pourvu que le bon ange ne s'y mette pas, il n'y a pas de mal...Rayez, monsieur, rayez si cela vous déplaît ; mais autant de lignes rayées, autant de lettres vous me devrez ; et une page de plus à celle-ci seulement pour l'intention. Tenez ne vous jouez plus à moi, je sais trop bien calculer.— Demande au bon ange de t'abonner au Mercure ; on ne te le refusera pas. Il a changé de forme et paroît actuellement trois fois par mois, comme l'ancien journal de Linguet. A en juger par les extraits que j'en vois dans l'esprit des journaux et par le nom de ceux qui y travaillent, c'est anjourd'hni un ouvrage périodique très-distingué. Quelque part où tu sois, tu peux recevoir ce journal qui contient des nouvelles, tout comme celui de Bouillon.—Le siècle de Louis XV est une fort mauvaise rapsodie, et en général tout ce qu'a fait Voltaire depuis Tancrède, deux ou trois pièces de poésie, telles que l'épitre à Boileau exceptées, auroit dû être brûlé avant d'être rendu public, par respect pour lui. Il a outragé M. de Buffon comme tous les grands hommes ; je dis tous sans en oublier un seul mort ou vivant, si ce n'est Newton, son favori, parce qu'il l'avoit assez mal compris et expliqué. M. de Buffon ne lui a répondu que par des éloges publics et la véritable affiche du génie et de la supériorité, la simplicité et la modestie. Je ne crois pas qu'il y ait rien de plus ridicule au monde que tout ce que Voltaire a écrit sur l'histoire naturelle, tant l'ignorance et la satyre peuvent avilir même le génie ; mais je ne conçois pas comment l'envie la plus infernale avoit pu germer dans l'ame d'un si grand homme. Oui, Rousseau est mort, et mort dans la misère....O Dieu ! Dieu ! et tant de riches stupides, ou de tyrans dorés pèsent sur la terre.—Les Bostoniens sont mes héros, et la plupart des François qui sont chez eux ne le sont pas. Je crois qu'en effet ils ont renvoyé autrefois quelques-uns de nos avanturiers. Tu sais que par un très-sage traité que je m'impatientois de ne pas voir conclure, nous avons reconnu leur indépen-

dance et sommes leurs alliés. La liberté aura
donc un asyle sur la terre ! — Si tu m'ac-
cusois quelquefois la réception de ce que je
t'envoie, je saurois ce que tu as et ce que tu
n'as pas, et je continuerois les ouvrages
qu'on t'a passés, ou je ne les continuerois
pas, s'ils ne peuvent pas passer. — Ton
Poinsinet n'est pas le mien. Vraiment c'est
l'auteur de Tom-Jones, mais tu crois bien
que ce ne sont pas les paroles que j'en
aime… Quoi, ce pauvre diable est au Fort-
l'Evêque. On lui a fait sans doute accroire
que c'étoit un palais de fée. — Non, très-
décidemment, non ; je ne veux pas que
tu brûles des pastilles d'ambre dans ta
chambre. C'est un parfum beaucoup trop
violent pour les nerfs ; emploies-en d'autres plus doux et plutôt plus souvent. Sur-
tout du feu et un grand courant d'air.
Pourquoi donc ta chambre est-elle humide
et si mal située ? pourquoi exposée à une si
détestable odeur ? Es-tu en bon air ? tu y
étois autrefois. — Grand-champ nous avoit
dit à Chauny que St. B. étoit marié ; mais
à qui ? Que fait sa méprisable sœur ? — Sais-
tu pourquoi la chanoinesse R. aura réussi
dans cette députation ? Par la même raison
qui la faisoit réussir auprès de l'évêque de

Mâcon, qui cependant n'aima jamais que
les jolies pénitentes. Elle alloit se camper...
où ? chez lui... Quand ? à 7 heures du
matin : elle en sortoit à une heure pour
aller dîner, revenoit à deux jusqu'à la nuit,
et de prêcher et de rabâcher, et de noyer
dans un flux de paroles, une grosse de mé-
disances et de calomnies. — Vîte, vîte, le
bon évêque, pour se sauver d'une autre
visite, accordoit tout. La plaisante créature, si elle n'étoit pas si méchante ! As-tu
jamais vu une fanatique dont la nature ait
si bien assorti le corps, l'ame et l'esprit ?
Pour moi qui l'aime à peu près autant que
je l'estime, je ne me rappelle pas l'aventure de chez M. d'Allerai, sans rire. Cette
pauvre enfant s'étoit mis dans la tête de
me convertir. Mais quoiqu'elle se croie
toute l'éloquence de S. Ambroise, elle doit
convenir que je suis plus coriace encore
que le ministre des Verrierres. As-tu eu le
bonheur de voir face à face cette honorée
missionnaire dans sa députation... Pour des
décorations à ces bourgeoises de salle, ne
t'en étonnes pas, il y a long-temps que le
parti est pris en France, d'avilir la bonne
noblesse. Je conviens que sur cent noms
de marquis, comtes, vicomtes, princes,

etc. etc. et cent cinquante et cétéra , je
n'en connois pas trois. Je crois toujours
être au divertissement du bourgeois gentilhomme fait *Mamamouchi* , quand je lis
des listes de présentation : je te demande
pardon de ma grosse stupidité , mais je ne
connois de *Marie-Thérèse* que toi quand je
te boude , et je ne me rappelle pas plus ni
commère , ni filleul que les noces du grand
turc. Est-ce de la femme de Jeanret dont
il est cas ? Son mari est un joli monsieur et
fort reconnoissant : c'est sur sa déposition
que porte tout notre procès.—A propos de
procès , tu ne sais peut-être pas que le
lendemain du jour où j'ai été arrêté à Amsterdam , je devois enlever la *signora Ro-
mellini* , et t'abandonner comme une autre
Ariane aux rochers de Hollande , où il n'y
en a pas beaucoup ? Eh bien ! je te l'apprends. Que dis-tu de cette découverte-là ?
Ce n'est pas la neuf cent quatre-vingt-dix-
neuvième de cette espèce dont tu ne te doutois
pas , je gage , et que je pourrois t'indiquer.
Tu ne t'imaginois pas non plus que je
vivois publiquement avec une autre *signora*?
Eh bien ! je te l'apprends et t'atteste qu'en
ce cas je ne laisse pas que d'être un homme
respectable ; car enfin un homme n'est

qu'un homme, et si je vivois-là, je n'étois pas
trop mort ailleurs. Tu voudras bien ajouter
ces deux nouvelles au recueil de mes mauvais procédés pour toi. Cet honnête Brugnière auroit pu te donner beaucoup d'informations pareilles ; mais est-ce donc toi
qui lui avois dit que cette pauvre Romel-
lini étoit tombée, ah ! très-tombée amoureuse de moi ou de ma bourse ?—Madame,
si tu ne veux pas de mes cheveux, ren-
voie-les moi : je les brûlerai aussi bien
que deux sacs pleins, pesant à-peu-près
deux livres, que j'ai la bonté de te garder ;
et que je n'ai point destinés à ta très-honorée fille... Pauvre enfant ! hélas ! si elle
fût née dans nos beaux jours, le sein de
sa mère l'eût allaitée : elle auroit fait notre
bonheur, et nous eussions fait sa force.
Elevée sous les auspices de l'amour, et
nourrie dans ses bras, elle eût puisé la
vie à sa véritable source, et nos baisers
lui eussent soufflé sans cesse la santé. Mais
hélas ! à peine a-t-elle ouvert la paupière
qu'elle a été malheureuse de l'infortune
de ses parens : nos soins, nos caresses lui
sont refusés : puisse l'amour nous la rendre.
C'est lui qui la fit naître ; c'est à lui de
la conserver. Ah ! si elle n'est pas indigne

de Sophie, le bonheur d'être née d'elle, de
la voir, de l'entendre, de la servir, la
dédommagera avec usure du préjugé qui
lui coûte tant de biens d'opinion. Tous
ensemble ne valent pas une jouissance du
cœur....il faut te rendre justice, tu n'es
pas incorrigible. Pour cette fois ce sont mes
pauvres, et non pas mes *beaux* yeux; mais
le *b* étoit commencé, et tu as eu bien de
la peine à en faire un *p*. Tu ne me parles
pas non plus depuis deux ou trois cour-
riers de ma ressemblance avec la parfaitement belle Gabriel-Sophie; c'est de peur
sans doute de lui attirer la petite vérole.
Franchement cependant la C. a été plus
que jolie, et elle me ressemble beaucoup.
Mais à l'âge de ta fille on ne ressemble à
rien. Ce n'est qu'à cinq ou six ans que les
traits prennent une forme. Au reste je ne
lui demande pas son titre de légitimité,
et c'est toi très-décidemment que je veux
qu'elle me retrace. Mais celui de nous deux
qui la verra le premier, devinera sûrement
dans sa phisionomie celle de l'autre, parce
qu'on devine toujours ce qu'on souhaite,
quand la crainte n'est pas à côté du desir.
Adieu, ma tendre amante, adieu mon
bonheur et ma vie. Crois, ah! crois à

jamais que l'amour à qui j'ai livré tout
mon être, fait et fera ma destinée. Je t'a-
dore, ô mon amie si chère, et ne veux
qu'être aimé; mais je veux l'être, Ah! je veux
l'être toujours.

GABRIEL.

Je connois de M. de R. une dissertation
sur la méridienne fort bonne, car elle
endort. Peux - tu me procurer la fable
allégorique? Des vers et M. de R. ne vont
pas ensemble dans ma tête.

Tu crois bien que tes deux bagues et
les trois cœurs ont été bien mangés. Oui,
oui ils dureront. Mais il y a long-temps
que je conserve dans ma boîte les débris
de la tresse qui suspendoit ton cœur ; et
chaque fois que j'ouvre cette boîte, il s'en
perd. Avare que tu es, ne pourrois-tu
donc pas m'en envoyer une autre ?

Je t'avertis très-sérieusement que la première fois que tes quatre pages au moins
ne seront pas pleines, je te répondrai en
védette, *Madame*, au beau milieu d'une
page, *je suis avec un très-profond respect*,
etc. Sur l'adresse à *Marie-Thérèse*, et pas
autre chose. Qu'est ce donc, s'il vous plaît,
que des intervalles de six doigts de blanc ?

Je parie

Je parie que le bon ange essaie toutes les encres simpathiques de l'univers pour les déchiffrer.

As-tu encore les manchettes que tu m'avois destinées ? Elles sont très-inutiles à mes poignets , mais elles feroient du bien à mon cœur. Ne travaille pas trop à cet ouvrage , il peut affecter ta poitrine.

Ne t'avise pas de me faire de cordon de montre ; ce seroit peine perdue ; on ne m'a pas donné la mienne : le pourquoi ? je n'en sais rien ; il ne peut être que fort ridicule ; mais ce sont des *secrets d'état*, et je m'en moque ; mais ce dont je ne me moque pas, c'est qu'on m'a refusé aussi mon étui de mathématiques qui me seroit souvent utile et nécessaire , et notamment pour ton commentaire d'Ovide. Telle explication où il me faut quatre pages, seroit faite en quatre lignes avec une figure. J'aurois bien pu en parler à M. L. N. quand j'eus le bonheur de le voir ; car non-seulement il ne m'a rien refusé , mais encore il m'a prévenu sur des choses auxquelles je ne pensois pas ; mais j'en avois de plus essentielles à lui dire , et j'ai toujours peur d'être importun. Il est certain que cette privation en est une réelle pour moi, et

Tome III. C

n'est pas fondée sur une seule raison qui
ait le sens commun. Mais crois-tu que tu
sois la seule qui possède le privilége de
n'en point avoir?

Quelle *perte de bien* envisages-tu ? Il
s'en faut d'un million que *le philosophe*
n'ait un sou de bien libre, indépendemment
de ses dettes. Il n'est qu'usu-fruitier de ce
qu'il possède ; j'en suis l'unique propriétaire , et il a fait disparoître pour plus
de 500,000 liv. de ces substitutions. Personne au monde ne peut m'ôter le bien
de Mde. de Mi⋆⋆. Mais je n'en veux, ni n'en
voudrai ; son bien est à elle puisqu'elle n'a
plus d'enfans , puisque je la méprise, puisque je ne veux plus vivre avec elle. Mais
cela ne peut pas s'appeler perte, c'est *don*
et pur don. Reste le bien de la femme du
philosophe , mais elle est plus que jamais
dans l'intention de n'avoir d'hérit ierque
son scélérat de fils aîné. Cette *damnable*
obstination rend M. le chevalier assez difficile à marier; et comme il ne tient qu'à
lui d'avoir sans cela 50 à 60 mille livres
de rente, indépendamment de ce que pourra
faire pour lui son oncle qui sera bientôt,
s'il ne l'est pas , *Grand - prieur.* Je t'avoue
que je ne le plains pas amèrement, si ce

sacrifice étoit absolument nécessaire à cette mère infortunée pour recouvrer sa liberté. Ah! comme je le conseillerois; mais...

Le bon ange, vois-tu Sophie, tremble des licences que je prends, et il prévoit déja une septième page : mais rassurez-vous, bon ange, j'ai coupé la demi-feuille exprès pour m'en ôter le moyen. Rassurez - vous aussi sur les blancs, ô mon bon ange : quand vous voudrez je vous donnerai une encre sympathique (la recette s'entend) que ni vous, ni le diable qui est plus malin (car vous, vous êtes plus bon, plus indulgent que malin, et vous savez fermer les yeux) ne découvriroient pas. Mais l'ignorante ne connoît pas cette encre ; et moi, je n'ai jamais de ruses avec ceux que j'aime, et à qui je dois; au lieu que les femmes sont toujours femmes par quelqu'endroit, et bien nous en prend, bon ange.

Voici des vers, sur la mort de Voltaire, dignes d'être retenus.

O parnasse ! frémis de douleur et d'effroi !
Pleurez, Muses, brisez vos lyres immortelles !
Toi, dont il fatigua les cent voix et les ailes,
Dis que Voltaire est mort, pleure, et repose-toi.

Je ne connois point de vers plus beau que ce dernier.

A M. LENOIR.

21 Décembre 1778.

PARDONNEZ, Monsieur, si j'entre avec vous dans un nouveau détail pécuniaire. Comme la source de mes maux est presque aussi intarissable que la lézinerie de mon père, j'y suis forcé. L'occuliste que vous avez bien voulu m'envoyer, m'a prescrit de ne plus travailler qu'à la lumière douce de l'huile concentrée dans des lampes à reverbère: comme ma vue dépérit chaque jour, je me vois forcé de suivre son conseil; mais vous sentez que cette manière de s'éclairer, devient assez dispendieuse; car il faut de l'huile de première qualité et peut-être plus d'une livre par semaine. M. de Rougemont, qui me fournit déja plus qu'il ne me doit, auroit l'honnêteté de n'y pas prendre garde; mais comme je ne suis pas fait pour recevoir de qui que ce soit, fût-ce de mon supérieur, des faveurs pécuniaires, je me refuse obstinément à sa générosité. J'avois trouvé un expédient plus simple, c'étoit de me faire donner l'huile

et les ustensiles nécessaires par le chirurgien, sauf à dénaturer cette foible dépense.
M. de Rougemont prétend qu'il ne peut pas
le tolérer. Moi, qui à cet égard ai la conscience plus robuste que lui, je dis que M. de
Rougemont n'a rien à y voir ; 1°. parce que
cela ne le regarde en aucun sens ; 2°. parce
que cela n'intéresse pas le moins du monde le
gouvernement ; 3°. parce que cela ne concerne absolument que moi, et que le chirurgien ne devant être payé par mon père
que sur mon revenu, il est assez simple
que des étrangers ne soient pas plus scrupuleux que moi à cet égard. Je défie les
plus subtils sophistes de l'univers de répondre à cela, et je m'en réfère à tous les
casuites de tous les ordres monastiques de
l'Europe, à commencer par le confesseur
de M. de Rougemont, que je ne connois
pas.

Evitons-nous, Monsieur, daignez-le permettre, évitons-nous des disputes qui doivent
vous ennuyer, et augmentons sans scrupule
d'une centaine de francs, le compte des médicamens, que j'augmenterois, s'il me plaisoit, d'une centaine de pistoles, sans que personne pût m'en empêcher ; car je suis un fort
bon apothicaire. Mais pourquoi ne prendroit-

C 3

on pas cette *petite somme* sur ma pension ?
pourquoi ? parce qu'une *petite somme* sur
une *très-petite pension, est une très-grosse
somme* ; parce qu'avec 600 liv. que je dois
seulement à l'inexprimable bonté de mon
généreux père , puisqu'il est *co-propriétaire
de droit divin du bien substitué de ses enfans*, et que *Confucius et la loi de nature et
le despotisme légal* ayant mis tous les *droits*
et aucuns *devoirs* sur la tête des pères, il ne
me doit que du pain , de l'eau et un cachot
tout au plus ; parce qu'avec ces 600 liv.,
dis-je , je ne puis me fournir de linge ,
habits , souliers , livres , papiers , menus
besoins, lampe, huile, lait, sucre, etc. etc.
Fussai-je batteur d'or ou faux monnoyeur ,
ou alchimiste , etc. etc. Je vous supplie
donc de rassurer M. de Rougemont sur ses
plaisans remords , et de lui dire de me
laisser faire ; car je ne veux ni de son huile
ni en acheter.

Je laisse dormir pour quelque temps la
demande du domestique, de peur de vous
importuner. D'ailleurs , la discussion du
droit est, j'espère, superflue et seroit assurément ridicule ; et la discussion du fait
exige un ordre. Je me borne donc en finissant cette lettre, par vous supplier de me

faire achever cette année sous de moins sinistres auspices, en permettant qu'il me vienne une lettre de la mère de mon enfant.

J'ai l'honneur d'être avec un tendre et respectueux dévouement, Monsieur, votre très-humble et très-obéissant serviteur,

MIRABEAU, fils.

A SON PÈRE.

MON PÈRE,

MES yeux sont sérieurement attaqués, et de l'aveu d'un habile occuliste, à peine me reste-t-il l'espoir que la discontinuation du travail que nécessite la solitude, les distractions causées par la vue de quelques humains, et l'exercice que me permettroit une vie moins renfermée, retarderoient la cécité à laquelle je ne compte pas échapper. Je vous épargnerai et les réflexions et le détail des autres maux qui me rongent ; mais consultez-vous vous-même mon père, c'est votre fils souffrant, anéanti et menacé d'aveuglement, qui vous im-

C 4

plore pour la dernière fois. Que direz-vous?
que j'ai gagné un occuliste que j'ai vu dix
minutes en ma vie? que j'ai séduit le commandant qui depuis dix-huit mois se loue
constamment de ma conduite? que je trompe
tout le monde, excepté vous, vous seul
dans l'univers; que je suis un hypocrite,
un scélérat, un monstre, qui ne mérite
pas même qu'on me donne le choix du supplice?.. Eh! bien, mon père, je m'attends
à ces discours : ils ont été prononcés,
écrits, imprimés mille et dix mille fois ; il est
plus aisé de les répéter encore aujourd'hui :
car autrefois j'y pouvois répondre, et maintenant je ne le puis..... Je m'y attends,
dis-je, et mon parti est pris.

O Dieu! Dieu juste! Dieu vengeur, si
vous existez, n'accablez pas l'oppresseur
dont je n'ai pu fléchir l'ame barbare; adoucissez seulement, touchez son cœur pour
mon fils : que cet enfant ne subisse pas les
mêmes épreuves que son malheureux père;
il y succomberoit sans doute : sauvez-le
de tant de cruauté. Je n'ai rien à demander
pour moi qu'une mort prompte et le pardon de mes fautes; mais que votre clémence
daigne s'étendre sur mon père comme sur
moi.   MIRABEAU, fils.

A M. LENOIR.

25 Décembre 1778.

JE ne finis pas cette année comme je l'ai commencée, Monsieur. Aigri par de longs malheurs et trop d'injustices dont j'ai été, dont je suis et dont je serai probablement la victime, j'ai trop de raisons de ne pas estimer les hommes; et les dépositaires de l'autorité, par qui le monde, depuis qu'il existe, a été si malheureux, ont été les premiers objets de mon indignation; car j'ai toujours cru et je croirai toujours que l'indifférence pour l'injustice est trahison et lâcheté; qu'un honnête homme doit, quand il le peut, foudroyer les oppresseurs; que les détester, et démasquer les mauvais administrateurs, c'est vraiment aimer son Roi et sa Patrie, qui passe infiniment avant lui. Telle est ma profession de foi : mais il étoit réservé au temps, à l'infortune et sur-tout à vous, Monsieur, de me montrer que les idées extrêmes ne sont jamais la vérité. Le bien que j'ai reçu de vous, et sur-tout la nature de ce bien, prouvent assez que l'on

peut être à la fois puissant et sensible;
prudent et courageux; intègre et indulgent. Je crois que ces exemples sont rares.
Eh bien, c'est un motif de plus pour vous
chérir.

Il est possible, Monsieur, que mon ame
gagne en raison de ce que perdent et mes
sens et mes foibles talens. Mon corps et
mon esprit croulent sous les coups réitérés
d'un malheur trop long. Mais ce qui semble
s'accroître en moi, c'est la faculté de sentir,
et vos bienfaits l'exerceront à jamais, lors
même qu'il ne me restera que le souvenir. Il est des êtres supérieurs par leurs
vertus aux éloges et aux remercîmens. C'est
donc pour moi et non pour vous que j'exprime ma reconnoissance et que je profère
les vœux les plus ardens et les plus tendres
pour votre bonheur. J'ai à peu près renoncé au mien. Je sais qu'il est plus aisé de
tromper les hommes que de les détromper.
Ceux qui m'ont frappé croient peut-être
avoir eu raison, et quand ils verroient enfin le contraire, ils seroient humiliés d'en
convenir; et je serois sacrifié à leur amour
propre après l'avoir été à leur erreur. Mais
quelles que soient les injustices des autres
envers moi, je ne serai jamais sans consola-

tion aussi long-temps que vous me jugerez
plus favorablement, et que vous serez persuadé des sentimens honnêtes et droits qui
sont dans mon cœur une des sources du
tendre, respecteux et immortel dévouement avec lequel j'ai l'honneur d'être,
Monsieur, votre très-humble et très-obéissant serviteur,

MIRABEAU, fils.

Je prends la liberté de joindre ici une
lettre pour ma mère. Quant à mon père,
je me crois dispensé de lui écrire. Je puis
défier sa colère : s'il m'étoit possible de le
haïr, je n'aurois plus rien à craindre de
lui ; mais si mon cœur est incapable de ce
sentiment, du moins tous les liens qui nous
unissoient sont-ils rompus.

Je n'ose vous demander une lettre de
Sophie *cejourd'hui vingt-cinq*; car vous
auriez peur que je ne vous demandasse
bientôt mes étrennes. — Je fermois cette
lettre, lorsque celle de mon incomparable
amie m'est parvenue. Trois fois soit heureuse et bénie la main à qui je la dois. — Mais
mon ame est serrée de douleur. Ma fille
est-elle morte? Ah ! Monsieur, qu'on se
garde bien de le dire à cette mère trop in-

fortunée : ce n'est pas à la plus foible de
porter tous les fardeaux ; mais souffrez
qu'on ne me le cache pas ; ce coup que je
lui préparerai, sera moins funeste partant
de ma main. Je vous conjure par tout ce
qui vous est cher, de ne pas me refuser
cet éclaircissement, et qu'il me parvienne
au plutôt.

A M. LENOIR.

6 janvier 1779.

SI je considère en vous seulement mon
bienfaiteur, à ce titre je vous dois, monsieur,
déférence entière, respect profond, et tendre
gratitude. Je vous ai juré tous ces sentimens,
j'en répète le serment ; et puissai je mourir,
ou, ce qui pis est, vivre chargé du mépris
de tous les honnêtes gens le jour où je serai
parjure. Mais ce n'est point à monsieur
Lenoir que cette lettre est adressée ; souffrez
que, pour cet instant, je ne parle qu'au
conseiller d'état chargé de l'inspection de
la prison où je suis détenu. Oubliez jusqu'à
l'infortune opiniâtre qui a intéressé en ma
faveur votre ame sensible. Enveloppez-vous

dans votre devoir. Soyez mon juge rigide,
mais équitable. C'est en cette qualité que
je vous somme de montrer cette lettre au
ministre. Quelles qu'en puissent être les
suites, je ne les imputerai qu'à moi.

J'ai bientôt trente ans, monsieur, je
sais le françois et je connois le monde.
Les généralités vagues, les phrases formu-
laires, les titres, les mots enfin ne m'en
imposent pas. Je sais ce que je me dois :
je sais aussi ce que l'on me doit ; d'abord
en qualité d'homme, ensuite en qualité de
citoyen notable, accusé, mais nullement
convaincu, qui desire, qui demande un
jugement légal, et défie hautement ses ac-
cusateurs de l'attaquer autrement qu'en son
absence ou dans le labyrinthe tortueux des
bureaux ministériels. Depuis six ans on a
sans cesse attenté sur tous mes droits,
sur toutes mes propriétés, à commencer
par celle de ma personne, sans qu'on ait
daigné me parler, ni m'entendre. Je suis
las, je l'avoue, d'être traité comme un
esclave, et sacrifié aux plus viles intrigues,
sous un règne dont on vante la justice.
Mais de même que je ne puis sortir de ma
chambre malgré les murs et les verroux,
de même il me faut en tout céder à la

force. Ce n'est donc pas de ma lettre de
cachet dont il est question ici : j'ai tout
dit à cet égard : voici ce dont il s'agit.

Par la plus incroyable des *bizarreries* ,
(je répugne à me servir du mot propre)
je me trouve, quoique propriétaire d'une
fortune considérable , usu - fruitier d'un
revenu honnête et indépendant, et fils d'un
homme fort riche , obligé de me priver de
tout , de marcher les pieds nuds dans mes
souliers , de me passer de linge , à très-peu-
près ; enfin de me servir moi-même dans
un moment , où par dessus d'autres incommodités assez graves , je viens d'être six
nuits constamment assis sur mon séant ,
forcé de repousser le sommeil parce que
je ne saurois rester couché , et pouvant à
peine me plier pour atteindre , avec les
plus cruelles douleurs , un vase dont
le secours impuissant semble m'annoncer
que j'ai la pierre ; et cela est si exact ,
monsieur , que si ceci continue quelques
jours encore , je compte vous demander
Louis , ou Sabathier , ou Bordenave , pour
me sonder. Quelqu'idée que j'aie de l'influence du crédit, et des distractions néces-
sitées des ministres , je ne puis croire qu'ils
déclarent formellement à un homme de ma

sorte qu'on ne veut pas lui donner, à ses propres frais, un domestique, du linge, des secours, etc. C'est cette déclaration précise, c'est un OUI ou un NON que je demande.

Lorsque M. de Malesherbes étoit ministre du département dont je ressors, il décida à mon occasion qu'un prisonnier d'état, (je le suis depuis 1774) avoit action civile contre qui de droit, et même contre son père, soit pour attaquer une interdiction illégale, soit pour demander compte de son bien, soit pour toute autre affaire. Je ne sais si cette décision est révoquée. Mais si le recours aux juges naturels des citoyens m'est interdit, je réclame les ordres du ministre contre la barbare avarice et l'impitoyable tyrannie de mon père. Je demande ou qu'on le force (et cela au plutôt à raison de mes besoins imminens) à me donner ce qui m'est nécessaire, ou qu'on me nomme un procureur et un avocat pour l'y contraindre devant les tribunaux.

Je sais, monsieur, qu'il est des gens qui trouvent l'expression de mes demandes et de mes plaintes, *trop forte* : c'est leur mot. Il semble qu'un homme opprimé en tout sens, froissé par l'infortune, aigri par l'injustice, puisse se mettre au ton de ces esprits étroits et pusillanimes, concentrés uniquement dans leurs petits et obscurs intérêts. Parce que ces êtres-là n'ont ni caractère, ni ame; parce qu'ils n'ont aucune idée des droits de l'homme, ils croient que personne ne doit excéder leur ridicule stature. Pour moi, qui pense qu'il ne sauroit être indécent de prouver à un homme, quel qu'il soit, qu'il a tort; et que nous ne sommes plus au temps où l'on voyoit d'un côté la hardiesse et le pouvoir de tout faire impunément, et de l'autre la crainte et le danger de parler, même pour solliciter justice, je réclame, et je réclamerai, jusqu'à mon dernier soupir, mes droits avec la dignité d'un homme libre dans ses fers par l'énergie de sa volonté. Récapitulons.

Je suis calomnié, persécuté, opprimé, infirme, presqu'aveugle, rongé d'un mal cruel, et de plus réduit à manquer du pur nécessaire. Ah! monsieur, c'est trop; et il faut qu'on me dise formellement : Nous voulons que vous soyez ainsi; ou qu'on arrache des serres cruelles de mon persécuteur, ce dont j'ai besoin, ce qui m'appartient, ce à quoi j'aurois droit quand il ne m'appartiendroit pas. Je vous supplie,

monsieur,

monsieur, de montrer ma lettre au ministre. S'il me soupçonne d'exagération, daignez vous assurer par une voie non suspecte de la vérité des faits que j'allègue; et s'il en est un seul d'inexact, je me condamne moi-même.

J'ai l'honneur d'être avec un dévouement respectueux, monsieur, votre très-humble et très-obéissant serviteur,

MIRABEAU, fils.

A M. DE ROUGEMONT,

GOUVERNEUR DU DONJON.

6 Janvier 1779.

JE me hâte, monsieur, de vous faire passer des réflexions simples et décisives relativement à mes demandes. Veuillez, je vous en supplie, les communiquer à M. Boucher, pour en parler, dans cette occasion, à M. Lenoir.

Une observation préliminaire, c'est que fussai-je un homme peu honnête, je ne suis pas assez sot pour altérer des faits qu'il seroit si aisé à mon père de rétablir.

Tome III. D

J'ai 14,500 livres de rente assurés par contrat de mariage.

Sur cela, 1500 liv. sont dus à madame de Mirabeau. Mettons 1000 écus vu les circonstances.

Avec moins de mille écus, on peut payer les intérêts de mes dettes : que je meure ici, si je n'exagère à mon désavantage.

Trois et trois font 6 : mon fils ne vit plus. Dépense de moins.

Reste 8500 liv. de rente dont vous devez toucher 2790 liv. tant pour vous que pour moi.

Reste 5710 liv., qu'en fait-on ? Cela est-il clair ? Voici qui ne l'est pas moins.

Depuis 1773, interdit. Alors, j'avois 9000 livres de rente. En 1775, j'en eus 14500 livres.

Somme totale jusqu'aujourd'hui de mes revenus, touchés par mon père, 61500 liv.

Croyez-vous que mes dettes ne doivent pas être avancées de payer ?

Mais votre père dit... Quoi ! que j'ai brûlé ? tué ? violé ? assassiné ? empoisonné..?

On peut dire cela comme le reste, puisqu'on parle seul. Encore une fois, voilà les faits exacts.

On disoit à M. de Malesherbes que je de-

vois 500,000 l. ; on en est venu à 300,000 liv.
Puis à 100,000 liv.; on est convenu avec
vous que pour 80,000 liv. on paieroit mes
dettes.

Et moi je dis qu'en tout temps on les
eût payées pour moins de 60,000 liv.,
non que je n'aie signé pour plus; mais
toutes ces dettes sont usuraires et de mi-
norité... Somme tout; qui m'a enfermé
doit m'entretenir. Je ne lui demandois pas
la charité, quand j'étois libre... O Dieu,
Dieu ! jusques à quand le foible aura-t-il
tort, ayant évidemment raison ?

J'ai l'honneur d'être avec des sentimens
respectueux, Monsieur, votre très-humble
et très-obéissant serviteur,

MIRABEAU, fils.

A SOPHIE.

13 Février 1779.

TA lettre que je reçus hier au soir m'a
fait verser des larmes d'amour, de joie,
de reconnoissance et d'indignation. En un
mot, je ne sais quels mouvemens elle ne

m'a point fait éprouver. Mon émotion étoit
si forte, ma tête est si foible, mon cœur
et ma santé si boulversés, que je remis
à te répondre aujourd'hui, et dix volumes
ne contiendroient pas tout ce que je voudrois te dire. O Sophie! tendre amante,
amante unique entre toutes les femmes,
explique-moi, si tu le peux, l'effet inconcevable, et toujours plus fort, et toujours
nouveau que produit en moi tout ce qui
vient de Sophie....Mais tâchons de nous
calmer, et tâchons de te faire entendre,
(car je ne puis te dire) quelles obligations
nous contractons chaque jour. Cet homme
dont tu oses presque te plaindre, cet homme
qui avoit écrit, sur cette enveloppe, ces
quatre mots que tu veux absolument m'attribuer; cet homme que je ne vois point,
hélas! mais qui m'a fait pleurer d'attendrissement et de gratitude, t'avoit justifiée avant
que tu l'eusses entrepris, et cela sans m'é-
crire, sans me dire un mot. O ma Sophie-
Gabriel! il est des procédés qui n'appartiennent qu'aux ames délicates, tendres,
généreuses, sensibles qui obligent plus profondément que les services les plus essentiels. Il est une confiance qui ne se trouve
que chez les honnêtes gens. Eux seuls croient

à la vertu, parce qu'eux seuls en sont capables : eux seuls sont compatissans et tendres ; d'autres peuvent être sensibles ; il ne faut pour ceci que des sens et de l'imagination ; mais pour être tendre, il faut un cœur ; un cœur qui s'affecte profondément et durablement, au lieu que la sensibilité toute seule n'est le plus souvent qu'une impression passagère...Que te dirai-je ? Le plus aimable des hommes est celui qui joint à la bienfaisance l'esprit nécessaire pour l'exercer. Nous avons trouvé deux de ces hommes-là...et Gabriel, l'heureux Gabriel, si aimé, et si digne de l'être, du moins par la vérité et l'énergie de sa passion, Gabriel qui a reçu ses *poésies érotiques*, sans qu'on ait suivi le barbare conseil que tu oses donner aujourd'hui ; sans même qu'on ait voulu prendre des précautions humiliantes, affligeantes, qui peut-être eussent lié les mains ; Gabriel sait que tu n'étois pas coupable, que tu es la plus tendre des amantes, la plus adorable des femmes, comme aussi la plus adorée ; et qu'il fut un ingrat de t'imputer l'ombre d'un retard. Toi, qui connois mon cœur, toi qui sais quel compte je tiens de la seule envie de m'obliger, juges

quels droits acquiert sur moi celui qui
la prouve...Que dis-je?... qui la réalise si
bien. Ah ! je le lui écrivois, il n'y a que
deux jours : qu'il croie à mon honneur.
Ma conscience, ce consolateur caché qui
crie plus haut que la multitude et la renommée, et qui, sans compter les suffrages, l'emporte seul sur tous les avis ;
Ma conscience m'apprend que je mérite
cette opinion ; et si c'est la sienne en effet,
il est bien sûr n'avoir en moi un ami dévoué à la vie et à la mort. Reçois mes
plus tendres remercîmens, mes plus sensibles caresses, les brûlans transports de
mon ame, l'hommage de tout mon être :
lis en moi tout ce qui s'y passe ; car pour
moi, comment l'exprimerois-je ? à peine
puis je suffire à le sentir...Mais n'oublie
jamais que je ne m'accoutumerai point à
t'entendre dire posément que tu m'aimes ;
que je n'ai aucune notion de réserve en
amour, soit qu'on la décore du nom de
prudence, ou de toute autre locution, et
que j'aimerois mieux la mort qu'une lettre
froide de ma Sophie.

Je ne veux pas te le cacher, mon enfant,
parce que je t'ai promis de te tout dire,
et sur-tout parce que je suis sûr que cela

va finir: mais il étoit temps. Au genre de
vie que j'ai mené jusqu'ici , je n'aurois pas
un an encore à vivre , si je ne prenois la
ferme résolution d'y mettre ordre. Je vise
au marasme , je ne puis plus rien manger
dans des spasmes effrayans; et je vais à
la garde-robe dix et quinze fois dans un jour.
Après avoir bien réfléchi, bien calculé ma
situation et l'étendue de mes devoirs , je me
suis convaincu que je me tuois précisément moi-même , et que cette conduite en
ce moment étoit un crime ; qu'à mon âge
et avec ma vigueur naturelle , il étoit impossible que du régime et un traitement
suivi ne me remissent du moins dans un
état supportable. En conséquence, je me suis
décidé , et je té promets, 1°. d'en rayer sur
le travail ; 2°. de parler des grosses dents
sur la nourriture , de manière que je ne
sois plus réduit, comme je l'ai été, sur
mon honneur, une année entière à vivre
avec du pain et de l'eau-de-vie brûlée,
tant les alimens et les boissons que l'on me
servoit, à moi si peu délicat, étoient horri-
blement dégoûtans ; cela est changé et ne
reviendra plus ; 3°. de me mettre dans des
remèdes raisonnés : en conséquence je me
lave et me purge à fond ; épikakuana ,

médecines ordinaires , bouillons rafraîchissans de suite ; et delà je passerai au
lait d'ânesse. Ma promenade est augmentée :
elle le sera encore ; et je m'engage à te
rendre ton Gabriel. Rassure - toi donc , ô
mon amour , je t'en supplie ; mais si tu
veux contribuer, de ton côté à me guérir,
il faut nécessairement que ta santé soit
meilleure , et ton régime plus sage. Qu'est-
ce que se coucher après onze heures pour
ne point dormir , et se lever à six ? Sophie !
ma Sophie-Gabriel ! hélas ! un mot de ta
dernière lettre m'avoit fait soupçonner que
tu travaillois pour vivre : je rejetai cette
idée avec horreur , et je ne voulus pas
même te le demander , de peur de paroître ridicule , ou pétri d'animosité contre
les R. Mais je n'avois que trop bien deviné,
et mon cœur saisi de douleur bout d'indignation. Mais pour qui me prends - tu
donc , ô mon épouse ? Quoi ! j'aurai de
l'argent, et tu en gagneras ! Hélas ! hélas !
ne t'ai-je donc pas assez coûté ? et veux-
tu que les remords se joignent au chagrin
pour me tuer ? Ah ! je te l'ai dit bien des
fois : Sophie , ma Sophie ! tu auras bientôt
sur ton Gabriel cet avantage qu'aucun autre
que lui ne pourra se dire ton époux. Que

je paierois cher une telle félicité ! Oui,
mon amie, j'en atteste l'amour et l'honneur. Je voudrois en ce moment, j'aurois
voulu dans tous, être réduit à l'état le plus
obscur, dénué de toute fortune, obligé de
bêcher la terre pour en arracher notre subsistance, et me voir à toi, entièrement à toi
par des nœuds indissolubles. Sûr que Sophie
seroit heureuse avec moi dans une cabane,
je me croirois le plus riche, le plus fortuné
des mortels. En rentrant sous mon humble
chaume, je trouverois la tranquillité et
la tendresse; je couvrirois de caresses mon
épouse adorée, et l'enfant qu'elle porteroit
à son sein; comblé de ses plus délicieuses
faveurs, je dirois, en baisant ses yeux
chargés de volupté : non, il n'est de
bonheur que dans l'amour; il n'est de
richesse qu'auprès de Sophie... O mon
amie, ce seroit-là mon triomphe et ma félicité; mais ton sexe, ton éducation, les
préjugés...Ma Sophie, je vais écrire avec
la plus grande force à cet égard à messieurs
Le N. et B. Je ne puis pas toucher un sou
ici, et depuis près de deux ans, je demande
inutilement un arrêté de compte. Qu'on
garde mon argent à la police; qu'on daigne
le garder; je veux bien en employer la

moitié pour moi, mais cent écus seront
réservés pour ma fille, et je n'aurai de
regrets que de ne pouvoir obtenir de toi
de tout donner. Ma Sophie, garde-toi de
me refuser; je n'aurois pas un moment
de joie, pas un instant où l'idée de Sophie
travaillante pour elle et pour ma fille, ne
déchirât mon cœur de mille et mille invisibles aiguillons; et ce que je déclare là
est ma volonté absolue. Je t'avois priée de
me dire combien coûtoit cet enfant. Il n'y
a point d'inconvénient à cela; dans un
temps où j'étois loin de te croire si in-
digente, je demandai à M. de Roug. de
faire acheter une robe de satin rose pour
ma fille, et de remettre un louis pour la
nourrice, à la police. Il y a six mois de
cela; je n'ai jamais pu l'obtenir. Cet homme
qui ne sait pas ce que c'est qu'un dépôt,
et qui n'a jamais le sou, dans une place
que je démontrerai, quand on voudra,
valoir 40,000 liv. de rente; cet homme
qui ne paie personne, et qui me fait attendre
six mois tout ce que je demande, qui prenant tout à crédit, nous fournit des effets
abominables, ne sauroit se prêter à cet
arrangement, si on lui laisse mon argent
entre mains; mais j'espère obtenir de M. B.

d'en être l'administrateur. Dirois-tu qu'outre deux paires de souliers que j'ai apportées ici , j'en ai usé pour 60 liv. , ayant
été trois mois, et tout un hiver , sans promenade ? C'est un fait , et jamais mes
souliers ne sont entiers quinze jours ; et
jamais je n'ai de bas qui aient des pieds.
Tu vois qu'avec mes cent écus exactement payés je serai plus à mon aise qu'aujourd'hui avec mes 600 liv. Ne raisonne
donc pas , je t'en conjure , ou je me fâcherai.
Mais ce sur quoi je ne puis encore entendre raison , c'est que depuis le mois
de décembre tu n'aies pas de nouvelles de
ta fille. Envoie promener ceux ou celles
qui t'en refusent, et adresse-toi à M. le N.
ou sans l'en ennuyer , à M. B. ; et je t'en prie
aies en au moins toutes les fois que tu
m'écris. Voilà donc les points qu'il me
faut emporter ; 1°. cent écus que je supplie
M. B. de garder pour la dépense de ma
fille ; 2°. que tu ne travailles plus pour
qui que ce soit au monde...O Dieux ! Dieux!
je perds la tête d'y penser ; 3°. que tu te
couches tous les jours au plus tard à dix
heures , et que tu envoies la messe, les
prêtres , les nonnes et le couvent à tous
les diables , quand tu as envie de dormir

le matin ; 4°. que tu suives un régime sain, agréable et exact ; que tu te baignes ; que tu prennes des rafraîchissans ; qu'en un mot, tu luttes contre ces maudites palpitations qui ne me laissent point de repos. Eh ! de quoi s'avise-t-il ce mutin de cœur de palpiter ailleurs que sous mon heureuse main ? 5°. Que j'aie des nouvelles de ma fille, détaillées, vraies, exactes, toutes les fois que tu m'écris. Je n'entendrai à aucune composition sur ces cinq articles. —Non, je n'ai point perdu l'espoir ; mais mon corps pourroit prendre congé de la compagnie avant que mon ame fût satisfaite. De M. Len., nous devons en être sûrs : certes de qui le serions - nous, s'il falloit récuser en doute sa bonté, et l'intérêt qu'il prend à nous, après les preuves qu'il en donne ? D'ailleurs nous avons un puissant ●ge gardien auprès de lui. Tu connois M. Amel. mieux que moi. Tu sais qu'il est honnête, mais foible ; et de bonne foi : ira-t-il lutter contre son oncle, et celui qui l'a créé et mis au monde, pour un escogriffe qu'il ne connoît pas, et qu'il croit tout au moins une assez mauvaise tête. Il y a peu d'hommes sur ce globe qui sachent dire à un premier ministre :

(car le comte de Mau. en a les priviléges
et le pouvoir sans le titre, c'est-à-dire le
bénéfice sans les charges) M., vous êtes
trompé et vous vous trompez : si vous ne
voulez pas revenir de cette erreur, j'en
parlerai moi-même au roi, et je suis trop
sûr que votre cœur n'est pas complice de
l'injustice qui vous a été surprise, pour
craindre que vous me sachiez mauvais gré
de faire mon devoir. On a le temps de les
délivrer, ces ordres, qui ôtent un si grand
nombre de sujets à l'état ; il ne faut que
signer : on acquiert des amis par cette complaisance ; mais examiner, discuter, contre-
dire, confronter, lire les mémoires d'un
homme dont on n'attend rien, qui n'est
pas présent, qu'on n'est point obligé d'é-
couter, puisqu'on ne le voit pas ; qui doit
avoir tort puisqu'il est le plus foible ; peser
ses raisons, balancer les objections et les
répliques...Eh ! le moyen ?...les intrigues...
la cour... les affaires...les plaisirs... on ne
peut pas tout faire...on n'a pas le temps...
après tout, ce n'est qu'un homme...ce ne
sont que des hommes.—L'autre jour, je
lisois les mémoires de la dame Delaunay
qui a gagné son procès. Une mère de famille vit sur la foi d'un mariage solemnel

avec un homme dont la probité est connue depuis trente ans. Citoyenne paisible,
tendre mère, épouse estimable, en quoi
trouble-t-elle l'ordre public? que peut-elle
avoir à craindre? Cependant elle est arrêtée
et jetée dans une maison de correction avec
les plus vils rebuts de son sexe. Trois ans
entiers, elle y gémit sans secours, sans correspondance, ignorant presque ce dont elle
est accusée, et ne pouvant absolument point
se défendre: on cesse de payer sa pension;
les religieuses ne veulent plus d'une pensionnaire à leur charge. Leurs poursuites
font examiner de plus près la conduite de
cette infortunée. Hélas! sans cet incident,
elle étoit pour le reste de ses jours à Sainte-
Pélagie. Elle revoit enfin la société et éclai-
cit la cause de sa détention. Des religieux
associés avec un agent subalterne et mer-
cenaire avoient réclamé son mari comme
un moine apostat, et obtenu un ordre du
roi pour l'enlever. Cet époux, ce père
jouissant depuis trente ans de tous les
droits de citoyen, est ravi, tout-à-coup, à
sa femme, à trois enfans, à la société, et
précipité dans un cachot pour y expier une
apostasie dont il n'est pas coupable. Il y
meurt, sa fortune est envahie par les ma-

nœuvres les plus infâmes : ses enfans sont
abandonnés, et l'un d'eux expire dans un
hôpital : sa femme est plongée dans un
lieu d'opprobre... Enfin ce tissu d'horreurs
est dévoilé : (l'acte de profession est prouvé
faux :) les scélérats qui l'avoient ourdi, expo-
sés aux yeux de la justice, voient leur trame
rompue ; mais le père a péri ; mais l'enfant
est mort ; mais la mère a perdu sa santé et
son bonheur... Et voilà donc le fruit des
violences faites à la marche réglée des loix !
voilà ce que produisent les calomnies téné-
breuses et les ordres arbitraires... ! L'autorité a été surprise... —Pourquoi s'expose-
t-elle à l'être... ? Elle a été surprise ! en
est-elle moins coupable, oppressive, tyran-
nique, barbare ? Peut-elle jamais réparer
les maux qu'elle a faits... ? Cette femme a
été dédommagée.—Hommes vils ! tantôt
vendus, tantôt acheteurs ! hommes odieux,
qui trafiquez de tout ! croyez-vous donc
que votre or puisse satisfaire à la vertu
outragée... ? Mais laissons cela ; car cela
m'échauffe le sang ; et j'ai fait à cet égard,
pour l'acquit de ma conscience, un ouvrage
qui, je leur dis à tous, ne mourra point,
et vaut mieux qu'eux tous, et tout ce qui
est dans leur tête et dans leur ame. Si

jamais un philosophe voyoit un pareil
alinéa , et savoit qu'un premier commis
de la police l'a lu et laissé passer , il seroit
curieux de voir ce premier commis , et
diroit : cet homme-là est un homme...
—On me sait assez généralement à Vin⋆ ,
et l'on en parle publiquement au château ,
ce qui donne des convulsions à M. de R.
pour mon père ; il est dans des transes in-
concevables à cet égard, va trouver M. de R.
à Paris à pied , quand il est malade ; le
prie de s'appeler Montrouge , etc. , etc.
Pour moi, j'avoue tout bonnement que j'aimerois autant que ces deux hommes là ne
se vissent point. Une des phrases *écrites*
de mon père à ce R. est plaisante. *Vous*
devez bien sentir, M. , que si cela duroit ,
je ne pourrois subvenir à la détention de
mon fils. Eh bien ! l'on trouve ces locu-
tions-là toutes simples ; je ne sais plus comme
on est fait en ce monde ; mais je sais que
de mon temps un homme d'honneur , à
qui l'on eût tenu un pareil propos , eût
été fort tenté d'y répondre par un soufflet.
Du reste, tu ne te doutois pas que tous
mes revenus sont engagés ; que mon père
n'a pas même pu m'obtenir une pension
alimentaire ; qu'il a la charité d'y pourvoir

de

de sa poche, etc., etc. — Mais Gabriel, me diras-tu, comment se hasarde-t on à faire des mensonges qui peuvent être prouvés sur le champ par actes publics et juridiques? Comment? Je te dirai, Sophie, comment. Quand on a bâillonné son fils de manière que sa transpiration même ne puisse s'évaporer; quand on a le premier ministre pour soi, et qu'on est sûr qu'il ne voudra point admettre l'opprimé à restituer la vérité des faits. — J'entends fort bien le nœud des correspondances, et je vois que nous devons infiniment à l'opiniâtre bonté de M. L. N. Avec un homme qui n'eût pas eu le courage de se roidir contre les obstacles et de se mettre au-dessus des clameurs pour faire du bien, nous étions perdus. Ménage bien ta vieille amie, et son substitut à venir. Pour cette fille naturelle de cette mauvaise mère, elle me fait une très-grande pitié; et les larmes me sont venues aux yeux en comparant son sort à celui que je me promets pour ma fille. Certes madame de R. est trop bonne, et je me flatte que monenfant ne lui demandera jamais de *condition*. Cette ame-là ne se dément pas, il faut en convenir, et c'est quelque chose que d'être conséquent. Mais

Tome III. E

à propos de ses plaisantes phrases , je
voudrois que quelque bonne ame, qui ne
fût pas sa fille , lui dît : « mais madame ,
c'est donc par égard pour leurs confrères
et par respect pour le sacerdoce , que les
procureurs généraux ne présentent jamais
de requisitoire contre les femmes qui cou-
chent avec les premiers présidens et leurs con-
fesseurs ? et il n'y a que ces femmes-là qui ,
nonobstant ces petites gaietés précédées de
beaucoup d'autres , et colorées , il est vrai,
de beaucoup d'hypocrisie , de pruderie ,
d'affectation , de dévotion , etc., etc. , etc.
aient droit de vivre libres. Mais , madame,
daignez songer à ce que va devenir ce
monde sublunaire, si l'on enferme toutes
les femmes qui ont des amans. Ce globe
ne sera plus qu'un vaste convent , et à
coup sûr on en fera sauter les grilles ; car
enfin_tant de leviers en action peuvent
produire de grands effets. Ma bonne dame ,
vous , décrassée dans la robe, vous femme
de robe au passé ; au présent et à l'avenir ,
vous devriez savoir que tout magistrat
qui invoque une lettre de cachet, se déshonore ; vous devriez savoir qu'une femme
quelconque, autre qu'une fille de joie ,
intenteroit un procès criminel à un pro-

cureur général qui s'aviseroit de se mêler
de sa conduite, avant que le mari eût fait
sa plainte ; vous devriez savoir aussi, vous
dont la sœur ne se porte jamais bien ou
mal que ce ne soit une joie ou un deuil
public , que toutes les femmes galantes
ne sont pas enfermées ; ce ne sont donc
plus que les femmes tendres , fidelles , cons-
tantes , qui ont ce privilége exclusif. Hé
madame , il est bien vrai que vous n'avez
pas le sens commun , et votre conduite de
ces dernières années ne l'a que trop prouvé ;
mais enfin on dit que vous avez quelqu'esprit , et il doit vous suffire pour comprendre
que votre fille ne peut que se moquer de
vous *in petto*, quand vous déraisonnez à ce
point ; et que vous feriez beaucoup mieux
de lui parler raison , et sur-tout de comprendre que cette fille , à moins d'être un
monstre , ne peut penser, ni espérer, ni
desirer , ni projeter autrement qu'elle fait. »
—Mais sais-tu que toi-même, Sophie bonne,
tu me fais un raisonnement à la R... A propos de la mort du marquis ? Eh quoi ! ne
vois-tu donc pas que M. de Mo. n'est que
pour un centième dans l'histoire de ma détention. Nos chers parens commencent toujours par mettre en fait ce qui est en ques-

tion. Ils supposent constamment, parce que
nous sommes condamnés par contumace,
que nous sommes jugés sans appel. A Dieu
ne plaise que j'aie la moindre idée de recommencer jamais ce scandaleux procès, dont
tu pourrois te tirer assez mal ; car enfin
on prouvera que tu as vécu avec moi ;
mais moi, je me mocque d'eux tous, et
peux, si cela m'amuse, plaider contr'eux
jusqu'à la vallée de Josaphat, les baffouer,
turlupiner, ridiculiser, et au bout peut-
être leur faire une assez mauvaise affaire :
de plus, fussai-je condamné, je m'en rirois
encore, parce que Gabriel, qui mourroit
cent mille fois sous la hache du bourreau
avant que de demander grace dans une
affaire déshonorante, ne balanceroit pas
un moment dans celle-ci qui n'est et ne
peut être, relativement à M. de Mo.,
qu'une plaisanterie faisant le pendant de
la culotte de M. de Valdhaon portée au
greffe ; avec cette différence que lui pouvoit passer pour le séducteur d'une fille,
et que je ne suis l'amant que d'une femme.
Le vrai est qu'il faut assoupir tout cela ; le
vrai est qu'il faut attendre la mort du marquis ; que M. de Valdh ★ est trop raisonnable pour ne pas s'accommoder avec moi

enun quart-d'heure de conversation ; quand
je dis avec moi, c'est-à-dire avec toi ; car
je n'ai nulle envie de lui tirer du sang , à
lui ni à personne, qu'on ne m'y force. Sois
sûr qu'ils sentiront très-bien quel épou-
vantail est ma fille ; et que bien , que pour
cent royaumes , je ne voulusse pas qu'elle
passât pour fille d'un autre , tu peux cependant en faire la peur. Laisse-donc dire
madame de R. et compagnie, et tâchons
de me tirer d'ici par la bonne porte ; voilà
l'important : tout le reste s'arrangera de
lui-même. Quant à ce qu'il t'importe de
me demander , écris-le sur une demi-
feuille à part , indépendante de ta lettre
prochaine ; et soumets-là à M. B. S'il peut
la laisser passer , sois sûre qu'il le fera. S'il
ne le peut pas , il la gardera ; voilà comme
il faut en agir avec lui. Je suis très-content,
en tout sens, que ton testament soit refait,
et confié à quelqu'un de sûr. — Où as-tu
donc pris que je ne me souciois plus du cachet ? Tu m'avois dit que tu ne pouvois
le faire faire ; je m'étois résigné ; et depuis,
quand j'ai vu combien tu étois serrée , j'ai
trouvé que tu faisois beaucoup trop de
dépense pour moi ; car les bagues ont dû
te coûter cher. Voilà tout ce que j'ai voulu

dire. L'empreinte que tu m'envoies est charmante; et le cachet que je veux payer pour peu que ce soit un objet de la moindre considération, me fera le plus grand plaisir : mon chiffre fait mieux que je n'aurois espéré. Pour les manchettes, elles sont comme tout ce que tu fais, un chef-d'œuvre d'adresse et de goût; la tresse fera mon bonheur, et n'a pas laissé que de contribuer puissamment à me tenir éveillé cette nuit. Si c'est-là ton intention, tu y as réussi, presqu'aussi bien réussi que la petite qui n'est point une laide comme tu as l'audace de la nommer ; mais une froide compagne, que les caresses les plus brûlantes ne paroissent point émouvoir. Hé ! quel art seroit la peinture, s'il pouvoit faire une autre toi-même! — Ah mon amie je sais quel charme tu répands autour de toi. O Sophie ! qui le jour trouble mon repos, qui la nuit me tourmente en songe ; Sophie, source de tout bonheur, de toute volupté, de tout transport, crois-tu donc qu'elle n'est point toute aimable, celle qui a fixé ce cœur volage qui jamais ne s'étoit donné, ces sens impétueux qui m'ont tant commandé d'infidélités, cet homme si blasé sur tout ce

que le vulgaire appelle des plaisirs, si
au-dessus de l'opinion, cette folle reine du
monde, si rempli d'une trop juste méfiance
contre ton sexe, et qui, seulement depuis
qu'il te connoît, n'approche jamais de feux
sacriléges de ton temple. Non, et ce remords,
le plus cruel de tous, est étranger à mon
cœur. Jamais parjure ne souilla ma bouche : jamais l'idée même de te tromper ne
déshonora mon ame. Tout ce que je t'ai
dit de mon amour, tout ce que je t'en ai
caché, tout ce que tu en as senti, tout ce
que tu en as deviné, est également vrai,
profond, inaltérable, éternel; il survivra
à mes forces, à mes desirs, à mes sens :
ton trône est dans mon cœur; et les délices
de mon imagination ne sont que ton moindre triomphe. Crois-tu que ce soit une
femme ordinaire qui ait remporté sur moi
une telle victoire? Ne t'étonne donc pas
de ton ascendant sur tout ce qui t'entoure :
apprécie-toi une fois; et juge de ce que
tu vaux par cet hommage, toujours forcé,
de ton sexe, qui est forcé de t'adorer
lorsqu'il ne voit pas en toi une rivale.
J'aime tout-à-fait la pauvre enfant qui te
sert : ah ! ne la gronde pas des marques
de sa sensibilité : règne sur tout ce qui

E 4

t'approche, et ne dédaigne pas cet empire
si naturel et si doux. — J'ai beaucoup ri
des combats dont tu avois été la cause; et
je me console qu'ils ne t'aient point attendrie. Je t'invite fort à ne pas te départir
du système de réserve que tu t'es fait.
Mais je te recommande la fille de cette
mauvaise mère : adoucis son sort; et prête-
lui ce que nous voudrons quelque jour
qui nous soit rendu dans notre enfant.

J'avoue que l'impudence de Bru... m'a
presqu'étonné; et, quoique je n'aime pas
les discussions pécuniaires, je m'en expliquerai avec M. B.... Quoi ! cet homme à
qui tu a donné une si belle montre, à
qui j'ai donné tant de jolies bagatelles, et
qui, sans nous, se seroit trouvé sans le
sou, puisque, malgré les trente-cinq louis
que je lui remis, il arriva à Paris avec trois
ou quatre; cet homme ose dire que tu lui
dois. Cela est bisarre et insupportable.
D'ailleurs, je veux mon épée et ma bague;
mon épée, parce que mon intention ne fut
jamais de la donner ; ma bague, parce
qu'elle vient de toi. Qu'il garde mes pisto-
lets, mon imprimerie, mes dentelles, cent
autres chiffons, et jusqu'à une redingotte
et une culotte de daim toutes neuves ; car

il ne dédaigne rien, à la bonne heure. Mais
pour ma bague, je l'aurai, et au moins son
aveu qu'on ne lui doit rien que de *tendres
remerciemens.* --- Tu veux savoir comment
je me trouve de M. de R.... ; et je puis te
le dire maintenant, parce que j'écris cacheté, ce qui m'a valu avec lui une scène
très-vive ; mais c'étoit le moyen de m'obstiner, et je l'ai emporté. Je croyois autrefois cet homme un lourd soldat qui suivoit
son enseigne. J'eusse été trop heureux avec
les bontés qu'on a pour moi à la police ;
mais non, c'est un homme infernalement
dur, méfiant, double et menteur. Il a trouvé
mauvais que je misse sous l'enveloppe de
M. L. N. des billets pour M. B..., qui, je
crois, voit trop clair au gré de M. de R....
Il a d'abord chicané, puis soustrait ces
billets. Je m'en suis apperçu, au moins
pour quelques-uns. Sur ces entrefaites, j'ai
découvert, par l'indiscrétion de F... ; qu'il
me mettoit en jeu pour perdre icelui F...,
lequel est un polisson, mais non pas ce
qu'on veut dire, et dont on m'a fait accroire une trahison que probablement il
ne m'a pas faite.

Ce procédé et l'indignité de me peindre
acharné à la poursuite d'un homme qui,

m'eût-il trahi, ne m'a fait aucun mal, grace à la bonté de M. L. N., m'a outré. Le pige avoit été bien tendu; car ce fut à l'époque du silence de 80 jours. Je débordai plein d'indignation, d'inquiétude et de douleur; mais on a des yeux à la police, et l'on a apparemment apperçu que l'on faisoit le cas plus grave qu'il n'étoit; d'autant que l'on m'avoit dit formellement qu'on se plaignoit que j'eusse voulu séduire, etc., et qu'il n'avoit pas été question de cela. Somme tout, je me suis expliqué et j'ai cacheté. M. de R. vint furieux le lendemain, et me traita comme je ne l'ai jamais été de personne. Je fus aussi modéré que ferme; cependant sur un mot où l'on se vantoit de ne m'avoir jamais *maltraité*; je levai un peu la tête, et je demandai *s'il y avoit un homme dans l'univers qui l'oseroit*. Avec M. de R. il ne faut qu'aller droit à son but. Ne le suivez point dans ses pesantes gambades : la moindre apparence de contradiction le met en fureur : il écume : modérez-vous; laissez-le enferrer : soyez ferme; bientôt il sera souple et rampant; vous n'obtiendrez rien que de vaines promesses; mais il vous craindra; si vous fléchissez, il vous oppri-

mera : si vous donnez prise , il vous étouf-
fera. Voilà quel a été ; est et sera la bous-
sole de ma conduite. Les six premiers mois,
j'ai été aussi bête qu'il a pu desirer ; quand
je me suis vu à l'abri d'une calomnie vague
par un premier compte rendu favorable ,
j'ai montré peu à peu que je voyois clair ,
et l'oppression a diminué. Dans cette dernière scène il étoit hors de lui , et m'a
manqué essentiellement : il a réparé cette
sottise par des phrases honnêtes qu'il
vint me répondre le surlendemain à une
lettre vigoureuse où lui donnant 24 heures
de réflexion , je l'avertissois que j'allois
déférer son procédé à ses supérieurs , s'il
ne le rétractoit pas. Tout est calme maintenant ; mais tu sens que ce calme est une
bonace politique , et un mal-être très-réel
pour un homme aussi franc que moi, et
aussi infortuné. Ne réponds qu'équivoque-
ment à cet article ; car le *bon ange* , je ne
sais pourquoi, m'envoie tes lettres ouvertes ; et je veux éviter de nouvelles discussions. Somme tout , je patiente et
patienterai ; si j'étois poussé à un certain
point , je demanderois la Bastille , et je
motiverois ma demande de manière qu'on
auroit de la peine à la refuser ; mais je

crois que la conviction de la justice et des
bontés de M. le Noir , de l'intérêt que
me témoigne M. B. , qui à cet égard , n'est
rien moins que dissimulé , et sur-tout la
petite formalité des lettres cachetées tiendra
mon homme fort en bride ; et c'est tout ce
que je veux. Silence ; à jamais silence.—
Je n'ai point pensé au marquis de Caramant,
et voici le pourquoi. 1°. Quoique je le croie
un fort honnête homme , j'ai peine à me
persuader qu'il fût empressé de se mêler
d'une affaire épineuse vis-à-vis de mon père
dont il a plus que besoin ; et d'ailleurs il
est très-probable que mes lettres ne lui pas-
seroient pas. 2°. J'ai toujours compté forcer
M. de Caramant , avec tous les égards dûs
à un homme que j'estime , mais avec toute
la fermeté que je crois me devoir , à quitter
l'y dont il a augmenté son nom. Mon père
a pu reconnoître qui il a voulu pour son
parent, le roi aussi , etc. ; mais moi , je puis
toujours revenir contre ces manigances. Je
ne veux de RIQUETY , que ceux qui le sont ;
et comme MM. Riquet de Caramant ont
500,000 livres de rente que je n'aurai jamais,
il est très-probable que dans cent ans
le public , à qui l'autorité ni les généalo-
gistes n'en imposent pas , mais qui n'a point

le temps d'écouter les manifestes de tout
le monde, prendroit la branche entée pour
la bonne ; et nous pour la branche entée.
C'est ce que je ne veux point ; non que cela
ne me soit beaucoup moins intéressant aujourd'hui que je n'ai plus de fils, et n'en
aurai probablement pas de mon nom. Cependant, comme madame de Mi.... n'est
pas plus immortelle que moi ; comme tu
es fort jeune ; comme les possibles sont
fort étendus ; comme aussi je puis avoir des
neveux de mon nom, je ne veux pas, en demandant un service à un homme, avec qui
je puis vouloir un jour avoir un procès,
me barrer mes projets et gêner ma conduite ; car assurément les devoirs de la
reconnoissance l'emportent infiniment sur
ceux que peuvent nous imposer notre état
et notre nom. — Vassan est parent proche
de ma mère. Il étoit aussi pauvre que tous
les autres Vassan ; car ma mère étoit la
seule riche, et elle ne l'étoit que comme
héritière de la maison de Saulveboeuf dont
étoit sa mère. Les ladres parens du petit
et joli Vassan ont acquis en *Catimini* et
sans que personne s'en doutât, une grande
fortune que le petit bonhomme vient d'hériter. Pour comble de bonheur, dans ma

situation, ce parent-là qui est honnête et
gentil, et peut prendre de l'influence et de
la considération par le changement de ses
affaires, est le seul parent de ma mère lié
avec M. de S. et mon père. Quant aux
parens accrédités, MM. de Noailles, le comte
de Mont-Boissier, le duc de Laval, M. d'Es-
cars, de Mascarani, d'Argouges, etc. ce
sont des gens de cour; c'est-à-dire des gens
qui ne s'occupent apparemment que d'eux.
Dans le commencement que j'étois ici,
j'écrivis au maréchal de Noailles qui m'aimoit assez autrefois, soit parce que je ne
chantois pas mal, soit parce que je parlois
presqu'aussi hardiment que lui. Je ne sais
si ma lettre lui est pervenue : je n'en ai
eu aucune nouvelle ; eh ! que dire dans une
lettre, quand il faut dévoiler une trame
telle que celle qui m'enveloppe. Je n'ai pas
tout dit même à M. le Noir ; et cependant mon parti est pris de caver à fond ma
chère parenté de Provence, qui est la grande
source de tout le mal; et qui n'a plus aucuns droits à mes ménagemens depuis que
mon fils est mort.—Si tu veux m'en donner
la permission, je te promets, tout malade
que je suis, de déconvertir madame de
Tenare dans une nuit. Il ne tient qu'à toi,

envoie-moi cette prêcheuse. Voilà , par
exemple , de ces sermons auxquels on peut
répondre par du persiflage. — Tu es trop
bonne de t'obstiner à vouloir que Ge. n'ait
connu de sa minette que la griffe. Je sais
sur cela tout ce qu'on peut savoir ; et je te
réponds qu'elle lui a offert souvent du
très-velouté.—Ménage et caresse ce révérend
père, et vois-le le moins que tu pourras. Toutes ces canailles-là ne peuvent
être que dangereuses , et tu peux croire, à
jamais, que tout prêtre est un mal honnête
homme bon prêtre, ou un mauvais prêtre
honnête homme ; encore , comment concilier avec la probité , cette éternelle hypocrisie ? Je te prie d'entendre bien ténèbres
pour moi; mais dors le matin ou le soir;
je le veux absolument , dusses-tu ne pas
penser à moi de toute la nuit. — Ton illustre académie de Dijon avoit proposé
l'éloge de Claude Saumaise, pour son éloge
de l'an passé ; malgré tout ce que j'avois pu
dire à Morveau sur la ridiculité d'un tel choix.
Saumaise est un savantasse qui certainement a rendu des services à la littérature
et aux sciences ; mais comme ceux qui ont
desséché les marais de *Lutèce* , ont contribué à élever ce superbe palais du Louvre,

le plus bel ornement de *Paris* : tout au
plus Saumaise peut-il faire le sujet d'une
notice historique, mais jamais d'un morceau d'éloquence. J'ai vu dans l'esprit des
journaux que Maret s'étoit tendrement
plaint, au nom de l'académie, de ce qu'elle
n'avoit reçu aucun ouvrage pour concourir
à ce prix ; et tout en avouant que les auteurs n'ont été arrêté sans doute , que
par la difficulté de louer un tel homme ,
on propose le même sujet pour 1781. Cela
m'a paru spirituel et conséquent. Tu sais
que ce n'est que tout les trois ans qu'on
donne un prix d'éloquence dans cet illustre lycé. Morveau se faisoit une fête d'en
faire proposer un qui pût exciter ma verve,
afin de fouëtter un peu le sang du peu
débonnaire M. de R. Probablement il me
sait empêtré, et se croit dégagé de sa parole ;
à coup sûr il en est fâché. Je n'ai jamais
vu plus belle antipathie, et il étoit tout-
à-fait plaisant, lui et sa belle amie , quand
il étoit sur ce chapitre. Mais , me disoit-il
un jour, il est impossible que cette femme
soit fille de ce cheval de carosse. Je souris ;
et tu sais ce que j'en pense : en vérité c'est
quelquefois un bonheur d'être changé en
nourrice. -- Je suis enchanté que mon travail

vail t'amuse : l'essai sur la littérature de-
viendra intéressant. Je t'ai envoyé la fin du
premier livre des métamorphoses , et un
lecteur y. m. l. t. avec beaucoup d'addi-
tions. Mais quelle complaisance a ce bon
ange de tant lire et de si vîte faire passer.
Bon ange , un peu plus de lettres , un
peu moins de cahiers. Il est bien vrai
qu'alors vous seriez trop aimable. — L'à-
propos du révérend père m'a paru charmant , et tu ne sais pas quel prix une
page de plus ajoute à tes lettres. — Ma
chère bonne , j'espère bien que tu auras
profité de ce beau temps , pour beaucoup
marcher. J'ai maintenant trois heures et
demie de promenade , et j'en aurois davantage sans l'ordre ou plutôt le désordre ridicule de cette maison. Si je n'en étois privé
que pour les autres , cela me feroit plaisir ,
bien loin de m'affliger ; mais les autres n'en
sont pas plus heureux. Combien j'ai été
touché de l'idée que tu as eue relativement
à nos promenades solitaires ! Puisse-t-elle
t'engager à les multiplier ! Hélas ! je ne
vois pas un beau temps , que je ne me
dise : ah ! si Sophie et moi respirions ce
même air , combien il seroit plus pur ! Je
n'apperçois pas une fleur que je ne t'en de-

Tome III. F

sire l'odeur, et que je ne gémisse de ne
pouvoir la placer sur ton sein ! O ma Sophie
Gabriel ! Nous avons éprouvé de tout, et
nous savons bien qu'il n'est rien que la présence de ce qu'on aime n'embélisse. Combien pour des amans vulgaires notre vie eût
été triste à Amsterdam ? Combien pour une
autre femme toutes les privations auxquelles
tu étois condamnée, et que tu endures
hélas ! encore aujourd'hui, sans dédommagement et sans consolations ; combien cette
vie disetteuse qu tu soutenois avec tant de
douceur et de gaîté, à laquelle même tu
n'aurois peut-être pas daigné penser, si
ton Gabriel ne l'eût partagée ; combien
tout cela eût été cruel ! Ah ! Sophie seule
sait aimer. Mais hélas ! la perfection de sa
tendresse, le tact exquis de sa sensibilité
est en ce moment la mesure de son infortune. Plus on aime, plus on a besoin d'aimer.
Plus le cœur est actif, et plus ses peines sont
aiguës : et quelque féconde et souple que
soit l'imagination qui mêle par le charme
de l'espérance quelques gouttes de volupté
dans le calice amer de la douleur et de
l'absence, ses compensations sont bien foibles pour tant de maux ! O chère amante !
je le dis comme Tibulle : la passion que

nous sentons, semblera une fable, un roman à la plupart des hommes : mais qui
n'aimeroit mieux le ridicule qu'on peut attacher à notre amour, que le sort des Dieux
sans amour ?—Chère amante, tu ne t'occu-
pois guère autrefois du calendrier, que
pour compter les larcins de l'amour ; mais
oublieras-tu cette fois, comme l'année passée, qu'il est un patron de Gabriel, fêté,
renommé, et qui règne le 24 de ce mois.
Hélas ! c'étoit tous les jours ma fête, quand
j'étois auprès de toi : chaque jour, chaque
heure m'apportoit en offrande tous les
dons de l'amour. Dieux que mon sort est
changé ! et que ce pauvre Gabriel est déchu !
Quand tu fêtois si bien le client, comment
n'aurois-tu pas eu le droit de passer sous silence, le patron ? Mais à présent que l'un
et l'autre ne sont plus que dans ta pensée,
je crois que saint-Gabriel, si tant est qu'un
ange soit saint, seroit très-piqué que tu ne
lui fisses pas une commémoration très-
agréable ; et comme les anges s'entendent
ensemble, j'espère que le mien négociera
cette affaire avec celui de M. B. Hélas !
c'est ce borgne *d'inséparable* qui profitera
le mieux de ton souvenir. Pour toi, tu es
une réprouvée qui n'a pas la plus petite

place dans le ciel, et je serai obligé de passer sous silence, ta sainte tutélaire, à moins que tu ne prétendes que dans le mois prochain ou dans octobre, je ne transforme Sophie en *Marie* ou en *Thérèse*. Mais non, tu gronderois, et moi, je ne veux, sous aucun préetxte, métamorphoser Sophie, avec laquelle je compte bien me damner ou me sauver sans l'intercession de personne. Mais le jour où je t'ai connue, et celui où je te fus uni par des liens indissolubles : voilà mes plus grandes fêtes, voilà ces jours sacrés pour moi. Oui, ma Sophie ; et je crois notre amour égal et mutuel. C'est au nom de ta fille et de ta tendresse, et de tes délicieuses faveurs, que je t'en conjure, aime-moi ; ose me le dire : sois toujours vraie, naïve ; sois toujours ce que tu fus, ce que tu es, et reçois mon encens, mes vœux, mes adorations, mes baisers, mes transports ; et si tu m'aimes, que t'importe que mon amour et le tien soient connus de tout l'univers ; que tout ce qui respire sache que tu brûles d'une flamme plus pure, plus sainte que celle qu'on allume sur les autels.

GABRIEL.

Je t'envoie une feuille de vers, et tu e█

recevras autant chaque fois. Je te prie de
me répondre nettement à cette question :
quel est le moment où Orosmane est le
plus malheureux ? Est-ce celui où il se
croit trahi par sa maîtresse ? est-ce celui
où, après l'avoir poignardée, il reconnoît
qu'elle étoit innocente? Prends garde que
je ne considère que l'espace de temps qui
s'écoule entre le moment où Orosmane
reçoit le billet de Nérestan, et celui où il
se donne la mort.—La C. M. P. L. étoit première chanteuse de l'Electeur de Bavière ;
et il faut en convenir, la deuxième ou troisième de l'Europe pour l'habileté ; c'est-à-
dire que la Gabrielli a plus de réputation
vu la beauté de son organe ; mais certainement moins de science musicale, et infiniment moins de talent pour l'*adagio* qui,
sans contredit, est le dernier effort du
musicien. — La charge de capitaine des
levrettes est assez ridicule; mais elle donne
les entrées. —Je te rends mille tendres actions de grace pour la relation intéressante
que tu m'as donnée de ton genre de vie.
Ah ! crois-tu qu'il y ait quelque détail relatif à toi qui ne m'importe pas ? — Ne
nomme du tout point M. de Rougemont.
Dis seulement *Cerb...*

AU COMTE DE MAUREPAS.

20 Février 1779.

MONSIEUR LE COMTE,

SI j'étois un citoyen obscur, réduit à la mendicité et infirme, j'espérerois trouver des secours dans les hôpitaux du royaume à l'administration duquel vous présidez. Je suis un citoyen notable; j'ai un revenu modique, mais suffisant à mes besoins et même à mes desirs. Je suis nud, souffrant, malade, infirme, et privé en tout et pour tout de la protection des loix : je ne puis rien obtenir de ce qui m'est le plus nécessaire. Voilà ma situation.

Qu'objecte-t-on à ce peu de mots ? — *Mon fils n'a pas un sou de biens libres : tout est arrêté par ses créanciers : je n'ai pu lui obtenir même une pension alimentaire.* — A cela je réponds : cet exposé fût-il vrai, celui à la requisition duquel je suis détenu, doit subvenir aux frais de ma détention, et m'accorder ce que le roi m'accorderoit si j'étois prisonnier d'état. Mais cet exposé est faux, et je demande à prouver par des actes authentiques et judiciaires que mille écus de rente m'ont été accordés par le lieutenant-civil de Paris, lorsque j'ai été interdit, sans me défendre ; or j'avois alors neuf mille livres de rente ; j'en ai aujourd'hui quatorze mille cinq cents.

Mon fils n'est point malade. Les prétendus symptômes de ses incommodités, sont des ruses de prisonnier. — Je réponds : si le commandant, le médecin, le chirurgien et l'oculiste du donjon de Vincennes trompent mon père, ou si je les trompe ; qu'on m'envoie donc des hommes que je ne puisse pas tromper ou qui ne soient pas soupçonnables de vouloir tromper ; car je ne puis réclamer le témoignage que des personnes que je vois ; et ce n'est pas répondre à un fait, ou le détruire, que de supposer qu'il est faux ou exagéré, sans l'examiner ou le discuter.

Mon fils est un pauvre fou qui ne mérite aucune créance. — Je réponds : je suis trop près de moi-même pour pouvoir me juger ; je ne sais donc pas si je suis un fou ; mais si je le suis, je mérite de la pitié et non des traitemens barbares.

Voilà en trois mots, Monsieur le Comte,

F 4

ce que j'ai à dire sur ma situation actuelle.
Je ne sais si ce n'est que retranché dans
la tombe et protégé par la mort que je puis
espérer du repos, et je l'invoque même à
ce prix. Mais puisqu'on assure que vous
avez l'ame belle et sensible (et quels que
soient vos procédés envers moi, j'aime à
le croire) je me dois de tenter un nouvel
effort, et je vous prie de peser ce qui me
reste à vous dire.

Entendre les ennemis de son fils, et
refuser de l'écouter; le punir plus sévère-
ment que la loi, et par des voies extra-
judiciaires ; l'immoler lentement, et lui
refuser ce qu'un maître humain ne refuse
pas à son laquais, ce sont autant de par-
ricides. Accuser une victime innocente,
est un autre parricide. Se prêter à de telles
iniquités , en être l'instrument par son
crédit et son autorité, je ne dirai pas ce
que c'est, monsieur le comte, je pleurerai
sur la vertu trompée.

Mon père parle souvent d'un Dieu rémunérateur, et vous y croyez sans doute : vous
avancez dans une heureuse vieillesse, et
mon père y touche. Eh bien ! monsieur le
comte, puisse-t-elle être pour tous deux,
longue et fortunée ! Puisse mon souvenir

ne pas l'empoisonner de remords ! Puis-
siez-vous à votre dernier jour, trouver tous
deux plus de miséricorde que vous n'en
avez montré !

Je suis avec un profond respect, monsieur
le comte, votre très-humble et très-obéissant serviteur,

MIRABEAU fils.

A SOPHIE.

20 Février 1779.

CE n'est point moi qui t'ai priée de m'é-
crire *bien vîte ;* vraiment je n'ai garde de
te gêner ; c'est M. B. à qui je dois autant
de remercîmens que je te dois peut-être
de reproches. Voilà ta lettre ; ainsi tu es
pardonnée ; mais aussi voici mon histoire
qui prouve que j'ai quelque mérite à cette
indulgence. Une méprise très-simple pour
les indifférens et très-cruelle pour moi,
fait que je reçois aujourd'hui vingt une
lettre que M. B. m'avoit destinée vendredi
cinq février, et envoyée le samedi matin ;
mais il s'est trouvé que cette lettre étoit

la tienne du dix décembre à laquelle j'ai
répondu le 25 du même mois. Aussi-tôt
mon imagination impétueuse qui toujours
porte à l'extrême ce qui intéresse mon
cœur, s'est mise en mouvement. Je t'ai
crue...que sais-je moi?... morte, malade,
ou mourante? J'ai imaginé que par une
vaine pitié qui ne fait que rendre les tourmens plus lents et plus cruels, on avoit
voulu me tromper pour gagner du temps;
cela étoit d'autant plus probable que j'avois
demandé de tes nouvelles dès la fin de l'autre
mois. M. B. pouvoit seul éclaircir l'histoire
de cette transposition : on auroit dû lui
écrire et sûrement il eût réparé sur-le-champ
autant qu'il étoit en lui, cette petite erreur ;
mais on a voulu le joindre, et comme dans
les plus petites choses aussi bien que dans
les plus grandes, dans les faveurs les plus
précieuses comme dans les concessions de
rigoureuse équité, tous les hasards sont
toujours contre moi en dépit de ceux qui
me veulent du bien, on ne l'a trouvé que
le mardi neuf; parce que le roi et la reine
étoient venus le lundi huit à Paris, essayer
de faire cent couples d'heureux; tandis que
tant d'autres couples d'innocens gémissent
dans les fers (et voilà comme les rois sont

bons...comme on trompe jusqu'à leur générosité!) M. B. a avoué avec la plus charmante
bonté son erreur, et t'a écrit ce même jour
neuf de me tirer d'inquiétude. Tu es *hâtée*,
et je reçois ce matin 20 ta lettre. Or le
25 décembre tu m'envoyois mes bagues,
le 27 je les avois ; j'ai cent mille raisons
de te croire auprès de Paris , et je haïrois
si je te savois à Salles. J'ai vu un million
de motifs de ne pas imputer au très-ex-
cellent M. B. une prolongation de délai
qui a semblé lui coûter presqu'autant qu'à
moi. A qui donc veux-tu que je me prenne
d'avoir été dix jours et onze nuits dans
les agonies de la douleur et de l'incertitude ? Je ne sais si c'est à toi ; mais si tu
traites déja si légèrement l'infortuné qui,
du lever de l'aurore au lever de l'aurore,
est entièrement , uniquement occupé de
toi, rêve de toi, pense à toi, parle de toi,
écrit à toi , pour toi; si quelques raisons
que ce puissent être, autres que l'impossibilité , te font ménager si peu les inquiétudes , les craintes , les illusions , les délires
même de cette imagination que toi seule
embrâse, de ce cœur où tu règnes si des-
potiquement , de ces sens qui se survivent
à eux-mêmes pour brûler encore à ton

souvenir de tous les feux de l'amour ;
Gabriel est plus malheureux qu'il ne croyoit.

Ta lettre cependant, ta charmante lettre,
chère Sophie , est d'une tendre amante :
elle m'étoit bien nécessaire pour remettre
du calme dans mon cœur assombri par
un nuage très-noir qui enveloppe les foibles et précieux débris de notre bonheur.
J'ai craint...Mais pour cette fois du moins
je me suis trompé. O sort rigoureux ! O
perplexité cruelle ! T'appesantiras-tu long-
temps encore sur mon être qui croule ? Je
te l'avoue, ma Sophie, je suis déchiré par
des mouvemens qui jusqu'ici m'étoient in-
connus. Je dirois volontiers comme Oreste :
Mon innocence enfin commence à me
peser. Il n'est de repos avec mes impla-
cables ennemis; il n'en sera que dans la
tombe. Aucune pitié ne sauroit pénétrer
dans leur ame pêtrie de fiel : aussi barbares qu'injustes, ce que leur iniquité refuse , leur commisération ne l'accordera
jamais. C'en est trop , c'en est trop. Je
ne sais si , proscrit par un destin supérieur , par cette nécessité fatale qui laisse
triompher le crime et gémir l'innocence ,
je suis destiné à mourir de désespoir, ou
à mériter mon sort par un crime ; mais

trop long-temps la peine le précède : je
sens des transports d'indignation, de haine,
de rage, qui jamais n'avoient eu accès dans
mon ame. Tu ne saurois concevoir avec
quelle infâme persévérance on m'écrase de
mépris et de barbaries. Souffrant, exté-
nué, presqu'aveugle, le plus infortuné des
hommes, si tu ne m'aimois pas, croirois-tu
que les plus simples secours, ceux qu'on
ne refuse pas à un laquais dans un hôpital bien administré, me sont déniés par
mon père? Croirois-tu qu'il spécule sur ma
santé; qu'il propose des abonnemens; qu'il
ose bien dire tout haut qu'on le trompe;
(on, c'est-à-dire le commandant, le médecin, le chirurgien, l'oculiste, M. L. N.,
M. B., presqu'aussi indigné que tu le seras
toi-même, M. Am. qui a écrit très-forte-
ment) que je me porte bien; que je dois
bien me porter, que je suis trop heureux ?
Enfin son mot le plus doux est que je suis
un *pauvre fou.* Croirois-tu que je ne puis,
à mes frais, me procurer nn domestique,
du linge, et des effets? qu'il faut que l'autorité s'en mêle pour que mes médicamens
soient payés; lesquels médicamens mon-
tent depuis six mois à 14 ou 1500 liv.; et
avec 600, il faut que je m'habille, m'en-

tretienne , etc. ; et tout ce qui n'est pas
nourriture et santé : aussi suis - je nud ,
parce que j'aime mieux l'être , et avoir quelques livres ; et il n'y a que 20 mois que
je marche nuds pieds dans mes souliers ?
Hélas ! hélas ! du moins ceux à qui nous
devons tout ne se reprochent pas les mouvemens de pitié qui les ont intéressés en
notre faveur ; il ne me manque que ce dernier
malheur. Mais celui là me tueroit ; et certes
je ne le mériterai pas ; et je leur dis à tous
qu'ils ne savent pas quel cœur ils déchi-
rent, quel homme ils dédaignent, et qu'ils
n'en connoîtront jamais le prix...Excuse ,
excuse, ô ma bien-aimée, ces plaintes in-
discrètes. Hélas ! la douleur m'étouffe : et
pourquoi ne l'épancherois-je pas dans ton
sein ? Tu me l'as tant ordonné. O chère
moitié de moi - même : tout le monde,
peut-être, me hait, excepté toi, et je me
haïrois moi-même, si tu ne m'aimois pas.
Mais hélas ! où te conduira ce fatal amour ?
Ne m'as - tu donc pas assez sacrifié ? Ne
t'ai-je pas assez accablé de mes maux ? Je
t'entraîne dans un abîme sans fond , et cette
idée qui m'est toujours présente ajoute
cruellement à mon infortune. Elle n'a
point de bornes : elle n'en aura point :

veux-tu que j'attende ma liberté de celui
qui me refuse mes plus pressans besoins.
Eh ! qui ne sait combien les méchans vivent
plus que les bons ?... Ah ! quelle que soit sa
cruauté, je ne me familiariserai jamais avec.
l'idée de n'attendre du repos que de la mort
d'un père ! Pourquoi donc t'acharne - tu
à te lier à mon sort ?...Adorable amante,
je ne te persuaderai pas plus que je ne veux
te persuader. Nous voir est notre unique
bonheur : nous aimer est notre vie : nous
ne renoncerons à l'espoir de nous réunir,
nous ne sentirons éteindre notre amour
qu'en exhalant notre dernier soupir.

> Che fato crudel !
> Che attendono i rei
> Dagli astri funesti,
> Se i premi son questi
> D'un alma fedel ?

Quel destin ! et quel sort est donc réservé
aux coupables, si tel est le prix de l'innocence et de la fidélité.—Tes *bobos* ne sont pas
des *bobos*, tant que les palpitations durent
et tant que tu ne dors pas; or c'est ce que
tu me caches en vain vers la fin de ta lettre ;
je l'ai fort bien apperçu. Je voudrois savoir
en détail quel est ton régime : peux - tu
prendre des bains ? Si tu le peux, fais-le ;

et encore mieux monte à cheval, s'il est possible, ce que je ne crois pas. Ne lis pas, n'écris pas tard ; obstine - toi à trouver le sommeil, fût-ce dans mes bras : reste beaucoup dans ton lit : ah! Sophie, Sophie! Soigne ma vie. Pourquoi te faire arracher une dent qui n'étoit que creuse ? Crois-tu donc qu'elles reviennent ? D'ailleurs tous ces charlatans qui ne font point de mal n'opèrent pas cet effet que vous estimez tant, vous autres femmes, (excepté dans une seule occasion) par leur sorcellerie ; mais par des poudres qu'ils cachent, et qui souvent ébranlent toutes les dents , et les déchaussent. Ma Sophie, ta personne est à moi, comme ton cœur: je te supplie de n'en pas disposer si légèrement: tu n'en as point le droit.—Je n'aime point les nouvelles vagues et non détaillées de mon enfant. Pourquoi n'en as-tu pas plus souvent.—Je ne connois personne qui ait plus de droit que toi de te moquer du babil des femmes ; car je n'en ai jamais vu une plus silencieuse et dont le parler soit si réfléchi. Certes, les observateurs vulgaires qui ne sachant de ton histoire que ce que tout le monde en sait, s'attendent à trouver en toi de l'impétuosité, de la fougue, de

la

la volubilité, en un mot une tête à grands
mouvemens, sont un peu surpris de n'y
appercevoir que la douceur, la modestie,
la pudeur d'une vierge. Pauvres gens! qui
ne savent pas que l'amour ne naît, ne
germe, ne s'exalte que dans une ame honnête, forte et concentrée; qu'aucun sentiment n'est aussi chaste que l'amour,
aucun plaisir plus décent que la vraie volupté et ses jouissances; que les têtes les
plus vigoureuses, et les cœurs les plus
ardens sont ceux qui, se repliant sur
eux-mêmes et se nourrissant de leurs propres forces, n'ont aucun besoin des émotions extérieures et étrangères, et ne s'exhalent jamais en vains discours. Au reste
ce que M. Tissot n'a pas dit, et ce qui
est vrai et plus profond que les lieux
communs sur l'intempérance de langue de
tou sexe, c'est que la nature qui va toujours à son but, ayant destiné les femmes
à être les nourrices de leurs enfans et leurs
premières institutrices, leur a donné une
volubilité naturelle d'organes, et une mobilité prodigieuse d'imagination, pour aider
la débilité de leurs petits élèves, les promener plus rapidement d'objets en objets,
leur faciliter l'exercice de la faculté nais-

sante de penser, et les familiariser de bonne-
heure avec tout ce qui les environne : on
peut encore dire avec un physicien moderne que la voix est un instrument à cordes. L'air échappé des poumons qui le
soufflent, pince les fibres tendineuses de
la glotte (petite fente du larhynx par laquelle sort l'air et la voix) et en tire des
sons en les faisant frémir. De la flexibilité
de ces fibres ou cordes vocales, dépendent
tous les agrémens du chant ; et les femmes
qui, pour la plupart, ont la voix claire,
douce, flexible, et infiniment plus propre
à la musique que nous, ne charment nos
oreilles que parce que leurs fibres sont infiniment plus irritables et plus exercées que
les nôtres, par le mouvement continuel
d'inspiration et d'expiration qu'occasionne
leur démangeaison de parler. Nos filamens
de la glotte sont plus grossiers, et plus
difficiles à ébranler ; nous parlons moins
et nous chantons plus mal. M. Tissot n'a
pas dit tout cela ; mais aussi M. Tissot n'a
fait que d'assez médiocres livres, et ne
s'est donné la peine que d'écrire ce que
tout le monde savoit. — Je prends les eaux
de Contrexeville, qui me fatiguent cruellement. Mais il faut souffrir, mourir ou

guérir en règle ; et j'espère qu'on me dira
bientôt ce que le médecin Malouin, idolâtre
de son art, adressoit à un homme de
lettres célèbre qu'il avoit bourré de remèdes, que le malade prit exactement, et
nonobstant lesquels il guérit : Malouin l'embrasse et s'écrie : *vous êtes digne d'être
malade.* Au reste, *je prends*, c'est-à dire,
j'ai pris et *je prendrai* ; car, attendant ta
lettre de jour en jour depuis vendredi 5,
ne pouvant du tout écrire avec les eaux
qui m'enivrent, et étant de plus agité d'impatience et d'inquiétude à en devenir fou,
j'ai jugé à propos de les suspendre ; je
les recommencerai après-demain jeudi.
Mes urines sont comme de la boue, et
rendent par jour quelques onces de sable
rouge, onctueux et friable ; ce qui est un
très-grand bonheur ; car la pierre seroit
formée en trois mois s'il ne s'échappoit
pas. Et ces jours-ci où mes urines ont été
limpides, j'ai fort souffert, entr'autres,
hier, de néfrétisme ; ce matin, elles ont
recommencé à charier. Mon père jure que
je les farde : sauf à moi à trouver le sable
où je pourrai : quant aux douleurs, comme
elles ne se peuvent démontrer, c'est un
mensonge évident, lors même qu'elles me

donnent la fièvre et des convulsions. J'ai
le bonheur de voir mon porte-clefs attendri, et presque pleurant sur ma situation,
et mon père riant et m'accusant de *ruses* :
c'est son mot : il y a des cœurs singulièrement bâtis ! J'ai cependant trouvé un expédient, quant aux urines, que je ferai proposer gravement au ministre ; c'est de
pisser devant le commandant, et de faire
aussi-tôt cacheter et sceller la fiole. Mes
yeux sont très-mal ; et cela est visible,
mais non pas pour ceux qui n'y veulent
pas regarder ; je n'aime point du tout ce
que tu me dis des tiens. Pourquoi des con-
serves ? qu'elles ne grossissent absolument
point, je t'en conjure... Hélas ! ma Sophie !
j'ai bien peur que jusqu'au bout notre devise
soit : *di memoria nudrirsi, piu che di speme.*
Quand la diminution de ses forces, de ses
facultés, de ses avantages est lente et in-
sensible ; quand c'est par une succession
infinie de momens que l'existence s'est dé-
gradée, on ne doit s'appercevoir que très-
médiocrement du changement ou du moins
ne point s'en étonner ; et je conçois fort
bien cet homme qui se retrouvant avec une
ancienne maîtresse qu'il n'avoit pas vue depuis trente ans, disoit bien bas, *mon dieu,*

qu'elle est changée ! sans penser que les trente années avoient fait sur sa propre tête les mêmes ravages. La décrépitude ne doit donc pas être un aussi triste et douloureux état que nous le croyons, nous autres jeunes gens; parce que les sensations diminuent avec les forces : ainsi tout se compense. Cependant, mon amie si chère, je crois que la vieillesse pourroit bien, dans certaines ames, ne pas éteindre l'activité du cœur; car enfin, si son énergie tenoit à celle des autres sens, il me semble que dans ces momens où je suis comme anéanti, je ne devrois sentir que bien foiblement mon amour. C'est tout le contraire, chère amante ; avec tant de raisons de haïr la vie, je m'applaudis de vivre encore, pour aimer encore. Je t'aime avec ma tendresse accoutumée aiguisée par la crainte de t'être ravi avant l'âge ; et cette tendresse est bien indépendante de mes sens, lorsque j'ai à peine la force de soulever mon bras pour faire courir ma plume. Je le crois donc, mon enfant, si nous parvenions à la vieillesse, elle nous trouveroit encore amoureux. Ainsi cet âge a aussi ses jouissances. Cette saison glacée peut être réchauffée par l'ame : et la fable de Philémon et de Baucis est une

illusion poëtique, née d'un sentiment pris
dans la nature : mais se sentir dépérir et
dissoudre si vîte sous les coups du malheur,
n'est-ce pas une situation bien triste ? Ah
Sophie ! Sophie ! du moins ne partage
pas celle-là. J'espère, j'espère encore qu'il
ne m'abandonnera pas ce maître si chéri,
quoique quelquefois si cruel : cet amour
à qui j'ai voué ma vie; et que je recevrai
encore de ses charmantes leçons. Il revi-
vifiera tout mon être. Ah ! oui, ma Sophie, ne fût-ce que par tes regards, quand
il le laisseroit fanné jusqu'au moment où
tu pourras le cultiver. Te souviens-tu de
ce je ne sais quoi, que ton imagination
charmante comparoit à une sensitive ?. .
Mais non, ma Sophie, tu n'es qu'une bête,
la comparaison est très-mauvaise : si tu
approchois une sensitive, si tu lui tendois
la main, elle se replieroit en elle-même,
et se cacheroit ; et ces plantes consacrées
à l'amour, dont le cœur est chez nous
l'unique jardinier, croissent, reverdissent
et se montrent dans toute leur beauté au
souffle de l'objet aimé, jusqu'à ce que sur-
chargées d'amour, épuisées par les pleurs
que leur arrache l'union des ames et son
inexprimable volupté, elles succombent et

s'anéantissent dans le sein du plaisir...Ma bonne, bonne Sophie, que les souvenirs et l'espoir te soutiennent comme ils me relèvent et m'encouragent. Hélas! on t'abandonne bien à tes propres forces! L'épreuve est terrible; mais mon amante en sortira victorieuse. Je dis comme Damon : *je suis sûr de mon amie.* Tu sais cette histoire, elle est le triomphe de l'amitié, et l'amour qui l'emporte tant sur elle, ne doit pas lui céder. Deux amis, Damon et Pythias, unis par les liens de la plus tendre affection, s'étoient juré un dévouement inviolable. Ils furent mis à une épreuve bien délicate. Pythias est condamné à mort par Denys tyran de Syracuse : il demande pour toute grace, un intervalle, pour aller en Grèce arranger ses affaires, et Damon se constitue prisonnier pour caution de son retour. Le temps s'écoule : tout Syracuse est dans l'attente de ce combat entre l'amitié et la nature. Le temps approche : le jour arrive : tout le monde plaint Damon ; on lui reproche sa généreuse crédulité : *je suis sûr que mon ami reviendra*, dit-il, et il revient. Nous ferions plus, nous, ô ma Sophie-Gabriel, nous ne nous quitterions pas, et nous mourrions

ensemble. Mais nos tyrans ne feront pas ce
que fit Denys. Touché d'un si bel exemple
d'attachement , il sentit que toute sa puissance ne lui procureroit jamais le bonheur
d'un aussi fidèle ami. Il fit grace à Pythias ,
et demanda pour toute récompense , aux
deux Grecs , d'être admis en tiers de cette
amitié. Ainsi leur magnanime tendresse tou-
cha le cœur même d'un tyran. Pour nous ,
ô ma Sophie, notre amour est notre crime.
Plus il est courageux et constant , et plus
ils s'en irritent. Il faudroit être ingrats ,
vils et traîtres , pour leur plaire. Je le crois
vraiment , nos sentimens sont la plus sévère critique des leurs. Mais non , nous ne
serons point parjures , dût-il nous en coûter
la vie. Je te l'ai dit cent fois ; je crois à
ta fidélité comme à la mienne. Je crois à
ta vertu comme au jour qui m'éclaire :
j'accuserois l'univers entier avant de soupçonner ma Sophie ; mais je suis susceptible,
inquiet , (par le mal-être de ma situation)
et sur-tout jaloux , et tu dois me le pardonner. Oui je le suis : pourquoi? je l'ignore.
C'est , sans doute , une foiblesse inséparable
de l'amour. De qui ? d'aucun objet déterminé et de tout. Je dirois volontiers comme

l'amour disoit à Psyché qui lui demandoit : *Des tendresses du sang peut - on être jaloux ?*

Je le suis, ma Psyché, de toute la nature :
Les rayons du soleil vous baisent trop souvent;
Vos cheveux souffrent trop les caresses du vent ;
 Dès qu'il les flatte, j'en murmure ;
 L'air même que vous respirez
Avec trop de plaisir passe par votre bouche ;
 Votre habit de trop près vous touche.

Ce ne sont point-là des phrases ; ce n'est pas de l'esprit : c'est un sentiment inexprimable, incompréhensible pour tout autre qu'un amant dont la Fontaine a donné l'équivalent par des images charmantes. J'ai été presque jaloux de mon portrait que tu pressois contre tes lèvres et ton cœur avec trop d'ardeur; je l'ai été très-réellement de tes amies et de tes frères tant que je les ai cru estimables; je l'ai été d'une femme dont tu me parlois dans tes premières lettres, et tu me fis un grand, un vrai plaisir, lorsque tu m'écrivis, sans que je t'en eusse parlé, cette phrase délicieuse : *elle est de mon sexe : elle m'inspire un intérêt très-tendre, et mes lèvres ne reçoivent pas les siennes sans répugnance; je fuis ses caresses; je crains presque que ce ne soit un vol fait à l'amour.* Ah ! oui ! oui, ma

Sophie ! conserve toujours cette délicatesse charmante. Tu n'as qu'un ami : qu'il n'y ait pour toi qu'un homme au monde, et qu'un objet de tes plus légères, de tes plus simples faveurs, comme des plus grandes : ah ! pour les moindres, je donnerois encore mille vies. Je ne t'ai jamais déguisé toute l'étendue de ma foiblesse en fait de jalousie, parce que c'est tel que je suis et non pas meilleur que je suis, que je veux être aimé ; je n'ai jamais cherché à la vaincre, parce que je ne la crois pas coupable ; parce que je suis certain qu'elle tient à ma tendresse. Me l'oserois-tu reprocher ? Ne t'ai-je pas vue inquiète et jalouse, toi, mon bien suprême ! toi, ma vie ! ne t'ai-je pas vue jalouse de l'amant le plus tendre et le plus ardent qui fut jamais ? — Il est bien aisé d'annihiler un testament en en refaisant un autre quand on le peut ; mais le peux-tu ? et tarderas-tu un seul instant à assurer par toutes les voies possibles le sort de ton enfant ? Ah ! tu l'aimes, sans doute, tu l'aimes. Tu l'as dit si bien et si tendrement, *que c'est le père qu'une amante aime dans son enfant.* Hélas ! je l'avoue, ou si l'on veut, je m'en accuse ; il n'y avoit pas la plus petite comparaison

entre ce que je sentois pour mon pauvre
fils, et ce que je sens pour ma Gabriel-
Sophie. Cependant je l'aimois, je l'aimois
beaucoup; mais à quelle distance il étoit de
sa sœur! cela est inimaginable; et comme
il n'avoit sûrement aucun tort envers moi,
comme je le croyois vraiment *mien*, ce
qui n'est sûrement pas vrai de celui qui a
pensé le suivre, il faut bien que cette différence infinie provienne de la différence de
mes sentimens pour les mères. Il est si
doux de se voir reproduit par ce qu'on
aime! il est si délicieux d'avoir doublé ce
qu'on adore, outre le bonheur de sentir
ses liens reserrés si étroitement, si indissolublement! quel amant ne seroit pas
enivré du plaisir de rechercher dans les
traits de son enfant tous les vestiges de
ceux de son amante? de suivre dans cette
ame naissante les progrès du développe-
ment de celle qui a parlé à la sienne? Oui,
chère Sophie, je te l'ai déja écrit cent fois,
et ce n'est point une exagération de l'enthousiaste amour; je t'aime infiniment
davantage que je ne t'aimois. Il s'est passé
quelque chose d'indéfinissable en moi qui
a centuplé ma tendresse, ou étendu les
facultés du sentiment, puisqu'il me presse

avec plus d'énergie. Puisse-tu, mon adorable épouse, éprouver le même effet ! tu ne me le dis pas ! Hélas ! peut-être n'oses-tu pas me le dire : peut-être aussi pour rétablir quelqu'égalité entre nous, la nature a-t-elle voulu que je fusse plus sensible, comme tu étois plus aimable. Ce partage est juste, et je ne m'en plains pas : c'est à moi d'adorer sans mesure. Ah ! je remplis bien mes devoirs à cet égard.

Je t'ai promis de te parler des sentimens que tu dois à tous les R., et de te donner l'explication non amphibologique de mes intentions sur ta conduite à leur égard : les voici, bien entendu que je n'envisage la question que relativement à moi. Je ne dis pas, mon amie tendre, que tu puisses au fond de ton cœur pardonner les injures qu'on m'a faites, les calomnies qu'on a répandues contre moi, l'infamie que l'on a de divulguer et d'altérer une lettre qui pouvoit me faire un tort irréparable, les attentats ourdis et exécutés contre ma sûreté personnelle, et sur-tout le funeste et insensé acharnement avec lequel on nous a poursuivis. Mais que veulent dire ces mots : *tu ne dois pas pardonner, tu ne dois pas oublier* ; et voilà tout. Tu ne peux

recouvrer des sentimens d'estime et d'amitié
pour des gens capables de tels procédés ;
mais ces procédés, ne peux-tu pas paroître les
oublier ? (Prends-garde que ce n'est point
de la dissimulation que je te conseille ici,
je n'en suis point capable, et je ne voudrois pas que tu le fusses) mais c'est de la
prudence. Ne les servirois - tu pas trop à
leur gré , si par une sécheresse et une
roideur trop peu déguisées , tu leur donnois un prétexte de te mettre dans l'im-
possiblité de te réunir à moi? Ce seroit
eux alors que tu vengerois et non pas nous.
Autant tu dois être inflexible sur les démarches qui te conduiroient à manquer à
toi-même, ou à tes sermens ; sur les discours ou les lettres d'où l'on pourroit in-
férer que tu as démenti ton amour , ou
pris des engagemens contraires ; autant
tu dois te montrer facile pour toutes les
complaisances qui ne tirent à aucune conséquence pour ta conduite , ne sont point
en contradiction avec tes principes , ne
compromettent point ta passion et n'ont
trait qu'à leurs caprices. De ce genre sont
les formules indifférentes , le ton plus ou
moins sec , les réticences qui ne font rien
à nos affaires, l'adresse à éviter de parler

de moi ; voilà les ménagemens que tu peux.
et que tu dois te permettre. Je sens, mon
adorable amie, que tu es d'autant plus
mal à ton aise à cet égard que tu ne peux
me consulter ; que tu connois ma fière
véracité, sur-tout dans le malheur ; et que
ce sentiment noble et impérieux est dans
ton cœur comme dans le mien. Mais enfin, mon amour unique, nous n'avons
qu'un but, c'est à ce but qu'il faut tendre
constamment, et qu'il faut parvenir, non
par des moyens vils qui ne réussiroient pas
et nous laisseroient le remords de nous être
démentis ; mais par des combinaisons, de
la prudence, une parsévérante activité et
toute la souplesse que peut comporter une
passion exclusive et sacrée. Quand je dis que
des moyens vils ne nous réussiroient pas,
c'est qu'en effet, la pusillanimité n'a jamais
eu de succès, et ce qui se passe à notre
égard, n'en est-il pas la preuve bien frappante ? Qu'eussions-nous gagné à feindre
d'obéir docilement à la voix de nos persécuteurs, de renoncer l'un à l'autre, etc. ? Tu
serois de même où tu es ; moi tout de même
à V... Nous aurions récolté l'un et l'autre
du mépris ; et le mépris détruit absolument
l'intérêt que l'infortune peut inspirer. Nous

eussions su ensuite , l'un et l'autre , par des
langues officieuses, notre lâche défection ,
et un ver rongeur auroit déchiré notre sein.
Au lieu de cela , l'énergie de notre passion
a touché. On a daigné craindre de nous
pousser au désespoir , et on nous a accordé
une grace, peut-être sans exemple, au fond
très-juste et très-raisonnable ; mais fort singulière aux yeux du préjugé. Voilà ce qu'une
conduite vraie , noble et ferme nous a valu.
La naïve expression de notre tendresse a
attendri. La politique la plus subtile n'eût
rien opéré. Il est vrai que ce n'est pas à
un dévot que nous avons eu affaire. Il est
vrai que ce n'est point à un Ru... , mais à un
homme dont le cœur est sûrement sensible ,
honnête et fort au-dessus du vulgaire, puisqu'il a saisi la justice de l'amour qui nous
unit, et l'excès où pourroit nous porter la
douleur : il est vrai que l'agent intermédiaire
qui seul pouvoit et rapporter notre affaire, et
choyer nos desirs, et les exaucer persévéram-
ment, que le bon, l'excellent ange s'est trouvé
à l'unisson de nos ames. Mais aussi nous ne
prétendons point apprivoiser certains mons-
tres ; nous savons trop qu'ils sont indomp-
tables. Il faut ou les éviter, ou en être
déchirés. Je reviens à ta mère dont je n'étois

pas loin. Il ne faut ni la provoquer ,
ni l'irriter , ni la contrarier pour le seul
plaisir de la contrarier, conduite qui n'est
que trop naturelle , à raison de la juste
indignation que la sienne inspire. Il faut
la ménager, laisser assoupir sa haine, et,
quoi qu'il arrive , mettre jusqu'au bout
les procédés de notre côté. — Je te quitte
au moins pour quelques heures , car je
souffre, et ne puis supporter la position où
il me faut être pour t'écrire. Je reprendrai
la plume pour te rassurer tout à fait sur
cette petite bouffée de douleur (d'ailleurs
je dois une pénitence au *bon ange ,* et j'é-
crirai au moins deux pages encore) Hélas !
toi , dont les beaux yeux devenoient si
tristes , lorsque le moindre mal attaquoit
ton Gabriel, lorsque seulement tu me soup-
çonnois du moindre dérangement de santé ,
tu es bien inquiète ! Ah ! l'amour est trop
ingénieux à se tourmenter. Mais ceux qui
sont incapables de le sentir , et nous croient
malheureux d'en éprouver les inquiétudes,
sont des gens à qui il manque un sens ,
et qui en veulent juger par le rapport des
autres sens. Ce sont des aveugles qui nient
l'éclat des roses , parce qu'ils en sentent à
tâton les épines , ou des hommes privés
d'odorat

d'odorat qui disputent qu'elles répandent une odeur suave. Adieu, pour cette fois, adieu l'unique passion de mon cœur.

GABRIEL.

J'ai dormi trois heures pour la première fois depuis cinq jours. Je suis beaucoup mieux. Je me trouve en verve ; il faut que j'écrive ; n'est-il pas vrai, bon ange ? Et une autre fois vous ne vous méprendrez plus. Madame remarquera que ces trois heures de sommeil ne retardent pas de trois secondes le départ de ma lettre.

Je sais cent traits pareils à celui de Bruxelles : j'en sais de cent fois pis ; et je demandois un jour pourquoi ce scélérat de Sades étoit libre, cet autre scélérat de Ragny, heureux et presque libre à Pierre-Scise, tant d'autres scélérats beaucoup trop bien traités ; et moi...Certes ce qu'osent tous les rois indigne un homme qui est homme. Mais combien peu y en a-t-il? Et que ne mérite pas notre lacheté ? Les princes entendent vanter tous les jours leur bienfaisance au-delà même des limites du pays où leur despotisme nécessite le mensonge ou le silence. Graces à nos infâmes flatteries, tandis qu'ils désolent d'immenses contrées

Tome III. H

sur lesquelles ils n'ont d'autres droits que
les desirs de l'ambition la plus effrénée
qui fut jamais, ils se croient peut-être
de bonne foi acquittés envers l'humanité,
parce qu'ils ont fait deux ou trois bonnes
actions qui ne leur ont rien coûté que de
vouloir, qui n'intéressent que deux ou
trois particuliers, qui font récrier les cour-
tisans, et excitent l'enthousiasme des sots.
Trahirons - nous toujours la vérité, pour
ceux-là même que nous n'avons aucun intérêt ẹ flatter? Conspirerons - nous sans
cesse contre notre propre tranquillité et
celle de nos semblables? Nous divinisons
des actions sur lesquelles l'être le plus ordinaire, l'ame la plus vulgaire rougiroit
de balancer, lorsque l'éclat de la couronne
leur donne de la publicité, et nous gardons
un lâche silence..! Que dis-je? le plus souvent
nous nous épuisons en éloges sur des for-
faits qui armeroient les tribunaux humains
contre tous autres que les princes. Il faut
que nous ayons une étrange idée de ce
dont ils sont capables! Cessons de confondre leurs devoirs et les nôtres et de
réparer leur morale et la nôtre. Ils ne sont
pas faits pour se livrer à des détails sur
lesquels ils sont le plus souvent trompés;

et dont ils ne s'occupent presque jamais
qu'au préjudice des loix et des jurisdic-
tions légales. Mais ils nous doivent sur-
tout l'exemple de la justice qu'ils nous
forcent à respecter. Eh ! qu'importe à l'humanité dévouée à souffrir presqu'également
de leurs erreurs et de leurs crimes , désolée
par leurs passions , leurs plaisirs , leurs
fureurs , leurs jeux , leurs caprices , leur
union , leurs querelles ; qu'importe à l'Europe partagée entre quelques individus qui
semblent s'être faits des loix , des principes , des intérêts séparés , et regarder
la morale des autres humains comme un
préjugé qui ne mérite que leur mépris ;
qu'importe à l'Europe que ses maîtres ,
dont le pouvoir s'accroît chaque jour et
dont la considération est cent fois plus
redoutable que leurs guerres les plus san-
glantes , puisqu'elle n'annonce que la paix
terrible de la servitude; puisque désormais
les traités décideront au gré des fantaisies
de cinq ou six despotes, de la liberté, de
la propriété, de la vie des hommes ; puisque le pouvoir arbitraire montrera de
toutes parts un front menaçant, un rem-
part inexpugnable ; que nous importe, dis-je,
que l'orgueil ou la pitié , les sensations

H 2

du moment ou les ruses de l'amour-propre
arrachent à nos princes des larmes sté-
riles, des maximes infructueuses, des dons
intéressés ? Qu'importe à ces malheureux
pays envahis par trois brigands couron-
nés, que l'un ait des talens sublimes, et
balance, par l'admiration qu'ils excitent
dans l'imagination des humains, l'indignation qu'inspirent ses vexations atroces, et
ses funestes excès qui le condamnent à une
éternelle renommée ? Que l'autre, souillé
de crimes qui font frémir la nature ,
mette à contribution tous les beaux-esprits
de son siècle pour écrire en phrases pom-
peuses ce qui ne fut jamais dans son cœur ,
ce que démentent chaque jour son administration et sa conduite; que le troisième
enfin, ambitieux insatiable, prince sans
foi, ami perfide, astutieux ennemi, sèche
les larmes d'une veuve ou d'un orphelin,
s'occupe des détails de police du ressort
d'un commissaire de quartier, tandis qu'au
mépris des loix divines et humaines, et
contre ses vrais intérêts, il opprime des
nations entières, il étend sur ses sujets ,
et sur ses voisins, quand il le peut, le
sceptre de fer du plus inflexible despotisme, il prend pour modèle un prince

dont il n'aura jamais les talens, dont il n'imite que les violences ? Quelques bien-faits obscurs rachètent-ils tant de crimes? Non, non, sans doute; la haine des mé-chans, voilà la bonté des rois : la vigilance et l'intégrité, voilà leur bienfaisance ; l'éco-nomie, voilà leur libéralité : le respect des hommes, l'observation irréfragable des loix naturelles et positives, voilà leur justice : qui-conque dit autrement est un sot ou un lâche.

Puisque ta très-riche personne reçoit le journal de Bouillon, je me ne tuerai plus à pénétrer les évènemens politiques que tu sauras mieux que moi, et dont tu me feras plaisir de me dire les principaux. Je te prie seulement de ne pas croire que j'aie voulu dire, en nous félicitant du traité d'alliance avec les états-unis d'Amérique, que je pense qu'il est de notre intérêt d'é-craser l'Angleterre. Eh ! non, non : l'in-térêt n'est jamais qu'où est la justice. Je le disois, il y a 8 ans chez M. de Monteynard, alors ministre, et si j'étois bien jeune. On politiquoit à perte de vue sur les moyens de rétablir la balance de l'Europe ; car la plupart des politiques modernes sont comme Horace Walpoole, *les grands maî-tres de la balance*, et je veux passer pour un sot s'ils savent ce que veulent dire ces mots *la balance de l'Europe.* Je dis bien modestement : *je connois un moyen sûr de brûler autant de vaisseaux aux Anglois que nous en avons.* On me regarde, j'attends un instant, puis j'ajoute: *oui : un moyen infaillible, c'est de brûler les nôtres.* Les uns me prirent pour un fou ; les autres pour un persiffleur, et peut-être aucun, si ce n'est un seul pour qui j'avois parlé, ne se douta que j'avois raison. Va, ma Sophie, les intérêts des nations sont indissolublement unis en dépit des sottises des hommes et de leurs efforts. Je n'ai pas envie de te faire ici un traité de politique ; mais place-toi bien dans l'esprit que tant que tu ne verras pas l'Angleterre et la France liées par un traité de commerce réciproque qui écarte tout sujet de division, l'une des deux nations, et peut-être toutes les deux seront mal gouvernées. Il falloit soutenir les colonies américaines pour forcer ces fiers et enthousiastes Bretons à renoncer à leurs délires ambitieux, et c'est les sauver. Mais nous aussi, nous avons besoin de prendre la voie du salut. Je ne sais si nous y sommes : mais sois sûre, indépendemment de tous les beaux dits des empiriques politiques, que tout état où tu ne verras pas opérer la libération des dettes publiques, où l'on manœuvrera des agiotages, emprunts partiels, lotteries, rentes, etc., et toutes autres ressources subalternes qui n'auront point ce grand objet et n'attaqueront pas la maladie au cœur, à savoir la perception ; que tout état enfin où des loix sacrées et inviolables ne fermeront pas pour toujours les caisses des emprunts, sera un état mal administré. Ne conclus pas de ceci que je ne croie et ne connoisse à M. Nek. de grands talens ; mais j'ai peur que le panégiriste de Colbert ne prenne l'édifice par le comble ou la corniche ; cela est plus commode et plus tentant ; mais ce n'est pas à beaucoup près également sûr.—Hélas ! si nous étions à Boston, tu serois maintenant à peu-près tranquille, moi utile et estimé, ma fille américaine, c'est-à-dire née au milieu de la plus respectable nation qui soit sur la terre : elle auroit à présent un frère qui deviendroit un petit héros, et je doute que la France m'eût jamais revu !—Aucun de mes cahiers ne m'est encore revenu, et c'est ce qui m'a fait me douter de l'encre simpathique. Absolution

pour absolution , bon ange ! Encore ne
sommes-nous pas quittes, monsieur, car nous
ne sommes que tendres , et vous , vous êtes
un étourdi ; mais mes cahiers , monsieur,
entendez-vous , effacés ou non. — J'aime
tes raisonnemens. *Il seroit dangereux de
faire venir un livre sans savoir d'où.* Et
d'où viennent les lettres et les paquets,
je vous prie ? Bête , bête, tant bête , toujours bête , à jamais bête , jusqu'à ce que
tu sois collée contre mon cœur. *Bouillonne*
tant que tu voudras et laisse-moi en repos.
—Hélas ! comment t'en enverrois-je, de
l'argent ? Mon sort est de te coûter tout ,
et de ne pouvoir te dédommager de rien.
Pourquoi M. Br. a-t-il gardé le tien ? A-t-il
perdu avec nous? Certes , je veux que tu
te fasses rendre au moins vingt-cinq louis
qui ont été mis en dépôt; il me semble
qu'il s'en faudra au moins de 150 , que
cela ne puisse le gêner.—La signora *Ro-*
mellini est la fameuse baronne. L'autre
est la pauvre C. M. P. L.—Je ne sais pas
un mot de la prétendue *disposition* de mes
manchettes. Je sais que je suis infiniment
plus avare qu'Harpagon de tout ce qui me
vient de toi ; que dans une occasion où
toi et moi mourions de douleur , j'ai offert

une somme très-considérable à quelqu'un
pour quelque chose de très-simple , et n'ai
pas voulu lui donner ta bourse ; que tu
m'avois promis des manchettes que j'ai
toujours attendues , et que je les veux
subito aussi bien que la tresse, et *de'baci*
dont tu ne me donnes plus depuis je ne sais
combien de mois.—Qui est ce que M. de
Tolignan , mort, lui, sa femme, ses enfans , ses gens, etc. , etc. , de la petite
vérole dans une semaine , avoit épousé à
Dijon ? Quel âge a M. de Mo... ? Sais-tu
que la petite Bourbonne a épousé le marquis de St.-Mêmes ? Cela s'appelle un parti
pour monsieur ; mais gare les *adjoints.*
—Dors : au nom de l'amour dors : et sur
ma vie, ne travaille pas à la lumière. Lève-
toi avec le jour , couche-toi avec les poules.
—Pourquoi tant de cachets , pauvre comme
tu es ? Fanfan , bonne, garde donc quelque chose pour toi : c'est toujours à quoi
tu pense le moins. Comment entretiens-tu
la petite ? Je puis donner quelque chose
au moins ; c'est l'histoire d'acheter quelques
livres de moins , et je n'en veux que pour les
ouvrages que je te destine. Il est vrai que,
ne maniant jamais mon argent, les envois
et achats sont très - difficiles ; mais on

s'arrange. Parle clair , et point de céré-
monies , je te prie.—Je n'entends rien à
la *vesvrotte*. Si je le sais maintenant, ma
foi , je l'ai encore oublié. Pourquoi veux-
tu que je me souvienne de l'enfant? Il y
a plus de trois ans que je n'ai assurément
travaillé à aucun autre enfant que Gabriel-
Sophie. Si cependant je suis le parrein de
celui-là , et sur-tout si tu l'aimes , je lui
ferai du bien. Ne vois tu pas bien que je
suis *pauvre fou*? Certes , il m'en faut
prendre le chemin. Je croyois bonnement
la *mythologie* confisquée ; aussi l'ai-je sus-
pendue, mais tu n'y as rien perdu ; et tu
verras par deux envois postérieurs , que je
n'ai pas cessé de m'occuper pour toi. 1°. Un
petit traité de langue françoise assez complet ;
2°. le premier livre d'un *essai sur la littérature ancienne et moderne , etc.* Voilà
ce que tu dois recevoir quand le très-com-
plaisant M. B. , que nous accablons, aura
eu le temps de le lire. Ce dernier recueil
t'épargnera la lecture de beaucoup de volumes et sera intéressant : il avancera à
mesure que les livres dont j'ai besoin me
parviendront ; mais cela ne m'empêchera
pas de continuer la mythologie ; car j'ai
de la marge pour l'autre , tant ces ma-

tières me sont familières, et tant je me
trouve d'extraits qu'il ne faut que rassem-
bler. Au reste je suis si pressé de te faire
jouir, que je ne relis même pas, et que je
t'envoie presque des brouillons. Comment
as-tu trouvé le premier cahier de l'Ovide?—
Puisque tu feras si bien ta cour, de demander la fable allégorique, ne pourrois-
tu pas, sous le prétexte d'avoir tout ce qu'a
imprimé ce *grand homme*, lui escroquer
les mémoires de son académie? Tu me les
enverrois sans regret, et l'on y trouve parmi
des forêts et des broussailles, deux ou trois
jolies fleurs. J'ai lu dans le supplément de
l'Encyclopédie, au mot Lons-le-Saunier:
« on a découvert en 1761, près de Lons-
le-Saunier, une sorte de mine de bois fos-
sile, très-abondante. M. de Ru★, *savant*
académicien de Dijon, l'a examinée en na-
turaliste ». Où diable, l'auteur de cet article
a-t-il pêché que ton père, dont la tête
ressemble tout au plus au cahos d'Ovide,
soit savant? Je m'imaginois qu'il se connoissoit exclusivement en pantoufles de la
sultane favorite de l'empereur de la Chine.
Il est vrai que c'est un certain M. Courte-
épée, professeur au collége de Dijon, qui
a écrit ce bel éloge. Mais je ne crois pas

M. de R. assez généreux pour gagner le
suffrage même d'un cuistre de collége ; et
comment peut-on mentir si effrontément
gratis ? Fais-toi honneur du passage, et
tu omettras, si tu veux, le commentaire.
je fais, vois-tu, tout ce qui est en moi
pour plaire à tes honorés parens. — *La
liberté de la presse* : ah ! oui, vraiment
t'y voilà. Eh ! ne vois-tu pas que tous les
visirs et demi-visirs, sultanes et soubrettes
de sultanes, agioteurs titrés, valets dé-
corés, voleurs protégés, monopoleurs pri-
vilégiés, etc. et deux milliards d'etc. croi-
roient ou diroient que le roi n'est plus roi,
s'il vouloit profiter des lumières publiques
au lieu de les étouffer. Un certain OEno-
maüs jeta au milieu des prêtres, qui ex-
pliquoient les oracles, un livre intitulé :
les fourbes découverts : voilà à jamais le
crime des philosophes. Or, je t'ai montré
comment ces honnêtes gens de ministres
et ces honnêtes gens de prêtres sont des
charlatans de même espèce ; ainsi, mets-toi
bien dans la tête que *le despotisme et le
bon plaisir* sont les plus sains des régimes,
parce qu'ils constituent la méthode la plus
simple et la plus rapide de gouverner. Or,
tu sens bien que le despotisme peut et

doit toujours être équitable ; car les rois
ont tous été, sont et seront tous les pères
de leurs peuples, et leurs préposés furent,
sont et seront infailliblement et jusqu'à la
consommation des siècles, d'honnêtes gens;
et ces nouveaux Argus ont eu, ont et auront assez d'yeux pour tout voir ; et aucun
Mercure n'a pu, ne peut et ne pourra endormir ces yeux ; et il a existé, existe et
existera une race d'hommes impassibles, .
infaillibles, parfaits, tout exprès pour servir un despote parfait ; et des générations
angéliques succéderont à ces êtres angéliques. Tout cela est indubitable; qu'avons-
nous donc besoin de la liberté de la presse ?
Pauvres imbécilles que nous sommes ! lais-
sons-nous mener ; il *n'est pas bon* que des
esclaves y voient si clair. — Ton *Velli* ne
vaut rien, pas plus qu'aucun autre ; j'en
excepte cependant notre célèbre et véridique de Thou. Lis son abrégé par M. Ré-
mond de Saint-Albine ; mais il ne commence qu'à Henri II. Achève-donc ton
Velli qui, avec les continuations, ne va
que jusques-là. Je t'indiquerai, quand tu
l'auras fini, les mémoires particuliers qu'il
faut lire. — Je ne regarde pas les *contes*
moraux comme un ouvrage au-dessus du

genre frivole ; mais c'est un joli ouvrage ,
et son auteur un homme de mérite.—Lis le
bosquet d'Eden de Milton. Le reste est
bien noyé d'extravagances. — En effet , je
te conseille de te plaindre des dents du
pauvre roquet, toi qui n'as jamais eu l'esprit de te venger. O Sophie ! Sophie ! pourquoi ton sang coule-t-il quelquefois avec
tant de lenteur , quand le mien est un tor-
rent de feu... ? Mais crois-tu qu'en voilà
assez. J'ai pitié du pauvre ange , et je finis.
addio amore unico di Gabriel. Je joins
quelques vers , puisque tu n'en reçois pas :
donne-moi donc de bonnes nouvelles de
ma fille. Je joins aussi deux corrections
pour le premier cahier de la mythologie.

Voici selon moi une belle strophe d'une
ode assez médiocre sur la guerre présente ,
par M. Gilbert.

> Vengez-nous : il est temps que ce voisin parjure
> Expie et son orgueil et ses longs attentats;
> D'une servile paix , prescrite à nos états,
> 　C'est trop laisser vieillir l'injure.
> Dunkerque vous implore; entendez-vous sa voix
> Redemander les tours qui gardoient son rivage ,
> 　Et de son port dans l'esclavage,
> Les débris s'indigner d'obéir à deux rois ?

Cette apostrophe ; *Dunkerque vous im-
plore , etc.* est très-belle.

L'amour prisonnier.

Quand Vénus par jalousie,
Bannit Psyché de sa cour,
Dans les bosquets d'Idalie
Elle emprisonna l'amour.

Il gémit, se désespère,
Et voudroit bien s'envoler :
Demeurez, lui dit sa mère,
Où voulez-vous donc aller?

Ces retraites sont si belles !
Oui : répond le tendre enfant,
Mais pourquoi vous perdent-elles
Lorsqu'Adonis est absent?

Dis à G. C., si tu le vois, ce que je ne crois ni ne desire, et qu'il se lamente sur la perfidie de la St. B.

Le bruit est pour le fat, la plainte est pour le sot;
L'honnête homme trompé s'éloigne et ne dit mot.
                    (*Lanoue, Coquette corrigée.*)

Adresses à tes compagnes qui sont ou se croient jolies, ces charmans vers de Desmahis :

Avec moins d'art, plus de mystère,
Profitez mieux des dons de plaire,
Goûtez-mieux le plaisir d'aimer;
Ecartez ce peuple perfide,
Ces petits insectes titrés,
Qui de leur figure enivrés,
Chez vous d'une course rapide
Apportent, dans des chars dorés,

Des sens flétris, une ame vuide,
Et de grands noms déshonorés.

Voici quelques petits vers qui ne te déplairont pas.

Diane surprise par l'amour.

De Cupidon Diane évitoit la poursuite;
Un jour surprise dans le bain,
Elle laissa tomber son voile dans sa fuite;
Ce dieu le releva soudain.

Il court en souriant le porter à sa mère;
Qui s'en pare d'un air vainqueur,
Sûre que sa beauté ne peut manquer de plaire
Sous le voile de la pudeur.

Puisque tu aimes à te moquer de ton sexe, souviens-toi de cette très-bonne plaisanterie d'un buveur. Il rentre chez lui et s'écrie :

Je n'avois qu'une femme, et j'étois malheureux;
Par quel forfait épouvantable
Ai-je donc mérité que vous m'en donniez deux?

A MYRRHINE ABOYANT L'AMOUR.

(Sur l'air : *Charmante fleur*.)

Le tendre amour, ô fidelle Myrrhine !
D'un pas timide et d'un air empressé,
Suit comme vous, les pas de Caroline;
Mais comme vous, il n'est pas caressé.

A ses beaux yeux, vous avez l'art de plaire;
Combien l'amour en doit être jaloux !
Mais retenez du moins votre colère,
Et n'allez pas mordre un enfant si doux.

Pour

Pour sa foiblesse ayez de l'indulgence ;
À cet enfant permettez quelques jeux :
Myrrhine ! amour ! vivez d'intelligence :
Entendez-vous au moins pour être heureux.

Je te félicite de ton *ouvrage*, de sa *quantité*, de sa *dispense* ou non *dispense*, etc., etc., etc. Mais je t'en prie, ne brouille pas trop les affaires de l'Europe, et quoi qu'il en soit, ne travaille point à la lumière. Que ta patrie, l'Europe, l'univers et la postérité, etc., etc., attendent. Je crois que la *république* de Pologne te seroit fort obligée de lui faire une *polonoise* bien doublée contre le vent du nord et les dents rapaces de ces trois loups enragés appelés Catherine, Frédéric et Joseph. Avises-y pour le bien de l'humanité et l'instruction de *l'univers. Puisque* tu lis Milton, je t'enverrai la fois prochaine quelques imitations de ce poëte par Racine, le fils, et Voltaire. Que veut dire cette manière de phrase, ma fille se porte bien *en cet instant.* A-t-elle été malade ? Je n'aime pas plus qu'on élude sa parole, que si l'on y manquoit.—Comment rien effacé *à l'article de ma fille.* Est-ce qu'il efface ce monsieur ? De Briare, Sens, Montargis, Orléans, Nemours ; et par-tout par-là, les lettres viennent en moins de 24 heures ;

Tome III. I

De Conflans et banlieue en deux heures ;
que le diable emporte Dijon, Viteaux,
Salles , toutes les Bourgognes et compagnie. Vous êtes une sotte , madame , je
vous dis que vous êtes une sotte , une
laide , un monstre , une *Marie-Therèse* ,
et plus du-tout Sophie-Gabriel jusqu'à ta
première lettre.

Je te fais mon compliment sur la conquête *du très-révérend père.* Connois-tu
beaucoup de miracles qui ne soient pas
prétendus et absurdes ? Pour moi à qui
on expliquoit à huit ans que Dieu ne pouvoit
pas faire les contradictoires , par exemple
un bâton qui n'eût qu'un bout, je demandai si un miracle n'étoit pas un bâton
qui n'eût qu'un bout. Ma grand'mère ne
me l'a jamais pardonné. Il est vrai que je
ne dirois pas mieux aujourd'hui.

Pourquoi donc ferois-je maigre ? Te
moques-tu de moi ?

Sais-tu le nom des *lettres* symboliques
de chaque monnoie? c'est une partie intéressante de *l'art numismatique.*

Sur mon honneur, tu n'as pas un nez
à lunettes : crois-moi, n'en porte pas , ou
j'en mordrai bien la trace. Eclaire - toi
avec des lampes et de l'huile.

A SOPHIE.

Premier Avril 1779.

CHÈRE, et tendre amante! O ma vie! O mon bien! Que ta lettre respire bien tout ton amour! Qu'elle est ingénue! Qu'elle est brûlante! Que tu rends heureux ton Gabriel, et que tu en es adorée! O Sophie! que serois-tu pour moi si nous vivions ensemble? Toi qui, loin de ton amant, es pour lui dans sa sombre solitude l'univers entier. O que ne puis-je à tes genoux répandre les douces larmes que le plaisir fait couler de mes yeux presqu'éteints! Tu daignerois imprimer tes lèvres de rose sur la trace de ces pleurs amers qu'ils ont trop long-temps versés... Et moi, je te dirois, mon amour: alors tu pleurerois et j'essuierois tes joues avec mes ardens baisers, et tu m'en laisserois prendre sans nombre de ces tendres baisers que moi seul dois cueillir: nous pleurerions ensemble sur notre bonheur, sur notre infortune passée, sur les bienfaits de ceux qui nous auroient sauvés et réu-

I 2

nis. Nos larmes , et nos soupirs , et nos
gémissemens , et nos âmes se confon-
droient...Illusions enchanteresses ! O vœux
impuissans de deux cœurs affamés et consumés d'amour !...Dieux ! qu'ils sont infortunés les amans qu'un amour malheureux, qu'une captivité terrible , et l'absence, plus cruelle tourmentent et dé-
chirent !... Mais qu'ils seront heureux le
jour qui les réunira , le jour où l'amour
les caressera d'un souffle favorable ! —Pourquoi me grondes-tu , mon adorable amante,
Pourquoi me reproches-tu de négliger ma
santé , dans le moment où je lui donne
plus de soins que je n'ai jamais fait ,
et que je n'aurois même cru pouvoir faire
de ma vie ? Elle est bien meilleure , je t'assure ; j'ai ajouté au régime que je me pro-
posois le vin d'absinthe. Enfin je digère
péniblement encore ; mais je digère , et si
mes maudits yeux ne me tracassoient pas
plus maintenant que mon estomac, je me
croirois tout-à-fait exempt d'infirmités.
Mais , ma Sophie , porte-toi bien , si tu
veux que cet heureux retour soit durable.
Tu me dis un mot sur ta poitrine qui
m'effraie. Chère amie , dors je t'en conjure : force-toi à dormir : lutte contre l'in-

somnie : obstine - toi : repose - toi du
moins, et ferme tes beaux yeux. Peux-
tu redouter le lit où l'image de ton ami
t'accompagne ? Ah ! dis-moi, toi dont l'ame
est si sensible, et les sensations physiques
si tièdes ; toi dont le cœur a tant besoin
d'un amant ; et dont les sens s'en passent
si bien ; dis moi ce qui chasse le sommeil de ta paupière : laisse, laisse ton
Gabriel, dévoré d'amour et de desirs, embrasser une ombre, et délirer, gémir et
délirer encore : la nature en lui donnant
ce sang impétueux qui bouillonne aux feux
de l'amour, lui a rendu par une compen-
sation salutaire et juste, ce tourment (peut-
être le plus cruel de tous) moins funeste,
et mes insomnies ne font guères mal qu'à
mes yeux : les tiennes t'échaufferont le
sang, te l'aigriront et te jetteront dans
des maladies de langueur. Conserve-toi,
ô mon épouse ; ô ma vie ! Rends-moi mon
amante belle et tendre ; rends à ta fille
la meilleure des mères, et ne sème pas sur
les dernières années de ta jeunesse éprouvée déja par tant de maux de l'ame, les
pointes acérées et chaque jour plus péné-
trantes des douleurs du corps. C'est à ton
âge que les affections de la poitrine sont

I 3

dangereuses ; c'est précisément à ton âge :
mais je n'ai rien à craindre de ta con-
formation : suis un régime rafraîchissant ;
bois du lait, dors ; ne passe point de nuits ,
pas même pour me répondre ; ne te brûle
ni au feu, ni par le feu , et j'espère que
tu ne te ressentiras plus de rien.

Je l'ai vu cet homme que j'aime et qu'il
faut bien que tu aimes aussi ,quoiqu'il soit
aimable et bien fait, et quoiqu'il m'ait
grondé très-vertement hier au sujet de la
sympathie, me menaçant d'être désormais
un *diable* , oui en toutes lettres un *diable*.
Enfin je l'ai vu , tenu , touché et manié ;
et je t'assure qu'il n'est pas aussi fort ange
qu'il ne soit aussi homme , et qu'il ne
pense, sente, parle et s'exprime en homme.
C'est même une chose curieuse à observer
que la lutte de la discrétion qu'exige sa
place et celle de son ame *picarde* , c'est-à-
dire franche, qui voudroit s'élargir pour
répondre aux épanchémens d'un infortuné.
O vous que la nature a fait bon , pourquoi
rougiriez-vous d'être sensible ? Pourquoi
réprimez-vous les agitations ? Hélas ! ne
prouvent-elles pas assez que nous sommes
créés sensibles , ces larmes que nous a
données la nature , ces larmes qui annoncent

le soulagement d'une ame qui échappe au
poison mortel de la douleur, ou cette
émotion de pitié qui, malgré nous-mêmes,
nous donne meilleure opinion de notre
cœur, et porte une certaine volupté jusques dans les sensations tristes. Quoi!
ces pleurs qui viennent au secours de cette
ame resserrée, flétrie, navrée par le désespoir, et donnent une libre issue au
sentiment qui nous alloit étouffer, ces
pleurs ne sont-ils donc pas d'un grand
prix? Et ceux qu'on mêle aux larmes de
son ami malheureux, n'ont-ils pas une douceur exquise?...Mais la vue de ce criminel
fait aussi verser des larmes...Je le sais bien :
eh bien! la nature qui nous force à pleurer
à l'aspect de l'infortune, quelle qu'en soit
la cause, n'en est pas moins une tendre et
bonne et sage mère. L'homme seroit un loup
pour l'homme, si cet instinct involontaire de
pitié ne le distinguoit pas des animaux
stupides et féroces ; et cette inestimable
faculté de s'attendrir nous rend seuls capables de commercer avec nos semblables ;
en nous inspirant, presqu'à notre insu,
cette bienveillance mutuelle qui nous avertit
d'avoir recours à nos semblables, et d'être
toujours prêts à les secourir.—Chère amie,

ce monsieur (que je bouderois si j'osois)
dit *que je brûle quelquefois le papier*; et
je t'assure qu'il n'a pas le sens commun ;
car tout au plus l'ai-je roussi ; (et certes
ce sera la dernière fois). Mais quant à la
prétendue chaleur de mon stile, je n'y crois
pas : sa tiédeur, son insuffisance indigne
quelquefois mon ame ; mais sur-tout mon
amour. Eh ! je ne puis peindre ma réconnoissance pour ceux qui nous obligent.
Combien donc foiblement ne dois-je pas
balbutier ce que je sens pour toi ? Je te dirai
que ce monsieur (car de tout aujourd'hui je
ne l'appellerai pas autrement) voulant absolument avoir oublié où est Gabriel - Sophie
(qu'il s'est donné les airs d'appeler *ma petite*,
sur quoi je l'ai vigoureusement relevé ;
car sur mon honneur je la crois ma fille)
ce monsieur, dis-je, perdant la mémoire,
j'ai eu *la bonté* de la lui rafraîchir et de
lui apprendre ce qu'il prétendoit ne pas
savoir; mais ce qu'il savoit, c'est que ce
cher enfant vient à merveille et se porte
de même ; et moi je te le dis de même,
et en vérité je le sens de même. Voilà
tout ; mais tout ce que je puis te dire de
notre conversation, dont tu sauras seulement et en général que tu dois être con-

tente et reconnoissante, beaucoup plus
que du sombre billet de six lignes que je
trouvai hier à la place de l'enveloppe des
métamorphoses; et moi qui ne suis pas fin,
et qui avois une lettre toute prête pour
lui, je lui expédiai sur-le-champ la couverture du *lecteur y mettra le titre*, une
promesse *d'honneur* de ne plus écrire en
caractères invisibles, un billet pour te prier
d'observer religieusement cet engagement
que j'ai pris pour toi et pour moi : je suis
trompé ou ce procédé droit et honnête
doit lui rendre de la sécurité. Au reste je lui
proteste que je savois tout ce qui étoit
dans cette couverture, sauf le nom de Mde.
de Villier, la jeune, qui m'importe assez
peu, et celui de l'oncle de M. L. N. que
je n'ai jamais pu déchiffrer. Qu'il ne crai-
gne donc point pour *notre tranquillité*, et
qu'il recouvre la sienne. Il faut que je
t'ajoute que ce monsieur, qui a autant
d'honnêteté, mais beaucoup plus d'esprit
que ses compatriotes, à supposer que le
pays qui a produit Gresset puisse passer
pour un pays stérile en gens d'esprit, il
faut que tu saches, dis-je, que ce monsieur
me dit une grosse BÉTISE que je vais relever ici. Je dis *bétise*; car si c'étoit du

persiflage cela seroit trop cruel, et assurément il n'en avoit pas le ton...Mais que
t'a--il donc dit, Gabriel?—Ce qu'il m'a dit,
Sophie? Il m'a remercié...de quoi? Ma
foi je n'en sais rien, à moins que ce ne
soit du bien qu'il m'a fait et me fait; et
cela du moins auroit le sens commun;
car un service est un acte de bienveillance
qui parmi les honnêtes gens donne de la
joie à celui qui en est l'objet et à celui
qui l'exerce. Mais ce n'est pas là ce qu'il
a voulu dire...Il a parlé de *procédés*. Qu'est-
ce que mes procédés, à moi qui suis à-peu-
près forcé de dire à lui comme à M. L. N.
*Je ne pourrai jamais m'acquitter, mais
au moins je ne cesserai de publier que
je suis dans l'impossibilité de m'acquitter
envers vous.* A force d'y avoir rêvé, j'ai
trouvé qu'il étoit apparemment question
de mes formules de lettres, et cela me
rappelle un mot très-double de M. de Ro.
qui, me tendant un piége, s'attira cette
réponse : *monsieur la réconnoissance égale
tout ; ou plutôt elle donne la supériorité
à celui qui oblige.* Quoi! m'auroit-on donc
fait l'injure de croire que j'apprécie les
hommes par leur *autour ?* Imagineroit-on
que je suis humble au point de m'estimer

assez peu pour penser au mien ? Ma Sophie, permets-moi de citer ici ce beau
passage d'un ancien que tu ne connois
pas et que tu estimeras encore dans cette
foible prose. « Superbe descendant d'Enée,
dit Juvénal, n'est-ce pas la force qui dis-
tingue les animaux ? Nous vantons un
cheval, parce qu'il est rapide et plein de
feu ; parce que le cirque retentit souvent
du bruit de ses victoires. Sans égard aux
pâturages qui le nourrissent, nous ac-
cordons la noblesse à celui dont la course
brillante fait voler sur l'arène le premier
tourbillon de poussière ; mais nous en-
voyons au marché la postérité de Corithe
et d'Hirpin, quand elle cesse de remporter
la palme. En dépit des ombres mémorables
de leurs ancêtres, ces lâches rejetons passent
à vil prix, sous le joug d'un nouveau maître,
et leur cou décharné traîne un chariot ou fait
tourner la meule. Si tu veux jouir d'une
considération personnelle, montre-nous
des vertus que nous puissions transcrire à
la suite des titres honorables que nous
donnâmes et donnons encore à ceux à
qui tu dois toute ton existence ». Voilà
ma profession de foi, à quoi j'ajoute qu'il
seroit un lâche, celui qui ne se croyant pas

trop grand pour recevoir des services d'un homme, se croiroit trop élevé pour ne pas le regarder tout au moins comme son égal... Mais cessons cette petite vengeance que je me réservois à placer dans ta lettre, ne croyant pas convenable de l'adresser directement, et parlons d'autre chose ; mais aime mon bon ange... Je voulois dire, monsieur le diable.

Ma Sophie, tu es toute aimable, toute charmante, toute adorée, toute maîtresse de tout ; mais vois-tu bien, tu serois là, je verrois et ce doux souris qui m'enivre d'amour, et ce tendre regard qui appelle mes baisers ; tu m'en offrirois sans compte et sans mesure, tu me prodiguerois tous les dons de ta tendresse ; que je dirois *non : non : je veux : je veux* : composons, ma belle, tu n'as que faire de cent écus ; eh bien ! tu n'auras pas cent écus ; mais le seul moyen de n'avoir pas cent écus, c'est de me demander des écus. Il t'avoit deviné ce *dialle*, car il me disoit : *mais, monsieur, cela la satisfait*... Mais, monsieur, cela ne me satisfait pas moi, et j'aime à me satisfaire... Eh Dieux ! Dieux ! Je n'ai jamais fait de sacrifice à cette amante qui m'a tout sacrifié ; et si nous comptions,

si nous étions d'humeur à compter ensemble, je lui devrois plus de mille louis.
Somme tout, promets-moi, jure-moi de
demander de l'argent ; et demandes-en , et
que ce ne soit pas une dérision ; et je ne
dis plus mot ; et je ne fixe point de somme.
Quand je dis, demandes-en : écoute-moi.
Voici ce que M. B. (car je veux que le
diable m'emporte si de tout aujourd'hui ,
je l'appelle bon ange) a daigné arranger
avec moi. Je tâcherai de me faire payer
soit en livres , soit autrement de ce que
M. de R. me redoit. Ma pension tombe en
juin (le 7), elle se paye par quartiers de
trois mois (150 livres chaque quartier)
M. B. a dit à M. de R. que de nouvelles
circonstances me mettoient dans la nécessité d'attribuer une partie de ma pension
à l'entretien de ma fille, et qu'en conséquence , mon argent resteroit désormais
dans ses bureaux. C'est une nouvelle obligation que nous lui avons de se charger
de ce tracas. A partir du 7 juin , tire donc
sur M. Boucher jusqu'à la concurrence de
ce que tu auras besoin de défalquer de mon
quartier de 150 livres , c'est-à-dire , prie
M. B. de t'envoyer tant. Voilà ce que je
veux , voilà ce qui est irrévocablement dé-

cidé. Boude-moi, gronde-moi, mange-moi, bats-moi ; tu en passeras par-là ou tu abjureras ton titre d'épouse, c'est-à-dire, à ce que prétend *l'ami des hommes*, l'équivalent de *très-humble et très-obéissante* SERVANTE.

Ce que tu proposes aux Valdh*. est fort bien ; ce que tu veux pour ta fille est fort bien ; quoiqu'il me soit dur de lui voir ce nom : mais si tu avois vu mes premières lettres, tu saurois qu'après bien des réflexions, c'étoit mon avis ; et puisque c'est celui de M. le Noir, il n'y a pas à balancer. Je ne t'ai jamais dit que je regardasse le décret comme une bagatelle. En lui-même, il l'est ; par le tapage qu'en fait mon père, il ne l'est pas, ce qui n'empêche point que moi personnellement, n'aie d'autre raison de vouloir couper court à tous ces procès, que 1°. ton intérêt et celui de ta fille, qui est d'étouffer cette affaire ; 2°. l'envie que j'ai d'être désormais paisible, et désoccupé de toute autre chose que de mon amour et de ma reconnoissance. On me disoit, il n'y a pas long-temps, que j'étois fait pour jouer un rôle. Oui, j'ai été fait pour cela, et certes je le sais mieux qu'eux, qui ne connoissent de moi que la rabo-

teuse surface d'un jeune homme long-temps
fougueux , et aujourd'hui cabré par l'infortune. Mais il n'ont pas voulu de moi quand
j'ai voulu d'eux ; eh bien ! qu'ils aillent au
diable. Je ne vivrai désormais , si toutefois
je reviens à la vie , que pour mon amie ,
mes bienfaiteurs et moi . . . Ta patrie ! . .
Il n'en est point dans un pays esclave. Ta
réputation ! . . Je m'en moque et dis avec
la Fontaine :

> C'est assez, jouissons...
> Hâte-toi , mon ami , tu n'as pas tant à vivre ;
> Je te rebats ce mot ; car il vaut tout un livre.
> Jouis... je le ferai... mais quand donc ? dès demain...
> Eh ! mon ami , la mort peut te prendre en chemin...
> Jouis dès aujourd'hui , etc...

J'ai vingt-neuf ans et ma tête grisonne :
on vit long-temps avec une mauvaise santé :
je ne l'ignore pas ; mais cependant, il est
très-probable que j'ai déja franchi la moitié de ma carrière ; je ne perdrai pas l'autre
en de frivoles vengeances ; mais je n'en
dirai pas moins toujours , qu'il est faux
qu'on puisse condamner à une peine ca-
pitale , un homme qu'une femme est venu
chercher ; que les femmes mariées sont
chargées de leur propre garde ; que je ne
saurois passer pour ton séducteur aux yeux

des loix ; que le rapt ne sauroit être prouvé ;
qu'un jugement par contumace ou rien , c'est
la même chose , et que je puis toujours
crier *ma liberté ou mon procès* ; et que
ce procès fût-il perdu, moi condamné , etc.
etc. et tout ce qu'on voudra, excepté mon
cou coupé, parce que je n'y connois pas
grand remède , et que tu aimes mon cou ;
je m'en moquerois encore , sans mon tyran
de père , le délit n'étant point infâme , et
la lettre de grace étant par conséquent très-
sollicitable , même par l'homme le plus
scrupuleux. Somme tout : il est impossible
de prouver que je t'aie enlevée ; parce que
je ne t'ai point enlevée. Je n'étois point en
France quand tu en es partie (il est vrai que
ceci ressemble peu à mon argument de
nouvelle année ; mais enfin cela est exact)
tu as escaladé seule les murs de ton jardin ; tu es sortie seule de chez toi ; tu es
venue me trouver dans le pays étranger.
Devois-je te ramener chez toi , ou te renvoyer à ton mari ? Nous avons habité la
même maison ... Oui comme deux amis...
Nous avons occupé le même lit ... Qui le
prouvera ? et quand on le prouveroit (prends
garde que je ne parle ici que de moi) qu'en
concluera-t-on ? J'ai en vérité couché avec
quelques

quelques centaines d'autres, et on ne m'a pas coupé le cou quelques centaines de fois. Que diable voudroit-on donc me rabacher? Je suis condamné. Eh! vraiment je le crois, on ne me laisse pas me défendre; mais si je prouvois que toute la procédure porte sur une lettre supposée ou du moins dont on n'a pas l'original; si je constatois que plusieurs témoins ont été subornés (ce que tu n'ignores pas;) que presque tous mes premiers juges sont les stipendiés de ma partie, et que la plupart des honnêtes gens se sont abstenus; que l'on a fait la leçon et donné de l'argent au maçon, à ce maudit et unique témoin qu'il a mis sur nos traces: que M. de Valdh. a eu, en plaine campagne, une conférence de trois heures avec lui: qu'il portoit dans sa poche, en allant déposer, sa déclaration écrite; qu'il avoit un engagement signé de M. de Mon., qu'il ne seroit point compromis quelque chose qu'il arrivât, quoique ce soit précisément celui qui t'a amenée: (tu sais que nous pouvons prouver tout cela par la Bolle) il s'agit de savoir si tous ces faits ne changeroient pas quelque chose à la procédure. Mais encore une fois, tu fais très-bien de travailler à l'anéan-

Tome III. K

tir ; et il faut y sacrifier tout *hors l'honneur.*
—Je ne sais pas un mot de ce qui s'est
passé depuis ma détention jusqu'en juin et
même en juillet 1778; mais je ne doute
point que le duc de la Vau. n'ait eu de
la peine à se faire payer. — Ton cachet
est charmant, et tout ce que tu dis, tout
ce que tu fais, tout ce que tu penses, tout
ce que tu projettes est le bonheur de ton
ami. Excepte de tes chef-d'œuvres ta tresse
qui va en loques ; c'est-à-dire qu'elle n'est
pas rompue ; mais tous les cheveux se
lèvent. — Je ne sais pas ce que c'est que
le père du secrétaire de madame de Ch★★★.
Est-ce Chanvan ? Est-ce Changey ? Si c'est
l'homme qui avoit commencé à écrire pour
moi à Dijon , donne douze livres et douze
livres que je donnerai; mais je t'avertis
qu'il est demandeur. Si ce n'est pas lui,
donne toujours, puisque tu en as envie, et
que ta volonté ne peut être que louable et
honnête ; mais explique moi cette énigme.
La petite de Changey est-elle mariée ? La
mère devroit bien me servir, dans le temps,
par sa fille dont le prince de Conti est toujours très-amoureux.—Eh quoi ! ma Sophie,
me parleras-tu toujours de mes lettres et
jamais des tiennes ? ou plutôt calomnie-

ras-tu toujours celles-ci ? Ce charme invisible, ce je ne sais quoi qui manque si souvent à la belle, et qui quelquefois pare
la laide, cette grace naturelle qui nous
touche d'autant plus qu'elle nous surprend
davantage, et qu'elle semble tenir à des qua-
lités intérieures, plutôt qu'aux dons exté-
rieurs, eh bien ma Sophie ! c'est le caractère
de ton stile comme celui de ta personne. La
phisionomie de ma Sophie-Gabriel promet
beaucoup d'esprit ; mais sa modestie l'enveloppe si bien ! Il ne se montre que lorsque l'ame ou l'imagination sont émues :
alors il ne coûte rien : il n'a point d'apprêt : il est trouvé et non recherché, et
son effet est mille fois plus agréable : il
est mille fois plus saillant, et semble ne
s'être caché que pour paroître. O que ce
talisman magique qu'Homère a sans doute
voulu peindre en décrivant le ceste de
Vénus, qu'il embellit mon amante ! Combien elle devient plus jolie et de bien plus
de manières qu'on ne le soupçonnoit. Les
graces naissent à chacun de ces mots et
de ses regards. La naïveté de son esprit en
pare la finesse, et cet art de plaire si délicieux, quand il n'est pas l'enfant et le
complice de la vanité, lui donne ce charme

K 2

qu'elle ne soupçonne pas, qu'elle ne cherche pas , et qui, par un pouvoir invisible ,
attire le cœur et commande l'amour. Voilà
Sophie et voilà ses lettres. Son stile n'est
jamais paré , mais il est toujours celui qui
convient à la chose qu'elle dit , parce qu'elle
a toujours senti ce qu'elle dit. Delà le
mot propre et l'inimitable délicatesse , et
l'énergique simplicité qui va au cœur et
le fait palpiter de joie , de volupté et de
tendresse. Delà encore ce nouveau prix
que la réflexion me découvre dans tout ce
que tu écris , lorsque mes premiers transports sont amortis , et mon jugement revenu ; car ce mérite si rare de la simplicité éloquente , de l'esprit du sentiment
nud et pur ne lui échappe pas ; ainsi tu
fais le charme et tu le prolonges : ainsi
tu serois une amie aussi précieuse qu'une
adorable amante ; ainsi tu me serois toujours chère et bien plus chère que ne l'est
ma vie quand tu ne voudrois être que ma
sœur...Ah Sophie, Sophie ! reste pourtant
mon épouse : pourrois-tu jamais renoncer
au doux nom d'amante?..Sophie rappelle-
toi ce jour de bonheur et de gloire où
Gabriel te disoit : *oserai-je être heureux?*..
Tu ne répondois pas et il te pressoit

contre son sein...*Sophie, oserai-je être heu-*
reux?...Tiendras-tu les promesses de l'a-
mour, dis-tu...Et j'étois ton époux lorsque
nous recouvrâmes l'usage de la voix...
Ah Sophie ! j'ai tenu ces promesses sacrées, et l'ardeur dont brûle Gabriel du-
rera autant que sa vie. —Explique-moi si
c'est de la mauvaise mère que ce mousquetaire est l'amant; et si Mlle. de la Ri...
est sa fille.—J'aime tout-à fait madame de
Vi* sans la connoître ; mais assurément,
je puis aimer sur parole ce que tu aimes.
Je te recommande celle qui te sert. Je
soupçonne son cœur fort au-dessus de son
état.—Je suis bien-aise que tu sois contente
des bagatelles que je t'envoie ; il y a des
morceaux qui ne me donnent que la peine
de choisir, d'extraire et de refondre ; mais
c'est te rendre un service, et l'*essai sur*
la littérature, etc. sera un recueil utile où
je n'aurai guères d'autre mérite que d'avoir
beaucoup et bien lu. Je t'en ai envoyé la
suite qui t'amusera davantage que le premier livre, et le traité sur l'inoculation qui
te suffit et au-delà pour te décider ; mais
il faut maintenant attendre que ta fille
ait trois ans. — Je crois que M. Bou..,
plus sévère que moi, fait rendre gorge

à Bru★, et lui paroîtra un diable. J'ai re-
demandé ta bague parce qu'elle m'est un
trésor précieux, et mon épée, parce qu'il
ne lui convient pas de la porter. Mais
M. B. (vous voyez bien, monsieur, que
vous êtes *monsieur* à-peu-près tout court)
veut avoir de l'argent. Il est vrai que comme
il est bon jusques dans son austérité, il
n'a rien dit à M. L. N., et s'est contenté
de parler ferme à Bru★, qui, comme tu
crois, ne sait que lui obéir.—F. n'est point
et ne sera point perdu. La sagesse de M. B.
et la bonté de M. L. N. l'ont sauvé. Sous
une autre administration il étoit en péril.
Au reste nous n'avons point, ou du moins
nous n'avons que peu de reproches à lui
faire.—J'ai dit à M. B. le résumé de la
trahison de Provence; je dis le résumé; parce
que tu sens bien que les détails eussent
été beaucoup trop longs, et que j'avois
beaucoup d'autres choses à lui dire. Je ne
serai probablement pas à même de long-
temps de rien entreprendre de ce côté;
mais je renonce moins que jamais à mon
projet que d'ailleurs je n'exécuterai pas à
l'aventure.—Quelles idées singulières a cet
homme?—Tu auras beau dire, ma Sophie,
je vois sur mon *almanach du cabinet*

un gros, et lourd et rustique Jérôme, le
30 septembre, et point du tout cette jolie
et gracieuse et svelte Sophie, qu'appa-
ramment nous fêtâmes à Roterdam avec
assez de ferveur pour qu'elle ne me fît
pas la moue. C'est ce même *almanach*
qui t'a valu le 24 une lettre; ainsi je te
conseille de n'en point dire de mal. Hélas !
ma bonne Sophie, je ne suis point galant,
comment le serois-je ? Je suis amoureux ;
il faut bien de la liberté d'esprit pour pra-
tiquer l'art de la galanterie, et un homme
rempli d'une grande passion doit paroître
bien peu aimable à quiconque ne l'aime
pas. Cependant je tâcherai de faire sou-
rire cette Sophie de septembre, puisque tu
juges à propos de la canoniser. Est ce une
vierge, ou une martyre, ma bonne ? Tâche un peu qu'elle conjure *monsieur le*
diable, et que par son intercession, ou
ses exorcismes, il redevienne le bon ange.
Je conviens bien que si, comme on peut
le nier, accorder à quelqu'un plus qu'il
ne peut exiger, est générosité, on se
montre infiniment généreux envers nous
si esclaves, si disetteux, si infortunés.
O vertu sublime ! qui élève l'homme au-
dessus de lui-même, puisque la nature ne

K 4

lui prescrit que la justice ! Vertu plus
noble qu'aucune autre, aussi utile que la
bienfaisance, aussi tendre que la pitié, et
qui réunit ainsi en elle seule le dernier
degré de perfection de la moralité, de la
perfectibilité humaine, vous êtes, après
l'amour, l'idole de mon cœur ! Mais l'art
d'être généreux, peut-être aussi rare que
la générosité, y ajoute infiniment : cet art,
M. B. le possède parfaitement, et c'est
à cause de cela que je lui répète que j'aimerois mieux être battu que menacé. -- Tu
te sers de lampe depuis que je te l'ai re-
commandé ; eh bien ! depuis le 6 novembre
que M. de Mours m'a ordonné de ne m'é-
clairer qu'avec de l'huile, M. de R. m'a
promis chaque jour une lampe. Il m'a dit
depuis qu'il en avoit commandé une,
comme si l'on n'en trouvoit pas cent mille
à Paris. Enfin il y aura mardi cinq mois
que j'en demande une, et je ne l'ai, ni ne
l'aurai. Je te permets de haïr M. Cer. ; il
est en tout temps très-méprisable et très-
haissable ; il n'a point vu ta dernière lettre
et n'en verra plus désormais ; car M. B.
a et aura la bonté de cacheter. Cela lui
a fait faire une lippe de six pieds, et me
valut une scène hier après dîner, sous un

autre prétexte ; cela se termina fort bien.
D'ailleurs tout ce que certaines gens disent
l'après-dîner est sans conséquence.—Il est
impossible que je sois à la Bast** et je
n'y pense plus ; M. B. m'a parlé sur cela
avec toute sorte de raison et de bonté. J'ai
entièrement déféré à ses conseils : il n'est
ni dans mon caractère, ni dans mes principes de rabacher ; et on me feroit justice sur
les griefs essentiels. Au reste la nourriture est bonne maintenant, et même mieux
qu'à toute force je ne pourrois l'exiger.
—C'est à *monsieur le diable* qu'il faut
parler de la dimension des paquets. J'avois
quelque crédit auprès du bon ange, mais
je ne m'y frotterai pas maintenant ; je n'entends rien à négocier avec les puissances
infernales ; ce qui me pique, c'est que sa
mine est très-douce, et de plus qu'il a
une très-aimable et très-estimable dame
pour femme, qui ne voudroit pas, pour
rien au monde, lui donner la coîfure des
diables. Pourquoi donc ambitionne-t-il ce
titre ? Mais aussi c'est ta faute : *il seroit
forcé de devenir diable* ; ainsi tu violes
ses intentions et sa pudeur. Je te dirai
toutefois que, soit envie de me faire parvenir au plutôt ta lettre, soit (ce qui seroit

plus diabolique) desir que je reçusse plutôt sa mercuriale , il m'envoya ce paquet avec une diligence que , sans son billet , j'aurois trouvé charmante...A tout prendre, je crois qu'il pourroit lui rester encore quelque reste de la bonté céleste. Tente cet exorcisme, je t'en prie. J'ai demandé à M. B. l'estampe qui a servi de modèle au dessin qu'il a bien voulu te faire parvenir.—Tes projets sur l'enfance de la petite me font grand plaisir ; mais prends bien garde qu'on ne l'élève pas monastiquement. Je t'en demande pardon ; mais j'ai vu sortir bien peu de bons sujets des couvens. Au reste, je ne mets presque pas en doute qu'avec l'intercession de M. L. N. , tu n'obtiennes , même de madame R.. , de l'avoir dès l'âge de trois ans. Je ne vois pas à cela le plus petit inconvénient , d'autant qu'elle peut être avec toi , c'est - à - dire dans le même couvent , sans être à toi. — Je t'ai dit que j'exigeois , et non pas que je te demandois que tu fisses ton histoire. La manière dont je l'ai traitée , (en dialogue) jette assez d'intérêt et de vie dans le récit ; mais exclut beaucoup de détails. Sans entrer dans de nouvelles discussions sur ton style , l'unique raison que tu aies de te re-

fuser à ma prière, c'est ta paresse; et je
ne la reçois point. Je veux absolument que
tu écrives tout; mais je dis tout, dans le
plus grand détail. Songe que tu ne travailles
que pour moi, c'est-à-dire, pour toi; qu'il
n'est point question ici de littérature ni
d'amour-propre, mais de sentiment; que
tu n'as qu'à laisser courir ta plume au gré
de ton cœur; qu'enfin je me suis fait de
cette idée un plaisir délicieux; qu'ainsi tu
dois la réaliser; et que si tu le veux, ce
manuscrit ne sortira de tes mains, que
pour passer immédiatement dans les miennes. Ah! ma Sophie, pourquoi voudrois-tu
m'empêcher de voir tracés de ta main, les
monumens de nos amours? Ce sera le
charme de ma vie; la consolation de mes
maux, et leur plus digne prix, après le
bonheur de me réunir à toi. Ne me résistes
plus, où je croirai que tu rougis de m'a-
voir tant aimé.

Et moi je te déclare que j'aimerois mieux
t'avoir poignardée que de te trouver in-
fidelle; ou pour rentrer dans la question
que je t'ai proposée; qu'Orosmane me paroît moins malheureux, lorsqu'il apprend
que Zaïre qui vient de périr de sa main, est
innocente, qu'il ne l'étoit au moment où

il se croyoit trahi par elle. Un seul mot
va te faire sentir que j'ai raison : il sait
bien cet Orosmane, s'il est amant, s'il n'est
pas un lâche, qu'il ne survivra point à
celle qu'il vient de sacrifier : le remords
qu'il ressent pour avoir tué sa maîtresse innocente, va donc finir avec lui ; mais cette
horrible idée de la trahison de Zaïre, ce
tourment insupportable qui a guidé sa main
armée dans le sein de sa maîtresse, a disparu. Peux-tu douter qu'il est moins malheureux ? *J'étois aimé*, se dit-il : Dieux !
qu'il est soulagé : il l'est d'autant plus qu'il
ne met pas même en question s'il va s'immoler sur le corps sanglant de son amante.
Il ne raisonne pas : il sent ; s'il raisonnoit,
il seroit tout entier à ses remords ; mais il
est passionné, et l'idée si douce de l'innocence de ce qu'il aime, compense fort au-
delà celle de l'avoir tuée ; car elle va être
vengée : Orosmane va mourir : le tourment
de sa perte est prêt à finir ; et si celui de
sa perfidie s'y fût joint, l'aspect de sa mort
ne l'eût point soulagé : il eût fini dans les
convulsions du désespoir ... Mais c'est dans
la seconde situation qu'Orosmane se tue...
Il se tue lui-même, dis-tu ... Il a fait bien
plus auparavant ; il a tué Zaïre. Orosmane,

forcé à vivre après son crime , eût été plus
à plaindre sans doute : mais il fut aimé ;
il le sait ; il meurt : Orosmane n'est point
malheureux ... Enfin, ma Sophie , s'il te
reste le moindre attachement à ton opinion,
je n'ai plus qu'une question à te faire , et
je souscris à ta réponse ... Mon amante
ne vit plus ... ce mot est affreux , sans
doute ! Elle vit ; mais ce n'est plus pour
moi ! Elle vit ; mais c'est pour un autre !
Compare et juge. — La fin de ta lettre est
délicieuse , et m'a d'autant plus touché que
j'ai eu toutes les mêmes idées , ou si tu veux
fait les mêmes rêves ; tant il est vrai que
Sophie est l'âme de mon ame; tant je compte
sur mon amante , et sur tout ce qu'elle
peut oser et sacrifier pour moi. Au reste ,
garde-toi en aucun temps , de te faire mettre à Vincennes ; tu serois sur la même
paille que moi ; tu y serois cent ans , que
cent ans tu ignorerois mon existence , si
tu ne la savois pas d'ailleurs ... Pour un
domestique : ô oui, je n'en refuserois pas
un de ta main , si on me le donnoit ; mais
les diables sont bien malins et se connoissent en sexe , on ne sauroit mieux ; il faudroit donc s'entendre avec eux , ou y renoncer ; et encore , je doute que mon père

voulût jamais payer ta pension et tes gages;
car un domestique ne coûte pas ici moins
de douze cents livres ; et tu sens que je
n'en attends pas autant d'un homme qui
me refuse des chemises . . . Mais laissons-
là ces châteaux en Espagne. Ma mère,
si elle se tire d'affaire, fera tout pour moi;
mais ma mère vieillit et les méchans ne
meurent point. M. le Noir, en ce moment, est presque mon unique ressource;
si le sort me l'ôtoit, ce seroit un coup
affreux : nous aurions cependant encore
cet espoir, que M. B. n'est point amo-
vible, qu'il est fait pour jouir toujours d'une
grande confiance, et qu'assûrément il nous
veut du bien. Je comptois sur un ami, qui
peut-être est pusillanime ; (du moins une
chose que l'on m'en a dit, m'étonne). Je
n'en ai point la certitude, j'ai celle de son
honnêteté; s'il a été trompé, il peut être
détrompé. Le marquis de T* * * et la
comtesse de V. (sur-tout celle-ci que j'aime,
honore et respecte) feroient, je crois, beaucoup pour moi, et la fille de M. de V.
beaucoup aussi ; la fille, (s'entend celle
qui s'appelle Julie). La famille de ma
mère avec laquelle on ne m'a jamais permis de me lier, a apparemment oublié mon

existence. Celle de mon père juge uniquement d'après lui. Si mon corps résiste à ma situation, sans doute je surnagerai tôt ou tard ; mais ce *si* est fort hasardé. Cependant, espère : travaille : projette : essaye ; mais rien avant le temps. Il est des occasions où l'on se recule beaucoup en se hâtant. Ce qui m'importe, c'est que ma fille soit auprès de toi, ou dans des mains sûres en attendant le calme ; c'est que Sophie-Gabriel m'aime toujours comme je vois qu'elle m'aime ; et qu'elle apprenne à Gabriel-Sophie à m'aimer; c'est qu'elle soit sûre que ma tendresse est à l'épreuve du sort et du temps ; que jamais rien ne pourra me rendre ni lâche ni infidèle ... Ah ! tu es de même, je le sais ; et tes vertus sont les garans de mon éternelle constance. Puisse-tu n'être belle que pour moi ! Et puisse cependant, le charme qui te suit, nous conserver nos amis, et nous en acquérir. Mais sois heureuse avec Gabriel, ô mon tout, et ne cherche jamais le bonheur avec un autre... Tu ne le trouverois pas. Que l'espérance crédule, peut-être, mais nécessaire à la vie, nous soutienne, nous console, nous préserve! Que dans nos jours d'angoise et de détresse, elle nous

promette un heureux lendemain ... Ah ! tu le
dis comme moi ; un jour , un seul jour ,
seroit un dédommagement inçomparable ,
et qui ne nous laisseroit pas de regrets :
Addio amore unico ; *sposa cara* , *amante
fedele ... Non ho trovato un solo baccio
nella tua lettera.*

GABRIEL.

Je n'écris pas davantage ; parce que je
t'envoie cette fois beaucoup de pièces fugitives , pour ne point arriérer les nouveautés. Travaille, puisque tu le veux ; mais
modérément , et aux conditions que je t'ai
imposées.

Ma fille est fort bien en nankin ; mais
je voudrois qu'elle eût beaucoup de linge,
afin que l'on n'eût pas de prétexte pour la
tenir mal-propre. Je voudrois aussi que l'on
intéressât par quelques douceurs , de temps
à autre , la nourrice à en avoir bien soin ;
et qu'elle pressentît que cet enfant peut lui
faire du bien un jour.

Je te remercie de tes pauvres nouvelles.
—Ne force pas sur le filet : cette position
est mauvaise pour la poitrine ; et en général ,
travaille moins , et sur-tout moins assidu-
ment. Marche beaucoup , je t'en supplie.

—Peux-tu

—Peux-tu douter que je ne sois très-content et très-reconnoissant que tu n'aies pas voulu voir cette petite *maritorne* de chanoinesse? — Admirez les fruits de la savante éducation des bonnes femmes. Ma fille en quatorze mois ne marche pas seule ; mon fils se traînoit à quatre et couroit à sept. Il m'est impossible de t'envoyer mon drame ; il ne te passeroit pas. L'autre manuscrit est entre les mains de M. B. Il fera ce qu'il voudra. Il me semble qu'il pourroit, sans inconvénient, t'envoyer la première partie, en se chargeant de la faire copier ; mais il est absolument et uniquement le maître. — Mes dettes sont payées ou doivent l'être. Tout homme de bon sens qui connoîtra le monde, sentira bien que pour finir toutes mes affaires en quinze jours, mon père n'auroit pas besoin de la moitié du crédit qu'il emploie pour m'étouffer. — Est-ce que ton frère vise encore à la première présidence : qui est-ce qui l'est à présent de Dijon? — Je t'avertis en passant qu'on peut sans un trop grand crime, copier les lettres qui intéressent, je m'en suis éclairci. — Il est impossible que Brugnières portât à son doigt une bague de la mesure du tien, et qu'il l'ait perdue ainsi. — Du Clairon pour-

Tome III.　　　　　　　L

roit nous avoir l'original de lettre *à M. Bur-*
lam. Vlam, tout piqué qu'il est, ne s'y refuseroit pas, sur-tout pour quelques florins—
Es-tu folle de craindre qu'un nom ou un
autre, un son ou un autre diminuent ou
augmentent ma tendresse pour ta fille ? Je
doute d'ailleurs qu'elle pût jamais porter
mon nom, quand tu serois ma femme. Un
enfant naturel peut, avec le consentement
de son père, porter son nom, sa livrée, ses
armes ; mais un enfant adultérin, ne le peut
pas ; du moins je le crois.

A SOPHIE.

20 Février 1779.

JE ne te cacherai point, mon adorable
amie, que ta lettre m'a d'abord agité. Le
tableau de ton inquiétude et de tes combats,
dans un moment où ton esprit auroit dû
être calme, puisque tu ne balançois pas,
étoit fait pour pénétrer le cœur, trop sensible peut-être, de ton ami. Aussi te répon-
dit-il une lettre brûlante, où rendant toute
la justice possible à tes intentions, il con-
damnoit ta perplexité, la conduite de tes

amies, les conseils d'un homme de mauvaise foi, qui ne se donne pas même la
peine de raisonner, et sur-tout l'importance que tu donnois à toutes ses enfances,
et qui alloit jusqu'à affecter ta santé. Monsieur le bon ange se trouve scandalisé de
ma lettre ; et ce qui est fort plaisant, et ce
qui, cependant, ne m'a pas du tout fait
rire, il se donne les airs, non de se ranger du parti de tes conseils (je ne lui par-
donnerois de ma vie) ; mais de te défendre
contre moi. *S'il étoit*, dit-il, *aussi amoureux que je le suis, et qu'il l'a été, il
croiroit n'avoir que des remercîmens à
faire sur les sentimens que l'on m'a fait
connoître.* Je veux que l'amour me punisse,
si, à cet égard, je te faisois autre chose.
J'observerai de plus, que celui qui dit :
j'ai été amoureux, ne doit pas prétendre
l'avoir été comme moi ; car si cela étoit,
il diroit : *je suis,* et non *j'ai été.* Les amours
qui finissent ne sont pas les nôtres. J'observerai enfin qu'on aura de la peine à me
convaincre que je te doive des remercîmens pour n'avoir pris pendant vingt-
quatre heures qu'un bouillon ; et pourquoi ?
parce que l'on t'a obsédée et ennuyée d'absurdités, et d'avis aussi lâches que foux,

et de contes aussi peu vraisemblables que
peu décens. Mais je dois beaucoup de remercîmens à ce sévère aristarque, pour
n'avoir point laissé passer une lettre où
*je paroissois douter de tes sentimens, et
élever des questions sur un objet répondu ;*
je lui dois, dis-je, autant de remercîmens
que je me devrois de reproches, s'il avoit raison ; car assurément je n'eus jamais une
intention si cruelle ; et une ingratitude si
noire n'a pu naître dans mon cœur. Il faut
donc jeter toute la faute sur mon esprit,
sur l'impropriété de mes expressions, et
le bon ange a, dans cette supposition,
bien fait de les proscrire. Je ne saurois
convenir de même qu'il ait raison de trouver *que la lettre à laquelle j'ai répondu,
serve de réponse à celle que j'écris.* Ma
lettre, quoique très-empreinte de mon
amour, étoit toute pleine de discussions et
de raisons. Je n'en trouve pas une seule
dans la tienne. La pureté de tes sentimens,
l'immutabilité de ton amour, si je puis
parler ainsi, s'y fait sentir sans doute,
puisque c'est Sophie qui l'a écrite ; mais
elle a absolument perdu la tête, et elle ne
sait qu'aimer et se désespérer. Gabriel au
contraire reprenoit pied à pied chacun des

plats argumens de M. de Mar* ; chacune
de ces fictions grossières , et montroit que
son conseil n'étoit pas plus raisonnable
qu'honnête. *L'on voit de sens froid que
je puis reposer en paix au sein de la fidélité.* Mes sens très-enflammés ont vu aussi
cela ; mais ils ne reposeront jamais en paix,
lorsque je lirai : *O Dieux ! les cruelles
femmes me feront mourir. De tout le jour
je n'ai pris qu'un bouillon : il est minuit.*
Hé ! pourquoi cette terrible agitation ? pour
la cause la plus futile , pour des espérances infiniment et trop légèrement conçues ,
sur-le-champ démenties ; pour des raba-
chages qui ne peuvent qu'exciter l'indignation ou la pitié ; pour les tons impor-
tans d'un homme de mauvaise foi , dont on
n'a que faire , qu'on ne connoît pas , et
qui dans l'instant montre le bout de l'o-
reille, qu'il avoit un moment caché. . . Oui ,
bon ange ! je relirai ces caractères chéris.
Mais je ne serai pas plus *satisfait qu'inquiet.* Car pourquoi serois-je satisfait ? Je
sais depuis long-temps *les dispositions où
l'on est ;* et ce n'est pas pour rien que j'ai
aimé et que jaime comme j'ai fait et comme je fais ; mais, pour répéter mes propres expressions, je suis inquiet et nulle-

ment satisfait des pleurs , des combats , des
terreurs , du délire ; parce que je dis qu'un
non décidé est court , et tout-à-fait à l'abri
des débats , des amphibologies , des circon-
locutions , des répliques : tout cela ne dit
pas que je doute du cœur ; je serois mort,
si j'en doutois.

Enfin on ne veut pas que j'entre dans
ces discussions ; je n'y entrerai point , et
je répète que l'intention qui a présidé à cette
défense , doit te plaire et exciter ta reconnoissance ; mais je te répéterai aussi un
seul mot de ma lettre , qui t'importe. Je te
sais incapable de déférer , sous quelque
prétexte que ce puisse être , au conseil que
l'on t'a donné ; mais si mon amante et mon
épouse , si celle à qui j'ai donné tout **mon**
être , avoit jamais la foiblesse de se faire
passer pour m'avoir sacrifié , je ne la re-
verrois jamais. Voilà une résolution sur
laquelle je ne varierai point. Ton cœur
suppléera à mes raisons , et te révèlera mes
motifs. Je te les exposois peut - être avec
trop d'énergie ; si ma lettre devoit te coûter une larme amère , on m'a beaucoup
obligé de la soustraire. Ma Sophie ! si tu
me demandois ma vie , ah ! je te la donnerois avec transport ; mais ne me demande

jamais le moindre de mes droits sur toi. Je
les ai réduits à la fidélité et à la constance
que tu m'as jurées. Sois l'arbitre de mes
jours, de mes plaisirs, de ma destinée ;
mais si tu me laisses la vie, laisse-moi ton
amour. Il m'est permis, sans doute, de te
rassurer, du moins sur des terreurs très-
déraisonnables ; de te dire que la crainte
du refuge de Besançon ou de Sainte-Péla-
gie est absurde ; qu'il est impossible que
l'on y fasse mettre quelques années après
l'éclat, une femme que son mari outragé
n'a pu faire enfermer au moment de la
conviction. Je t'apprendrai aussi, et tu sais
que je ne suis point un homme à chimériques espérances ; je t'apprendrai, dis-je,
que selon toutes les apparences, l'étoile de
l'*ami des hommes* pâlit : qu'on l'attaque de
bien des côtés; que son égide tombe en lam-
beaux ; que sa réputation croule ; que sa
tête baisse ; que ses manœuvres se dévoi-
lent : qu'encore aujourd'hui on *m'invite à*
l'espoir, et sur-tout que l'homme qui chicane ma lettre ne chicane pas mon avis.
Attendons, chère amante, patientons, ne
nous lassons point, peut-être au moment
où nous voyons le terme. Après tout, ton
amant ne te prêche qu'une morale dont il

L 4

te donne l'exemple. Mais sur-tout, ah ! sur-tout calme-toi. Ta santé si robuste te manque toujours , chère amante , quand il te faut lutter contre les peines du cœur. Au fond , cela seul m'inquiète. On t'agite, on te trouble , on t'obsède, on te fait craindre de manquer par une opiniâtreté inflexible l'occasion de me servir. Ah ! tu n'as pas cru , tu ne croiras pas sans doute que je veuille l'être à tout prix. Mais plus de ces enfances cruelles ! de cet abandon... j'ai presque dit criminel ! quoi tout un jour sans manger ! et tu veux que je me soigne ! et le bon ange veut que je te remercie , toi qui me refusois jusqu'aux dons de l'amour, s'il te plaisoit de voir quelque chose d'ex-traordinaire dans ma phisionomie. Tu as pour toi ta conscience et Gabriel , et les rumeurs des autres te tourmentent ! donne-leur donc tes yeux, si tu veux qu'ils voient comme toi ! donne-leur cette ame céleste et toute aimante que je n'ai connue qu'à toi seule. Cueille des fleurs sur un arbuste , et n'y cherche pas des fruits. On t'a tendu un piége , tu y as donné ; je n'en suis ni étonné, ni fâché ; mais ce qui me chagrine, c'est que tu t'en désespères , comme s'il t'avoit fait faire un faux pas. Chère amie !

ma Sophie-Gabriel, je récris bien rapidement cette lettre, au milieu de la nuit,
quoiqu'assez malade, afin de ne pas dif-
férer davantage un envoi déja trop retardé
par ma faute. Tu ne me trouveras donc
point aimable aujourd'hui ; mais comme
tu ne m'en aimeras pas moins, ne me laisse
pas long-temps dans l'état d'anxiété où je
suis ; car je vais jusqu'à la première lettre
te voir continuellement comme tu étois le
18. Et voilà le terrible fardeau de l'absence !
Tout va-t-il bien ? Oui, cela étoit vrai tel
jour ; mais aujourd'hui ? Le jour étoit-il
orageux ? on le voit toujours de même, et
l'on ne jouit du retour du beau temps que
lorsqu'on peut le croire passé !

Il faut t'expliquer ces mots *quoiqu'assez malade* ; car ta tête très-mutine et
très-mauvaise, quoique le bon ange la
prenne sous sa protection, seroit bientôt
aux champs. La révolution du printemps,
ou plutôt le changement si subit de deux
saisons que nous avons eu en deux jours,
m'a très-affecté ; mais je commence à me
remettre ; j'ai eu quatre ou cinq accès de
fièvre ; et ce qui étoit beaucoup plus inquiétant, une enflure considérable aux jambes ; mais ce qui a bientôt rassuré, c'est

que cette enflure étoit fort douloureuse et nullement molle , de sorte que tu peux être certaine que ce n'est point dissolution d'humeurs , penchant à l'hydropisie ; mais tout simplement quelque rhumatisme peut-être goutteux. Je sais bien que la goutte est une triste chose à trente ans , et une infernale chose au donjon de Vin* ; mais tu conviendras que cela vaut mieux qu'une maladie mortelle , et presque inguérissable avec du chagrin. La fièvre a disparu , quoiqu'il y ait toujours un peu de fréquence dans le pouls , sur-tout le soir et la nuit. Je suis au petit-lait purgatif et aux bains , qui me rafraîchiront, ce dont j'ai un extrême besoin ; qui me feront dormir , et chasseront le rhumatisme de quelque nature qu'il soit à la superficie de la peau , ce qui est fort à desirer. Rassure-toi donc , ma tendre amie , et sur-tout ne crois nos affaires ni désespérées , ni dans leur crise la plus favorable. Certes quelle fureur ! mets-toi bien dans la tête que ton enlèvement est le moindre des embarras de mon père et de ses griefs. De cela je suis sûr. Il ne me relâche point , parce qu'il veut me faire mourir ici , et c'est sur quoi il aura, l'amour aidant , un démenti complet ; mais

s'il vouloit travailler à ma liberté, M. de
Mon ★ ne l'arrêteroit pas deux instans : la
preuve sans réplique, c'est que l'autorité
le desire. Au reste, je te le répète, et tu
m'entendras mieux d'ici à quelque temps,
on se lasse de son inflexibilité, on se lasse
d'entendre dire tout-à-la-fois au même
homme que ses ennemis sont des calomnia-
teurs ; qu'il lui est permis de les mépriser;
et qu'il faut qu'on lui laisse à lui seul sa
charge, attendu qu'il est le plus malheureux des pères, et le plus infortuné des
époux. On trouve qu'il porte fort commodément sa charge, et que ces belles phrases
n'expliquent pas trop comment un homme ,
je ne dis pas généreux, je dis aux sentimens les plus communs , bat ses ennemis à
terre, fait enfermer sa femme quinze jours
après avoir gagné son procès , refuse tout
à elle et à ses enfans, après leur avoir ôté
avec la liberté tous les moyens de se plaindre. On pense que l'A. D. H. doit tout autant, et même plus qu'un autre homme ,
motiver ses trop justes raisons, lorsqu'il
se croit obligé de sévir contre les deux tiers
de sa famille.

Il est certain que , comme je l'écrivois ,
il a quelques mois, à M. L. N., le chef, le

maître des économistes a un peu trop compté sur l'ascendant de son nom, et que toutes ses preuves résumées en dernière analyse, semblent se réduire à ceci.

Ma femme est une malheureuse, car je lui ai donné trois fois la v... ; j'ai dissipé le quart de son bien : je l'ai tenue vingt ans exilée ou enfermée. J'ai plaidé avec elle contre ma signature ; et le jour où j'ai gagné mon procès, j'ai fait enfermer cette épouse qui a 54 ans, qui m'a donné 11 enfans, 50 mille livres de rente ; qui est mariée depuis 37 ans, qui m'a adoré pendant dix, qui a patienté pendant 30, qui a supporté toutes mes maîtresses, qui s'est engagée pour moi, qui m'a tiré de Vincennes, qui ne s'est élevée que pour se faire payer de sa pension alimentaire, et sauver son fils aîné ; donc cette femme est une malheureuse ; cela est démontré.—Mon fils est un scélérat, car tous mes biens lui sont substitués, et cela me gêne quoique j'en aie vendu une bonne partie ; mais aujourd'hui que ces maudites substitutions sont publiées, je ne saurois me ruiner à ma fantaisie, et cela est dur. Mon fils est un scélérat, car il a refusé à cette mère qu'il chérit, de prendre parti pour elle, voulant

rester neutre entre les auteurs de ses jours :
or c'est une infernale hypocrisie. Il s'est
battu pour sa sœur, ses amis, ses maîtresses : or il n'y a que les scélérats qui
se battent pour leurs sœurs, leurs amis
et leurs maîtresses. Il a fait des dettes ; or
ce n'est que quand on est père de famille
et âgé de soixante-cinq ans, dépositaire
de biens substitués, et de plus la lumière
de son siècle, le Confucius de l'Europe,
le législateur des rois, qu'il est permis de
faire des dettes. Mon fils a fait d'assez
mauvais ouvrages ; un entr'autres à dix-
neuf ans, que les députés des trois états
de Corse m'ont prié instamment de laisser
imprimer, ce que je n'ai pas voulu ; et j'ai
eu grand soin de lui dérober le manuscrit.
Mais ces ouvrages n'étoient pas encore
assez mauvais ; et il y a une méchanceté
diabolique à prétendre montrer des talens
au moment où je commence à radoter.
Mon fils est sans générosité ; car il a tout
pardonné à ses plus cruels ennemis : sans
foi ; car il a été transféré deux fois aux
deux extrémités du royaume sur sa parole,
et sans escorte ; il est revenu de même de
Hollande et a tout sacrifié pour une amie
qui est une franche coquette ; car elle n'a

jamais eu qu'un amant, et a tout perdu pour cet amant. Mon fils est l'homme du monde le plus violent; car il lutte dépuis son enfance contre le malheur, avec un courage qui m'irrite : il est aussi le plus ingrat des hommes; car je le soupçonne de ne pas m'aimer, moi qui lui ai fait tant de bien. Enfin il n'est pas économiste ; il doute de l'infaillibilité *de la science* du *maître*, etc., etc. Donc il est un scélérat. Cela est plus que démontré.

Il m'est permis de mépriser mes ennemis et de ne pas leur répondre ; car j'ai fait des livres, et tout homme qui a fait des livres est infaillible, pourvu qu'il soit économiste : cela me paroît démontré.

Je suis l'*ami des hommes*; car j'ai intitulé ainsi mon premier ouvrage, et je n'ai jamais tourmenté que ma famille; encore bien médiocrement, car je n'ai obtenu qu'à-peu-près 5o lettres de cachet, ou contre ma femme, ou contre un de mes frères, ou contre mes enfans, mes parens, etc. Il est vrai que je n'ai jamais eu de place qui m'ait mis à même d'en tourmenter d'autres ; mais ce n'est pas faute de l'avoir desiré. Ah! si mes vœux eussent été exaucés, comme j'aurois propagé la SCIENCE à coups de lettres de

cachet ! Comme j'aurois exterminé les sa-
crilèges douteurs...Mais hélas ! une épreuve
de dix-huit mois n'a pas rendu le gouvernement économiste ; on a renoncé à la
science, faute de l'entendre. On a renvoyé le
philosophe Turgot, mon féal disciple qui,
après cinq ou six famines et autant d'émeutes auroit ramené l'âge d'or ; et ce tendre
et spirituel Albert, que les filous regrettent
si sincèrement. Cet économiste décidé a
fait place à ce L. N. qui ne sait que tout
tenir en paix, et n'a pas l'esprit de rien
bouleverser, ni de voir l'utilité des famines...O siècle ! ô temps ! ô mœurs ! ô
honte ! j'en serai pour les dix-sept ou dix-
huit volumes in-4°. de mes œuvres dont
deux à peine sont lisibles. Toujours est-il
qu'un homme qui a fait dix-huit volumes
in-4°. ne sauroit avoir tort : il me semble
que cela est démontré.

Je suis le plus malheureux des pères,
et le plus infortuné des époux; car c'est
ma femme et mon fils que j'ai fait enfermer qui sont heureux. Cela n'est-il pas
démontré ?

Tu vois, ma bonne Sophie, que je n'ai
fait qu'ajouter à chaque assertion de mon
père ce qui y manquoit; je veux dire la
preuve puisée dans les faits. J'ose espérer

que tu trouveras que ce petit commentaire
jette un très-grand jour sur les nobles défenses de l'A. D. H. Quoi qu'il en soit,
je te dis qu'une telle apologie n'a qu'un
temps; que les cordes du crédit trop ten-
dues, se relâchent comme toutes les autres;
que je finirai par intéresser le public dans
l'esprit duquel on a voulu me déshonorer,
ces ministres auprès desquels on m'avoit
si cruellement noirci. Mais il ne faut pas
que l'autre moitié de moi-même désinté-
resse pour moi par sa conduite flottante,
et c'est ce qu'elle ne fera pas. Elle laissera
pour ce qu'elles valent les idées *soudaines*
auxquelles on est tellement attaché dès la
première inspiration, que l'on se fâche
sérieusement, et que l'on menace de
tout abandonner, parce qu'au premier
assaut, l'on ne se rend pas. Terrible menace en effet que celle de l'abandon d'un
homme de soixante-quatorze ans que l'on
ne connoît pas; et ruse bien enveloppée
qu'un changement de décoration si impétueux qui ne laisse point du tout voir
l'homme qui s'est chargé d'une négociation
et qui est piqué au vif de prévoir le naufrage...Je ne parle plus de cette *excellente
idée*, car elle m'échauffe.

Repose

Repose tes yeux, je le veux absolument:
point de pommade, je le veux encore. La
fumée du marc de café reçue par tes yeux,
la tête enveloppée, des bains d'urine,
souvent de l'eau et de l'eau-de-vie ; point
de travail au grand jour, et tes yeux ne
m'inquiéteront plus. Ne brusque pas non
plus tes rhumes, parce qu'il faut toujours se
méfier de ce maudit lait quand on l'a repoussé contre nature. Mais au nom de toi-
même, couvre-toi très-peu ou point la
tête, lorsque tu seras guérie ; je ne connois que ce moyen de n'avoir point de
fluxions. — Ce que tu me dis de la religieuse, à qui tu veux confier mon enfant,
me plaît. Puisque cette pauvre petite, malheureuse dès avant sa naissance, ne peut
être sous les yeux de son excellente mère,
c'est du moins une espèce de bonheur
qu'elle ne tombe ni dans des mains sus-
pectes, ni dans celles d'une cagotte ou
d'une caillette. Le grand art de cette première éducation est de ne rien montrer ;
mais rien du tout, et d'instruire l'enfant par les choses auxquelles il faut
obéir malgré qu'on en ait, et non par
les mots qu'il n'entend pas. C'est ce que
le sage et grand Rousseau appelle édu-

cation négative , qui tend à perfectionner
nos organes , instrumens de nos connoissances , avant de nous donner ces connoissances, et qui prépare à la raison par
l'exercice des sens. L'éducation négative ,
dit-il, n'est pas oisive , tant s'en faut.
Elle ne donne pas la vertu , mais elle pré-
vient les vices; elle n'apprend pas la vérité, mais elle préserve de l'erreur. Elle dispose l'enfant à tout ce qui peut le mener
au vrai , quand il est en état de l'entendre, et au bien , quand il est en état de
l'aimer. Au lieu de cela l'éducation posi-
tive qui tend à former l'esprit avant l'âge,
et à donner à l'enfant la connoissance et
les devoirs de l'homme , énerve le corps ,
fausse l'ame et fait avorter l'esprit. Mais
dans le temps je te parlerai à fonds sur cet
intéressant sujet. Je voudrois que ce fût
bientôt qu'on la tirât de ce village ; cependant pas encore : qu'elle tète aussi long-
temps que les dents la tracasseront. D'ailleurs il n'y a que du bien à ce que les
enfans deviennent un peu paysans; mais
ce costume est, comme tu sens, moins
long-temps convenable aux filles. Comment es-tu si liée avec cette hospitalière
qui n'est pas où tu es ? — Les terreurs de

madame de R. sont excellentes ! Pauvre
femme ! hé ! que ne la fait-on un peu prisonnière d'état pour la rassurer ? C'est
ainsi que je disois à propos de la haute
sagesse de M. de Rou. qui prétend qu'avec
les ressorts d'une montre on scie des bar-
reaux : *ne pourroit-on pas* pour la perfection de l'art et l'honneur de l'invention, le mettre à l'essai ?—Je crois que
ton raisonnement sur la non distinction
de *femme mineure* et de *fille* pour la
qualité du rapt est assez bon. Cependant
il me paroîtra toujours difficile qu'un
homme de vingt-six ans que j'avois alors,
passe pour séducteur d'une femme de
vingt; et d'ailleurs je doute que tu aies
fait à tes avocats une observation qui est
essentielle, et peut changer la thèse dans
votre coutume de Bourgogne. Le mariage
émancipe, puisque dès ce moment on peut
tester sans autorisation. Mais une telle
émancipation n'équivaut-elle pas à majo-
rité? Pour toi, le cas ne m'a jamais paru
douteux. Les Valdh. ignorent-ils la naissance de cet enfant ? Non, puisque le vieux
marquis lui a fait nommer spirituellement
un curateur, pour se voir déclarer bâ-
tarde. Grand acheminement à une récon-

M 2

ciliation ! Quant à tes lettres , te revoilà
encore à cette folie. Ce n'est pas l'embarras de les ravoir ; il y a des moyens. Mais
crois-tu donc que , pour sauver sa vie,
Gabriel voulût déposer tes lettres en justice ? Certes , je n'imaginois pas que nous
en fussions encore ensemble à ces élémens.
Mourir et vivre l'un avec l'autre, ma Sophie-Gabriel , voilà notre devoir et notre
sort. Mais crois-moi, nous ne mourrons
point avant le bonheur. Tu l'entendras
encore cette voix qu'en effet l'amour rend
mélodieuse quand il ne l'éteint pas ! Ils
seront enlacés, nos bras amoureux ! Ils se
presseront, nos cœurs ! Et tu fermeras de
tes baisers brûlans cette bouche qui , près
de toi, ne sait que dire : *je t'adore.* ...
L'amour a des peines cruelles sans doute ;
mais le cœur qui ose s'en plaindre n'est
pas fait pour le sentir. Non, les regrets
ne sauroient germer dans celui qui a
éprouvé ses délices , et lors même qu'il
ne vit plus que de souvenirs , il est encore
heureux...Ah ! ma Sophie ! que cette phrase
italienne qui termine ta lettre est charmante ! Mais hélas ! je l'ai trop bien entendue... Oui , je le vois, nos cœurs et
nos sens se répondent...Ah ! le lierre n'em-

brasse pas si étroitement l'arbre qu'il entoure que nos ames et nos imaginations
et nos corps ne se serrent l'un à l'autre...
Puisses-tu, ah ! puisses-tu cependant
n'être pas consumée des mêmes feux que
ton infortuné Gabriel.--Tu sauras bientôt
(car cela est public) que la mère de
Pauline plaide contre son père ; mais j'ignore
absolument et où elle est, et comment
elle est avec son preux pourfendeur d'hommes. J'ai bien peur que ce ne soit un
autre Thésée depuis que son Ariane
n'a plus de couronne d'or.—Ah ! je le savois bien que tu ne voudrois pas être ma
sœur ! Mais ma Sophie ! que ne m'es-tu
pas ? Les délices de l'amour et les douceurs de l'amitié , voilà ce que je t'ai dû de
connoître. Hélas ! et moi aussi , je l'éprouve
mieux chaque jour : ceux-là même qui
savourent le mieux leur bonheur, ne savent l'apprécier que quand ils l'ont perdu...
Mais ton observation est bien vraie ; ou
plutôt le sentiment qui te fait tout deviner, t'a révélé quel est le vrai secret de la
constance. C'est l'énergie de la passion qui
nous unit autrefois à l'objet aimé. En vain
les amans ordinaires éprouvent une langueur d'autant plus prompte qu'ils se sont

crus plus épris ; ceux qui se sont bien aimés trouvent dans leurs feux même l'aliment de la flamme sacrée qui les embrâse.
Ce qu'ils sentent est si loin de tout ce que
les distractions ou les passions subalternes
leur offriroient, qu'ils ne peuvent qu'aimer
parce qu'ils ne trouvent que dans l'amour
pâture pour leur sensibilité brûlante
inépuisable, et ils ne peuvent qu'aimer
le même objet, parce que tout leur paroît
glacé auprès du cœur auquel ils ont donné
la vie. Voilà, ô ma Sophie ! voilà pour
ton heureux Gabriel le gage le plus assuré
de ton amour. Tu feras le reste par générosité, tu le chériras parce qu'il te faut aimer,
et que lui seul est à l'unisson de ton ame.

Ils sont fort bêtes ces pauvres amans de
ne pas remplacer ce petit garçon qu'ils ont
perdu. Je plains de bonne foi, le sort de
mademoiselle de la R. ; car je sais trop bien
qu'il est de mauvais pères et des mères in-
sensibles, quoique je ne le comprenne pas
encore. Mais j'avertis tes deux amies que
si elles veulent être les miennes, il faut
qu'elles ne disputent point avec toi jusqu'à
t'affecter, et sur-tout qu'elles ne diffèrent
pas tant de mes principes en amour. Quoi,
parce qu'un homme qui a de l'ascendant

dans cette ville, et qui , je crois même ,
en est seigneur, se sera rangé de l'opinion
de ta mère, il faudra que celles qui se disent tes amies, te rendent la vie dure , et
t'induisent en erreur , te fassent des tableaux
exagérés et hideux pour troubler ton imagination, sans rien gagner sur ton cœur, au
lieu de calmer l'une et de soulager l'autre !
Certes c'est bien - là l'esprit intrigant et
négociateur des petites villes ; mais ce n'est
pas celui de l'amitié. — Tu es très-plaisante
sur le compte de celle qui te sert ; et elle
ne m'attendrit plus ; mais je t'en prie , que
ces illusions de couvent ne te soient pas
contagieuses ; arrange-toi avec ces borgnes
et ces Hollandois. Tu ne m'en dis jamais
mot. Tu crains de me rendre jaloux.—Hélas!
ma Sophie, la triste Sophie est au moins
vierge , si ce n'est martyre ... Chère amie ?
tu me trouves bien fou. Mais c'est sur tes
yeux , sur ta bouche , sur ton cœur , sur
tout toi qu'erre ma raison. Rends-la moi; ou
laisse-moi la reprendre avec mes lèvres brûlantes. *So dolce mente 'l cor m' inna-
mora ! pel foco ond' io tutto m' infiammo
dammi de' baci senza conto.* A propos de
cette mauvaise petite sainte , je m'occupe
d'elle , je t'assure ; mais qu'elle attende.—

Reçois mes plus tendres remercîmens pour
ta charmante complaisance. Tu ne conçois
pas le plaisir que me fait l'idée de voir
tracés par ta plume naïve et touchante, nos
amours, et nos plaisirs et nos malheurs ;
de chercher dans tes simples et tendres
aveux, la trace des progrès je fis sur
ton cœur, et les combat tu ne m'as
point avoués, et les tendresses que tu m'as
dérobées, et les larmes que te coûtèrent
tes rigueurs et mes gémissemens ; et la
marche lente, mais si délicieuse et si tendre, des sentimens et des réflexions qui te
conduisirent à m'accorder le bonheur et
la victoire. Ta tendresse est si silencieuse ;
ta générosité si modeste, tes procédés si
rares, et tes manières si simples ; tes sensations si douces et cependant si rapides ;
ton amour si ingénu et si décent ; si brûlant, si réservé toutes les fois qu'il faut
ménager la tête ou le cœur trop actif de
ton Gabriel ; ma Sophie est un composé
si rare et si admirable pour qui sait la sentir
et l'étudier, car il faut ces deux facultés
pour te connoître, qu'il n'y a que ta can-
deur, et ta voluptueuse délicatesse qui puissent dévoiler tant de replis dont les graces,
les charmes et la vertu ont enveloppé ton

innocence et ta tendresse naturelle. J'ai
éprouvé que mon pinceau trop vigoureux
et guidé par l'impétuosité d'une passion ,
la plus ardente qui fut jamais , ne pouvoit
saisir les nuances fugitives. Que te dirai-je ?
la tête me tourne , quand je m'occupe de
ce travail : tu es là ; je te vois , je te sens ,
tu m'embrâses , et le travail y perd aussi
bien que la santé. J'ai bien prévu qu'il
étoit impossible que ces mémoires exécutés
comme je les demandois , fussent vus par
un tiers ; ce seroit te forcer à la circons-
pection , resserrer ton cœur , glacer ton
imagination , et ôter tout le charme de
l'ouvrage. Je te promets donc ce que tu
demandes , excepté les corrections. Je reverrai l'orthographe. Mais me préserve
l'amour de toucher d'une main profane
à ce qu'il t'aura dicté ! Au reste sache-moi
gré de ma patience , ô mon tout ! car outre que ce n'est pas ma vertu , je fais de
ces mémoires , tels que je les conçois , le
bonheur de ma vie. Ah ! j'avoue que je
t'attends au treize décembre, et à la terrible
scène de chez Mauvais : et graces te soient
rendues , je te le répète encore une fois.
—Qu'est-ce que ce monsieur t'a dit de l'A.
D. H. et de son fils ? — Il faut l'avouer ,

on ne sauroit penser sans indignation, et
sans un serrement de cœur qui approche de
la rage, à la malheureuse habitante de S. M.
Cependant son sort n'est pas désespéré ;
et sois bien persuadée que *tel qui avance
d'une marche lente, ne fait que des pas
sûrs.* c'est un des mots du bon ange,
et il ne me trompoit pas. Trop de précipitation nous eût, peut-être, absolument
privés d'un puissant avocat, qui pouvoit,
par des considérations politiques précé-
dentes, être soupçonné de ressentiment
contre le tyran du client, plutôt que d'intérêt tendre, fondé sur l'équité et sur l'humanité, pour celui-ci. Qu'a fait cet homme
sage ? Il a rendu notre sort tolérable par
des graces qui dépendoient de lui, ou à
peu-près, et qui dans le fait, nous ont
donné la vie ; et il s'est réservé de prendre
son moment pour frapper les grands coups.
Cette combinaison décèle autant de bonté
que de prudence. Qu'ils sont rares, les
hommes qui servent en silence et sans retour sur eux-mêmes ! et quels droits avions-
nous sur ceux-là ? Non, non, ma tendre
amante, je ne croirai jamais que l'homme
qui me dit il y a quelques mois : *Vous
êtes malheureux depuis votre enfance;*

vous avez tout supporté avec un rare courage ; patientez encore, ce n'est pas le moment d'en manquer : je ne croirai jamais que ce même homme qui ne répondit autre chose à celui qui lui remettoit une lettre de toi renvoyée par M. de R. comme un modèle de démence que moi seul pouvois avoir dicté ; *M., tout ce que je puis dire, c'est qu'à mon avis, c'est-là la lettre d'une honnéte femme, et que l'on ne devroit pas toucher cette corde avec elle ;* je ne croirai point qu'il soit d'avis que tu perdes par une démarche aussi lâche qu'inconsidérée et téméraire, le mérite de tant de souffrances, et le prix de tant d'amour.—L'ami qui me paroît un peu flottant en ce moment, c'est Dup★★★. Au reste je n'ai sur lui, que des renseignemens fort obscurs, et il a fait une démarche.—La comtesse de V★★★ répondit-elle? C'est une femme bien respectable et que l'on aura difficilement trompée. Il y a un grand parti à tirer de sa fille Julie qui est peut-être aujourd'hui la marquise de Tourette. — Voilà la troisième fois que je trouve dans ta lettre la phrase de ces bégueules ; *nos affaires désespérées.* Et moi qui n'espère pas facilement, je te dis de mon côté, elles n'ont

jamais été moins mal. Quant au tien , il est
impossible qu'elles aient empiré. Mais considère qu'on te fait voir les enfers ouverts ;
que c'est la batterie dressée depuis deux
ans ; et qu'il est bien simple qu'elle n'ait
tiré les grands coups que depuis que tu
n'es plus grosse. Au nom de l'amour, calme-
toi : dors , et porte-toi bien ; ah ! porte-toi
bien , ou je me désespère ! Je ne suis pas
content de ma santé depuis quelques jours ;
cependant elle est loin d'être ce qu'elle
étoit ; mais je ne dors point du tout, la fer-
mentation du printemps me tourmente. Sois
bien sûre que cet homme est ou un franc
hyppocrite qui n'a cherché par ses protestations et son aménité, qu'à préparer les voies
à sa négociation , ou un énergumène qui se
départira de lui-même de cet excès d'opiniâtreté qui n'a pas plus de décence que de
bon-sens. Mais après tout , je te le répète
mille fois , qu'il le prenne comme il voudra ; ce qui m'importe mille fois plus que
ma vie , c'est ta santé et la netteté de ta
conduite. Si M. le Noir étoit pour quelque chose dans ce tripotage , cela mérite-
roit assûrément considération ; mais il
m'en auroit fait parler ; car il sentiroit assûrément trop bien que tu ne peux jamais

faire un tel éclat sans ma permission, pour ne s'adresser qu'à toi, à mon insu, et te mettre dans une crise embarrassante et chagrinante. Ma Sophie-Gabriel ! mon tout ! mon amour ! mon bien ! ma vie ! soigne ta santé ! élague toutes ces épines du moment ! je te réponds de tout, pourvu que tu m'aimes, que tu sois conséquente, et que la belle ame que je te connois, ne soit pas capable de former des vœux contraires. *Addio cara sposa ! O come ti stringo : coglio di tuo spirto in sulle labbia soave fior ; et ti giuro che tu hai piu d'una lingua in tua bocca.*

GABRIEL.

Je sais gré à ta mère de sa décision sur ta pension. Il étoit révoltant que tu pensasses à diminuer ton ordinaire ; mais on ne t'a pas accoutumée à tant de générosité. Au reste, il faut convenir que dans ta famille, ce n'est pas à elle qu'est départie la vile avarice, et je n'ai point vu d'elle des calculs sordides.

Ma nourriture est bonne : pour le vin, il n'y faut pas penser ; on en change tous les huit jours ; il est factice et détestable, il m'achèveroit en six mois.

Pourquoi avois-tu parlé notaire ? — Je te

croyois plus habile sur l'article de *més
plaisirs*. Je te conseille de trouver d'autres
nouvelles quand tu voudras y contribuer.
Mais tu sens bien qu'il me faut dire
les suites de cette sotte aventure dans les
plus grands détails. — Je n'aime point qu'on
essaye *d'égayer* les matières qui touchent
l'honneur ; c'est-à-dire fort clairement aux
gens , qu'on les croit très-légers et très-
frivoles. — Je suis persuadé que madame de
Chang★ m'obligeroit. — Je n'ai plus l'honnête homme de la Ch★★★ — il est retiré !
Tu sais que madame de Chantemerle , fille
aînée de madame de Changey , est intime
amie du prince de Conti ; mais point de
démarches par-là.—Garde - toi de t'abîmer
l'estomac par des narcotiques ; il faut rafraîchir le sang et non l'appesantir, dormir
et non s'engourdir.

Pourquoi donc recouvrer le bon ange ?
Nous ne l'avons jamais perdu. Au contraire , je l'ai prié de se fâcher quelquefois ,
et tu l'en prierois aussi : comme il a bonne
grace quand il revient ! Le vrai est qu'il
n'a jamais que plaisanté , et que nous lui
devons trop pour lui donner jamais le
moindre sujet de plainte.

Ta lettre est écrite bien large.

Tu remarqueras que ces trois dernières pages sont mot pour mot celles de ma première lettre, et que les trois premières étoient infiniment plus chaudes et plus tendres. Et voilà ce qui devoit t'offenser..! Ah ! bon ange, bon ange, ne dites plus que vous avez été amoureux; et si vous voulez l'être, venez à notre école.

A SOPHIE.

9 Mai 1779.

CHÈRE amie ! que ta lettre est douce et touchante ! que ton amour et ta générosité y sont profondément empreints ! Ah ! Sophie ! crois que ton Gabriel, si inférieur à toi dans tout le reste, possède au même degré ces deux sentimens, dont l'un est la vie de son ame, et dont l'autre fût dans tous les temps l'instinct de mon cœur. Mais est-ce envers Sophie que Gabriel peut être généreux ? Lui qui a tout reçu d'elle ! lui qu'un de ses baisers, un de ses regards eût rendu heureux, et qui a été comblé des dons de sa tendresse ! ô amante incomparable ! ô délices éternelles d'un cœur bouillant d'amour et de reconnoissance ! quand je ne t'aurois pas tout coûté, réputation, fortune, liberté; quand au printemps de tes jours, je ne les aurois pas flétris, ah! dis-moi, dis-moi; la vie la plus longue consacrée toute à l'amour, et embellie de tout ce que le hasard pourroit encore nous donner, m'acquitteroit-elle envers toi? Non, Sophie, et je le sens bien; mais j'ai senti aussi que ma liberté étoit ton premier intérêt; que la recouvrer, étoit le seul moyen de me mettre en état de payer la moindre partie de ma dette, de cette dette immense qui me plaît : car selon ton expression charmante, la reconnoissance est une jouissance pour nos cœurs; et il m'est doux de penser qu'une chaîne indissoluble et sacrée m'unit à toi, plus encore, s'il est possible, que tu ne l'es à Gabriel; et que tandis que ta constance est un bienfait continuel qui augmente chaque jour les obligations que m'imposent l'honneur et l'amour, tu tiens mon cœur autant du devoir que de la passion. Un expédient spécieux, plausible, et même d'accord avec nos idées, s'est offert à moi; mon cœur y a répugné, et le tien sent trop pourquoi. Mais je te devois, je devois à ma fille, à moi, de ne pas repousser à l'aveugle, et seulement

par

par un premier mouvement, ce qui pouvoit me rendre l'existence. J'y ai réfléchi,
et chaque fois que j'y pensois, je trouvois
plus de probabilités que ce parti, qui, au
fond, n'est point mal-honnête, étoit encore le moins long, ce qui n'est pas peu,
et le plus sûr, ce qui est beaucoup. Mais
ne crois pas, ne crois jamais, que ma
lettre de rappel eût-elle été sur ma table,
j'eusse décidé tout seul. J'écrivois il y a
peu de jours au bon ange, au sujet des
nouvelles démarches dont je vais te rendre
compte, et d'une charmante lettre où il se
déclaroit ton rival à m'aimer, et m'an-
nonçoit une décision prochaine de toi que
j'avois sollicitée avec instances, qui seroit,
disoit-il, sûrement favorable à la négociation entamée, parce que *l'amour dans les*
ames bien nées et bien aimantes, laissoit
toujours une petite place au devoir ; je
lui écrivois, dis-je : « oui, mon ami, l'a-
« mour laisse une place au devoir dans les
« ames honnêtes, c'est-à-dire, dans les
« seules qui soient capables de le sentir ;
« car les méchans ont des complices, mais
« ils n'ont point d'amis ; ils ont des desirs,
« mais ils n'ont point d'amour. Mais pou-
« vez-vous dire et croire qu'il étoit de mon

Tome III.   N

« devoir d'écrire à Madame de Mir., et
« de négocier avec elle ? C'est sur cela seul
« que je consulte, dans les circonstances
« présentes, ma Sophie qui a tout droit
« d'ordonner à cet égard, et non pas de
« m'empêcher de demander pardon à mon
« père, démarche toujours convenable,
« toujours honnête, lors même qu'on n'a
« pas tort, et sûrement j'ai tort. Quelques
« procédés que l'on ait eus envers moi,
« ils m'excusent, mais ne me justifient
« pas, et les récriminations ne sont les
« armes que des ingrats. Voici ma profes-
« sion de foi. . . . Je crois, et je croirai
« que l'honneur ne me permet pas plus
« que l'amour de rentrer dans la maison
« de Madame de Mir., ou de la faire ren-
« trer dans la mienne, sans l'aveu et pres-
« que l'ordre de Sophie, qui m'a tout sa-
« crifié, qui n'espère qu'en moi, qui ne
« veut que moi, dont je suis la propriété
« trop bien acquise, propriété dont je ne
« dois pas aliéner la moindre partie, même
« en apparence, sans son consentement.
« Au reste, ce n'est pas d'aujourd'hui, mon
« cher ami, que je vois avec une satisfac-
« tion douce, et même quelque orgueil,
« que votre cœur et le mien s'entendent :

« ainsi je ne crains pas que les inspirations
« d'un amour qui est devenu la principale
» affaire, et même le principal devoir de
» ma vie, soient improuvées de vous ». Je
crois, ma Sophie, que cela te paroîtra
comme à tout autre, net et sans amphibologie; mais tu n'avois que faire de ce témoignage pour me croire, et même me deviner.

Oh çà, ma bonne Sophie, comptons
ensemble. Jusqu'à ce jour tu as employé
une grande page, et quelquefois deux, à
me compiler au bout de tes lettres les mauvaises nouvelles que tu me ramassois sur
ton mauvais *Bouillon*. Voyons si je ne
serai pas aussi bon nouvelliste que toi. J'ai
vu Monsieur L. N. le 25 mai; et comme tu
crois bien M. B. J'ai trouvé M. L. N. plus
aimable que jamais. Je veux dire que je
n'avois point encore apperçu sa physionomie si seraine, ni entendu de lui rien d'aussi
affectueux. Il alloit à Nogent, chez madame sa fille, et il eut la bonté de me dire que
ce n'étoit pas comme magistrat qu'il venoit
me voir. Ah! quelque titre qu'il prenne, il
est, et sera à jamais mon bienfaiteur, et
ce titre-là est le premier de tous. Il me
parla de la visite de D. P.; et me marqua
prendre intérêt aux suites de sa négociation.

Il m'insinua assez clairement que , s'il m'é-
toit possible d'oublier assez les procédés
de madame de Mir. , pour la faire servir
d'instrument au recouvrement de ma liberté , je ferois sagement ; et je lui avouai
naïvement que je ne promettrois que ce que
je pourrois tenir ; mais que comme la liberté
est la première chose à recouvrer , je
m'abstiendrois de parler du passé , si l'on
ne m'y forçoit pas. Il me dit que M. de
Maure.. ✶ étoit revenu sur mon compte, (et
si cela est , tu sens à qui je le dois) qu'il
avouoit que deux ans de bonne conduite
continue démentoient beaucoup d'assertions , et qu'enfin tout a un terme. Eh !
que ne dit-il cela à l'oreille de mon père !
mes affaires seroient bientôt finies. Une
phrase charmante de M. L. N. fut celle-ci :
mais ce M. de Mon. vit toujours. Je n'ai
que faire de te la commenter. Je lui dis
que cela me paroissoit un très-léger obstacle , et que quelque délicat que je fusse sur
l'honneur , je ne me ferois jamais le moindre scrupule de solliciter des lettres d'abolition dans une affaire qui n'avoit rien de
déshonorant. Il convint que j'avois raison.
Il me parla de toi avec intérêt et bonté , me
demandant comment tu te trouvois à Gi. en

le nommant en toutes lettres ; si tu y étois
bien et tranquille ; il daigna ajouter qu'apparemment je recevois quelquefois de tes
nouvelles ; et tu sens bien que je ne manquai
pas cette occasion de me plaindre du bon
ange. *Monsieur*, dis - je gravement à M.
L. N., et sans regarder M. B. qui étoit à
côté de moi, *vous savez que M. B. est un
homme intraitable et fort difficile à vivre.*
Il est vrai qu'il y avoit huit grands jours
que je n'avois eu de tes nouvelles ; aussi
de peur de lui faire trop de tort, je convins
qu'il nous en donnoit quelquefois. (Attendez, attendez, bon ange, c'est à présent
que je vous lutinerai). M. L. N. eut la
bonté de s'informer avec intérêt de ma santé, et d'ordonner que l'on me donnât un
jardin particulier, que M. de R. m'avoit
vingt fois refusé ; et où, excepté l'heure de
mes repas, je me promène toute la journée. J'écrivois l'autre jour à M. B., en lui
datant ma lettre de ce petit Elysée, qu'il ne
m'y manquoit que Sophie, ma fille, des
livres, et quelquefois sa vue et celle de
D. P. pour être très-heureux. C'est dans ce
réduit où je t'écris ; ainsi ne t'étonne pas
d'appercevoir sur mon papier quelques gouttes d'eau ; car il fait un temps du diable. J'y

N 3

aurai le double avantage de prendre plus
d'air en marchant davantage et travaillant
moins. C'est encore le mauvais ange qui m'a
valu cela , et tu vois combien de détestables
services il me rend. Cependant M. L. N. ,
qui , modérateur de la chose publique , veut
entretenir par-tout la concorde , me permit
de l'embrasser , et nous nous raccommo-
dâmes *coussi , coussi.* Es-tu contente , belle
dame ? Hé bien ! ce n'est pas tout. Vîte un
baiser , et je continue ; autrement je me
tais .... Cependant il faut l'avouer , je ne
conserve pas trop ma tête , lorsque tes lèvres de roses sucent les miennes ; et si Gabriel profère alors quelque **son**.... n'est-ce
pas des soupirs ?

Cette charmante visite , qui m'a mis du
baume dans le sang , a été suivie le 27 d'une
autre. Tu vois bien que ceci est du D. P.
Il ne vint passer que deux heures avec moi ;
car il alloit dîner à Saint-Maur. Il me vit
seul , et voici en substance notre conversation. Je commencerai par te dire que je
n'ai pas été aussi content de lui dans la
forme que dans le fond. Il fait ce qu'il doit
faire comme ami , mais quand il est question de ma famille , il n'en a plus les épan-
chemens. Je sens qu'il est des choses où

il ne peut pas être extérieurement de mon
avis, ne fût-ce que dans la crainte de monter une tête qui doit ne l'être que trop.
Mais pourquoi disputer quelquefois contre
l'évidence ? Je connois assez bien l'A. D. H.
et consorts, pour pouvoir être trompé.
Quoi qu'il en soit, son intention est honnête
et pure ; et peut-être est-ce un reste de
prévention qui le fait errer sur les moyens.
Il rebat d'abord tous les chapitres de l'autre fois, et moi, je m'ouvris sur le compte
de madame de Mi., sans détails, parce
que cela eût été trop long ; mais en lui disant les résultats, il en fut effrayé, et me
lâcha cette phrase qui est d'un grand sens :
*cela ne vaut rien ; car elle aura peur de
vous, et la timidité rend cruel.* Cela est,
en général, bien et profondément vu. Cependant au fond de son cœur, madame
de Mi. me connoît, et me rend justice,
quoiqu'à dire le vrai, sa conscience doive
bien lui dire qu'elle a outrepassé la mesure ;
mais il falloit, avant que de m'arrêter à
cette discussion, me prouver que, d'après
cela, je pouvois recourir à elle. D. P. a insisté plus fort que jamais, disant ; 1°. qu'il
falloit avoir sa liberté à tout prix ; 2°. que si
cela étoit possible d'un autre côté, ce dont

N 4

il doutoit, cela seroit au moins long, (ce
qui est plus que probable) ; 3°. qu'on ne
pouvoit être lâche envers une femme, (et
je lui ai fait mon compliment sur sa valeur ;
pour moi qui ai dix ans de moins que lui,
et qui ai fait nombre dans les athlètes en
amour, je conviens que j'ai été quelquefois lâche, et qu'il est des femmes pour
qui je le serai toujours) ; 4°. qu'on pouvoit
bien moins l'être, quand on avoit des
avantages de procédés sur cette femme,
(cela est bien vu, mais vrai seulement
pour les cœurs sensibles et reconnoissans) ;
5°. que tout étoit bon en ce genre pour
rompre ses verroux, et qu'après tout, on
pouvoit écrire noblement. Je lui ai proposé
d'écrire, lui, en son nom : à cela, il m'a
fait l'objection que madame de Mi. renver-
roit sa lettre à mon père qui lui en sauroit
très-mauvais gré. Je lui ait dit qu'il n'avoit
qu'à la faire de manière à l'avouer hautement. Il a éludé, comptant peu sur les
procédés de madame de Mi., qui a déja eu
la lâcheté de répéter à la Pa ⋆ quelque chose
de délicat, relativement à mon père, que
D. P. m'avoit écrit dans la confiance de l'a-
mitié. Je lui ai proposé de négocier en son
nom auprès de la Pa ⋆, qui a de l'élévation,

de la souplesse et de l'activité dans l'esprit,
de sorte qu'elle est capable de saisir et de
jouer un rôle de générosité, quoique son
cœur ne la produise pas. D. P. n'a dit ni
oui, ni non; mais seulement que cela étoit
fort délicat ; et qu'il m'ouvroit une route
bien plus droite, et dont il étoit comme
sûr. En général, et pour te tout dire, D. P.
m² semble, dans cette affaire-ci, craindre
beaucoup trop de paroître. Outre qu'il
n'est plus client, mais libre et indépendant,
quelle plus noble fonction peut-il remplir,
que celle de médiateur entre mon père et
moi ? Quel plus grand service à lui rendre
que de le rappeler à la justice ? d'adoucir la
pente rapide de ses jours par le charme
d'un bienfait, si l'on veut nommer ainsi
un simple acte d'équité ; de relever sa famille, de la réunir ? Je ne lui ai pas caché
ce que je pensois sur le compte de mon
père, et je lui ai plus dit à cet égard que je
n'en ai dit et que je n'en dirai jamais à personne. Il s'est beaucoup récrié; mais que
je me trompe ou non, que je revienne de
cette opinion ou que je n'en revienne pas,
toujours est-il que je n'ai qu'une vengeance
noble, honnête et sûre à prendre de lui ;
c'est de démentir par une conduite loua-

ble les calomnies dont il m'a écrasé, et
d'acquérir ainsi plus de crédit que lui.
—En quoi donc D. P. peut-il jamais se repentir d'avoir fait ce qu'il fait ? Il sent
cela ; mais il a peur : et de quoi peur ?
de sa peur. Mais enfin il n'est nullement
obligé à me servir; il le fait avec tout le
désintéressement possible : et le manque
de ferveur, s'il en existe, doit être attri-
bué lui-même à un bon motif. Je lui dois
infiniment de reconnoissance, et je ne veux
voir que cela. Je lui ai proposé d'écrire à
madame la comtesse de Vence, pour la prier
de se charger de montrer à madame de
Mi. ses devoirs et la facilité qu'elle auroit
à les remplir. Il y a consenti volontiers;
mais il n'en est pas moins revenu à me demander trois phrases pour madame de
Mi., me mettant la plume à la main,
m'approchant du papier, me priant,
pressant, importunant, et j'ai résolu de
voir par un essai s'il m'étoit possible de
dire à cette femme quelque chose de noble
qui ne fût pas sec, et de lui faire entendre ce qu'elle auroit à faire sans le lui
demander. J'ai donc écrit ce qui suit. « On
« ne peut pas, madame, avoir été liés
« intimement et devenir absolument étran-

« gers l'un à l'autre. J'ai cru vous avoir
« donné des preuves d'une ame que vous
« deviez estimer. J'ai eu depuis des torts
« que je ne veux point pallier, que j'ai
« peut-être expiés autant qu'ils devoient
« l'être. Etes-vous morte pour moi ? Me
« croyez-vous mort ? Si vous vous souve-
« nez de celui que vous aimâtes, vous ne
« pouvez pas ignorer qu'au milieu de ses
« plus grandes effervescences un bienfait est
« une chaîne sacrée pour son cœur. Je ne
« vous demanderai point de vous intéres-
« ser à mon sort et de me rendre l'exis-
« tence, je ne puis cependant l'attendre
« que de vous ; et j'ai lieu de croire que
« mon père ne vous la refuseroit pas.
« Vous écrire à ce sujet, c'est vous dire
« assez que je me sens capable de recon-
« noître ce que vous feriez. Si dans cette
« position, vous ne vous prescrivez rien à
« vous même, je n'ai rien à vous dire ; mais
« si vous le faisiez, vous acquerriez sur
« moi des droits qui me seroient toujours
« chers à respecter. Nous avons perdu
« mon fils. C'est une grande douleur pour
« moi ; je sais que c'en a été une grande
« pour vous. Ce triste évènement a-t-il
« rompu tout lien entre nous ? J'aime à

« ne le pas croire ; puisque nous en avons
« été tous deux également et profondé-
« ment affligés , j'imagine qu'au fond vous
« rendez justice à mon caractère et à mes
« sentimens ». Dupont en a paru content ;
il y a changé et fourré quelques mots que
tu reconnoîtras aisem⬛⬛⬛ar je te l'envoie comme il l'a ⬛mportée). Pour moi,
je doute que cette lettre si modérée, et ,
j'ose le dire , si noble et si généreuse , qui
arracheroit du sang à un cœur non pervers,
après tout ce qui s'est passé entre nous, produise un grand effet sur une femme assez
lâche pour avoir consulté, il y a quelques
mois, mon père , pour savoir si elle con-
sentiroit au gré de sa famille à former une
demande en séparation de corps et de
biens , d'avec un homme à qui elle a dû
deux fois l'honneur et une fois la vie. Et
dans quelles circonstances a-t-elle conçu
l'idée de cette tentative? Dans le moment
où je suis écrasé de maux et dans l'impossibilité de me défendre même par procureur. Un tel trait suffiroit pour la peindre ; mais je dois te dire à ce sujet un
mot de mon père qui te paroîtra convenable , noble et même tendre. Il lui
répondit : (mon fils vivoit encore) *deman-*

*dez à Victor s'il voudroit n'avoir point
de père?* Ce mot m'a ému jusqu'aux larmes. Il me restoit à moi un scrupule,
celui de faire cette démarche sans être
autorisé par ton aveu. Cependant j'ai réfléchi que tu ne m'avois point paru avoir
changé les résolutions prises au Verbeter-
Haus, qui sont immuablement arrêtées
dans mon ame, si tu ne t'y opposes pas,
et qui te coûteront peut-être, à supposer
tous les hasards contre nous, un sacrifice momentané, mais cruel à ton cœur :
et l'amour sait si je ne sens pas de même ;
je m'expliquerai davantage quand il en
sera temps. J'ai réfléchi qu'après tout,
cette lettre n'étoit point assez formelle,
à beaucoup près, pour ne pas laisser la
liberté de revenir sur mes pas, si tu dé-
sapprouvois cette négociation, et qu'au
fond il n'y avoit nul rapport entre ma
démarche auprès de madame de Mi. et
celle qu'on avoit eu la folie de te demander auprès de M. de Mo. En conséquence,
j'ai livré ma lettre à D. P. qui l'a mon-
trée à M. 'L. N., et remise à M. B. pour
la faire partir ; car ils l'ont tous deux ap-
prouvée. D. P. doit avoir écrit à madame
de Vence par le même courrier, et lui en

avoir envoyé la copie. Voilà, mon amie,
ce que j'ai fait. Ta lettre achève de me
convaincre que tu ne le désapprouveras
pas ; cependant, je veux ta parole d'honneur que ton assentiment est libre, et
que personne ne t'a suggéré le parti que
tu prends. Si tu ne me répondois point
à cet égard, je prendrois ce silence pour
un aveu de ton improbation, et tout seroit bientôt réparé. Il falloit encore écrire
à mon père ; car cette démarche-là étoit
de devoir, dès que je faisois l'autre. Cette
lettre où je craignois d'être trop franc, si
je me livrois à la chaleur de mon imagination et de mon ame, et trop froid si je
la réprimois, étoit fort difficile à écrire. J'ai
pressé D. P. de s'en charger. Il n'a jamais
voulu, disant toujours qu'on ne pouvoit
pas se mettre à la place d'autrui ; qu'il
falloit-là ma touche et non celle d'un autre ; que je la fisse ; que nous la verrions
ensemble, etc. Or tu sauras qu'il devoit
partir (comme il le fit) le vingt-neuf pour
la Normandie, moitié pour affaires du
Roi, moitié pour les siennes, et qu'il y
sera au moins trois semaines ; que je ne le
verrai par conséquent pas avant un mois, à
partir du 29 mai ; que cela entraînoit donc

des longueurs infinies. Lui parti , j'ai réfléchi à tout cela ; et n'ayant pour cette
lettre aucune des objections que j'avois
pour l'autre , je me mis à l'ébaucher tout
de suite dans la nuit , et je l'envoyai le
lendemain 28 , pour être revue et corrigée
par MM. B. et D. P. Celui-ci devoit passer
ce matin-là à la police. Je ne sais si je te
l'enverrai ; cela est assez inutile, et toujours
est-il qu'elle ne doit pas tenir la place de
choses plus agréables dans ma lettre. Je n'y
ai point ménagé mes expressions ; car si
nous sommes résolus de sortir par-là , il
ne faut pas frapper un coup à faux , et il
vaut mieux leur faire des phrases comme
ils en veulent , que des phrases comme ils
n'en veulent pas ; autrement , le plus court ,
même le plus honnête , seroit de ne pas
écrire ; car une demi - satisfaction n'est pas
digne de moi : il la faut complette ou nulle.
M. le Noir a bien voulu faire passer ma
lettre avec un mot de recommandation
indirecte , mais très-fort pour un homme
en place. Mon père a répondu , en remer-
ciant purement et simplement de la peine
qu'il avoit prise de la lui envoyer ; ce qui ,
selon la remarque du bon ange, *s'il n'an-*
nonce pas de la satisfaction , au moins

ne témoigne pas d'humeur ; et c'est quelque chose pour un homme qui reçoit une
lettre de moi , ayant obtenu un ordre
pour que je n'écrive pas. Tu trouveras ,
comme moi , que D. P. n'auroit pas dû
abandonner cette lettre , où , de concert
avec M. B. , il a retranché deux ou trois
phrases qui étoient trop vraies , et adouci
deux ou trois autres. Apparemment qu'il
veut laisser rompre la glace , et être appelé
en conseil , plutôt que de paroître avoir
dicté ma démarche. Quoi qu'il en puisse
être , voilà notre état de situation. J'ai
écrit aussi au bailli une lettre chaude et
tendre , car je l'aime et le révère , et j'y ai
joint les copies des deux autres lettres.
Tous nos amis croient que madame de Mi.
seroit plus monstre qu'elle ne l'est , si elle
reculoit ; et Dupont assure que mon père ,
qui s'est trop avancé et a trop déclamé
pour parler le premier , ne la refuseroit
pas 24 heures. Il est certain qu'il faut supposer à celle-ci aussi peu de bon sens que d'é-
quité et de générosité pour imaginer qu'elle
puisse balancer ; car enfin , mon père est
mortel , et même très-mal portant depuis
5 ou 6 ans ; je sortirai tôt ou tard par
autorité , si je ne meurs pas ; et je suis
                                        jeune ,

jeune, et certes j'aurois le droit d'être et
de me montrer courroucé. Quoi qu'il en
arrive, je le disois l'autre jour à M. B. ;
M. L. N. et lui nous auront toujours
comblé de biens. Si je recouvre ma liberté
par cette voie, c'est eux qui me l'auront
ouverte; si je ne la recouvre pas, ils l'auront voulu, et n'est-ce pas la même chose
pour mon cœur ? Peut-être quand il sera
bien évident que je n'ai mis ni opiniâtreté,
ni ressentiment dans ma conduite, et que
j'ai fait toutes les avances que me permet-
toient l'honneur et la raison, l'autorité
sera-t-elle plus touchée de mon sort et
plus tentée de me servir. Ne te livre donc
pas trop avidement à l'espoir, mon adorable amie; mais ne désespère de rien. Je
me hâte de répondre à ta lettre.

Je ne sais pourquoi tu es si sensible à
cette tragi-comédie de ma décapitation
en effigie. Quoique cela soit passablement
insolent, et que je sois très-convaincu que
toute la France compte bien que j'en mar-
querai quelque jour ma reconnoissance à
M. de Valdh**, cependant je te jure,
qu'en attendant, j'en ris ; ce ridicule manquoit à M. de M*, et il faut qu'il soit
très-fort, puisqu'il le sent lui-même ; car

Tome III. O

qu'est-ce que dire *qu'il en est fâché*, sinon qu'il n'a pas réfléchi à cette bisarre indécence. Ce qui est très-certain, c'est que l'exécution d'un arrêt non déshonorant ne déshonore que l'énergumène qui la sollicite. J'ai fait une partie de filles, moi trente ou quarantième, avec deux officiers qui avoient été pendus en effigie, le jour même, et dans la ville où ils l'avoient été pour quelque ferraillage. Ceci te prouve encore que la vie n'est point du tout attaquée par le coup porté sur le mannequin qui porte le nom du proscrit. Aussi, puis-je te jurer que mon cou est encore très-ferme sur mes épaules, et attend d'autres blessures que celles dont la méchanceté le noircit assez souvent. Au reste, le bon ange ne m'a point fait passer l'arrêt; et je ne sais pourquoi; car, puisque je me sais sans tête, je puis bien savoir le reste, et je le lui demanderai. Je prierai M. B. de consulter ce que pourroient te faire mes lettres d'abolition; je ne pense pas à ce sujet exactement comme toi; mais ne vas pas te mettre dans la tête qu'il faille un grand crédit pour te sauver. Je ne connois point d'affaire plus graciable et plus triviale que la tienne. Si tu étois mère de par M. de Mo.

où que ton mari fût de ton âge, cela seroit différent. Sans le très-grand pouvoir
que tu me dis d'acquérir, je te promets de
civiliser ton affaire; mais je me flatte que
Sophie n'attend pas cette époque pour y
fixer l'espoir de m'ouvrir ses bras. Non,
mon amour, non : ne recule pas si loin ce
plaisir auquel nous ne survivrons peut-être
pas. Au moins, puis-je te dire avec vérité
que je suis prêt à m'évanouir quand j'y
pense... Mais nous courrons ce risque sans
effroi... n'est ce pas, ma Sophie? Et s'il
nous faut mourir, ce sera au sein d'une
félicité qui surpasse les forces humaines.
Je ne dis pas cependant que cette réunion
pût être continuelle d'abord; et tu sens
que dans toutes les suppositions, cela ne
se peut ni ne se doit; mais quand on s'est
vu une fois, on sait bien s'arranger pour
se voir trente; et dans les intervalles, toujours trop longs, mais nécessaires, on
prépare le bonheur. — Et moi, je te dis
et je leur dis à tous, que ta fille sera mademoiselle de Mo. tant qu'elle voudra.
L'avocat de mon père (Aved de Loizerolles)
qui est sûrement un des plus savans de
Paris, assure que cela n'est pas douteux,
sur-tout la conception ayant précédé l'arrêt.

O 2

Le vrai est que si je recouvre bientôt ma
liberté, et que je puisse présider à son éducation, comme je saurai la rendre heureuse, et sur-tout déposer dans son ame
des germes de bonheur indépendans de
l'opinion et des préjugés ; comme elle sera
de plus fort à son aise, elle pourroit bien
n'être pas tentée de s'encanailler ainsi, et
d'entrer dans une famille malgré cette famille. Contente d'être la fille de la meilleure, de la plus adorable des mères, et du
plus tendre des pères, qui s'occupera toute
sa vie à lui rendre en contentement, en
jouissances de l'ame, en tout ce dont il
pourra disposer, ce qu'un préjugé barbare
lui ôtera ; elle vivra sous nos yeux, sans
ambitionner un autre sort, et nous rendra
heureux de son bonheur. Je lui conseillerai
fort de rester, non pas fille, mais demoiselle, pour éviter ainsi les reproches et les
dédains de l'ingratitude, et acheter le droit
de choisir l'ami de son cœur, l'autre
moitié d'elle-même. Si elle a ton ame, elle
fera un heureux digne de l'être ; si elle ne
trouve point un cœur tendre et fidèle
comme celui de Gabriel, elle amusera décemment ses sens, et se fera homme par
l'ame. Si elle a ton esprit, qu'après tout

je n'aurai pas gâté, ce dernier parti lui sera toujours facile ; car je lui donnerai assez de talens pour ne s'ennuyer jamais d'elle-même, et trouver par-tout des occupations et des plaisirs de son goût. Voilà mon plan sur cet enfant. J'en ai un autre plus secret et plus chéri, qui ne peut se réaliser que dans la supposition que je sortirai bientôt d'ici, et que je ne puis dire qu'à toi. Mais ce qui m'afflige réellement, ce sur quoi je te trouve trop inactive et trop consolée, c'est le silence de mademoiselle Dou.. à son sujet. Je vais aviser aux moyens de me procurer directement des nouvelles de ma fille ; mais ce ne peut être que pour une fois ; et je ne sais comment ton cœur s'accommode de ces silences de plusieurs mois.

Tu me démontres très-bien par tout ce que tu m'apprends des propos et des démarches des R. qui me feroient dresser les cheveux, si je n'étois las de m'indigner de l'infamie de ces vils personnages démasqués à mes yeux depuis si long-temps, qu'ils ne veulent que sauver ta dot, et qui plus est la sauver de manière à en être les maîtres absolus. D'ailleurs ils te voient très de sens-froid enfermée pour toute ta

vie ; encore répondroient - ils volontiers
que ta prison et ton sort sont bien plus
doux que ne le prescrit l'arrêt; et cela
ne vaut-il pas cinquante ou soixante mille
livres. Tu auras un meilleur défenseur
qu'eux, je te le promets ; et ils en auront
menti tous. Eh ! ne vois-tu pas que madame
de M., sous un autre nom, n'est plus
madame de M., dès que le roi ne veut
pas qu'on recherche l'identité des personnes ? Or ce nom, indépendamment
des possibles, se trouve au premier bout
de champ qu'on achète. En vérité, ils te
font tous des contes à dormir debout, et
j'ai vu dans ma vie, qui n'est pas bien
longue, trente exemples d'affaires plus
avancées et moins graciables que la tienne,
accommodées sans difficulté par des gens
sans crédit; entr'autres une de mes parentes
limousine, surprise par son mari assisté
d'un officier public et de trois témoins,
dans les mêmes draps qu'un homme très-
homme, et faisant dans ce moment l'homme,
condamnée par le parlement de Bordeaux
à l'autenthique, vit maintenant dans la
même province que son mari, où j'ai eu
le foible avantage de la connoître très-
intimement. Eh ! qui l'a tirée du couvent

où elle étoit rasée ? Un prêtre obscur. Il
est vrai que le mari feint de l'ignorer.
Mais quand M. de Mo. sera mort, il l'igno-
rera tout-à-fait ; et qui diable aura le droit,
si ce n'est les fanatiques R., qu'on peut
brider, de se mêler de ce que tu feras ?
—Vraiment je le crois qu'elle le dit, et
qui plus est qu'elle le pense, qu'il valoit
mieux te faire un enfant qui t'auroit valu
une garde noble de cinquante mille liv.
de rente sur lesquelles elle auroit espéré
mettre la main. Eh bien ! voilà mes moralistes. Volez un homme, une famille,
mettez dans ses bras un enfant qui n'est
pas à lui : cela rapporte de l'argent, donc
cela est sage et honnête. Aimez uniquement votre amant : fuyez ses persécuteurs
et les vôtres : courez partager son sort :
faites en votre époux lorsque vous n'en
avez dans le fait aucun autre : vous êtes
une folle, une perverse, une femme sans
mœurs ; il vous faut des grilles éternelles.
Cependant je ne vois à ce dernier parti de
différence d'avec l'autre qu'un crime de
moins et un voyage de plus. Croient-ils
que nous ne pouvions pas faire un enfant
en décembre 1775, comme en avril 1777 ?
Croient-ils que nous nous aimions moins,

O 4

où que nous étions plus froids ? Quel motif
nous retenoit donc ? Quel ? La probité et
l'honneur qu'ils ne connoissent pas. Peu-
vent-ils nier cette conséquence, à moins
de soutenir que la morale n'est qu'un préjugé que fait et défait l'opinion publique ?
Lâches et cupides mortels, avouez que
c'est la supériorité de notre ame qui vous
est odieuse. Au reste je puis t'assurer que
M. de M. a dit à quelqu'un qu'il t'avoit
priée de lui donner un enfant ; qu'il ne
m'avoit attiré chez lui qu'à cause de cela,
parce qu'il voyoit notre amour ; et que
l'outrage que tu lui avois fait par l'éclat,
l'en avoit d'autant plus irrité, puisque tu
connoissois ses intentions, et que tu devois
te louer de ses procédés ; tu t'imagines
bien que ce n'est pas aux Val. qu'il a fait
cette confidence ; mais tu peux compter
sur la vérité de l'anecdote. Il a même ajouté
qu'il n'ignoroit pas quand je venois partager ton lit ; que ta femme de chambre
l'en avoit averti ; et qu'il avoit poussé la
complaisance jusqu'à te laisser coucher
à part pour ne pas te gêner mais qu'aujourd'hui que tu avois été si ingrate ; et
qu'il s'étoit raccommodé avec sa fille, il
lui devoit de se porter à l'autre extré-

mité. Belle conclusion et digne de l'orateur et du discours ! Mais, dis-moi, si tout
cela a le moindre fondement. Comment
ne m'aurois-tu pas répété un tel propos ?
— Mais mon amie, dis donc à ta mère,
non pas qu'elle est folle, parce que cela
ne se dit pas ; mais qu'on l'a étrangement
trompée ; *qu'une madame de Vence* n'est
que la sœur du vicomte de la Rochefoucault, cousine germaine du duc ; que cette
espèce d'extravagante est une des femmes
du royaume, et peut-être de l'Europe, qui
a le plus de sens, de connoissances et
d'esprit ; que tu ne sais pourquoi elle en
dit du mal ; car elle est même *dévote* ou
du moins *pieuse ;* mais il est vrai pas fanatique ; que cette prétendue extravagante,
née la Rochefoucault avec cinq cent mille
livres de dot et la plus jolie figure du
monde, avoit su s'enterrer à Vence, au
lieu de rester à la cour où sa famille vouloit la fixer, pour éloigner son fou de
mari d'un théâtre dangereux ; qu'elle avoit
payé trois fois les dettes de sa maison ; et
l'avoit trois fois relevée ; que dans le moment où elle est nommée à une place très-
distinguée à la cour, elle s'enferme encore
dans sa province pour achever de liquider

la fortune de ses enfans qu'elle a tous bien
établis; à savoir trois filles et un fils dont
elle fera un grand seigneur, parce qu'heureusement son mari est mort, et qu'avec
un beau nom elle lui remettra un régi-
ment et cent mille livres de rente; que
tu ne peux pas croire qu'il y ait un seul
Provençal qui ait pu parler autrement
contre l'évidence des faits et la notoriété
publique; que tu ne connois pas de femme
plus universellement respectée à la cour,
à la ville, dans sa province; et qu'enfin
tu ne conçois pas comment on peut appeler *une madame de Vence*, une femme
de la plus haute naissance par elle-même
et par son mari; et *une espèce d'extravagante*, une personne décente dans ses
mœurs, pieuse, l'appui et le soutien de sa
maison, connue par des actes de bienfaisance et des bonnes œuvres sans nombre;
que tu te crois obligée de détromper ta mère
qui pourroit blesser une très-grande et
très-respectable maison par les propos que
pourroit lui dicter une prévention si singulière. Probablement madame de Ru. ne
t'a fait cette inepte sortie que pour t'empêcher de frapper davantage à cette porte.
C'est à toi de savoir si tu n'y dois pas des

remercîmens. Ce que je voudrois , par
exemple , c'est que tu écrivisses à D. P. une
lettre douce et affectueuse , comme tu
les sais faire , où tu lui témoignasses ta façon de penser sur sa négociation et ta
reconnoissance pour ses soins envers moi,
que tu regarderas toujours comme une
dette personnelle à toi.—Cette demoiselle
de Gras, qui est un petit monstre de lai-
deur et de perversité , qui a couché pendant deux ans avec le frère de son père,
parce que c'étoit le seul homme qu'elle
eût sous la main ; et qu'elle vouloit, di-
soit-elle , l'épouser pour faire sa fortune
et relever son nom , et qui l'a plantée-là
au premier obstacle ; cette petite créature
qui, à vingt-un ou vingt-deux ans, a épousé
ou dû épouser M. de Gras Briançon : c'est
la même et très-excellente maison. Elle
doit hériter de son père ou de madame
la marquise de Reauville, veuve sans enfans
et sœur de M. de Marignane, et brouillée
avec lui, de 30 ou 35 mille liv. de rente :
et si madame de Mir. meurt sans enfant,
toute sa fortune, qui ne peut pas aller à
moins de soixante mille livres de rente,
lui est substituée. Tu vois que cela valoit
un crime , dont au reste je n'ai pas la

plus légère certitude , ni même d'autre probabilité que le soupçon de madame de Mi. , qui , il est vrai , gardoit presqu'à vue son enfant , lequel promettoit la plus longue vie , et a été enlevé en un instant. Comment as-tu pu croire que ce poliçon de Briançon , qui est à peine gentilhomme, avoit fait un tel mariage ? Mademoiselle de Gras est fille de mademoiselle de Marignane devenue madame de Gras du Bar. —Comme je ne pense pas ainsi que madame de R. paroît l'imaginer, que les *belles phrases* soient un contre-poison , tu peux croire que dans tous les cas je veillerai sur moi. Vu toutes ces précautions imaginables, un honnête homme est bien foible contre la scélératesse; mais à moins qu'une générosité peu commune soit un crime impardonnable , je ne prévois pas que madame de M * * doive assez me haïr pour en vouloir à ma vie. Si cela étoit , il seroit plus sage de me laisser au donjon de V * * ; ce poison lent et sûr l'exposeroit à moins de dangers et à moins de remords.—Peut-être pourrai-je avoir quelques renseignemens sur ta religieuse que j'ai grande envie de connoître ; car F. est chirurgien des hospitalières de St.-Mandé.

Dès que son cœur a parlé au tien, j'en
ai bien bonne opinion ; mais comment
lui as-tu permis de prendre ton nom si
près de moi?..Ne crains-tu pas une méprise.
J'ai de bien mauvais yeux à présent...Ah
Sophie ! que ma vue se ferme à la lumière,
ou qu'elle ne me reste que pour te peindre
mon amour et lire le tien sur ton beau
front, ton toucher, ton approche seul
t'indiqueront toujours assez. Il n'est qu'une
femme pour mes sens comme pour mon
cœur ; et c'est mon amante, mon amie,
ma sœur, mon épouse, ma Sophie-Gabriel
qui n'est pas Ste.-Sophie, et qui ne s'en
soucie pas plus que de sa virginité, depuis
que son ami l'a cueillie.—Ne crains pas
que le R. lâche à mon père des propos
qui puissent me nuire. Il sait trop bien
que M. L. N. et le bon ange ne lui par-
donneroient pas, et il est sous leur plus
étroite dépendance ; il me déteste et m'é-
touffe de caresses , parce qu'il a trop à se
reprocher , et qu'il redoute ma véracité.
Au reste , je puis, pour te donner une idée
de la sienne , te dire que tandis qu'il ma-
chinoit la perte de F., le déféroit au ministre, et le conduisoit dans le précipice où
il seroit tombé sans M. L. N., il me faisoit

remarquer combien il dissimuloit adroite-
ment , et que d'amitiés ferventes il lui
témoignoit. Ne crois - tu pas entendre
Charles IX, méditant la St.-Barthélemi ,
dire à son infernale mère , *Ne jouai-je
pas bien mon rôle* ? — Que tu es aimable
d'engraisser et de prendre des bains ! Voudrois-tu priver à jamais ton Gabriel de toute
sa tranquillité , en altérant ta santé ? Voudrois-tu lui interdire, sous peine de craindre pour ta vie, et peut-être d'y attenter,
le délicieux plaisir, l'inestimable bonheur
de donner un frère à Gabriel-Sophie ? Voudrois-tu même ne pas lui rendre la fraîcheur et la beauté ; et cette gorge d'albâtre
que Vénus eût enviée , et ces bras charmans qui tant de fois l'ont enlacé des seules
chaînes dont l'amour eût dû le charger ?
Ma santé est intercadente ; mais j'imaginois que tu n'ignorois pas qu'il est un régime
auquel il est impossible de me plier. Ah
Sophie ! comment penser à toi et à notre
bonheur passé, sans être brûlé de tous les
feux de l'amour ? Au reste je suis veuf en
ce moment. Le cercle de ma boîte s'est
fendu, je ne sais comment, et j'ai envoyé
la petite Sophie au bon ange avec ordre
de lui donner un baiser de sœur et pas

davantage. La pauvre enfant sera assez
fâchée d'avoir été absente aujourd'hui ;
car les jours où je reçois de tes lettres
sont pour elle des jours de fête ; mais elle
me retrouvera et bientôt ; et tu sais si Gabriel sait se dédommager de ses pertes et
célébrer les retours. Hélas ! ma Sophie !
Je ne l'ai que trop bonne la mémoire. . .
Je sais trop que souvent dans tes bras,
j'ai douté de ta sensibilité ; chère amante,
s'il manque à tes transports, que man-
que-t-il à ton cœur? L'heure qui suit la
jouissance est celle de ton triomphe , et
celle où tu inspires le plus d'amour...Mais
pourquoi la femme la plus tendre n'est-
elle pas aussi la plus ardente? — Je pardonne à madame de Vil. qui est trop
payée pour ne pas croire aux passions
éternelles, et je la plains fort : soixante
heures de douleurs néfrétiques sont un
intolérable tourment. Au reste, cette maladie est bien moins dangereuse et même
beaucoup moins douloureuse pour les
femmes que pour les hommes , pour des
raisons faciles à deviner. Je lui conseille
dans les paroxismes de n'user d'autres remèdes que des bains et d'eau nitrée. Le
reste tourmente en pure perte, et peut

être funeste. Qu'elle boive habituellement de la tisanne de *pareira brava*, ou ce qui est moins désagréable, de l'*uva ursi*, en guise de thé. Si les apothicaires de G. ne sont pas assez habiles pour deviner ce que veut dire *uva ursi*, qu'on leur demande du *raisin d'ours*. Pour mademoiselle de la R., que le bon dieu la sacremente ; mais je crois qu'en attendant, elle a pris le bon parti ; du moins le plus sûr, pour se délivrer de la tentation, c'est d'y succomber. Mais, lis-lui, comme d'un autre, mon paragraphe (lettre précédente) sur l'amour, et qu'elle tâche d'y répondre.

Ta sainte B. est une étrange créature. Je te prie de ne pas lui écrire, sous quelque nom qu'elle s'adressât à toi. — Je crains bien qu'on ne te laissât pas de même les échelles, si j'étois libre ; et en vérité, on auroit tort ; car ce n'est pas par-là que nous nous verrons. O chère amante ! comme le cœur devient impatient, quand l'espoir commence à être fondé. — La tresse que tu m'as envoyée est beaucoup trop jolie ; car un tel présent n'a pas besoin d'être embelli ; je l'ai sucée, mangée, baisée, arrosée des larmes de la volupté et de l'amour. J'ai remis dans mon dépôt l'autre qui est

en

en loques. Je t'envoie beaucoup de mes
cheveux; mais ce n'est pas tout pour toi...
Comment, monsieur, pas tout pour moi?...
Non, madame, pas tout pour vous; vous
voudrez bien me faire avec les plus longs,
une tresse dans le genre de ma bague qui,
par parenthèse, se défile toute; vous la
tiendrez aussi longue et un peu plus large
que le sinet d'un petit in-quarto. Vous voudrez bien l'arranger aux deux extrémités,
de manière qu'on puisse l'attacher d'un
côté fortement à quelque chose, et de
l'autre y attacher quelque chose. — Mais
pour qui tout cela, monsieur?... Madame,
vous saurez que quand il pleut, je me
promène dans les galeries de l'enceinte
du donjon où il y a un peu de vue. Vous
saurez de plus que j'apperçus hier à la
fenêtre d'un cabinet de toilette, séparé de
moi seulement par un long et large fossé,
une fort jolie personne qui me fit à-peu-
près les yeux doux pendant une demi-
heure...Eh bien! monsieur... Eh bien!
madame, ce n'est pas pour elle. Vous saurez
de plus que madame de R. qui est une
brune fort brune m'a envoyé de l'eau d'o-
deur et de fort jolies choses... Eh bien!
monsieur?... Eh bien! madame, ce n'est

Tome III.   P

pas pour elle. Vous saurez que madame
F. est fort jolie ; que la belle-sœur de
madame de R. est jolie ; qu'il y a au château une Provençale passable , et deux fort
jolies filles d'avocat ... Eh bien ! monsieur,
que concluez-vous de tout cela ? ... Eh
bien ! madame , ce n'est pas pour elles.
Mais si j'ai quelque temps le château avant
de rentrer dans le monde , ce qui ne sera
pas , je ne serai point désœuvré ... Mais ,
monsieur , vous m'impatientez ... Mais ,
madame j'en suis bien fâché ; vous êtes
trop curieuse , et vous ne saurez pas pour
qui sont mes cheveux. Toujours est-il que
vous ferez ma tresse, s'il vous plaît, et me
l'enverrez le plutôt que vous pourrez , sans
attendre un nouvel avis; car cela me presse...
Boude-moi , gronde-moi , bats-moi ; tu en
passeras par-là ; ainsi fais vîte.—Comment
tu hais les Franc-maçons qui me gardent
jusqu'à trois heures du matin ? tu dois convenir du moins qu'ils finissent leurs as-
semblées par des avis très - agréables
aux dames , et que je me suis toujours
efforcé de les suivre le plus à la lettre que
j'ai pu.—Je crois , comme toi , que tel qui
parle fort haut , baisseroit le ton , si j'étois
libre. Au reste je sortirai d'ici fort froid ,

fort modéré, fort circonspect, mais ferme
et peu plaisant. Quand je dis je sortirai;
c'est-à-dire, si j'en sors. Mon père est
beaucoup trop infirme pour se remarier.
Il est très-probable que ma mère lui survivra; mais quand j'aurois le malheur de
la perdre, avec quoi voudrois-tu que mon
père prît une femme? Il ne sera pas l'héritier de ma mère, et il n'a pas un sou de
bien libre.

Je vais en avant, puisque tu l'approuves,
et même puisque tu l'ordonnes; mais songe
que je veux la confirmation volontaire
de cet ordre; et que ta sincérité me soit
jurée par l'amour et l'honneur. Tu crois,
et je pense comme toi, que ce seroit une
opiniâtreté très-déplacée, que de me refuser
à un arrangement qui me met à même de
t'être utile, puisque je ne puis adoucir ton
sort et me réunir à toi qu'en redevenant
libre. Le public ne peut donc pas croire
que je t'abandonne; et comme il ne connoît pas les torts de madame de Mi., je
ne puis être humilié en la reprenant. J'y
souscris donc, et j'atteste l'honneur et l'a-
mour et l'auteur de mon être, soit qu'il se
mêle des choses d'ici-bas, ou qu'il les
laisse flotter au gré des loix premières qu'il

a imprimées à la nature, que je le fais beaucoup plus pour toi que pour moi ; que je
tiendrai tous mes sermens excepté peut-être
quelque partie d'un seul, dont je pourrois
te proposer dans le temps de me relever,
pour me faciliter l'exécution du plus important. Et, dis-moi, si les circonstances
exigeoient une sorte de démonstration purement matérielle pour nous donner et
de la tranquillité, et des moyens, et des
prétextes, et des sûretés, me croirois-tu,
toi le permettant, coupable d'infidélité ?
Je prévois tous les possibles, et il l'est très-
fort, que ce dont je te parle ici, ne soit
pas nécessaire. Ceci te paroîtra peut-être
obscur ; cependant, en y réfléchissant, tu le
comprendras ; et tu me sauras gré, non
de ma soumission et de ma franchise qui
est de devoir étroit ; mais du sacrifice cruel
que je me sentirois capable de faire pour
toi, s'il étoit absolument indispensable pour
un succès important. Mais je persiste à croire
qu'il ne le sera pas, et dans tous les cas,
je préférerois un désert avec toi, à te coûter une larme dans un palais. Ce qui est
certain, c'est qu'en cela, comme dans tout
le reste, et depuis la plus légère démarche
jusqu'à la plus grande, je jure par toi même

que tu seras mon guide unique ; que je ne te
désobéirai dans aucun instant de ma vie,
à moins que par une folle générosité , tu
ne me commandasses quelque chose contre
toi ; et que je te rendrai dans tous les temps
l'hommage du plus fidèle époux , de l'ami
le plus dévoué et du plus tendre amant.
Voilà ce que t'est , ce que te sera ton Gabriel jusqu'à son dernier soupir que puis-
se-t-il exhaler sur tes lèvres.

GABRIEL.

Si la tresse que je te demande n'est pas faite
pour ton premier envoi, fais-là passer à M.
B. à part, car j'en suis pressé. Tu sais ce que
c'est que de nouvelles amours , on est tout
feu. — C'est mon père qui a fait enfermer
cette odieuse Cab... Son mari n'a point de
parens proches, si ce n'est sa mère qui n'en
auroit eu ni le crédit , ni même la volonté.—
Qu'est-ce que ce grand neveu de madame de
V. et où l'as-tu vu ? Songe que je ne t'ai fait
encore d'infidélité qu'un fossé entre deux.
—Tiens-toi bien assurée que M. de Mar★★★
ne t'a pas dit un mot qui ne fût d'accord
avec ta mère ; j'ai parlé de ses idées à M. le
Noir qui ne m'en a pas paru enthousiaste.
—Est-ce que d'Estiolles étoit neveu de M. de

P 3

Marv***. Que devient sa chaste veuve ?
M. de Mar*** n'a-t-il pas un autre neveu
à G. qui, je crois, est son héritier ? — Prends
garde que les R. pensent évidemment
et cherchent à t'escroquer ces 53000 livres, ce que tu ne dois pas souffrir ; car
ils appartiennent à Gabriel-Sophie. — Mais,
as-tu perdu le sens, de donner dans les
fagots des R., et de me consulter à ce
sujet ? Quoi ! une procédure ne se soustrait
pas en faveur du condamné ! Quoi tu n'en
as pas vu mille exemples ! Quoi des lettres
d'abolition n'imposent pas silence aux tribunaux, Rêve-tu ? mais elle me le dit pour le
répéter à M. de Mar*; mais pour la centième
fois M. de Mar* et elle jouent la comédie.
Garde-toi bien de rien signer sans mon avis.
— Ce n'est pas seulement pour appeler *à
minimâ* que le procureur-général est fait ;
il doit son appel à tout absent, à tout
condamné, à tout coupable ; et s'il en est
besoin, nous pourrions en dire deux mots,
Doroz et moi. Mais le vrai est que mon
père a méprisé tout cela, et senti que l'effigie faisoit plus de tort à M. de Mo* qu'à
moi. A cet égard, je pense comme lui. Prends
l'almanach royal, et indique-moi tous les
parens de M. de Mo* et des R. qui se trouvent

dans le parlement de Besançon ; mais que
cela ne tienne pas de place dans ta lettre.—
N'est-ce pas mademoiselle de la R. qui est
nièce naturelle de M. de M. ? Que devient la
mauvaise mère ? Quel est le nom de fille
de madame de Vil* ou du mousquetaire.
—On exhérède dans le fait , sans exhéréder
en toutes lettres , en réduisant un enfant à
la légitime , dont au besoin , je pourrois ,
moi ou tout autre , donner une feinte quit-
tance. — Je voudrois bien savoir quelle
diable de raison a ce puant de moine ,
de trouver extraordinaire que tu ne *t'ap-
privoises* point avec lui ; il me semble que
c'est le contraire qui seroit fort *extraordinaire.* —Le mot du logogriphe est *fleur*,
grande sotte; jolie laide , bête , bête ! — Sois
tranquille , je viens de demander pour une
vingtaine d'écus de livres au bon ange : il me
sert avec toute la bonté et l'utilité possible ;
car il est le roi des libraires.—J'ai déja copié
les dialogues pour toi. Ne néglige pas tes
mémoires : où en es-tu ? —Ce que je fais pour
toi ne te regarde pas. Je n'ai point coupé
mes cheveux , et j'en puis tirer dix et
vingt fois autant , de ceux qui me sont
tombés et que je te garde. — C'est moi qui
te dois *tanto di baci di colevba.* Que ta

longue lettre m'a fait de plaisir ; et que toi-
même voudras m'en donner ! Cependant,
pourquoi encore du blanc ?

A SOPHIE.

16 Mai 1779.

J'AI reçu ta charmante lettre, ô mon
amie ! je l'ai reçue, ô la bien aimée de mon
cœur ! et le mien est très-soulagé. Mais où
as-tu donc vu que je te croyois indécise ?
Agitée ne veut pas dire *indécise*. Jamais je
n'ai cru que tu pusses balancer sur un devoir
évident et sacré. Mais j'ai apperçu d'un œil
triste et presque inquiet qu'il t'en coûtât,
pour le remplir, des combats fatigans et
douloureux. Tu n'avois que faire d'apologie, ô mon tout ! mais j'avois bien besoin
de te savoir ferme et tranquille, et je t'en
remercie : ah ! je t'en remercie du plus profond de mon cœur. Le bon ange, tout aimable, tout attentif, tout bon, m'a fait
passer aujourd'hui 16 ta lettre ; encore
étoit-elle ici le 15, et son intention étoit
sûrement qu'elle me parvînt sur-le-champ.
Tu vois que je l'ai très-peu ou point atten-

due. C'est de sa part une faveur d'autant plus marquée, que depuis ma dernière lettre, j'ai reçu des consolations et une grace très-signalée. Mais mon bon ange a bien pensé que tout ce qui n'étoit pas toi, ne pouvoit entrer en balance avec toi dans mon cœur. Connois les nouvelles obligations que nous avons contractées : que ton cœur palpite de reconnoissance ; qu'il s'ouvre à l'espoir ; qu'il rende graces à l'amitié, et se voue sans crainte à l'amour.

J'ai vu **D. P.**, et j'ai éprouvé en l'embrassant les mouvemens les plus tendres, sinon les plus délicieux, de la joie et de la reconnoissance ; car il est certain que Sophie seule auroit été serrée avec plus d'ardeur dans mes bras. C'est purement à la persévérance du bon ange, et à la générosité de M. L. N. que je dois cette inappréciable faveur, qui pourroit bien changer la face de ma destinée, et qui, du moins, place mes affaires sous un nouveau point de vue. Pour te former une idée de ce que nous devons pour cette marque de bienveillance, des efforts et de l'adresse qu'a dû mettre M. B. dans cette négociation, il faut que tu saches que c'est précisément au conseil de D. P., que M. L. N. imputoit sa disgrace, revers qui,

après tout, lui a valu une plus grande réputation, et n'a que mieux montré combien il étoit nécessaire. D. P. nie d'avoir
donné ce conseil; ainsi il est certain qu'il ne
l'a point donné. D. P. nie de plus un propos que M. L. N. lui a reproché en 1775,
lors des émeutes, lequel propos n'a jamais
été tenu que par ce frippon de la Croix; et
M. de Trudaine, témoin de cette insolence,
l'a assuré lui-même à M. L. N. Au reste,
D. P. m'a appris sur cela les détails les
plus satisfaisans que je ne puis pas écrire;
mais juge maintenant du procédé de M. L.
N. à qui D. P. ne sauroit être agréable, bien
qu'il ne puisse lui refuser son estime, et
qui me l'envoie cependant, parce qu'il
comprend qu'il peut m'être utile. Juge du
zèle qu'il a fallu à M. B., lequel assuré·
ment n'ignoroit rien de tout cela, pour
entreprendre de faire une telle demande à
son chef. — Je n'ai encore vu qu'une fois
D. P., (ce fut le samedi 8 de ce mois) et
quoique je l'aie entretenu pendant quatre
heures, tu dois bien sentir qu'après une
absence de huit ans, et au milieu du trouble qu'a excité en moi la vue d'un ami si
cher, il étoit impossible d'éclaircir en un
moment la complication de faits dont j'a-

vois à lui rendre compte. Cela l'étoit d'autant plus que ce digne homme a été infiniment trompé sur un grand nombre de détails. Les deux reproches qu'il m'a faits,
me pardonnant volontiers tout le reste,
sont, 1°. d'avoir manqué à ma parole à
Joux ; 2°. d'avoir écrit contre mon père.
Quant au premier point, j'ai relevé, comme
je le devois, une imposture si noire, si digne de son inventeur ; car c'est ce lâche
St. Maur.., aujourd'hui à Versailles, qui l'a
publiée ; et j'ai démontré que bien loin que
M. de St. M. eût ma parole, c'est moi qui
avois la sienne. Cela est si connu, si public,
que jamais ce vil mortel n'a osé me charger
de cette imputation en Franche-Comté. J'ai
été jusqu'à demander à D. P. pourquoi il
venoit me voir, s'il croyoit que j'eusse manqué à ma parole ; c'est-à-dire, que je fusse
un coquin. Pour ce qui est du mémoire envoyé à ma mère, j'ai trouvé plus court et
plus honnête de passer condamnation. Ce
n'est pas, comme je le dis à D. P., et comme
je l'ai mandé au bon ange, que je n'eusse
pu chicaner. Convaincu, comme je le suis,
que mon père a outrepassé envers moi les
droits d'un homme quelconque sur un autre
homme, et par conséquent brisé la chaîne

de mes devoirs naturels envers lui , convaincu que les principes d'ordre et de justice sur lesquels sont fondées les loix , font
un devoir à l'opprimé de les employer
contre l'oppresseur , et que dans nos pays
esclaves , on ne peut arrêter le crédit dans
sa marche inique et tortueuse , qu'en sus-
citant contre lui l'opinion publique , j'ai
pu , peut-être , écrire contre mon père.
Cependant , je l'avoue , mon cœur y a
répugné , je m'en suis repenti. Je m'en
repens , et si ma maudite facilité à écrire
et les instances de ma pauvre mère n'eussent pas précipité cet envoi , qui , comme
tu t'en souviens bien , fut commencé ,
copié , imprimé et parti en huit jours , sûrement , il n'auroit pas été fait. J'ai donc
cédé à cet égard , et n'ai même que foiblement récriminé. Quant à ma conduite relativement à toi, D. P. a été très-indulgent.
Il pense, et ce n'est, ni ne sera mon avis ,
que j'eusse dû te faire un enfant quinze
mois plutôt , le tout pour contenter tout
le monde , et non pas t'emmener. Il reçut
une lettre de toi, il y a un an : cette lettre
s'étoit apparemment salie dans les poches
de cent commissionnaires : il la déchiffra
cependant, et n'y trouva point d'adresse,

sans quoi, *il t'eût répondu avec tout l'in-*
térêt que méritent toi et ton infortune.
Ce sont ses propres expressions. Notre
procès porte, dit-il, sur 39 lettres de moi,
trouvées dans un tien porte-feuille trouvé
en chemin. Qu'est-ce que ce porte-feuille ?
Qu'est-ce que ces lettres ? De son aveu,
ce procès ou rien, c'est la même chose, si
mon père vouloit demander des lettres
d'abolition ; mais il ne le fera jamais, quoiqu'il le desire, sans y être forcé : or, voici
comment D. P. voudroit l'y contraindre.

Madame de Mi** a soupçonné que son
malheureux enfant avoit été empoisonné ;
elle a été si frappée de terreur, que son premier mouvement a été de se sauver dans
ma famille. Elle est très-mécontente de la
sienne, et viendra peut-être incessamment
à Paris ou au Bi*. On suppose qu'elle pourroit bien pencher, ne fût-ce que par vengeance, à prendre le seul moyen de frus-
trer mademoiselle de Gras (aujourd'hui,
je crois, madame de Gras Briançon) de
son héritage : celui de se mettre à même
de faire des enfans. D. P., qui ignore absolument mon histoire avec elle, vouloit
d'emblée que je lui écrivisse, démarche
qu'il regardoit comme la réparation né-

cessaire de l'outrage public que lui a fait
ton enlèvement ; et lui, D. P., se chargeoit
à peu-près du reste. Certainement cela est
bien vu dans la situation et l'ignorance où
étoit cet ardent et excellent homme. Mon
père, garotté par son amour-propre, et
ses déclamations et ses procédés antérieurs,
ne veut pas reculer de lui-même dans mon
affaire. Cependant il brûle d'avoir un petit-
fils. Mon frère n'est pas mariable ; et la
raison qu'en donne D. P. te paroîtra plaisante : *c'est qu'il est beaucoup plus mauvais sujet que moi ;* non, a-t-il ajouté, que
nous soyions deux scélérats, mais nous
avons tous deux une fichue tête (il a parlé
plus énergiquement) avec la différence que
la mienne est capable de quelque chose,
et que mon frère, perdu de débauches et
de crapule, deux fois gros comme moi,
avec cinq pouces de moins, incapable de
tout retour sur lui-même, et aussi vieux à
25 ans que l'est le commun des hommes à
60, ne paroît pas susceptible de se prêter
au moindre projet. (C'est bien dommage.)
Tu crois bien que mon père ne voit pas
sans regrets son nom éteint et 60,000 liv.
de rente, au moins, sortir de sa maison.
Mais comment avouer qu'il a eu tort de

me pousser si loin ? ou qu'il me retire
d'ici, uniquement pour tirer race de moi ?
(Il y a long-temps que j'ai déclaré *que je
n'étois point un étallon.*) Il seroit bien
plus commode de dire : *ma belle-fille m'a
forcé : elle veut son mari : je n'ai pu le
lui refuser.* J'avoue que tout cela seroit
très-sage, et même pour le mieux, (dans
le sens que je veux dire) si madame de
Mi... et moi pouvions perdre la mémoire,
et c'est ce que j'ai fait entendre à D. P. ;
fait entendre, dis-je, parce que nous
étions gênés par un tiers, et un tiers in-
connu ; car M. de R. étoit absent. Mais
mon bon ange m'apprend aujourd'hui que
je verrai la première fois mon ami sans
témoins.

D. P. m'a dit, après un peu de réflexion,
*qu'il se moquoit de tous les torts à la
Molière,* et je lui ai répondu que je me
moquois de tous les *torts à la Molière;*
mais non des perfidies. Il m'a répliqué :
qu'il falloit, 1°., 2°., 3°., *etc. etc. avoir
sa liberté ;* et je lui ai dit qu'il falloit 1°.,
2°., 3°., etc., etc. avoir sa liberté ; mais
ne l'avoir que par des moyens nobles, et
ne promettre que ce qu'on tiendra.—Votre
nom. — Je m'en... — Et moi je ne m'en

moque pas. Après tout , si madame de Mi* a des torts particuliers , vous en avez de publics.—Oui : et il n'y a point de comparaison , parce que l'aggresseur doit s'imputer les suites de l'aggression , et que j'avois acheté très-chèrement le droit de me croire libre. — Que faire donc ? elle seule peut vous tirer bientôt d'ici. — Ceci demande réflexion , et je commence par n'en rien croire...

Là-dessus D. P. m'a dit qu'il voyoit mieux que moi la situation de ma famille et celle du crédit de mon père , puisque je n'y voyois rien. Il s'est beaucoup débattu et avec avantage sur ce point , concluant toujours qu'après tout il étoit beaucoup plus décent et desirable de sortir d'ici, de l'aveu de mon père , que malgré lui. De cela j'en suis convenu, et si bien convenu que j'ai dit que j'aimerois mieux y rester davantage à la première de ces conditions. Je crois qu'on peut me savoir gré de cette manière de sentir qui ne seroit pas celle de tout le monde , mais enfin , c'est la mienne.

Après beaucoup de discussions pour ne rien décider ; (car il faut avant tout, et de son aveu , qu'il soit pleinement instruit

pour

pour me donner un conseil vraiment sage,
et je lui ai fait passer des papiers à cet
effet) après beaucoup de discussions, dis-
je, voici nos préliminaires. D'abord, (et
c'est un très-grand point; car je craignois
cet éternel obstacle à toute négociation)
D. P. avoue que je te dois tout, parce que
tu m'as tout donné; et que je dois infiniment à ma fille. Je te dois, lui ai-je dit,
mon cœur, ma bourse et ma vie (crois-tu
que j'aie beaucoup davantage ?) Et il en
est convenu. Mais il est, dit-il, des formes,
des échappatoires et des moyens; et, après
tout, pour lui donner tout cela, il faut être
libre. Cela est incontestable, et tu sais
bien mes projets et mes plans : un seul
mot suffira, si tu as cessé de les approuver.
Ensuite il m'a dit qu'il étoit nécessaire
d'écrire à mon père, et j'y ai consenti. J'ai
consenti même à signer aveuglément tout
ce qu'il me feroit adresser à mon père relativement à lui, mon père. Quant à madame de Mi..., ai-je ajouté, je vous sais
incapable de me rien suggérer de lâche;
mais si vous le faites, moi, je ne le ferai,
ni ne le signerai, et je me réserve, à cet
égard, la plus scrupuleuse inspection.
Somme tout, D. P. sent la nécessité de

savoir à fond mes affaires, et de les concilier avec les tiennes avant que de prendre
aucun parti. Mais c'est sur son plan mo-
difié qu'il veut toujours agir ; et , entre nous
soit dit , je le crois le seul, du moins bientôt , praticable. Je te prie donc de consulter sérieusement , 1°. toi-même , qui es
mon premier juge , 2°. des gens de loi
pour savoir si des lettres d'abolition ne
t'inculperoient pas ; c'est-à-dire, si ce ne
seroit pas en quelque sorte passer condamnation pour toi. Remarque , toutefois ,
qu'on ne les solliciteroit qu'après avoir
tenté des démarches auprès de M. de M...,
et qu'avec l'air de ne pas vouloir se donner
la peine de suivre ce procès. Au reste, je
n'ai que faire de te dire que j'ai formellement déclaré que je ne ferois jamais rien
sans le conseil et l'agrément de M. L. N.,
mon bienfaiteur ; et D. P. sent toute l'é-
tendue de ce que je lui dois, d'autant qu'on
a daigné le mettre dans la confidence de
notre correspondance , et lui dire quel
danger avoit couru ma vie ; au moins me
l'a-t-il fait entendre ; car je ne me serois
sûrement pas expliqué le premier sur un
tel sujet ; et je me suis même tenu sur la
réserve à cause du tiers.

Cet excellent homme, ô mon amie,
est austèrement vertueux; mais sa vertu
est sensible et ne m'effarouche pas. Les illusions bien excusables de la reconnoissance
lui en imposent sur le compte de mon
père. De mon côté, je dois convenir que
je ne suis pas neutre, ni impartial, et
par conséquent qu'il m'est impossible de
me donner à moi-même mon sentiment
pour infaillible. Que mon père soit haineux, il l'a trop bien prouvé, et D. P.
n'en disconvient pas; mais il soutient que
son cœur est maniable encore; qu'il m'aime
au fonds, et qu'il ne lui manque que la
force de me pardonner; qu'il faut la lui
donner, etc., etc. Je l'ai dit au bon ange:
ce sont autant de rêves peut-être, mais
les rêves d'un homme de bien, qui a infiniment d'esprit, beaucoup d'envie, et
toutes les facilités de me servir.—Actuellement que je t'ai ouvert mon cœur sur
ce sujet important, revenons à ton aimable
lettre.

Ton M. de Marville me paroît plus raisonnable que je ne l'avois cru d'abord et
que sa nièce ne le faisoit; mais il ignoroit
que l'incident du procès et de l'arrêt est
un de smoindres liens qui me garottent.

Ceux-là seront brisés par ma famille, le jour où mon père voudra; ainsi ce n'est pas moi qu'il falloit te faire envisager dans la démarche que l'on te suggéroit. De bonne foi, peut-on imaginer que les M**, Vald*, R**, et toutes espèces pareilles puissent lutter de crédit contre mon père, sur-tout dans une affaire aussi graciable que la mienne. Qu'il soit très-desirable de voir annuller de gré à gré cette sentence, c'est ce qui n'est pas douteux, et à quoi, si j'en étois le maître, je sacrifierois assez d'argent pour fermer la gueule insatiable de ces cerbères-Valdh. Mais cet arrêt, qui ne peut être confirmé que par contumace, n'est pas encore bien redoutable après sa confirmation, et l'est d'autant moins que je suis à-peu-près sûr qu'avec les parens que M. de M. et les R. ont au parlement de Besançon, nous obtiendrons aisément une évocation. *Nulle crainte pour l'enfant* est bientôt dit : des gens qui en savent autant que les Val* et compagnie le soutiennent M., lors même que tu serois prouvée adultère ; car personne ne préside à la conception, et la loi préjuge toujours en faveur de l'enfant. Je crois qu'il n'est plus besoin de discuter les phrases tragiques et exagérées jusqu'à la bouffisure , dont tu fais très-bien de me rendre compte. Cette lettre te prouve assez que je ne suis pas perdu; et tu ne crois pas sans doute qu'il soit au pouvoir des humains de m'empêcher de te revoir, si je recouvre jamais ma liberté. Au reste, je l'avoue, je suis encore en colère, et je n'en reviendrai pas de sitôt , que l'on t'ait persécutée au point d'altérer ta santé. Certes ce sont-là de barbares et folles amitiés , sur-tout quand rien ne presse , quand on est rien moins que sûr d'avoir raison. Ces deux accès de fièvre avec cette toux sèche que tu as eu la mauvaise foi d'appeler rhume (ce que je te revaudrai) suffisoient pour te donner une maladie inflammatoire, et t'emporter...et l'on veut que je sois tranquille!—Est-ce que par hasard tu m'aurois cru jaloux de M. de Mar. ? Pourquoi cette grave apologie de ses 74 ans ? J'ai craint qu'il ne fût séduit par ta mère, et il y avoit de quoi..J'ai craint qu'il ne fût peu délicat sur les moyens de te convertir ; et cela en avoit l'air. J'ai sur-tout redouté qu'il ne tentât de te gagner par lassitude, et en te rendant la vie dure dans ce couvent où il paroît avoir crédit et autorité. J'ai trouvé son premier avis aussi

déraisonnable que mal-honnête ; mais dès
qu'il n'y a point mis l'opiniâtreté que tu
m'avois fait entrevoir ; dès qu'il n'a été
question que d'une discussion paisible, et
ne portant même que sur une supposition
très-peu probable ; enfin dès que tu te
portes bien, et que ces bégueules te lai-
sent en repos, je suis tranquille, et n'ai
que lieu de me louer de la manière dont
cet homme s'est expliqué sur mon compte.
—Oui, oui, mon amante, nous nous re-
verrons : oui, tendre épouse, oui, amie
incomparable...et un moment de bonheur
un solo bacio di colomba, un seul *je t'aime*,
t'acquittera envers moi ; mais ma vie entière ne pourra te payer ma dette. Oui,
Sophie, tu sentiras que l'infortune et la
douleur n'ont qu'augmenté ma passion,
et que si tout est soumis au temps, il
faut en excepter mon amour...O ma Sophie-
Gabriel ! Comme à ces doux pensers *la
saetta dirizzi amor, come in mezzo il cuor
mi tocca*...Hélas ! hélas ! quand cesserons-
nous de nous repaître d'illusions ? Quand
l'amour, par ses douces fatigues, don-
nera-t-il le change à cette ardeur dévorante qu'il souffle si long-temps dans nos
cœurs, sans daigner les réunir ! — Non :

ne me revoilà point malade ; mais incommodé , et incommodé par ma faute. Le
petit lait et les bains m'avoient fait du
bien ; mes jambes enfloient et enflent encore les soirs ; mais cette enflure est toujours ferme , luisante et douloureuse ; les
orteils sont enflammés et brûlans ; en un
mot il étoit et il est tout au plus question
d'une velléité de rhumatisme , et rien ne
doit inquiéter dans ce symptôme très-
clair et très-connu ; mais j'ai voulu tran-
cher du jeune homme. Manger de la sa-
lade que j'aime beaucoup , des raves qui
ont été long-temps ma nourriture d'été ,
du beurre qui ne m'a jamais fait de mal ;
et comme tous ces essais sont les premiers
depuis deux ans , ils m'ont absolument
démontré que la saison des fantaisies étoit
passée pour moi. J'eus hier une fonte de
bile qui ne se fit pas sentir moins de 17
fois en cinq heures. Aussi-tôt je me suis mis
au thé, à la tisanne , à la patience ; et rentrant bien modestement dans la conviction
de mes infirmités , j'ai résolu de me purger
après - demain ; ce que j'aurois dû faire
après le petit lait, et ce que je n'avois
pas voulu faire , me croyant revenu à 29
ans, au lieu que j'en ai 60 , excepté pour-

tant quand je pense à Sophie, qui n'a pas
tout le tort de vouloir être *mon médecin*.
—Tu vois bien, mon tendre amour, que ce
n'est qu'à tes folies qu'il me faut imputer les
dérangemens de ta santé. Bon dieu! que
cela étoit donc bien imaginé de ne point
dormir! et le beau dommage que tu sois
un ou six mois de plus à copier mes cahiers, comme si j'attendois après! Cela
est si peu nécessaire que je ne t'en enverrai point de quelque temps; 1º. parce
que j'ai travaillé à autre chose, que tu
verras avant le jugement dernier, mais que
tu ne copieras point; 2º. parce que te
sachant après tes mémoires, je me suis
senti le besoin irrésistible de finir et de
recopier mes dialogues, afin de m'occuper
des mêmes idées que toi, et de réaliser
presque au même instant, de si délicieux
souvenirs; car je ne doute pas que *l'inséparable* ne soit quelquefois en tiers de ton
travail; 3º. parce que je ne puis pas continuer de suite en ce moment mon essai
sur la littérature, attendu que je n'aurai
tout au plus que dans trois mois, les livres
qui me seroient nécessaires. Ne te hâte
donc pas. Occupe-toi plutôt de ce charmant travail qui fera le bonheur de ma

vie ; mais sur-tout promène - toi, ô mon
amie, et dors : dors long-temps ; et lors
même que tu ne pourrois pas dormir,
repose - toi dans ton lit. Ne discontinue
plus le lait. Parle-moi de cette toux ; mais
pour me dire qu'elle n'est pas revenue ;
et plus de ces équivoques, qui dans le
fait sont autant de parjures.—Je doute très-
fort que madame de R. fût maîtresse de
cacher mon enfant, où elle voudroit ; et
j'ai de fortes raisons pour en douter.
Donne-moi des nouvelles de cette petite.
En vérité ta mademoiselle Do★ est insupportable.—J'ai appris des horreurs de ce
couple odieux avec lequel tu me conseilles
de ne pas renouer. Il n'est point d'infamies qu'on n'ait dites de toi et de moi.
D. P. m'a assuré nettement que c'étoit la
mère de Pauline, qui avoit fait intercepter
les mémoires adressés à M. de Sar★, et
qui avoit donné notre adresse en Hollande
où l'on ne nous savoit même pas précisément : elle m'a prêté aussi bien qu'à
toi des aveux horribles, mais non moins
absurdes ; outre qu'elle se seroit déshonorée
en les révélant, quand bien même on les
auroit cru vrais. Enfin c'est un monstre
et vraiment un monstre qui dans son mé-

moire, dit-on, paroît un ange. On assure
qu'il a été soustrait, et que l'avocat Lacroix
qui l'a signé, a été mandé et réprimandé
par ses confrères. Au reste, cette même
femme n'a rien épargné ; je dis rien,
pour se raccommoder avec son père, même
aux dépens de sa mère.—Mais comment
deux femmes, qui ne veulent pas passer
pour des créatures, peuvent-elles avouer
leurs amans, leur amour, et n'appeler
tout cela que des foiblesses ! Je le dis et
le dirai toujours. L'amour, s'il n'est pas
extrême, est honteux et coupable. L'honneur proscrit tout plaisir qui n'est point
appelé par la passion comme une honteuse
lubricité; mais jamais le sentiment n'est
lascif, et la femme la plus chaste peut
être très-voluptueuse, si elle aime. Je te l'ai
dit mille fois : *jouir* n'est pas *corrompre.*
Les libertins seuls confondent l'acception
de ces deux mots. Aussi la vraie volupté
leur est-elle interdite à jamais. Mais je voudrois qu'on me dît nettement si la pudeur
consiste à tout refuser à son amant. (A
peu-près sans doute comme la sobriété à
se laisser mourir de faim) et dans cette
supposition je voudrois qu'on me déter-
minât quel est le moment où il est permis

d'écouter ses sens, puisque ce n'est pas
celui où l'amour les embrâse. Hé quoi !
ne verra-t-on donc jamais qu'elle ne sauroit être une vertu, cette exigence mona-
chale dont la perfection et la pratique,
si elle pouvoit être universelle, entraîne-
roit la destruction de l'espèce humaine ?
Quel est donc ce devoir dont l'exact ac-
complissement seroit la dissolution de tous
les autres ? O ma charmante amie ! la
vertu ressemble aussi peu à ce que l'on
nomme ordinairement ainsi, qu'au vice
même. La véritable vertu ne dépend point
du caprice des mortels, des illusions des
fanatiques, des diverses spéculations des
moralistes, des dogmes, des rites, des temps,
des lieux, des sexes. Elle consiste dans
un cœur droit, sensible, sincère et dans
l'exercice de toutes ses facultés. L'honneur
prescrit à une femme de n'avoir qu'un
amant, de se respecter en lui, d'être fidelle à ses sermens, incapable de légèreté,
et même, en un sens, d'inconstance.
L'honneur proscrit tout plaisir auquel l'a-
mour ne préside pas. Mais lorsque la sensibilité aiguise les sens, pourquoi réprou-
verions-nous les mouvemens impérieux de
la nature ? Les sensations sont-elles moins

son ouvrage que les sentimens ? Et ne seroit-ce que pour nous livrer de pénibles
combats qu'elle auroit si inséparablement
uni ces deux ressorts de l'humanité ? Quand
une femme honnête s'est livrée toute entière à son amant, sans doute elle a bien
connu celui que l'amour lui offroit. Le
don de son estime et de sa confiance a
précédé celui de son cœur. Hé bien ! le
jour où il en est possesseur aussi bien que
de tout ce qu'il prodigue, tout intérêt doit
céder devant lui , ou plutôt se confondre
avec lui. Pour deux amans , tout sacrifice
est une jouissance, tout sentiment un devoir...Sophie ! tu as bien raison de leur
laisser leurs préjugés absurdes et tout-à-
la-fois pusillanimes et cruels. Crois que
le cœur n'égare point ; que l'imagination
seule pervertit , et que l'on ne se méprend
point de bonne foi à leurs diverses émotions.

Je te l'ai dit ailleurs , le mot *amour* a
été appliqué à l'action universelle de la
génération qui reproduit les êtres , parce
que par une fausse et ridicule délicatesse ,
les expressions propres à désigner cette
opération de la nature sont devenues trop
libres pour des femmes qui n'ont de chaste
que les oreilles. Cette explication détournée

a avili ce mot touchant dont on s'est empressé de voiler les prostitutions les plus
méprisables ; mais les vrais amans , seuls
connoisseurs en volupté , et plus avides
des délices des sens , que les autres hommes , savent que c'est de la vivacité de la
tendresse qu'elles reçoivent leur plus précieuse saveur , et que cette réunion seule
mérite le nom *d'amour*. Le cœur n'induit
donc point en erreur. Ce sont ces inspirations au contraire, qui préservent les femmes d'une avilissante galanterie, en donnant
pour pâture à leur imagination , un seul
objet de desir. Quand on aime , les sens
sont très-inflammables; mais ce n'est qu'au
feu de la passion qu'ils peuvent s'allumer.
Fais donc sentir à tes prétendues amies,
quelle inconséquence digne de pitié, c'est
d'avoir pu se résoudre à faire un enfant,
et de ne pas oser s'honorer de son amant.
Au reste , je dis *tes amies ;* parce que tu
me parles au pluriel *de leurs amours glacées* ; car d'ailleurs tu ne m'as pas parlé de
celles de madame de Vil★. — L'expédient
infernal de M. de Ma★ n'est pas si mauvais;
mais il y a à parier que madame de Val★,
qui a toujours eu de son côté toute la tourbe
des dévots , est sûre du confesseur. — Vrai-

ment je le crois que les goûts du couvent
ne sont pas contagieux pour toi; mais songe
qu'il y en a de bien des sortes. Eh ! comment veux-tu que je ne juge pas de ta froideur de si loin , quand je t'ai vue tiède dans
mes bras , monstre que tu es ! un baiser
t'étoit plus précieux que tous les transports
de l'amour. Vas, vas , *les volontés* de l'inséparable ne peuvent qu'être bien modé-
rées ; et tu te vantes , ma Sophie ! tous tes
feux sont dans ton cœur, sans cela j'eusse
été trop heureux.—L'as-tu trouvé joli, mon
petit dessin ? Ce n'est pas encore trop
ma-ladroit pour un aveugle ; mais aussi ,
comme je le disois au bon ange, c'est un
vrai miracle de l'amour qui en fera peut-
être encore quelques-uns. — Eh bien ! ma
Sophie ! je la rechercherai ma raison , je
la cueillerai, je la ravirai là où elle est
déposée, éparse, cachée. C'est alors qu'il
te faudra te venger, si tu trouves que je te
calomnie ; c'est alors qu'il faudra me prouver
que je ne sens pas tout seul , de même
que je n'aime pas tout seul ... Ah ! chère
amante ! qu'il me seroit doux d'être vaincu
par toi, au moins une fois en amour ! Mon
cœur ne le sera jamais, ma Sophie , et je
t'atteste, si la victoire ne fut pas toujours à

moi. Crios-tu que je m'en vante ? crois-tu qu'il me soit si doux de le penser ? crois-tu qu'il soit un plaisir que je ne voulusse pas partager avec toi ? Crois-tu , ingrate et froide Sophie ! que même au milieu d'une félicité sans bornes , il ne soit pas amer d'imaginer qu'on est seul heureux ? — Je ne puis encore croire que la famille de M. de M** ait l'infamie de voler ta dot ? Cependant, rien ne m'étonnera d'eux ; et, graces au ciel, le moment d'imposer silence à toute cette race , ou de réparer leurs indignités , ce moment qui permettra à 'Gabriel de te montrer enfin quel il fut , quel il sera toujours pour toi , viendra en dépit d'eux tous. — Ils ne doivent rien à cette petite fille ; certes voilà une étrange morale ! — Songez , madame , que ce ne sont pas des mots que je veux ; qu'une partie de ma pension t'attendra toujours ; à ce prix, je te promets de me servir du reste , et j'ai déja ébréché ce quartier pour liquider et finir tous mes comptes avec M. de R.—Tu as assez mal fait d'écrire à Saint-Paul. Sa place exclut toute confiance. Il est chef d'un des bureaux de la guerre. D'ailleurs quoiqu'il me fît beaucoup d'amitiés, j'ai été infiniment plus lié avec sa femme ; mais

lui est tout dévoué à mon père. Ce pourroit bien être de ce côté qu'une lettre
seroit revenue à ta mère ; pour mon D. P.,
il en est incapable ; quant à M. de Mal . . .
je n'y comprends rien, fût-ce Malesherbes...
Que d'actions de graces je te rends, pour
toutes ces démarches ! C'eût été toute autre
chose, si tu eusses pu parler au lieu d'écrire.-
Je te supplie de ne plus penser à mon inquiétude, qui, dans le fond, n'a porté que
sur ta santé ; car je n'ai, sur mon honneur,
jamais douté que tu ne prisses le seul parti
digne de toi. Tu sais bien que j'écris toujours avec feu, sur les sujets qui saisisent
mon imagination et touchent mon cœur.
Il n'est donc nullement étonnant que mon
éruption ait étonné le bon ange qui n'est
qu'un amoureux glacé, quoi qu'il en dise ;
et qui vaut beaucoup mieux comme ami
que comme amant. A toi, elle auroit paru
toute naturelle et toute simple. Mais que
veux-tu ? Monsieur te protége. — Tu fais
précisément un de mes raisonnemens. Je te
demandois qui t'avoit dit que cet homme
obsédé, gardé, opiniâtre, vindicatif au-
delà des forces de la nature humaine, et
qui jusqu'ici n'a voulu entendre à aucun
accommodement, voudroit te reprendre ?
Il

Il me sembloit, comme à toi, que c'étoit
un point à examiner pour celui qui convenoit que lui ne te reprendroit pas ; et
que toute espèce de proposition tendante
à t'y ramener , étoit folle , tant qu'un
homme tout puissant et connu par son
honneur et sa véracité, ne te diroit pas :
nous avons parole de M. de M... 1°. qu'il
vous recevra. 2°. Qu'en vous *pardonnant*
il reconnoîtra votre fille, sauf à l'exhéréder,
et qu'il anéantira la procédure. 3°. Que
cela fait, nous aurons la main-levée de la
lettre de cachet du comte de Mi. Que vous
demande-t-on donc ? une démarche qui déclare, on ne sauroit plus clairement , que
vous sacrifiez la juste répugnance de retourner chez M. de M. , au salut de sa
fille et de son père ; que ce que vous n'auriez pas fait pour vous, vous vous y ré-
solvez pour eux. D'ailleurs vous achetez
par quelques mois d'esclavage , une honnête liberté , avec le droit et le pouvoir
de prouver par le reste de votre vie, que
vos sentimens n'ont point varié et ne va-
rieront point... Alors , encore aurois-tu
pu et dû répondre : on ne sauve pas les
gens , sans savoir si le remède n'est pas
plus cruel pour eux, que le mal dont on

Tome III.   R

veut les guérir. Laissez-moi donc consulter mon ami ; car vous sentez bien que je ne puis rien , sans l'aveu de celui dont l'estime et l'amour sont, pour moi, le bien suprême : sentiment immortel , juste et saint que vous approuvez vous - même , puisque vous daignez me passer de ses lettres ... Mais laissons cela , puisque cela est fini. — Termine l'histoire de ce fidéicommis égaré. — Depuis que je t'ai vue , j'ai oui parler de trois hommes qui ont signé sur la chaste St. B. son brevet de madame ; et Grand-Champ n'est pas un de ces trois. — Non , non , ma Sophie, ta lettre n'est point trop détaillée. Ne vois-tu pas comme on est bon , et que c'est encore par bonté qu'on est quelquefois tenté d'être intolérant. Chère et tendre amante , la vérité et l'ingénuité de ta passion toucheront toujours les honnêtes gens , et voilà ce que me vaut encore mon amante , de précieux amis.... O puissai-je bientôt payer tous tes bienfaits ! Puissai-je te dire, et te prouver sans réserve tout mon amour ! ... Ma Sophie, n'es-tu pas comme moi ? Il me semble qu'au temps de mon bonheur, j'ai oublié mille choses : il me semble que mes expressions n'étoient point assez tendres,

ni mes caresses assez variées. Je crois que
j'en inventerois maintenant mille nouvelles.... Ah ! Sophie ! As-tu jamais vu se refroidir mes fougueux desirs ? As-tu jamais
vu les yeux de Gabriel moins étincelans,
et sa voix moins attendrie, et ses baisers
moins brûlans ?.. Non, non, sans doute,
mais je te connois, je te dois davantage
chaque jour, et chaque jour, je t'adore
davantage. O ! mon épouse et mon bien !
mon bonheur et ma vie ! je te l'ai dit
souvent, tu n'as jamais lu jusqu'au fond
de mon cœur : tu ne sauras jamais ce que
tu vaux : tu ne sais donc pas comme je
t'aime ! Chère amie, j'attends de toi une
réponse décisive.

GABRIEL.

Madame, je ne veux point une lettre de
quatre pages et deux pages de nouvelles
en supplément. Vos trois dernières lettres
avoient cinq pages. Passe alors pour la
sixième en nouvelles ; mais ne me mande
que les anecdotes que tu trouveras ; car je
sais les grands évènemens plutôt que toi.
—Je ne veux pas non plus que vous gar-
diez un instant de l'écriture de ce Vèse★★.

— Comment *fus-tu étonnée de trouver* M. *de Marv⋆ si peu instruit denotre af- faire*, puisqu'il t'en avoit dit des détails qui te surprirent, tel que celui de notre retour? — J'ai baisé mille et mille fois tes charmantes manchettes; mais croirois-tu bien une chose? c'est que j'aimerois mieux baiser les adroites et belles mains qui les ont faites. — Hé! que peut-on te proposer pour te dégager seule? Encore une fois, ton enlèvement est la moindre cause de ma détention; mais la procédure peut-elle tomber pour toi, qu'elle ne tombe aussi pour moi? — Si tu crains tant M. de Mau⋆⋆, tu dois voir que l'expédient Mar⋆ ne ser- voit à rien du tout, et que celui de D. P. est à-peu-près, quant à l'instant, le seul bon. — Je n'ai point choisi la méthode sut- tonienne pour l'inoculation. Je me suis abstenu au contraire de décider; je t'ai laissé le choix entre deux procédés diffé- rens, et je préfère même l'autre pour ma fille, en ce que tu n'auras pas sous ta main des artistes distingués, et que tout le monde ne sait pas inoculer comme Sut- ton. — Ni moi non plus, je ne vois pas trop clairement quelles vues portent les R. à te renvoyer à Pontarlier; mais je leur demanderois volontiers, à ta place, s'ils y répondroient de ta vie.

Tu donnes bien hardiment des baisers à un auteur anonyme...; mais, mon amour cher, je t'en promets autant que tu dormiras de secondes; vois comme tu es intéressée à bien dormir. Ma Sophie, je t'en conjure, soigne ta poitrine, et sous quelque prétexte que ce soit, ne veille jamais. Je t'en demande ta parole. Prends toujours du lait, et marche beaucoup.

Hais de tout ton cœur le bon ange : il est franc-maçon.

A M. DUPONT.

25 Mai.

JE reçois à l'instant la permission de vous écrire, mon bien cher ami, et cette grace, l'une des plus importantes que m'ait accordées celui qui, depuis deux ans, soutient ma vie par ses bienfaits, me procure un plaisir délicieux dont j'ai été privé trop long-temps.

Vous n'avez pas encore les papiers que je vous destinois; voici pourquoi : M. B.

y avoit trouvé, comme cela vous arrivera sans doute, des choses trop fortement
coloriées dans ce manifeste; et faute de
connoître toute ma confiance en vous, il
a cru qu'il valoit mieux que je les adou-
cisse en vous les lisant. Mais outre que
vous ne doutez pas qu'on exprime avec
chaleur tout ce que l'on sent ainsi, et
que sept ans d'infortune ne donnent à une
âme forte le besoin et le droit de se livrer à toute son énergie, quoique la prudence le lui défende peut-être; vous savez
quel est le sang-Mirabeau, et nos volcans
ne vous étonnent plus. La vérité est (et
j'en atteste l'honneur) qu'il n'y a dans
ce mémoire que des faits exacts et
plutôt affoiblis à mon désavantage qu'exagérés en ma faveur. Il paroîtra probable,
je crois, à tout homme impartial, qu'un
récit impartial que j'adressois à mon père,
n'est pas controuvé. Au reste, s'il y eût
répondu, je m'en fiois à moi pour répli-
quer; et mes preuves, qui existent, étoient
irrécusables. S'il eût dédaigné de s'expliquer avec un homme qu'il se croit le droit
de juger sans l'entendre, qui n'auroit pas
compris que le silence n'est point une
réfutation, et que quiconque est aggres-

seur, n'a pas le droit d'éluder le combat ?

Ce n'est plus de tout cela qu'il est question. Vous êtes convenu qu'il vous falloit
savoir à fond mes affaires (dont vous êtes
fort mal instruit) pour me conseiller sagement. Vous êtes convenu même , qu'en
modérant la chaleur de cet écrit, vous
pourriez vous en servir. Il faut donc que
vous le voyez, et M. B. l'avoue. Je lui
ai représenté que, si je me réservois de
vous le lire, comme il me le proposoit,
votre prochaine visite se consumeroit encore en préliminaires. Je crois donc qu'il
va vous le faire passer. Commencez par
le lire, pour remplir le devoir de tout
homme d'honneur qui ne doit pas juger
son frère, même dans l'intérieur de son
cœur, sans l'avoir entendu. Votre estime
m'est plus chère que votre amitié, parce
qu'elle lui donne son plus grand prix ,
et qu'elle peut seule la légitimer , même à
vos propres yeux. Après cette première lecture, s'il vous reste quelque difficulté,
éclaircissez - vous avec votre ami : puis,
faites de ce mémoire ce qu'il vous plaira ; je
vous le livre : car je suis loin de vouloir
aigrir par des récriminations ceux dont il
me seroit si nécessaire de reconquérir le

cœur. Je ne déguise point mes fautes ; et
je consens, si l'on veut, qu'elles m'ôtent
le droit de reprendre celles des autres,
quoique je m'estime trop pour les leur
comparer, et que d'ailleurs les procédés
dont je pourrois me plaindre expliquent
mes erreurs et les excusent, si elles ne les
justifient pas. Quoi qu'il en soit, ma conduite passée, toute répréhensible qu'elle
puisse être, ne m'ôtera jamais le droit
de réclamer l'inaliénable propriété de ma
personne, et aussi celui de relever ma
tête sous le talon qui voudroit l'écraser.

Nec tam mea fata premuntur

Ut nequeam relevare caput.

Si l'homme, dont vous m'avez parlé,
est aussi susceptible, je ne dis pas de gé-
nérosisé, je dis d'entendre la voix du devoir, que vous me l'avez assuré, il me
semble qu'il est un raisonnement simple
avec lequel vous pouvez le serrer de bien
près ; il ne s'agit pas de décider entre lui
et moi, si j'ai mérité de perdre mon droit
naturel à la liberté, mais si je l'ai perdu.
Cette distinction est simple et nécessaire.
Je puis être coupable ; j'ai même avoué
que je l'étois, en me contentant de prou-

ver que ma punition n'étoit pas propor-
tionnée à mes fautes. Mais tout coupable
qui est illégalement puni, est injustement
puni; et celui-là même qui prononce un
arrêt juste est un tyran, s'il n'a pas le droit
de le prononcer. Mon père a attenté à ma
liberté, comme s'il en avoit le droit ; et
moi, je puis le démontrer, en me servant
de ses pensées et de ses expressions, qu'il
ne l'a pas, et que personne au monde ne
l'a que les juges ordinaires et légaux des
citoyens.

Il n'y a aucune réponse à cela, mon
ami, aucune, dis-je, si ce n'est l'aveu
tacite (car il seroit trop odieux en termes
exprès) qu'on m'étouffe parce qu'on veut
m'étouffer ; or comme je suis assurément le
plus foible, je dois subir la loi du plus fort;
loi qui fait de la révolte le droit des gens
(ami des hommes in-12, vol. 3, p. 33) loi
des vautours, des tigres et des tyrans, tous
animaux de même genre, quoique ceux
de cette dernière espèce soient assurément
les plus odieux et les plus destructeurs.
Proposez, avec plus de douceur, mais
dans la même forme, mon argument à celui qui a écrit (vol. 6. p. 72 ibid.) *que*
ces jugemens sans loi et sans appel, ces

*condamnations sommaires et par corps ;
sont une attribution qui , donnée à
l'équité même, si elle ne reculoit d'horreur de l'accepter, dégénéreroit en tyrannie dans sa main ; et je serois curieux,
que vous me fissiez passer sa réponse.*

Mon ami , ne défendez pas une telle
cause : elle hébéteroit votre esprit et ré-
pugneroit à votre cœur. Dites à l'ami des
hommes : « Vous avancez dans la carrière
« que vous avoit destinée la providence , et
« puisse-t-elle la prolonger ! Les enfans
« d'une de vos filles croissent sous vos
« yeux : eux seuls sont élus ! La nature
« en avoit appelé davantage...Mais enfin ,
« vous feront-ils oublier votre fils ? Vous
« n'avez jamais voulu en être aimé , puis-
« que vous ne l'avez point aimé : cepen-
« dant il vous a tendrement chéri ; jamais
« il n'est sorti de votre bouche un mot
« flatteur qui pût l'encourager , développer
« et élever son ame, et le seul temps où
« vous ne lui refusâtes pas toute justice ,
« fut celui où vous ne le jugeâtes que par
« vos yeux et votre opinion propre. Il a
« lutté contre la prévention , contre la
« froideur, contre l'injustice. Il s'est dé-
« couragé enfin, il s'est indigné, il s'est

« égaré ; mais il n'a point cessé de vous
« aimer... Votre cœur n'est-il jamais op-
« pressé lorsque vous pensez que vous-
« même avez mutilé votre famille : que
« vous avez condamné votre fils sans l'en-
« tendre, sur des rapports intéressés et
« suspects, et peut-être sur les calomnies
« les plus atroces : que vous exercez envers
« lui un droit barbare que nul homme n'a,
« ni ne peut avoir, sur un autre homme :
« que vous avez étouffé ses talens , détruit
« ses forces , appauvri son être moral ,
« abrégé sa vie physique? Je vous en conjure
« au nom de vous-même : n'attendez point
« un repentir tardif qui empoisonneroit
« vos dernières années. Vous n'auriez pas
« la force de le manifester ; mais il auroit
« bien celle de vous déchirer le sein. N'ag-
« gravez pas sur votre tête par ces images
« terribles le fardeau de la vieillesse à
« laquelle vous touchez; ne mettez point
« entre vous et l'inévitable abîme de la
« mort le remords qui la rend si effrayante.
« Adoucissez la pente rapide de vos jours
« par le charme d'un bienfait, si vous
« voulez appeler ainsi ce que je crois un
« simple acte d'équité : qu'à vos derniers

« momens le souvenir de votre fils con-
« sumé de douleur ou mort de désespoir,
« ne soit pas la furie vengeresse que dé-
« chaînent contre vous la justice violée
« et la nature outragée ».

Voilà, mon respectable ami, si vous
supposez à ceci plus d'éloquence et de précision, le langage qui convient à vous,
à vos principes, à votre ame ; et celui
que j'attends de votre courageus e amitié
qui, j'en suis sûr, ne me maltraite un
peu que pour mieux me servir. Quoi qu'il
en soit, il est temps, mon cher Dupont,
si vous voulez (et c'est un projet bien digne
de vous) relever et réunir une famille à
laquelle vous croyez devoir, quelqu'ac-
quitté que vous soyez envers elle : mettez-
y la main, car ma santé croule, et sur-
tout ma vue périt. Ainsi me laisser ici,
sous le prétexte *que c'est pour mon bien*,
c'est me tuer pour que je n'aie pas la
fièvre.

Voici une vraie lettre de solitaire, c'est-
à-dire bien longue et bien ennuyeuse ;
mais, mon cher ami, votre zèle et votre
bonté vous soutiendront contre les désagrémens du rôle que vous vous proposez

de jouer ; et si un cœur reconnoissant et tout à vous peut ajouter quelque prix à ce qu'est pour votre belle ame le plaisir d'obliger et de faire du bien , vous ne resterez pas sans récompense. Vous embrasserai-je bientôt ?

MIRABEAU, fils.

Vous m'aviez promis la physiocratie, Laws , et votre dernier et important ouvrage. J'ai ici des manuscrits qui ne sont pas mûrs , à beaucoup près , un seul excepté peut-être. Mais, dites-moi, auriez-vous le temps de jeter les yeux sur quelque chose d'une traduction de Tacite (la vie d'Agricola, par exemple)? Vous me diriez si cela vaut la peine que je m'applique à un assez grand travail que j'ai ébauché sur cet écrivain sublime. J'ai bien peur que ma passion pour lui ne m'ait paru trop légèrement une vocation pour le traduire ; mais je pourrois croire aussi que mon enthousiasme pour ce grand homme ne me rendît trop sévère pour ma traduction qui, à génie égal, (eh bon dieu ! quelle distance !) devroit encore être très-inférieure à l'original, vu la différence des

langues et le désavantage immense d'avoir
à exprimer les idées d'un autre.

Je rendrai, si vous voulez, vos réponses
à M. Boucher qui vous les remettra.

A M. DUPONT.

27 Mai 1779.

JE mande à M. Boucher, mon cher et
excellent ami, que vous ne trouvez pas
qu'on puisse être lâche auprès d'une femme, et que cela me donne une haute opinion de vous ; car c'est apparemment d'a-
près le témoignage de votre conscience, et
aussi ensuite de votre expérience que vous
opinez ainsi. Au reste, vous ne seriez pas
le centième honnête homme très-menteur
à cet égard. Toujours est-il que je ne serai
content de cette lettre dont vous m'avez
paru satisfait, que lorsque le succès l'aura
justifié à mes propres yeux ; mais aussi que
j'ai dû déférer à l'opinion d'un homme
dont je révère la vertu et estime les lumières
dans une affaire, où, étant partie, je ne
saurois être juge.

Je prie aussi M. Boucher de vous rassurer sur la communication des papiers que
vous vous remettrez mutuellement. Lui seul
les voit. Il desire autant que vous le secret,
et il le garderoit par amitié pour moi, quand
il n'y seroit plus aussi strictement obligé
par son état. Au reste, vous m'avez paru
encore plus poltron que lui, et je ne sais pas
pourquoi : car il est impossible de jouer
un rôle plus honnête et plus flatteur que
celui dont vous voulez bien vous charger
dans cette affaire-ci.

Mon cher ami, songez s'il vous plaît, que
d'après la lettre d'aujourd'hui, il est de
devoir d'écrire à mon père, et bientôt ; que
je ne lui écrirai que quand vous aurez vu
mon projet de lettre ; que vous ne le verrez
que quand vous reviendrez ; que les jours
et les nuits, et les heures, et les minutes
sont longues dans ma situation, qui ne peut
être améliorée que par les soins de votre
active et indulgente amitié.

Allez, mon cher Dupont, dans votre belle
et friponne et processive Normandie. Vous
y apprendrez aussi bien que vous avez appris ailleurs, qu'un peuple est plus mauvais en raison de ce qu'il est plus malheureux. Peut-être cela redoublera votre em-

pressement pour rendre au bonheur votre ami qui s'écrie quelquefois au fond de son cachot :

Hélas ! aux cœurs heureux les vertus sont faciles.

Savez-vous ce qui me le sera toujours ? c'est de vous aimer.

MIRABEAU, fils.

A M. DUPONT.

31 Mai 1779.

J'AI adopté très-volontiers, mon cher Dupont, tous les changemens que vous avez faits dans ma lettre à mon père. Les uns y mettent plus de douceur, les autres ôtent des vérités qui seroient mal interprétées : or, comme je l'écrivois à M. B., vingt-quatre heures avant d'avoir lu votre billet : il vaut mieux, puisque je veux sortir par-là, (et c'est la bonne porte) leur dire ce qu'ils veulent, que ce qu'ils ne veulent pas ; autrement le plus court seroit de ne pas écrire ; d'ailleurs une demi-satisfaction est indigne de moi, il la faut complette ou nulle ; voilà ce que je pense, et voilà, pour le dire en passant, pourquoi j'ai si peu

ménagé

ménagé mes expressions que, dans la vérité, je sais beaucoup trop fortes.

C'est dans ces principes que j'ai écrit ; et c'est aussi pour cela qu'il est assez inutile de vous demander : 1°. quelles sont *les passions violentes et orgueilleuses qui m'ont perdu.* Pour de violentes, je m'en connois une, c'est l'amour qui m'a fait plus de bien que de mal, quelques maux qu'il m'ait causés, et je n'en guérirai pas. Pour les orgueilleuses, je sais de quel côté elles étoient, et en vérité, il faut me le laisser oublier ; 2°. si dans *l'excellente et respectable famille* que vous me vantez, vous comptez une femme qui m'ayant dû deux fois l'honneur et une fois la vie, a la lâcheté de consulter pour savoir si, dans le moment où la plus cruelle infortune m'accable, et où je ne puis ni parler, ni écrire, ni me défendre, même par procureur, elle ne pourroit pas se faire séparer de corps et de bien d'avec moi ?..... Allez, allez, mon ami, mon cœur n'est pas haineux, je ne veux point de la haine, elle n'est bonne à rien qu'à faire du mal ; mais je ne suis plus enfant ; je sais ma langue, et le *magna loqui,* sur-tout sous les yeux d'un tiers,

Tome III.   S

ne m'en impose pas. Soyez ce que vous
êtes, c'est-à-dire un homme franc, droit,
sensible, généreux; et vous ferez de moi
ce que vous voudrez. Si vous vous livrez à
des controverses et à des récriminations
dans une cause si odieuse, très - certainement, je vous battrois; parce que quelque
supériorité que vous ayez sur moi, vous n'en
avez pas assez pour avoir raison contre raison. Je pourrois bien vous dire aussi quelque chose sur votre hérésie littéraire; mais
comme au fond, je crois que des vers re-
froidiroient une telle lettre, je m'abstien-
drai de vous dire que l'ame ne sauroit être
bien affectée, sans que l'imagination le soit,
et qu'alors elle peut se rappeler ce qui l'a
vivement frappée. J'ai fait ici de la musique
en sanglotant, et cette musique est bonne.
J'ai fait un drame, et ce drame déchirant
seroit fort bon, si je connoissois davantage
mon instrument; mais j'ai fait trop peu de
vers, et ce n'est pas mon talent.

Mon ami, votre abandon de mes lettres
m'a touché! hé! que diable feront-elles toutes seules? peut-être ne voudra-t-on pas les
lire. Quoi qu'il en soit, recevez mes tendres
remercîmens pour une peine dont vous ne

recueillez jusqu'ici que de l'ennui ; malgré cet ennui, venez me voir le plutôt que vous pourrez. Voici ma lettre à mon oncle.

MON ONCLE, MON CHER ONCLE,

Vous, le bienfaiteur de ma jeunesse, et qui seriez le soutien naturel d'un neveu qui n'a jamais cessé de vous respecter et de vous chérir, si ses fautes ne vous avoient pas désintéressé de lui ; daignez permettre qu'après tant d'orages et tant de torts, tant de malheurs, je mette encore à vos pieds mes gémissemens, mon repentir, mon hommage ; recevez avec la commisération naturelle à votre ame généreuse, et l'indulgence que vous donna toujours votre incorruptible vertu, les supplications d'un cœur brisé de douleur et de regret. Les deux lettres dont je prends la liberté de vous adresser les copies, vous apprendront ce que j'ose tenter ; mais je n'espère que de vous le succès d'une démarche que je n'ai point l'espoir de rendre intéressante par moi-même, après tout ce qui s'est passé. Mon oncle, c'est à vous que j'ai dû de rentrer en grace une fois auprès de mon père, et j'ose penser, pour adoucir l'amertume de tant d'autres souvenirs, que pendant plusieurs années vous ne vous en êtes pas repenti. Daignerez-vous essayer encore une fois ce que peut le charme d'un bienfait sur un homme amorti par l'âge , vieilli par le malheur, changé par le repentir , éclairé par l'expérience et la juste méfiance qu'elle lui a inspirée de lui ? Daignerez-vous tenter de désarmer un père trop outragé et trop malheureux , mais qui pourtant est toujours père ? Ah ! mon oncle, ou je suis le plus pervers des hommes , (et vous ne le craignez pas) et tout-à-la-fois le plus insensé, où le serment que je fais de consacrer le reste de ma vie , à réparer, autant qu'il sera possible , de trop longues erreurs, vous paroît mériter quelque confiance. J'ose remettre mon sort entre vos mains , et si vous vous en chargez , je suis sauvé sans doute ; mais si vous ne le faites pas , il ne me reste qu'à gémir amèrement que les résolutions les plus fermes , et les sentimens de tendresse et de respect qu'elles ont réveillés et exaltés dans mon ame pour mon père et pour vous , périssent avec moi étouffés dans un cachot.

Je suis , etc.

Cette lettre est mieux que celle de mon

père, et je sais bien pourquoi, quoique vous ne soyez pas de mon avis. Adieu, mon bon ami, trouvez bon que je vous aie grondé un peu ; car vous me grondez trop ; mais je sais dans quelle intention, et c'est votre apologie et ma consolation. Au reste, pour me raccommoder avec vous, je vous avoue volontiers que le mot que vous m'avez rapporté de mon père m'a attendri, et décidé plus que tout le reste à écrire.

MIRABEAU fils.

A SOPHIE.

UNE sainte dont je ne connois du tout point la fête, quoique j'y sois bien dévot, c'est sainte Sophie. Un certain jour, je me souviens que Bouvier, sa femme et moi, nous employâmes presque toute la journée à feuilleter des almanachs et des livres d'heures, sans pouvoir découvrir cette solemnité. Pour moi, je crois que ta patrone a honte d'être au ciel, depuis que tu es sur la terre, et que tu l'as corrigée de sa sainteté. Apprends-moi un peu ce que tu sais sur son compte. Tu sais combien en

fait de piété, je suis ignare et non-lettré.
Ah ! je n'ai qu'une divinité, et c'est mon
amante qui est l'objet de mon culte...
Nous sommes aussi bien d'accord sur cela
que sur tout le reste, et je ne crois pas
que tes connoissances théologiques soient
très-étendues ; cependant tu as fait un long
cours ; mais le professeur étoit si mauvais !
Tu l'aurois volontiers traité à l'écossoise.
Imagine - toi que les femmes de ce pays-là
ont une manière de traiter les ministres,
tout-à-fait originale. Je lisois hier, que
dans le temps des accès de fanatisme des
presbytériens, ils plaçoient dans chaque
maison, un chapelain qui leur servoit d'es-
pion, et qui les informoit de tout ce qui
se passoit dans la famille. Les domestiques
même étoient obligés de rendre témoignage contre leurs maîtres. (Ne crois-tu
pas que je te parle du clergé de Pontarlier.) Un synode, assemblé à Perth, cita à
son tribunal, tous les citoyens qui avoient
paru désapprouver son gouvernement. Il arriva que les hommes absens ou occupés
ne se trouvèrent point à la citation. Leurs
femmes entreprirent de répondre pour eux.
Le jour de l'assignation, cent-vingt femmes,
avec de bons bâtons à la main, parurent

et assiégèrent l'église où les ministres te-
noient leur assemblée. Un de leurs confrères
député vers ces femelles , les menaça d'ex-
communication. Elles le rouèrent de coups
pour sa peine , le retinrent prisonnier , et
détachèrent soixante d'entr'elles qui mi-
rent en déroute le reste des ecclésiastiques ,
leur brisèrent le corps à force de coups ,
prirent leur bagage et douze chevaux. Elles
se saisirent ensuite du secrétaire de l'assemblée , et le battirent jusqu'à ce qu'il
eût abjuré son office. Ne trouves-tu pas
que cette manière de régenter cette canaille,
est fort bonne , et que tu n'aurois pas trop
été déplacée à la tête de ces braves ama-
zones. Il faut te dire un très-vif sujet de
mécontentement qu'on leur avoit donné, et
qui les anima , sans doute , plus que tous
les autres excès des presbytériens. Ils avoient
porté l'austérité jusqu'à déclarer par une
loi formelle que la fornication répétée, *après
le premier acte* , dit l'Anglois (after the
first act) étoit félonie. Tu conviendras qu'un
pareil règlement étoit très-barbare ; et je
n'ai pu m'empêcher de penser , en lisant
cela , que Sophie et Gabriel seroient bien
mal dans un pays où une telle législation
seroit reçue. Cependant , ces sévères insti-

tuteurs avoient par fois quelqu'indulgence.
Charles II ayant été surpris dans des fa-
miliarités un peu vives avec une jeune
femme, le clergé établit des commissaires
pour lui reprocher l'énormité de son crime.
Mais l'orateur du clergé après avoir informé
le roi du scandale qu'il avoit donné aux
saints, se contenta d'exhorter sa majesté,
lorsqu'il lui prendroit envie de s'amuser,
à fermer plus soigneusement ses fenêtres.
Au reste, fanfan, que ces anecdotes-là ne
t'aillent pas donner de la répugnance pour
nous établir dans les îles britanniques. Il
y règne actuellement une grande tolérance
en tout genre.............................
.... J'insisterai pour qu'on me dise du
moins si ma pauvre mère respire ; je ne
puis croire qu'elle ait encore une fois pris
de l'humeur contre moi. Quel prétexte en
a-t-elle ? Des mensonges et des perfidies
lui en avoient imposé ; mais assurément
elle a vu clair depuis, et je ne crains plus
qu'on lui inspire des préventions si injustes.
D'ailleurs je suis enfermé depuis ses derniers témoignages de tendresse; comment
aurois-je pu démériter ? Il n'y a qu'un cas
où je tremblerois, c'est celui où elle deviendroit dévote ; car avec son extrême viva-

cité, elle seroit à coup sûr fanatique, et
conduite par des fanatiques. Or, il n'y a
pas un caractère au monde plus dangereux;
car s'il est accompagné d'un jugement foible (le sien ne l'est sûrement pas, mais il
peut s'affoiblir), il est exposé aux suggestions des méchans hypocrites; s'il est soutenu par une tête forte et des lumières, il
est entièrement gouverné par ses propres
illusions, qui brisent tous les liens, croi-
sent toutes les affections, pervertissent
tous les mouvemens du cœur, et sancti-
fient les plus grandes injustices et les plus
condamnables.procédés. Au reste, j'aime
encore mieux la fougue excessive de ma
mère, que beaucoup d'esprit peut tempérer, que cette indolence et cette molesse
de la plupart des femmes; disposition indéfinissable, dont on ne sauroit tirer aucun
parti, et qui, quand elle est agitée par des
motifs contraires, est capable d'autant d'inconséquences que la folie ou la stupidité
mêmes. Mais, si comme il est à craindre, la
dévotion se mêle jamais à ses affections
sulphureuses, je crains beaucoup de ses
préventions et de son emportement; il est
trop ordinaire que les tempéramens de feu
finissent par la ferveur religieuse, sur-tout

lorsque des principes et des connoissances profondes ne lui opposent pas une digue puissante ; et l'idée de voir quelqu'un que j'aime dévot ou entouré de dévots, me fait frémir. Je dirois volontiers comme ce milord qui donnoit sa voix pour l'exclusion absolue de tous les catholiques : *Je ne voudrois pas*, crioit-il, *qu'il restât ici un homme ni une femme papiste; pas un chien papiste ni une chienne : pas un chat papiste pour sauter ou miauler autour du roi.* Assurément nul homme au monde n'est plus partisan de la tolérance que moi; mais je hais et redoute les dévots; et c'est à cause de cela même que je prise davantage la tolérance, persuadé et convaincu qu'elle seule, et elle seule illimitée, est l'unique expédient capable de refroidir leur ardeur, de réprimer leur zèle, de confondre leurs menaces, de donner à l'autorité civile une supériorité réelle et inébranlable sur tout le corps sacerdotal, enfin de maintenir la tranquillité sociale aux dépens de l'enthousiasme, de l'hypocrisie et de la superstition. Les mauvais politiques veulent des remèdes plus tranchans et plus prompts, et par cela même manquent leur but. Les pieux frippons prê-

chent l'intolérance, non-seulement pour le
plaisir de prévaloir et de persécuter, mais
parce qu'ils savent qu'elle est à-peu-près
le seul aliment inépuisable du zèle. Que
ce soient toujours-là tes principes politiques, ma chère amie; mais pour règle générale, n'aie aucune espèce de confiance,
ni même, autant que tu pourras, aucune
liaison sociale avec toute personne in-
fectée de zèle religieux. On ne peut jamais
compter sur rien avec des gens qui sanc-
tifient la perfidie et rapportent toute espèce de moralité à un système qui, quand
il ne seroit pas faux, absurde et pernicieux,
se trouve sans cesse en contradiction avec
les passions, les intérêts et le courant de
la vie humaine. On prétend qu'on peut
être dévot sans être fourbe ou fanatique;
quand j'en aurai vu un exemple, je croirai
que cela n'est pas impossible, mais non
pas que cela est ordinaire. Jusques-là, je
suis intimement persuadé que les *vrais
croyans* sont, dans le fait, ou des ignorans
crédules, ou des hypocrites intéressés, ou
d'adroits frippons, ou de dangereux enthousiastes. A l'argument tant répété, que
cependant de très-habiles gens ont été de
bons chrétiens, sans entrer dans la dis-

tinction de chrétien et de dévot, distinction trop subtile pour un homme d'aussi bonne foi que moi, je répondrai que de ce qu'un homme s'est distingué par son génie dans des controverses, (tels furent Bossuet, Paschal, etc.) il ne s'ensuit pas du tout qu'il fût de bonne foi; et que ceux qui en sont venus là, ont été séduits par cet orgueil si naturel à l'homme qui fait qu'il se passionne pour son ouvrage, ou par cette sorte d'instinct, qui ne lui est pas moins propre, qui donne un si grand ascendant sur nous tous à l'habitude, de manière qu'un menteur finit par se persuader lui-même, etc. Quant aux Newton, aux Descartes, etc., c'est l'existence de Dieu qu'ils se sont efforcés de prouver, et non la vérité des mensonges des sectes diverses. Or, l'existence de Dieu est une opinion philosophique qu'on peut admettre ou nier de très-bonne foi en débattant d'ailleurs les diverses appellations qu'il a plu aux philosophes de donner à la puissance créatrice, et les conceptions qu'ils s'en sont formées. Au reste, quand on lit de sang froid et sans prévention, ce que les plus beaux génies de l'univers ont pensé et écrit sur cela, on est bien loin de trouver

qu'ils aient rien établi indubitablement ; et
l'on doute souvent qu'ils se soient per-
suadés eux-mêmes ; mais pour la révélation
et les chicanes de dogme, je nie que jamais homme raisonnable et de bonne foi
les ait admises au fond de son cœur, si ce
n'est par les ruses de l'orgueil et de l'amour-
propre, comme je te disois tout-à-l'heure?
A force de chercher des preuves de l'existence d'un être fantastique, les yeux peuvent se fasciner et s'éblouir ; mais quand
on a commencé cette recherche, assurément on ne voyoit rien. Après tout, il
n'est pas bien étonnant que des gens, dont
le gagne-pain est l'art de débiter ce pieux
charlatanisme, parviennent à jouer très-
bien l'air de la persuasion. Le Kain sait
se passionner sur le théâtre jusqu'à faire
une illusion beaucoup plus forte et plus
singulière... Mais en vérité, je n'ai pas
envie de te faire un traité sur les fourberies
des dévots ; je n'ai cependant pas été fâché
de te donner ma profession de foi en peu
de mots, par écrit, afin que tu ne sois
jamais étonnée que je t'aie *conseillé un
sacrilége*, pour me servir des expressions
de ta mère. Au reste, je ne suis pas inquiet de ta façon de penser à cet égard.

Ceux qui me connoissent ou me soupçon-
nent des principes si libres, ne manqueront
pas de te dire qu'un homme qui ne croit
ni au Dieu des chrétiens, ni à ses saints
mystères, ni à l'immortalité de l'ame, ne
peut qu'être un scélérat, parce qu'il n'a
aucun intérêt à gêner ses desirs. C'est à
toi à te souvenir si mes principes moraux
sont aussi relachés que mes principes religieux; décide lequel de celui qui croit que
la vertu et l'honnêteté sont très-indépen-
dantes de la religion, très - nécessaires et
très-sacrées, quoiqu'il n'y ait ni paradis ni
enfer, ou de celui qui pense que la religion
et ses terreurs sont le seul frein des passions humaines, fait le plus d'honneur à
l'homme et mérite le mieux la confiance
et l'estime de ses semblables. Il est vrai
que le plus grand des crimes aux yeux des
dévots, est le plaisir de l'amour, qui, pour
nous, est la première des voluptés, comme
l'amour est le premier des bonheurs; mais
sur cela mon apologie sera courte. Je ne
connois pas une dévote qui n'ait été ou ne
soit une catin, et pas un dévot qui n'ait
été ou ne soit corrupteur et libertin. L'a-
mour est pour nous au contraire de tous
les sentimens, le plus exclusif, et parcon-

séquent le plus chaste. Qu'on décide d'après
cette courte exposition, lequel des dévots
ou des amans a la morale la plus saine et
les meilleures mœurs, s'ils ne remplacent
pas notre délicatesse par leur hypocrisie,
et nos voluptueux transports par leurs cy-
niques saletés. Assurément on feroit des
volumes sur cela ; mais cependant, si l'on
vouloit être de bonne foi, la question seroit bientôt décidée. Ma charmante Sophie-
Gabriel, je t'embrasse avec toute mon ardeur accoutumée, en attendant *la dévotion
et la mysticité.*

A SOPHIE.

Premier Juillet 1779.

QUE veux-tu que je te dise sur tes la-
mentations, jérémiades et complaintes ?
Apparemment que le bon ange n'aime pas
les belles dames. Pour moi, qui ne suis
qu'un gros tout-laid, je lui ai demandé une
lettre pour le 30 juillet ; elle étoit ici hier
30 juillet, et ce n'est pas sa faute si je
ne l'ai qu'aujourd'hui ; pour cette fois et
sans conséquence, je veux donc bien l'ex-

cuser, et te prie de lui pardonner, quoiqu'au fond il ne vaille pas grand'chose,
et je le sais bien ; mais il y en a de plus
mauvais, et je le sais encore. *Son amitié
est plus chaude que la prudence de D. P.*
Je le pense comme toi ; et j'ajoute qu'elle
n'en est pas moins prudente : j'ai même
lieu de penser que s'il étoit à la place de
D. P. mes affaires iroient et auroient été
plus vîte. Voici où elles en sont. D. P. m'a
écrit le 19 du mois : « Il y a trois ou quatre
jours, mon cher comte, que je suis de
retour, et que je n'ai pu vous aller voir,
parce que j'attendois un rendez-vous de
M. Necker qui ne me permettoit pas de
m'éloigner, seulement à votre distance,
dans l'incertitude du jour où il me seroit
donné. J'ai eu ce rendez-vous, et à présent commandé par une époque rurale
très-pressante, et par la nécessité de dé-
blayer le travail qu'on m'a donné, il faut
que je parte, chargé de papiers, dont j'aurai bien de la peine à me tirer dans les
trois semaines que je vais passer chez moi.
Je ne pourrai donc vous voir à ce voyage ;
ce sera vers le milieu du mois prochain,
mais je ne veux pas que vous croyiez que
je vous oublie. Je vous demanderai donc
seulement

seulement de continuer comme vous avez commencé. Je n'augure point de l'évènement ; mais quand il tireroit en longueur plus que nous ne le croyons et ne le desirons., il ne faudroit pas vous rebuter. Songez combien vous avez pris de peines et combien vous avez mis de temps pour vous perdre ; je n'en demande pas la moitié autant pour vous sauver. Le bien se fait toujours plus aisément que le mal ; car la nature pousse au premier et répugne au second. C'est ce qui fait qu'un peu de bonne administration régénère un empire que des siècles de mauvaise ont eu peine à ruiner : et sans cela quel empire subsisteroit ? Il en est de même des affaires des particuliers et sur-tout des troubles de famille. L'amour naturel pour le nom, pour le sang, donne des conseils doux qui hâtent toujours les réconciliations même qu'on croit les plus éloignées. Calmez-vous bien, livrez-vous à aimer de bonne foi ceux qui peuvent et qui voudront vous servir, ceux de qui dépend votre sort, et votre sort changera inévitablement. Acceptez-en l'augure ; portez-vous bien : aimez-moi et comptez sur mon tendre attachement ». Tu vois 1°. qu'il me dit assez

clairement que ses foins l'ont plus pressé
que moi ; 2°. que toutes ses phrases vagues
ne m'en apprennent pas tant que ne feroient ces deux mots : *j'ai vu votre père ,
il n'est pas mal disposé. Madame de Mi.
a fait telle démarche.* Baste , il faut se
contenter de cela , puisque nous n'avons
que cela. Mais moi qui n'entends point
les affaires , je lui ai répondu assez sèche-
ment et sans amphibologie , que rien , mais
rien au monde ne pouvoit excuser le silence de madame de Mi. ; que je ne lui ré-
crirois pas , fussai - je sous la hache du
bourreau ; que pour à mon père je lui
adresserois autant de supplications qu'on
voudroit ; que je l'avois toujours aimé machinalement sans l'estimer ; que d'ailleurs
il étoit malheureux, quel que fût l'auteur de
son infortune , et mon père ; qu'au reste ,
lui D. P. auroit pu se donner la peine
d'examiner à fond mes affaires (ce qu'il
n'avoit pas même daigné faire superficiel-
lement) avant que de me condamner si
exclusivement ; que sur le tout, le sort
d'un homme ne dépendoit que de lui. Cette
lettre avoit été précédée d'une autre plus
vigoureuse envoyée en réponse à des phrases dictées par la *prudence* sous les yeux

de M. B. On me disoit *d'écarter entière-*
ment de ma tête toutes les passions vio-
lentes et orgueilleuses qui m'avoient perdu.
Que je tenois à une excellente et respec-
table famille à qui j'avois causé bien des
maux qui étoient tous retombés sur moi ;
etc. Ce ton très-disparate avec celui qu'il
avoit pris dans notre conversation tête-à-
tête, me choqua. Je répondis que je me
connoissois une passion violente qui étoit
l'amour ; et que je n'en guérirois pas ; que
quant aux orgueilleuses, je ne savois pas
trop de quel côté elles s'étoient trouvées ;
et qu'il falloit ne pas m'en faire souvenir ;
que j'étois fier, sur-tout dans l'adversité ;
et que je m'en piquois ; que si c'étoit-là
ce qu'il appeloit de l'orgueil, j'avois peur
que nous ne parlassions pas la même langue ;
que je le priois, s'il ne vouloit pas perdre
toute ma confiance , de penser que je
n'étois plus un enfant ; et que les grands
mots, sur-tout écrits sous les yeux d'un
tiers, ne m'en imposoient pas. Enfin je lui
demandois s'il comptoit dans *l'excellente*
et respectable famille dont il me parloit,
madame de Mi. dont je qualifiois le dernier procédé que j'ai appris de lui, comme
il ne peut pas ne pas l'être par un honnête

homme. Ou D. P. est fort changé, ou ce ton doit tempérer le sien et le ramener à la franchise qui est sa pente naturelle. Tu trouveras un peu bisarre, je crois, qu'entre l'A. D. H. et moi l'orgueilleux des deux soit moi. Je dirai à D. P., la première fois que je le verrai : celui qui, devant cent personnes et chez le gouverneur de sa province, élève la voix pour proférer ces étranges paroles : *dans la maison de Mirabeau il n'y a jamais eu qu'une mésalliance, c'est celle des Médicis*; a mauvaise grace à chercher de l'orgueil dans les autres. En voilà et du plus ridicule, et du plus insolent, et du plus plat; cela ne paroît pas d'abord ainsi; parce que tout ce qui semble haut en impose; mais cela n'est pas haut, ce n'est que fanfaron et fou; car qui peut se croire mésallié avec une famille qui a donné des princesses à toute l'Europe, et deux reines à la France? A-t-on jamais vu en moi le moindre grain de cette insupportable vanité. J'ai toujours été le plus affable des hommes avec mes inférieurs, le plus poli et le plus ferme avec mes égaux, le plus haut et le plus fier avec mes supérieurs. Si c'est-là de l'orgueil, il est du moins noble. Mais le vrai est que je n'estime les hommes que par leur dedans et non par leur autour; que je suis fier par le sentiment de mon courage , de ma force, de ma droiture, des injustices qui m'ont été faites ; que je suis peu humilié par mes innombrables fautes et défauts; parce qu'ils n'entachent en rien mon honneur ; que je suis orgueilleux de mon amante, très-mécontent de mes talens , et de tout ce qui m'a valu des applaudissemens aussi futiles et peut-être aussi mensongers que cet amas d'injures et de calomnies dont on a voulu m'écraser. Bon ami , amant fidèle et dévoué, excellent citoyen, si l'on pouvoit l'être dans un pays esclave, estimable par le cœur , distingué par l'ame, médiocre par l'esprit , inégal par caractère , me voilà au vrai; au moins tel que je me vois, et je crois me bien voir. S'il n'y a point-là de quoi justifier de l'orgueil qui ne l'est par rien, il n'y a pas non plus de quoi tant m'humilier. On en revient toujours à mes *folies*. Eh bien! messieurs, tenez-le vous pour dit , ces folies, la disperdition d'argent exceptée, et les mêmes circonstances données , je les referois plus sagement sans doute ; mais je les referois.

Ainsi n'en radotez plus ; c'est un mal incurable.—Revenons.—Tu conçois qu'il n'y
a rien de gâté à la négociation de D. P. ,
mais aussi que je ne sais rien et ne puis
répondre de rien. Mon opinion (et c'est
à-peu-près la tienne) me montre D. P. ,
comme concerté avec mon père , et lam-
binant par prétextes ; mais dans le fait pour
se conformer aux vues et moyens de mon
père. Ta lettre me le confirme, comme tu
le verras dans la suite de la réponse. A
sa première visite , je lui demanderai nettement de quoi il retourne , parce qu'enfin il ne pourra pas crier à l'impatience ,
si , après trois mois consumés sans éclair-
cissemens , j'en exige quelques-uns. Je répète que je ne connois point d'excuse à
madame de Mi. , pas même le voyage de
Paris , car elle devroit être arrivée. On
m'a fait entendre qu'elle étoit malade ; eh
bien ! elle devoit me le faire écrire. Que
veux-tu de plus ? Je suis calme , et nullement indécis. Je ne ferai plus rien de ce
côté, ou madame de M. marchera du
bon pied. Cela sera plus long , si elle a la
bassesse de ne point agir ; mais enfin cela
finira ; et il est un prix dont mon cœur
ne répugnera jamais de payer un délai.

—Je n'attendois pas la phrase que tu me rapportes de madame de R. , pour être convaincu qu'aussi-tôt après ma réconciliation avec madame de M. , si elle a lieu, elle t'écriroit que je t'ai sacrifiée et le hurleroit par-tout. Voici comme je paierai ce procédé. Aussi-tôt libre, je lui écrirai que, sans rappeler le passé qui n'est pas en mon pouvoir, et que je la prie d'oublier, comme de mon côté je n'y penserai que pour me souvenir de ce que je dois à la mère d'une amie à qui j'ai tant coûté ; je la supplie de me dire comment ma famille et moi pouvons la servir et te servir ; qu'elle n'a pas assez mauvaise opinion de moi sans doute, quelqu'idée qu'elle s'en soit formée, pour croire que je puisse jamais cesser d'être du moins ton frère ; et que tout mon desir ne soit de réparer, autant qu'il est possible, des maux auxquels j'ai trop contribué ; que je la conjure de me dire ses intentions, ses volontés et ses desirs, et de recouvrer enfin une tranquillité qui me répondra de la tienne, qu'il seroit cruel, et peut-être imprudent d'altérer encore par des méfiances excessives et des précautions au moins inutiles. Je tâcherai que mon père écrive dans le même sens : elle prendra cela

comme elle voudra ; mais peut - être y rê-
vera-t-elle. Toujours est-il que cela est honnête et de plus utile à plusieurs fins.— C'est
St.-Man * où je voulois que tu fusses plutôt
que Long-Champs ; mais tu es bien où tu
es. Que l'on t'y laisse. — D. P. n'est point à
beaucoup près enthousiaste de mon père ;
il a même eu beaucoup à s'en plaindre ;
mais il pense comme tous les honnêtes gens,
qu'un homme obligé par un autre ne doit
jamais se croire quitte envers lui : le vrai est
que mon père a peu fait pour sa fortune , si
ce n'est de le faire connoître aux princes
du Nord. D. P. est né avec les plus grands
talens , l'ame la plus haute ; et quoique
chaud et même fougueux , il n'a point eu de
jeunesse : l'arrangement des circonstances ,
en a préservé ses goûts littéraires , son obs-
curité première , son indigence , et ce qui
y a plus contribué encore , l'inestimable
bonheur d'avoir épousé , très - jeune , une
fille dont il étoit fort amoureux , pour qui il
a conservé beaucoup de tendresse, et qui
s'est trouvée la mériter toute entière. Il n'a
pas quarante ans ; à peine même trente-
neuf , et n'en paroît que trente. Tout le
monde le croit plus jeune que moi à la première vue. — Madame de V. n'est point

liée d'intimité avec l'autre dame qu'elle méprise du plus profond de son cœur ; mais
elle a sur elle beaucoup d'ascendant ;
1°. parce que les ames fortes entraînent les
foibles, et que toute perfide et cruelle et vindicative qu'est cette jeune personne, qui à
dix-sept ans étoit aussi perverse qu'aujour-
d'hui, elle est foible : 2°. parce que madame
de Ve. l'a vue, pour ainsi dire, élever avec
ses filles, et avoit d'autant plus d'inspection
sur elle, que son mari, dans le fait frère de
M. de Marignane, c'est-à-dire, que celui-ci est fils du marquis de Vence, étoit son
meilleur ami ; et qu'on destinoit à Mlle.
de Ma★, le fils aîné de madame de Ve., qui
est mort : 3°. parce qu'elle sait à fond son
histoire et mes procédés ; qu'aujourd'hui
même elle en sait peut-être plus que moi, et
que cela donne de furieux avantages. Elle
est capable, d'ailleurs, de joindre à la vigueur du raisonnement, l'adresse d'une né-
gociatrice, et la force de l'éloquence. Madame de Mi. est brouillée avec sa famille,
parce que celui-ci a montré à nud sa vile et
infâme cupidité, qui n'est pas le vice de
celle-là ; parce qu'on a crié contre ses soupçons et ses pleurs, comme si les soupçons n'étoient pas trop fondés, et ses pleurs

trop naturels ; parce que sa mère l'a toujours haïe ; c'est une espèce de folle qui ne
peut souffrir de vieillir ; parce que son père
est un homme de cire , sur qui on ne peut
pas compter deux minutes ; parce qu'enfin,
elle a les plus justes raisons de craindre pour
son *moi*, qui de tout l'univers est ce qui
lui est le plus cher ; elle sent bien qu'il seroit encore plus commode de briser le
moule que les productions. — Mon père
n'est pas vieux ; il n'est que de 715 , mais
tout le monde dit qu'il n'a pas un jour de
santé ! Hélas ! il est bien difficile de tourmenter les autres , sans se tourmenter soi-
même. Cet homme auroit pu et dû être heureux. Il jouissoit d'un nom connu , qu'il
avoit su rendre illustre, d'une grande fortune, d'un grand crédit. Il avoit des enfans
presque tous susceptibles d'aller au bien et
peut-être au grand. Je n'en excepte pas la C.
dont l'esprit a une étendue et une saga-
cité peu commune, même chez les hommes les plus distingués par leurs talens, et
qui avoit , avec tout l'éclat de la plus brillante jeunesse , les yeux noirs les plus élo-
quens , la fraîcheur d'Hébé, cet air de noblesse que l'on ne trouve plus que dans les
formes antiques , et une taille comme je

n'en ai point vu depuis d'aussi belle ; qui
avoit, dis-je, avec tout cela, cette souplesse, cette grace, cette magie de séduction qui n'appartient qu'à ton sexe. Quelque
dépravées que j'aie trouvé depuis son ame
et sa raison, je persiste à croire qu'à 17 ou
18 ans, cette perversité étoit encore à une
profondeur immense ; et je ne doute point
qu'un homme d'honneur et censé, amoureux d'elle, n'eût pu contenir sa tête et re-
dresser son cœur ; car son imagination est
bien l'unique théâtre de ses opinions, de
ses sentimens, et peut-être aussi de ses sensations ; mais son impétuosité, sa mobilité,
sa fécondité prodiguoient alors les ressources. Cette femme étonnante étoit susceptible de générosité par amour-propre, de sensibilité par illusion, de constance, de fidélité même, par opiniâtreté. Tout cela fût
devenu habitude, et l'habitude même pour
les génies les plus actifs, devient une chaîne
bien difficile à briser. Mon frère, né avec
beaucoup d'esprit et de gentillesse, étoit
fait pour prendre à la cour, si une éducation détestable, une longue perte de temps,
et l'inconcevable sottise d'enterrer son ado-
lescense au *Saillant*, ne l'avoient rendu cra-
puleux. Son cœur étoit bon, sa tête peu forte,

(mais qui sait ce qu'elle eût été) son caractère facile ; on en pouvoit tirer parti. La du S. n'étoit, n'est et ne sera bonne qu'à faire des enfans. La religieuse avoit certainement beaucoup de vigueur de tête ; on l'a prise pour de la folie, parce que ses sens qui n'étoient rien moins que faits pour meubler un couvent, l'ont exaltée. Je crois qu'un mari en eût fait une femme susceptible d'un grand rôle. Pour moi j'étois né avec le germe de tous les talens militaires, quelque esprit, beaucoup d'audace, et une ame très-énergique ; avec cela on trouve sa place. Qu'a fait mon père ? Sa lésinerie d'abord, sa dureté ensuite, ses préjugés après, son avarice et ses haines ensuite nous ont tous défigurés, mutilés, perdus. Sa femme l'a adoré long-temps, elle l'eût aimé toujours, s'il eût voulu. Il étoit assez facile de la mener ; il a prétendu la subjuguer, parce qu'il est impérieux, tyran, et qu'il la haïssoit. On ne subjugue point les caractères forts et entiers, et les imaginations chaudes. Ma mère a couru à sa perte, et son mari l'a bientôt consommée. Mon oncle a l'ame et les vertus d'un héros. Il avoit les plus grands projets pour sa famille, et la fortune a montré qu'elle les vouloit seconber, puisqu'il a vécu, et qu'il est et sera très-riche. Mon père n'a pensé qu'à puiser au jour le jour dans sa bourse ; qu'à l'entourer, l'obséder, le garotter. Avec un esprit très-vaste, il n'a eu que des idées mesquines pour sa maison. Avec du crédit, il n'a rien fait pour elle. Avec de l'ordre, il l'a ruinée, sans tenir ni son état ni son rang ; il s'est isolé au milieu des siens ; il a tapissé de remords les avenues de son tombeau, et creusé celui de son nom. Je te jure, mon amie, que je le plains plus encore que je ne m'en plains. — Je conviens, ma chère amie, que l'exécution en effigie est une insolence difficile à digérer ; mais je ne conviens pas que M. de Val★ soit un si grand tueur que tu le supposes possible. Je ne crois point aux tueurs qui ont tort, et enfin on ne m'a point encore tué. Mais le vrai est que je ne ferai probablement jamais à ce poliçon, l'honneur de me couper la gorge avec lui. Il m'a fait abattre le cou ; il ne faut que lui casser les bras. Mon père a un moyen très-certain et très court de le faire terminer, lequel je ne t'ai jamais dit, parce que nous n'avons pas encore été assez près du dénouement pour m'en occuper. Le prince de Condé a été, je crois,

son protecteur à Metz , et mon père a un
très-grand crédit à l'hôtel de Condé. Tu ne
doutes , je crois, pas plus que moi , que sur
un ordre du prince ou seulement l'assurance de son desir , tout ne fût bientôt
terminé. Au reste , je n'ai pensé et ne pense
à cela que pour toi ; car pour moi je me
suis moqué , me moque et me moquerai
d'eux ; mais je crois que quand escorté de
mon père , ou peut-être tout seul , je dirois
au prince de Condé : Votre Alt. S. sent
bien que malgré toute l'envie que j'ai de
passer beaucoup à son protégé , je ne puis
fermer les yeux sur un outrage de cette
nature , qu'autant que l'accommodement
de madame de Mo. me sera dans le public
l'apologie et le motif de mon indulgence ;
je crois, dis-je, que le prince trouveroit
que j'ai raison. Je t'avoue que je pense que
ce grand personnage dont madame de R.
parle à M. de Mar. , pourroit être le gouverneur de la province suscité par mon
père. Le temps nous l'apprendra. — C'est
peut-être une des plus grosses balourdises
que l'on ait jamais faites , que d'avoir nié
au marquis que tu étois grosse ; il falloit le
lui dire , quand tu ne l'aurois pas été , bien
sûr que nous en viendrions bientôt à bout.

Je parie ma tête que le marquis ne se fût jamais raccommodé avec sa fille , et n'eût pas laissé prononcer l'arrêt , s'il s'étoit su un enfant adoptable. — Aved de L. est un très-savant avocat. Il a débuté par le fameux procès du maréchal de Tonnerre , qui a fait sa réputation , quoiqu'il l'ait perdu en seconde instance. Il est lourd, pesant, épais ; il passoit pour un honnête homme dur , et je le manierois, à coup sûr , très-indépendemment de mon père , si j'étois libre. Je reconnoîtrois à peine sa femme qui a *oui parler* de moi , mais ne m'a nullement éprouvé. Il n'en est pas tout-à-fait de même d'une de ses très-proches parentes qui peut, en effet , l'en avoir entretenue ; c'est cette histoire , apparemment enveloppée ou mal rendue , qui aura fait la méprise. Est - elle encore chez la D... ? — J'étois si dégoûté des continuels et imperturbables silences de la D. ★, que j'avois dit net au bon ange que je le suppliois qu'on lui ôtât ma fille. Il me représente aujourd'hui très-sagement que ce changement auroit l'inconvénient de renouveler à un autre le détail de tout ce qu'elle sait, et qu'en réfléchissant mûrement sur cette observation, je penserai qu'il est plus prudent de laisser les choses dans l'état actuel , qui probablement après tout ne sauroit être fort long. Il ajoute que mademoiselle D. a été en correspondance avec la famille R. , lorsque tu étois chez elle ; que cette correspondance est cessée ; que cette demoiselle est très-paresseuse à écrire , et que dans tous les cas elle est honnête à ne pas mériter les soupçons. Dieu le veuille ! mais somme tout , il faut être de l'avis du bon ange , et espérer que nous sèvrerons bientôt cet enfant. Du reste , le bon ange *m'engage* (c'est son mot) à ne plus renvoyer chez la nourrice , parce que si on le savoit , cela pourroit faire des propos d'autant plus fondés , qu'on ne m'a pas refusé les moyens de savoir par lui ce que je ferois demander par d'autres. C'est , avec ou sans sa permission, assez mal raisonné , puisque nous avons été quatre ou cinq mois sans avoir de nouvelles de notre enfant. Enfin , il en faut passer par-là , mais qu'il marche droit ; car il me promet de ses nouvelles sur un mot de souvenir de ma part , et je ne le lui épargnerai pas. — Madame Ste.-Sophie ne t'a pas tout dit. Imagine-toi que ce petit démon (c'est ma fille dont je parle) en voyant mon homme commença par l'examiner très-sérieusement avec deux grands

yeux

yeux qui ne finissent pas ; qu'après cela elle
se familiarisa avec lui de tout son cœur ; mais
que dans le temps qu'elle étoit sur ses genoux , ayant apperçu mademoiselle Thérèse , sa sœur de lait , qui prenoit une
chaise , elle sauta à bas, courut à Thérèse,
la souffleta, prit la chaise, et la mit où elle
voulut. La pauvre petite souffre - douleur
laissa faire l'enfant gâté ; mais lorsqu'elle
l'eût vue se remettre sur l'homme qui la vi-
sitoit, elle alla en prendre une autre ; autre
saut , autre course, autres soufflets : puis
mademoiselle Gabriel - Sophie prend les
deux chaises , les traîne et les apporte à
son monsieur. Cette idée m'a paru unique.
Voilà de ces détails dont le bon ange ne me
parlera pas , et qui sont délicieux pour un
père et pour une mère. Du reste, elle étoit
très-bien tenue, fort propre, fort grasse,
et blanche comme un lis. On la fit désha-
biller. La petite dévergondée fit sa toilette
devant un homme. Elle n'a pas un bouton
sur son corps , pas une tache de piquure
sur son linge ; en un mot, elle se porte à
merveille, et ses courses éternelles, sa vivacité excessive en font foi mieux que les
sermens de la nourrice. Ce petit lutin a
étonné par sa pétulance un homme qui m'a

Tome III. V

beaucoup connu. Juge, c'est mon portrait
vivant ; dis-moi comment tout cela se fait ?
dis-moi aussi comment elle peut être jolie ?
pour moi, malgré ce titre d'illégitimité, je
commence à croire tout de bon que c'est ma
fille, et je t'en remercie. — Tu as très-bien
fait de relever avec vigueur le mot *aveuglement* ; il faut être fou ou pis, pour proposer à quelqu'un de transiger aveuglément
sur l'honneur, la liberté et l'existence de
soi, de son amant et de sa fille. Pour moi,
quoique madame de R. ait fait à mes yeux
ses preuves depuis long-temps, elle a encore le secret de m'étonner. Tu t'imagines
bien que tu peux te dispenser de rien statuer
pour moi, si je redeviens libre. — Le sermon
de ta sœur est excellent ; je ne me le rappe-
lois pas du tout, et je vois que la dame aime
à ne rien perdre. Au fond, elle a raison
en physique, si ce n'est en moral. Mais où
diable a-t-elle vu que chaque précaution
étoit un assassinat. Je crois qu'elle seroit
très-fâchée que son vilain mari la rendît
mère à chaque compliment, bien que je ne
connoisse que les souris ou les chenilles
d'aussi fécondes qu'elle. T'ai-je dit que
lors de son mariage, on se faisoit porter à
Dijon de maison en maison le contrat,

afin de s'assurer qu'elle savoit signer son nom ? — Je ne doutois pas que le marquis n'eût menti ; mais ce mensonge me prouve encore mieux que, s'il t'eût su grosse, il auroit voulu être le père de l'enfant. Au reste, Sage m'a conté une fois à D., qu'ayant entendu une fois dans le sallon un soupir un peu équivoque, M. de M. l'avoit arrêté comme il alloit entrer pour t'annoncer quelque chose, et lui avoit donné une commission en l'air, qui n'avoit d'autre but que de l'écarter. Toi-même as soupçonné qu'il n'avoit fait d'éclat, que parce que les prêtres irritèrent son amour-propre. Il te forçoit à t'ennuyer dans son lit ; cela est vrai : mais tu sais quelles étoient ses prétentions, dont assurément il ne pouvoit être la dupe, et c'est encore ici un œuvre d'amour-propre. Certainement telle que je t'ai connue après cinq ans de mariage, si peu expérimentée, et si singulièrement conformée, tu n'as ni pu ni voulu tromper ton mari ; et il n'a pu se tromper lui-même, à moins qu'il ne soit digne d'être le roi des Liliputs, du docteur Swift, et encore je maintiens que cela ne se pourroit pas. Cependant tu te souviens avec quelle effronterie il a soutenu que tu as fait une

fausse couche ; lui qui ne croyoit ni ne
pouvoit croire au fond du cœur que tu
fusses sa femme , et qu'il pût être père
avec toi. Il est donc très-possible qu'il ait
pensé ce qu'il assure t'avoir dit , et qu'il ne
te l'ait tû , que parce qu'il connoissoit
trop ta délicatesse et tes principes , pour
espérer te rendre sa complice. Au reste , ce
n'est qu'une très-petite infamie de plus auprès de celles dont on peut composer le
recueil de sa vie. J'aime tout-à-fait la raison qu'il te donna pour te prouver que j'é-
tois son ami. Cela me rappelle le propos
d'un homme très-riche , qui se déclaroit
l'ami d'un homme très - pauvre , et disoit
avec enthousiasme : *c'est le plus honnête
homme que j'aie jamais connu ; il y a
trente ans que nous sommes liés, et il ne
m'a jamais demandé un sou.* Molière
n'auroit pas laissé échapper ces deux traits.
—Oui , ma Sophie , la comtesse de V. est digne de tous les éloges ; et je te jure , d'honneur , que je ne lui dois d'autre reconnoissance que celle d'un ami qu'elle a obligé ;
j'ai beaucoup eu de folles en ma vie , et même des sages. Mais d'ailleurs je n'ai jamais
été assez attaché à aucune femme pour m'a-
veugler sur son compte ; car il est très-exacte-

ment vrai que je n'ai jamais aimé qu'une
fois, et c'est la dernière. Madame de Mi. a
été assez infâme pour répandre que la comtesse prenoit à moi l'intérêt d'une amante :
je doute qu'elle l'ait cru. Nous étions souvent enfermés ensemble, mais mon ton et
mes manières avec elle, respiroient la vénération la plus pure et la simple amitié. Une
aventure qu'elle eut la complaisance de cacher, parce qu'il n'y a personne d'aussi indulgent que les femmes vertueuses pour les
femmes galantes, à pu fonder d'autres
soupçons, mais non pas dans l'esprit de
ceux qui la connoissent. Madame de V. est
vive et sensible, et peut avoir laissé parler
son cœur ; mais nos âges étoient trop dis-
proportionnés, pour que je pusse le tourner
à l'amour. Je n'y ai pas même pensé, et je
me tiens pour sûr que je n'aurois pas réussi.
Mais quelle infâmie d'aller semer un tel
bruit sur une femme qui l'a comblée de
bontés, et qui, si en aucun temps de sa
vie elle a écouté l'amour, a toujours été la
plus excellente mère de famille qui fut jamais, quoique femme d'un homme aussi
fou que le père éternel des Petites-Maisons.
Sa seconde fille est une des plus jolies figu-
res qui existent. Grande comme une pou-

péc, mais faite au tour, et toute sorte de graces et d'agrémens ; vraiment singulière par l'esprit dont elle pétille ; celle-là est moins aimée de sa mère, mais flatte cependant davantage son amour - propre, et aura sur tout le monde, son amant seul excepté, tout l'ascendant qu'elle voudra avoir. Elle m'avoit pris de belle passion, passion purement spirituelle, il est vrai, mais qu'à mon âge et au sien, le diable auroit pu faire dégénérer en matérielle : ainsi il se pourroit bien que tu l'eusses tirée de mes griffes. Cependant j'étois incapable de l'attaquer tant qu'elle étoit fille, vu le sincère attachement que j'avois pour sa mère. Celle-ci me connoissoit assez pour être tranquille, et me laissa absolument sur ma bonne foi, après ce seul avertissement : *M. le comte, quand elle sera femme, faites comme vous l'entendrez tous deux ; mais laissez-la marier.* Jamais marque de confiance ne m'a autant flatté, et j'en étois digne. Il faut que je te raconte à ce sujet une anecdote que je ne crois pas t'avoir dite, et qui te donnera une idée de l'esprit et de la manière de la comtesse de V., que ta sage mère dit être une folle. Elle avoit arrangé son mariage avec le fils du marquis de Tourette, (Villeneuve ou Vence, c'est la même chose, légitimé), cela étoit très-bien vu ; car les Tourette sont fort riches , et les demoiselles de Ve. n'ont que quarante mille écus, qui ne devoient être payables que très-tard, puisque père (il est mort) et mère étoient très-jeunes. La petite personne qui trouvoit le petit de Tourette fort bête, (à laquelle condition sa jolie figure ne lui plaisoit pas) répugnoit fort à cet établissement. Sa mère lui dit un jour devant moi, afin que je n'en prétendisse cause d'ignorance : ma fille, je voudrois que vous vous missiez dans la tête qu'on peut valoir quelque chose, et n'être pas un prodige d'esprit. Vous ne jurez que par deux hommes dans le monde ; votre père et M. le comte de M. Pour ce qui est de votre père, vous avez assez de raison pour que j'en appelle à vous-même. Ne fait-il pas payer bien chèrement à sa famille et à moi, la demi - heure d'esprit qu'il a par jour. C'est une bouteille de vin de Champagne pleine de bouquet et de sels volatils ; le bouchon part, le vin s'échappe, et il reste du vent. Cet esprit-là n'est bon à quoi que ce soit au monde. Quant à M. il a, je l'avoue, plus de force de tête : génie vigoureux, élocution charmante, enjouement aimable ; mais que de fougue ! les passions fermentent à gros bouillons : belle ame, bon cœur, imagination brillante, raison saine ; et tout cela dangereux, altéré, raboteux, faute de quelques vingt années de plus. Patience, patience donc, ma fille, si tous les hommes ne sont pas si séduisans, on en est plus tranquille, plus sage, plus maîtresse, plus heureuse même. Ils vous paroissent lourds auprès de vos modèles ; mais si ceux-là vous pèsent, ceux-ci vous incendieroient... Demandez, demandez à M. le comte, il vous le dira tout comme moi ; car c'est le meilleur conseil du monde pour les autres, et le plus mauvais pour lui.... Que vouloistu que je répondisse ? Je t'assure qu'une pareille philosophe embarrasse plus que toutes les dévotes du monde. Voilà la femme qui m'aime comme une sœur, et qui t'aimera comme une mère.

J'ai très-bonne opinion de ta sainte S. L'amitié qu'elle a conçue pour toi, les circonstances et les suites de cette amitié ; ce qu'on me dit d'elle ; ce que tu m'en fais entendre m'intéresse infiniment pour elle, et je lui voue un attachement sincère.— Oh ! ma Sophie ! que tu dis bien ! Il n'est

réalisé qu'à moitié, notre projet chéri !...
Mais pourquoi à moitié ? Avare que tu es !
Pourquoi borner ainsi tes dons ? Ah ! mon
ange ! crains-tu que les gages de ton amour
n'altèrent ta beauté ; et quels charmes vau-
dront jamais les enfans d'une épouse ché-
rie ? — Je ne vois d'autre inconvénient pour
te faire avoir ta fille , que l'attente continuelle d'un accommodement qui ne vient
jamais. Encore cette enfant pourroit - elle
être une pensionnaire étrangère dans le
même couvent que toi ; mais elle n'est pas
encore sevrée : voyons clair à nos affaires
d'abord. As - tu déja demandé à M. le Noir
la permission de la confier à l'hospitalière ?
Elle ne retourne qu'en octobre dans sa
maison. Cela nous donne encore au moins
quatre à cinq mois , et les choses peuvent bien changer d'ici-là.—Tu vantes fort
le cœur de certaines gens qui me paroissent avoir plus de démonstrations extérieures
que de sensibilité réelle. Au reste , elles
te font société , et c'est du moins cela. Que
madame de V. prenne les eaux de *Contrexeville* , elles sont regardées comme les
meilleures pour les embarras des reins et de
la vessie, et même comme un fondant. Avec
de si fréquens ressentimens, elle devroit , si

elle en a le courage, se faire sonder. Je dis,
si elle en a le courage, non que l'opération
de sonder soit ni douloureuse ni dangereuse, sur-tout pour une femme, mais parce
que, si elle est assurée d'avoir la pierre,
il faut probablement se résoudre à se faire
tailler, ou vivre et mourir martyre. J'ai
vu quelque part *la Bare*, et je n'aime point
sa maîtresse; mais point du tout, et je ne
lui connois qu'une manière de se raccommoder avec moi : mais qui je déteste cordialement, c'est ce grand neveu; et si
cordialement que je te prie de représenter
très-sérieusement à tes sottes nonnes qu'il
est plus qu'indécent de laisser en tête-à-
tête d'une jeune pensionnaire, pendant
quatre heures, un morveux de dix-neuf
ans; ou plutôt un roquet, comme tu appelles quelque part tous ces galantins. Tu
me feras bien la grace de croire que c'est ici
tout au plus une velléité de jalousie; mais
il me paroît si clairement que ce petit
monsieur est amoureux de toi, que je ne
puis ni ne veux le souffrir, et je te demande exclusion formelle et précise à cet
égard. Il me semble qu'il est fort simple
et fort convenable de dire que tu n'es jamais seule chez toi que pour lire ou écrire.

Eh ! d'ailleurs, à quoi bon tant de ménagemens pour cet embrion ? Je ne sais pas
si tu remarques que je t'ai envoyé huit
ou neuf tresses de cheveux pesant deux ou
trois livres. Gardes-en un peu pour ta fille.
J'ai encore une bague toute neuve. Quoi,
ma Sophie ! Tu deviens grise. O mon
amour bien cher ! Tu me prouveras, je
pense, à ma première requisition, que
tu n'as pas encore soixante ans. Je veux,
ma chère mimie, une petite bourse de
ce que tu voudras ; mais sans or ni argent,
pour porter sur mon cœur tout plein de
choses que j'ai à toi, et que je ne sais où
mettre. Fais les cordons en cheveux, dans
le genre de ma petite tresse. Remarque bien,
ma fanfan, que tous les cheveux que je
t'ai envoyés sont tombés. Vois quelle perte
c'est pour moi, si tu fais jeter les tiens.
Il faut tout bonnement les mettre dans un
sac. Les perruquiers les tirent un à un et
les assemblent tous. — Qui est ce V. qui
citoit tant de gens de qualité offensés que ta
fille portât ton nom ? Seroit-ce ce Vèse* ?
Hélas ! je leur demande bien pardon qu'un
Mi* ait encanaillé les R. Ces gens - là ne
sentiront-ils donc jamais qu'ils n'ont qu'un
titre de noblesse ; je veux dire une fille

qui les renonce du fond du cœur.—Je croyois
que tu m'avois dit autrefois que les sub-
titutions de la famille Mon* étoient aux
garçons, et que les filles sans garçons par-
tageoient. Explique-moi cela. Quoi qu'il en
soit, je les tiens quitte de la part de ta
fille, que d'ailleurs, nous ne pouvons engager pourvu qu'ils te traitent convenablement. Accorde tout pour l'abolition de
l'arrêt, excepté ta dot, ton retour à P. et
la personne de ta fille. Engage toi à ne plus
porter le nom dont tu n'es pas infiniment
curieuse, et que dans aucun cas, tu ne
porteras long-temps; à rester au couvent
du vivant du marquis; on ne peut, après
un accommodement t'en disputer la sortie à sa mort. Rien pour ta fille, sa personne sauve; rien pour moi; moi libre.—J'approuve très fort ta conduite avec le *rév. père.*
Il faut beaucoup d'honnêteté, mais le tenir à la plus grande distance; cette ver-
mine monastique ne cherche jamais à s'insi-
nuer dans la confiance que pour en abuser,
tromper, trahir, intriguer et se rendre nécessaire de tout côté. Peut-être les pensionnaires
qui t'ont précédée l'ont gâté, et tu fais fort
bien de le dégâter. Cependant ménage-
le, ne fût-ce que pour avoir cette espèce

de caution auprès de madame de R. qui
aura besoin d'être attachée, si je redeviens
libre. — Ma tendre Sophie ! je ne puis pas
m'empêcher de te dire, pour l'acquit de
ma conscience et l'honneur de ma bonne
foi, que tu es infiniment trop confiante, si
tu n'es point jalouse de celle à qui la tresse
que tu m'as faite est destinée, ou du moins
si tu crois que ma passion pour elle a des
bornes. Non, mon amie, je l'idolâtre :
son temple est dans mon cœur : son trône
est dans mon imagination, et tout elle,
sans cesse dans ma pensée. Veillai-je ? elle
veille avec moi : elle me suit dans le sommeil ; elle est l'objet de mes songes, de
mes vœux, de mes desirs, l'arbitre de ma
destinée, de mes plaisirs, de ma vie. Belle
comme Vénus, tendre comme Psyché ;
mais hélas ! moins capable des émotions des
sens, que de celles de l'ame ; je crois
qu'elle partage, sinon mon ardeur, du moins
ma passion. Je ne respire, que parce que
je le crois ; je n'aspire qu'à en recevoir
l'assurance et la preuve ; en un mot, je
vis pour elle, par elle et dans elle . . . S'il
n'y a pas là de quoi te rendre jalouse...
à la bonne heure ; mais je jure par toi-
même et par ma fille et par l'honneur,

que tels sont pour elle mes sentimens ;
qu'ils ne mourront qu'avec moi ; et que
je n'en échangerois pas la plus petite partie pour le trône du monde. Pardonne-moi,
si tu me forces à déclarer si naïvement ce
que je sens et ce que je projette ; mais
sans rancune, ou rancune tenante, donne-
moi, avec cette indiscrétion dont tu m'a-
vertis si charitablement, ces baisers de
colombe qui pompent mon ame et l'unissent à la tienne... Eh ! ma Sophie ! Ne
vois-tu donc pas que c'est parce que je te
connois si indiscrette, que je m'en rapporte
à ta discrétion. *Addio sposa adorata.*

GABRIEL.

N'aie point de regret à Loizerolles : il
est trop dans la dépendance de mon père,
et mon père probablement trop lié avec
madame de R. , pour qu'il fût sage de
l'employer. Cependant je ne puis pas concevoir encore quel intérêt celle-ci peut
croire avoir à empêcher Gabriel-Sophie
d'être légitime. Je vois, moi, qu'elle peut
te valoir 15 ou 20,000 livres de rente, et
ce n'est pas-là une petite considération
pour des ames R. Or il n'y avoit qu'un
moyen pour lui donner un titre ; c'étoit

de la baptiser sous ton nom. M. de Rougemont n'a perdu son grand procès, que
parce que sa mère, effrayée par les menaces de son mari, eut la lâcheté de le faire
baptiser sous un nom supposé. — Tu crains
que Gabriel-Sophie ne soit muette ; mais
fais-moi donc tes confidences : est-elle ma
fille ou ne l'est-elle pas ? — Plus je réfléchis
au sermon de madame de Siffredy et
plus je le trouve de grand sens. On en
peut même tirer des conséquences com-
modes et charmantes : les animaux spermatiques existent avant la copulation ;
comme dans l'instant où la convulsion du
plaisir les lance au dehors. Toute femme
qui garde le célibat, ou qui ne fait pas
des enfans avec quiconque a envie de fé-
conder ses animaux spermatiques, commet
un assassinat. Cela n'est-il pas évident ? —
Ne t'explique pas le moins du monde, je
te prie, sur ce que tu crois, ou ne crois
pas que je ferai, moi libre, au sujet de l'exécution en effigie. Ce sont de ces résolutions qui doivent être prises sans tiers, et
dont le soupçon même est dangereux. La
froideur et le silence en pareil cas, sont
plus énergiques que toutes les déclamations
du monde. Est-ce que la Destiot n'a point

eu d'enfans de ou sous le règne de son premier mari ? cependant elle pratiquoit à la
lettre le sermon de la Siffredy. Qui a t-elle
épousé ? — Adieu , amour chèr ! Je
finis , car je n'en puis plus ; et j'ai encore
mille choses à écrire.

A SOPHIE.

LE bon ange me manda , il y a quelques
jours , qu'il avoit eu la bonté de faire venir chez lui ma fille , pour s'assurer de
son état. Il la trouva très-blanche , grasse
et pas trop , pourvue de presque toutes ses
dents , fort familière , et tellement qu'elle
pissa dans son bureau , sans lui en demander permission. Quelle dévergondée ! Il
ajoutoit qu'il te laissoit le plaisir de me
faire les détails ; et tu ne m'en fais point !
Est-ce que ta lettre seroit antérieure ? C'est
ce que je ne puis plus vérifier , la sienne
n'étant point ici. Mande-moi donc à cet
égard ce que tu sais. Ah ! mon amie , je
vis dans cet enfant. Le bon ange ne me
parle ni de sa figure , ni de son bavardage ;
mais à coup sûr elle est jolie , puisqu'elle
est

est ta fille, et bavarde, puisqu'elle est la mienne. — Notre ami me mandoit hier qu'il étoit d'avis que je persévérasse, quoiqu'il n'eût pas été de celui de m'envoyer cette lettre : qu'au reste je pouvois et devois croire que mes intérêts n'étoient pas négligés d'un autre côté, et qu'une ville attaquée par deux issues, avoit bien de la peine à ne pas se rendre. Ce qu'il y a de certain, c'est que je ne compte que sur M. le Noir et sur lui, et que je m'applaudirai dans tous les temps de ne devoir qu'à eux. — Ton confesseur me fait rire. Ta mère avoit, il y a quatre ans, l'air de la grand'mère de Marie-Salomé : il faut qu'elle ait beaucoup rajeuni. Le trèsvrai est que quoiqu'elle soit laide, et que tu sois jolie, elle a quelque chose de ta phisionomie, et quelques-uns de tes airs de tête qui m'attendrissoient. Tu as les plus beaux yeux du monde, sur-tout quand tu me regardes, et elle les a tournés : tu as le front le plus parfait qu'il y ait dans la nature, et le sien est énorme : ton plateau de gorge est admirable, et elle est un squelette : ta peau est de satin et de lys, la sienne est de parchemin. Elle a 56 ans, tu en as plus de trente de moins ; et avec tout

Tome III. X

cela elle te ressemble, et il m'eût été bien facile de l'aimer.—Oui, madame de Ve. fera
beaucoup pour m'obliger, parce qu'elle a
pour moi de l'amitié et de l'estime. Elle
a vu de bien près, et mes principes, et
mes procédés, et les calomnies dont on
m'a criblé, et le mépris froid et généreux
dont je les ai payées. Elle m'a dit vingt
fois, les larmes aux yeux : ah ! comte !
jamais secret ne m'a tant coûté à garder
que le vôtre. Il est cruel, il est affreux
d'entendre déchirer son ami, et de se réduire à le défendre vaguement, quand on
pourroit le justifier d'un mot et terrasser
ses ennemis. C'est précisément cette apologie très-chaude et non motivée qui a
fait parler d'elle à un monstre et à des
espèces. Tu ne m'as pas l'air d'être assez
persuadée qu'il n'y ait eu que de la pure
amitié entre nous ; je te le jure d'honneur.
Je ne portai jamais de baisers que sur sa
joue et sur ses mains. Je la respectois
comme une mère, je l'aimois comme une
sœur. Je n'eus jamais d'autre pensée, et
elle moins encore. Quant à l'autre femme
dont tu parles, elle provoqua les propos
de madame de Mi. par sa folle jalousie,
et même par des insolences. Cela étoit

d'autant plus bizarre et impardonnable ,
qu'elle avoit alors deux ou trois hommes,
et que presque certainement elle ne m'a
jamais aimé. Je sais bien que madame de
Mi. n'en est pas plus excusable ; mais l'une
est folle plus que perverse , l'autre est perverse et n'est pas folle. — Ce n'est pas la
cadette de Ve. qui s'appelle Julie ; c'est la
seconde ; et c'est celle que le diable ou
mon ange tutélaire avoit mise sous mes
pas pour me préserver de tomber dans tes
griffes. Ne pourrois-tu pas savoir si elle
est mariée ? — Veux-tu voir où en sont mes
yeux? J'ai essayé d'écrire la première moitié
de cette page sans lunettes ; vois comme
le caractère est gros , ouvert et tremblant.
— Madame de C. a, je crois , un an de plus
que toi ; on la prendroit aisément pour ta
mère ; et elle seroit laide , si on pouvoit
l'être , avec sa taille , ses yeux et son air
parfaitement noble. — Je te supplie de te
rassurer sur ma santé ; j'en ai vraiment
soin. Je crois qu'il me faudroit quelques
mois de repos, et sur-tout quelques jours
de bonheur pour me faire reprendre le
dessus ; mais je suis encore très et trop
vigoureux ; et pourvu que je me préserve
des maladies lentes qui minent le tempé-

rament, j'irai loin. Crois, ma Sophie-Gabriel, que je ne perds point de vue que c'est ton époux qui m'est confié. J'écris trop, je ne dors pas assez : il se passe trop de combats dans mon cœur entre le desir et la crainte, l'indignation et l'amour, la nécessité et la volonté. Voilà mes maux. Je ne me médicamente point, parce que je suis persuadé que c'est un très-mauvais et très-funeste régime ; les chaleurs vont tomber, et je serai mieux ; j'aurois pris des bains ; mais chauds, ils sont insupportables, et en ce moment ma poitrine m'interdit les froids.—Je ne compte point sur le prince de Condé. En général, je ne compte point sur les grands. J'ai eu des avantures et circonstances dans ma vie, qui pouvoient me mener à tout, et je n'ai été à rien ; et je ne veux être rien que ton Gabriel. Le prince de Condé ne balanceroit pas un moment entre mon père et moi. Outre la différence d'âge et de considération, l'abbé de Luzine, qui est ou étoit très-puissant là, est lié à mon père par la marquise de Rochefort et le duc de Nivernois. M. le prince de Condé avoit poussé la complaisance pour mon père jusqu'à recommander de la vigilance à

M. de Changey. Le duc de Bourbon me
marquoit beaucoup de bontés. Il m'a sûrement oublié depuis qu'il m'a perdu de vue.
Je ne sais quelle espèce de liaison D. P. y
a; il va souvent à St. Maur. Tâche de me
savoir qui la petite de Changey a épousé.
J'ai su par hasard qu'elle étoit mariée, et
que sa mère étoit à Paris. Si celle-ci avoit
moins de politique et plus de consistance,
elle auroit pu m'être utile par madame dé
Chantemerle, à qui le prince de Conti ne
refuse rien. Le vrai est que dans ce mo-
ment-ci, je n'ai qu'une porte à frapper,
c'est celle de ma famille. Si elle ne s'ouvre
point, il s'agit de savoir qui vivra le plus
long-temps de mon père ou de moi; et ce
problème est cruel à résoudre. Mais conçois-
tu que l'homme qui rendroit la liberté à
son fils sur la demande de sa belle-fille,
ne l'accorde pas au desir de son propre
cœur, au besoin de rentrer en paix avec
soi-même, de délivrer ses derniers instans du poids immense d'une injustice,
d'une barbarie, dont on fait son enfant la
victime. Hélas! ma Sophie, il y a bien de
la différence d'une ame à une ame. — O!
oui, ma mimi; Gabriel-Sophie est à moi,
et de plus le fruit du plus tendre amour.

X 3

J'en suis plus sûr que de mon existence ; et cette certitude est le soutien de ma vie. Chère enfant ! que je serois malheureux sans cela ! en vérité, je suis trop agité, trop baloté par le sort et ma santé. Dis moi donc ce que j'éprouverois de pis, si j'étois vieux et infirme. Peut-être serois-je imbécile et dévot, ce qui ne laisseroit pas que de me distraire et de m'occuper. Au-lieu de cela, j'ai des sens qui me tourmentent, et grace au lieu que j'habite, ne m'occupent pas ; une imagination qui me consume, une ame qui use son enveloppe, un cœur uniquement plein d'amour, et d'un amour tellement malheureux, que ce sentiment si consolant et si doux, lorsqu'il n'est pas tout-à-fait sans espoir, nous a offert une infinité de ronces et d'épines. Eh ! qui sait, si le grouppe aigu et douloureux que je m'efforce de percer ne cache pas un précipice où je me hâte, sans le savoir, de m'engloutir ! Quelqu'un me conseilloit, il n'y a pas long-temps, d'*essayer* de la dévotion. La proposition te paroîtra bisarre. Je répondis simplement : je n'ai point de crimes à expier. Pourquoi rechercherois-je l'ennui des pratiques religieuses, et favoriserois-je cette absurde et

dangereuse opinion qu'elles raccommodent
tout. Je n'ai qu'un plaisir, qu'un intérêt,
qu'une passion, juste, honnête, sacrée,
immortelle ; le joug religieux seroit pour
moi sans profit ; et, en vérité, ce n'est pas
la peine de se mentir à soi-même pour
rien. J'espère, ma Sophie, que tu ne seras
jamais dévote tant que tu seras fidelle et
constante ; parce qu'avec autant d'esprit
que tu en as, tu ne saurois être dévote
que par commodité, pour sanctifier tes infidélités, et te purger de tes crimes. Jusques-là, si pure, si chaste, si passionnée,
qu'as-tu besoin de t'étourdir par des su-
perstitions ? Pourquoi te faire un être phan-
tastique pour en obtenir un pardon de
fautes que tu n'as pas commises ? pourquoi
te ranger sous l'obéissance de pieux récon-
ciliateurs, pour parvenir à une réconciliation dont tu ne sens ni le besoin ni le
desir ? — Tu es une bête, ma Sophie. Ce
que dit M. de Buffon revient à ceci ; c'est
qu'au moment de la fécondation, il est
probable que le germe le plus abondant
donne le sexe. 1°. Cela est très-disputable ;
2°. très-conjectural ; 3°. qu'est-ce que cela
prouve pour toi ? rien du tout. Quand il
ne pleut qu'une fois dans l'année dans un

X 4

canton, la pluie de ce jour peut être plus abondante que celle d'un autre pays où il pleut plusieurs fois chaque jour ; mais toujours est-il qu'il pleut davantage ici ; et je ne crois pas que tu sois assez effrontée pour me disputer cette prééminence. Ce seroit furieusement mentir à soi même. Malgré ta brave et même fanfaronne conclusion, je me flatte qu'il entre dans tes plans de faire quelquefois des Gabriel, et non pas toujours des Gabriel-Sophie... Tu as donc au moins déraisonné. Sophie... Sophie, tu te vantes ! — Il n'y a nul inconvénient au couvent de la R. ; on n'y reçoit de pensionnaires que celles adoptées pour nièces par ces dames toutes riches et filles de condition. Tu vois que le nombre des enfans doit être petit. La dame, dont tu veux parler, y entra à 15 ans passés, au sortir d'un autre couvent, et fit la connoissance dangereuse d'une religieuse à-peu-près de son âge. Tu vois que cette circonstance change beaucoup l'histoire, et la conséquence que tu en veux tirer. Ce qu'il y a de charmant à ce couvent, c'est qu'on n'y est point du tout religieuse ; que plusieurs dames s'y retirent pour l'agrément de la société ; qu'il y a du

monde toute l'année ; qu'on y prend l'usage
de la société , et non cette gaucherie que
l'on contracte par-tout ailleurs aux grilles ;
que l'on y a toute sorte de maîtres , etc. etc.
L'histoire de tes douze fausses couches par
an est tout-à fait plaisante, et j'aurois voulu
que tu en parlasses à ta mère , en lui dé-
montrant que ce que tu lui avois dit n'étoit
pas plus une absurdité qu'un mensonge.
Quand sa dévotion s'en seroit effarouchée
un peu, cela m'auroit fait plaisir. Mais la
vile idée qu'eut cet homme indigne de
faire servir tes liaisons avec moi au profit
de *ses odieuses et infructueuses caresses !*
— *En tout cas, ce ne sera pas ma faute,*
à propos du petit de Rencour , me déplaît. Je t'ai dit que je ne voulois pas que
tu le visses chez toi, et cela valoit la peine
de me dire que tu ne l'y verrois pas. Si ton
abbesse ignore qu'une jeune pensionnaire
qui a un amant, ne doit point voir d'homme
en tête à tête, c'est à toi de le lui apprendre. Ces choses-là, encore une fois , sont de
décence et de devoir étroit pour ton sexe.
On ne reçoit point un homme chez soi ,
malgré soi ; ainsi, *dans tous les cas, ce*
sera ta faute, si tu l'y reçois. Il me semble
que je t'avois parlé avec précision sur cela ,

et j'attendois une réponse précise. Ce n'est
pas que je ne la lise au fond de ton cœur;
mais on ne doit point balbutier ces choses-
là. Que diable te fait que les parens de cet
homme soient ou ne soient pas bienfaiteurs
de cette maison? et qu'on les ménage ou qu'on
ne les ménage pas à cause de leurs aumônes?
Qu'y a-t-il de commun entre toi et les intérêts
de cette maison?—Si le bon ange ne t'a envoyé
que trois tresses de mes cheveux, c'est qu'il
a oublié le paquet de cinq que je lui envoyai par F. ensuite de celui de trois. Je
ne te réponds pas qu'il ne les ait jetées au
feu; mais demande-les lui, je vais lui en
parler. Je t'en envoie de plus une très-
grosse. Ménage-bien désormais ce que tu
en as; car je crois que je vais devenir
chauve. Quant au sinet ou non sinet, vas
te promener; si cela dépendoit de moi, tu
l'aurois déja.—Si je gronderai! qu'est-ce que
demander un louis? cela n'a pas le sens
commun. Le bon ange a eu la bonté de
tirer de Br. un à-compte de cinq louis; je
le prie de t'en envoyer deux; et si tu dis
un mot, un seul mot, je t'enverrai tout.
Quant à la pauvre bague, Brug.. dit qu'elle
est perdue ou cassée, et que je le sais
bien. Le *ou* m'a paru plaisant; on ne

cassoit pas de mon temps fort aisément
les diamans blancs. Quant à mon *savoir*,
je l'ignorois; mais je me doutois bien que
ce qui étoit entre ses mains pouvoit passer
pour perdu. Je garde trois louis de ses
cinq, parce que le bon ange a bien voulu
se charger de quelques commissions pour
moi qui m'arrièrent. Mais au mois de
septembre où mon père donnera 5o écus,
je ne toucherai à rien. Tire hardiment.
M. B. a donné 6 liv. pour moi à la nourrice.
—Puisque tu es une si bonne, si aimable
et si honnête confidente, ne pourrois-tu
donc pas nous rendre quelques services,
à ma maîtresse et à moi, plus essentiels
encore que de nous passer nos déclarations
réciproques. Ah ! Sophie ! qu'il seroit doux
de presser un instant son cœur et ses
lèvres, dût cet instant coûter la vie à son
amant ! dieux, que son image est belle !
que son souvenir est délicieux... ! Mais
qu'il est brûlant.. ! ô mon amante ! ô mon
épouse, ô ma vie ! tu ne les sens pas, les
battemens de mon cœur.. ? Eh ! qui les
pourroit compter ? Mais ce cœur ! comme
tu le pénètres, comme tu l'embrâses ! Je
n'ai plus un sentiment, une sensation,
une idée, une pensée qui n'ait rapport à

toi. Je m'étonne moi-même, non pas de mon amour, il est trop mérité, mais de ses effets, et de pouvoir les supporter. Tu ne me laisses pas un instant de relâche. Tu m'accompagnes la nuit, tu me suis le jour : tu m'interdis l'étude : je n'ai plus d'esprit, et de mémoire, et de sentiment, et de sensations et de facultés que pour toi... Je vis, je respire, je souffre, je jouis en toi. Ah ! Sophie, tu m'aimes. Je le crois ; oui je le crois ; mais je mérite ta tendresse ; la mienne n'a ni bornes, ni expressions. Peut-être la devinerois-tu mieux dans mes yeux, dans mon silence, dans mes soupirs, que dans mes lettres. J'en suis bien mécontent de ces lettres ! mais que veux-tu ? l'amour tue l'esprit : il éteint la verve. Comment combiner des mots, quand on ne sort pas du délire de la passion ; et comment écrire sans combiner des mots. Tes lettres font mon bonheur en ton absence, mais elles sont trop jolies. Tu joues avec ta flamme ; il faut qu'elle ne soit pas bien dévorante ; moi je me meurs d'amour, et ne puis que le dire.

GABRIEL.

Souviens-toi que ta lettre m'a paru beaucoup trop courte et trop hâtée. — Je ne conçois pas ce que tu pourrois me dire relativement au bon ange, et que tu ne me dis pas. Rien de ce qui me fait plaisir ne l'ennuie, et le *beaucoup de choses* m'auroit fait grand bien. — Oui, Dupont est économiste; mais le seul d'entr'eux vraiment instruit, raisonnable, et homme de génie. Au reste, il est à-peu-près philosophe éclétique; c'es-à-dire qu'il prend et rejette indifféremment toutes les opinions qui lui paroissent vraies ou fausses. Comme ce sont les économistes qui ont commencé et fait sa fortune, il a bien fallu d'abord qu'il portât leur livrée; mais il n'en porte plus aucune. — L'ordre de Vasa est en faveur, parce que ce roi-ci l'a fondé; et honorable, parce qu'il n'est accordé, ou ne doit l'être, qu'à des travaux utiles à l'humanité. Mon père est grand commandeur, et ne partage cette dignité qu'avec le frère du roi, le gouverneur de Finlande, et le grand chancelier de la couronne. Cependant à sa place, je ne l'aurois pas pris : 1°. ce n'est pas même le premier ordre de Suède; il est vrai que la distinction faite pour mon père, y équivaut de reste. 2°. Un homme de qualité ne doit, je crois, porter

que les cordons de son roi , à moins qu'un
très-grand service , tel que le salut de l'état,
opéré par une bataille gagnée , etc. ne le
naturalise dans la nation dont il emprunte
la décoration. C'est peut-être encore là de
la hauteur. Mais du moins je la crois plus
noble que le desir puéril d'une plaque et
d'un cordon-bleu. Le roi de Suède écrivit à
mon pere de sa main , le jour même de la
révolution , pour le prier de l'accepter. —
Aucune espèce d'ouverture vis-à-vis de la
religieuse Mi. ; il y a des temps périodiques
où elle n'est point sûre pour la discrétion.—
M. de la Chaise est le plus effronté voleur
et le plus lâche frippon qu'il y ait dans le
royaume. Il n'est pas fort étonnant que la
simpathie l'ait uni au cher Valdahon , qui
lui paya vingt mille écus sa place. —Pourquoi ne sais-tu pas ce que tu voulois savoir
de Sainte-S. ? Tu *crois* facilement ce que tu
veux croire.—Et qu'est-ce que c'est donc que
cette belle preuve qu'on t'a donnée de l'a-
mour de la D. : je soupçonne qu'elle t'aimeroit beaucoup plus , si tu étois aussi
joli homme que tu es jolie femme.—Je doute
que le désistement de M. de M. à la sentence , soit la même chose que l'abolition
de la procédure. Celui - là n'empêche pas

le procureur - général de conserver action
contre nous. Celle-ci ne se peut que d'accord
avec lui. Mes lettres d'abolition ne te nui-
roient aucunement. Le bon ange a bien voulu consulter et m'envoyer la consultation.
Condamnés à une différente peine , notre
délit est différent , et la rémission doit être
particulière à chacun. Mais si le condamné
à mort a sa grace, à plus forte raison, la
pauvre séduite destinée au couvent l'ob-
tiendra-t-elle. Je t'expliquerai une autre
fois cela plus au long. Remercie le bon
ange. — La confidence de Sage est d'autant
plus *plaisante*, que sachant le marquis non
parti, mais ivres d'amour, nous occupions
un certain grand fauteuil auprès d'une table de jeu, où tu faisois semblant d'écrire ;
et que ce fauteuil touchoit à la cloison où
Sage trouva le marquis. Tu dois te rappeler ce jour. Sage me l'a très-bien désigné,
en me disant cette circonstance ; parce que
quand il revint, il nous trouva encore là ,
mais calmes, et toi écrivant. Il est certain
que cet indigne mortel vouloit à tout prix
avoir un enfant ; et parce que tu as été trop
honnête pour le lui donner et consommer
sa vengeance, il machine et presse ta perte.
— Je te prie de me dire nettement si tu as

rcvu M. de Re., et si tu le reverras ? Ce n'est pas à toi de décider s'il est ou n'est pas amoureux de toi, s'il te convient ou ne te convient pas de le voir ? Il partoit pour Orléans, disoit-il, et disois-tu. Il me semble que tu ne comptes plus sur ce départ. — Madame de Buffon étoit très-jolie et très-St.-Belin. — Je ne t'envoie qu'une feuille de vers, parce que je n'ai pas eu de temps et peu de nouveautés. En voici sur le printemps que j'y ajoute.

> Quelle innocente et douce volupté
> Par un charme secret, dans ces jardins m'attire !
> Quelle vive fécondité !
> C'est le plaisir qu'avec l'air on respire.
> Quel dieu sur l'univers exerce son pouvoir ?
> Quel dieu donne à la terre une face nouvelle ?
> Eglé, pour le connoître, il suffit de vous voir;
> C'est le dieu qui vous fit si belle.
> Chaque être qui respire, heureux en ces beaux jours,
> D'aimer et d'être aimé fait son unique étude.
> Tout le cortége des amours
> Folâtre en cette solitude.
> Ces petits dieux éparpillés,
> Aux rossignols égozillés,
> Apprennent à chanter leurs plaisirs et leurs peines.
> L'humble saule et le peuplier,
> Le long de ces ruisseaux, au bord de ces fontaines,
> Se courbent, amollis par les douces haleines
> Du zéphir qui vient les plier.
> Un palais de verdure, un dôme de feuillage,
> De ces ormes touffus enlace les rameaux.
>
> Bergère,

Bergère, dont la gloire est encor d'être sage,
    N'approchez pas de ces berceaux.
    Là, tout inspire la tendresse,
Ces roses, ces lilas, ces brillantes couleurs,
Ces parfums, cet encens qui s'exhalent des fleurs,
    Y sont l'écueil de la sagesse.
Fuyez ces lieux, Eglé, vous les profaneriez;
    Faits pour toucher une inhumaine,
    Hélas! toujours vous le seriez.
Fuyez : Mais si l'amour vient embellir la scène
    Et le tableau de l'univers,
Si ce ruisseau qui suit le penchant qui l'entraîne,
Si ce peuple d'oiseaux qui plane dans les airs,
Si ce troupeau bêlant qui bondit sur la plaine;
Si les chants des bergers, si les échos des bois,
    Si toute la nature obéit à sa voix,
Croyez que des mortels ce dieu veut un hommage.
Ce dieu veut que l'on aime, il sait tout enflammer,
Et tout, dans l'univers, vous dit en son langage
    Et vous apprend qu'il faut aimer.

Adieu, ma bien-aimée. Demande mes cheveux au bon ange, et bats-le, s'il les a jetés au feu, d'autant qu'il porte perruque, quoique jeune. Il t'en doit six tresses, dont une énorme que j'envoie. *Da mi un bacio infiammato che non mai finisca.*

A SOPHIE.

19 Juillet 1779.

CHÈRE et tendre amante, rassure-toi
sur la santé de ton Gabriel ; il est trop vrai
qu'elle n'est pas bonne, mais cet orage
passera avec les grandes chaleurs. Voici
la première fois qu'elles ont attaqué ma
poitrine ; depuis quinze jours, et sur-tout
depuis huit, je suis dans un état d'oppression auquel s'est joint de la fièvre et quelques crachemens de sang qui pouvoient le
rendre inquiétant, si au lieu d'empirer, cela
n'alloit pas mieux ; mais je souffre moins
aujourd'hui : il tonna et plut hier ; cette
explosion m'a soulagé ; et si je n'ai pas
dormi, c'est l'effet naturel que ta lettre, et
aussi d'autres bien moins agréables et précieuses ont dû produire. Tu as éprouvé
quelquefois, m'as-tu dit, d'étranges bou-
leversemens, lorsque tu jouissois au milieu
de l'inquiétude et de la douleur. Le combat de l'amour, de la volupté, du plaisir
et du chagrin, t'agitoient avec la dernière
violence. Eh bien ! je ressens des effets à-

peu-près pareils, lorsque je pense en même-
temps à toi et à cette femme qui forme
avec ma Sophie un contraste si frappant.
Il ne pouvoit pas l'être plus qu'hier, puisque ta lettre et la sienne me sont parvenues sous la même enveloppe. Le bon ange
qui devient tous les jours plus aimable par
ses attentions et sa sensibilité, a voulu
m'adoucir l'amertume de l'une par le charme de l'autre. Il vouloit mieux, et ce n'est
presque que malgré lui que j'ai reçu celle-
là. Il l'avoit renvoyée à D. P., ainsi que
celle de mon oncle, et une autre que D. P.
m'avoit destinée, en date du 6 juillet, et
dont voici le contenu. « Mon cher comte,
je suis infiniment inquiet de votre position ;
je ne serois nullement surpris que nos
belles lettres n'eussent pas beaucoup avancé
les affaires, et si les réponses ne sont
pas aussi satisfaisantes que nous l'aurions
desiré, je crains que votre tête ardente ne
vous fasse tout gâter par quelque emportement hors de propos ; (Dupont se délecte
infiniment à se former une étrange idée de
ma tête ; m'as-tu donc connu un homme si
emporté ? Dis-moi la vérité, tu me la dois.
J'ai l'élocution ardente, l'imagination sensible, le cœur et les sens bouillans auprès

de Sophie ; mais je ne me crois pas un hom²
me mporté·) Tâchons d'être calmes. Les lettres, dans l'esprit où elles étoient, si elles
ont peu servi, ne peuvent avoir nui ; au
contraire, tout rampart battu en brêche
est long-temps ébranlé avant que la brêche
s'ouvre. (Il est en vérité des brêches que je
ne battrai point avec quelque espèce de
canon que ce soit). Votre respectable père
est ulcéré, mais je suis convaincu qu'il n'est
pas sans tendresse pour vous. Votre oncle
est fier ; il a l'écorce dure, (cela n'est pas
vrai, personne au monde n'est plus sensible que mon oncle. D. P. , comme tous les
roturiers du monde, n'aime pas la hauteur,
et il a raïson, elle ne convient à personne,
encore moins à un homme de nom. C'est
Saint Christophe qui se lève sur la pointe
des pieds pour paroître grand. Mais mon
oncle n'est pas haut, il n'est que noble et
fier. Il est vrai que l'habitude des grandes
places, *le monseigneur*, *l'excellence* ; la
représentation éternelle dont il a été surchargé toute sa vie, lui a donné de cette
gravité que les yeux superficiels pourroient
prendre pour de la morgue ; mais Dupont
n'est pas fait pour voir ainsi ;) mais il a le
cœur infiniment noble et tendre, peut-être

facile. Je connois beaucoup moins votre femme, (on peut dire aussi d'elle qu'elle a le cœur facile, mais non pas l'écorce dure, je la garantis très-molle) mais nulle femme n'est sans émotions pour l'homme qui lui a donné des plaisirs, pourvu qu'elle en puisse espérer, avec quelque confiance, au moins de bons procédés. (Toutes ces généralités-là sont sujettes à de grandes exceptions) ce sont mes élémens, et je continuerois de marcher d'après eux, soit que le chemin paroisse doux ou rude, long ou court; le point est de le faire et d'arriver, et si la route n'est pas aisée *macte animo*. Je voudrois que vous n'écrivissiez rien sans me l'avoir communiqué. Ce n'est pas ici la célérité qui importe, mais la sûreté et le succès. Je connois mieux le terrein et les hommes que vous; je suis plus vieux et plus froid. Nous avons oublié un point important, (cela est vrai et si important, qu'il pourra tout faire manquer) c'est d'écrire à votre beau-père; mais pour le faire à présent d'une manière convenable, il faudroit savoir ce que sa fille vous aura répondu; j'écris à M. B.; je le prie de ne pas envoyer vos lettres, si elles ne sont pas la douceur même, (M. B. est le plus prudent des hommes , et en même-temps le plus actif pour ce qu'il aime. Il paroît prendre autant d'intérêt et de précautions dans mon affaire , que si j'étois son frère chéri) n'ayez , mon cher comte , ni foiblesse, (en suis-je bien soupçonnable) ni découragement, (n'ayez pas peur , Sophie est au bout) ni violence. Patience, (vertu des ânes) modération, (j'en ai fait preuve plus que de violence) sensibilité , (je ne crois pas la mienne tarie) longanimité. Vous savez les vers d'opéra sur *l'eau qui tombe goutte à goutte* : vous n'aimez pas cette marche , ni moi non plus ; mais j'aime les marches par lesquelles on réussit, et vous devez ici les aimer encore plus que moi. Je vous embrasse avec tendresse ». L'intention de cette lettre est très-honnête, et l'idée de l'écrire est celle d'un ami. Le bon ange la renvoya avec celles de Provence, dont voici les copies. Comme ma réponse à celle de Dupont qui leur est relative est très-importante, je vas la copier en entier. Pour celle de Mme. de Mi. , je crois que tu ne me demanderas pas ma réponse, quand tu l'auras lue , la voici. « J'avoue, monsieur, que je n'ai pas eu la force de vous instruire du triste évènement qui m'a abîmée de douleur ; j'ai jugé de l'effet qu'il feroit sur vous, sur-tout dans votre situation, et j'ai laissé à M. votre père le soin de vous informer de notre malheur commun. Pour moi, rien ne sauroit fermer la plaie qu'à faite dans mon cœur la perte de mon enfant. Ma douleur a été augmentée par l'habitude que j'avois contractée de ne le perdre quasi jamais de vue ».

« Je sens parfaitement, monsieur, l'horreur de votre position ; mais vous m'avez malheureusement mise dans le cas de ne pouvoir faire cause commune avec vous, en me citant dans votre mémoire imprimé d'une manière fâcheuse pour moi. Je suis donc contrainte, monsieur, à me borner à desirer que M. votre père fasse ce que vous souhaitez de lui ; et quoique je ne puisse pas coopérer à votre bonheur, je serois charmée de vous savoir heureux. Je me flatte, monsieur, que vous me rendez la justice d'en être persuadé, ainsi que des sentimens que je vous ai voués ». Ce billet est signé *Marignane de Mirabeau.* En vérité elle me fait de l'honneur de garder mon nom, mais je t'assure que sa lettre m'a fait peu de mal ; car je m'y attendois, et je l'ai lue sans émotion. Dirai-je tout ? J'éprouve une satisfaction secrète en voyant à combien de titres j'ai droit de mépriser cette ame vile et gangrenée, et combien aussi je serai dispensé de toute obligation envers elle, lors même qu'elle céderoit à des sollicitations étrangères, ou à la crainte, ou au respect humain, ce qu'elle ne fera pas. La lettre de mon oncle est précisément ce qu'elle devoit être ; et n'est du tout point décourageante, il ne pouvoit pas écrire autrement «. Je ne puis, monsieur le comte, vous exprimer mon étonnement en recevant la lettre que vous avez pris la peine de m'écrire, le 31 du mois passé. Elle me parvient dans le temps où il plaît à madame votre sœur de me diffamer par le plus odieux, le plus calomnieux et le plus infâme libelle qu'elle vient de répandre dans le public. (Voilà une grande horreur. Jamais homme ne mérita mieux de sa famille que mon oncle. Il a fait cent fois plus pour elle qu'il ne lui devoit, et madame de C. a eu part à ses bontés. Qu'espère-t-elle donc en rendant partie contre elle, un des hommes les plus respectables qu'il y ait en France, et le plus généralement reconnu pour tel) ? J'ai

pu appaiser autrefois votre père. L'honneur
ne lui défendoit pas alors de vous rendre ses
bontés. Pour peu que vous sachiez apprécier
les choses, demandez-vous à vous même, s'il
lui est possible de vous pardonner. (Phrase
formulaire et purement d'état). L'indulgence que j'ai eue autrefois, et que vous
réclamez aujourd'hui a causé votre perte;
les chagrins les plus vifs à votre respectable et malheureux père, qu'un mémoire
odieux, eût-il été fait contre le dernier des
hommes, a dénigré dans toute l'Europe,
et a fait le malheur d'une pauvre jeune
femme qui méritoit un sort plus heureux.
(Ce que je souligne est la seule chose que
je trouve de trop dans cette lettre) quand
même je serois bien persuadé que vos gémissemens et vos larmes porteroient sur
vos fautes et non sur la punition, demandez - vous à vous - même, quand est - ce
qu'elles auront effacé un mémoire répandu
contre votre père, et vous sentirez que je
dois me borner, comme je fais et comme
je ferai, à le laisser agir comme son propre sentiment le lui inspirera, et à me
taire ». Voici ce que j'ai répondu à cette
lettre, de l'avis de M. D. P. « Mon très-
cher oncle, je ne reçois qu'aujourd'hui 8
juillet, la lettre dont vous m'avez honoré,

en date du 10 juin. Je suis trop de votre
sang , pour qu'aucune punition ni aucun malheur m'arrache des gémissemens
ou des larmes ; je n'en puis donner qu'à
mes fautes, et je sais combien je leur
en dois. Fussent-elles infructueuses, je ne
les regretterois pas. Je sais qu'elles ne
peuvent effacer le délit de mes mémoires
imprimés. Il faudroit pour cela une longue
vie passée dans la pratique des vertus , que
tout homme se doit, et qu'un homme de
votre nom se doit encore plus. C'est ce
sentiment qui me fait desirer de ne pas
couler le reste de mes jours dans un esclavage où les bonnes résolutions même
paroissent douteuses, et sont nécessairement inactives. Si je pouvois excuser mes
torts , je n'en demanderois pas le pardon ;
mais le pardon est l'acte le plus noble
qu'un homme puisse exercer envers un autre homme , et voilà pourquoi je ne désespère pas encore de l'obtenir de mon
père et de vous ». Mais ce qui te paroîtra
vraiment aussi étrange qu'à moi, c'est la
lettre que D. P. m'écrit en me renvoyant
tout cela. La voici ; lis - la attentivement,
tu approuveras ma réponse.

« 14 juillet.—Dans ma juste inquiétude sur
ce qui vous concerne, mon cher comte,

je vous ai écrit le 6 de ce mois. M. B. me renvoie ma lettre qu'il pense que je peux vouloir changer en raison de celles qui sont arrivées de Provence, et qu'il a la bonté de me faire passer. Je vous renvoie le tout. Je ne change rien, mais j'ajoute à course de plume, que je ne suis pas trop surpris des réponses. Vous verrez par ma lettre précédente que je m'y attendois à moitié, que je ne suis réellement d'avis pour elles de nous rebuter, ni de changer de plan. Il ne peut y en avoir un autre qui soit ni bon, ni noble. Persévérons donc. Le roi de Prusse à Kolin, a été sept fois à la charge, et a été battu. Nous y avons été sept fois à Lawfeldt, et nous avons été vainqueurs. Mais quand on n'a pas commencé sans réflexion, on ne doit se tenir pour vaincu qu'à la mort. Hélas ! mon cher comte, oserai-je vous dire que je ne trouve pas que votre oncle, ni votre femme aient tort ? N'allez-vous pas sauter aux nues ? Vous ne le devez pas, mon ami ; car je n'ai point envie de vous affliger, mais de vous servir de toutes mes forces ; et la vérité, même triste, même dure, n'est pas un des moindres services que je puisse vous rendre. Vous avez fait cent fautes. Est-il bien juste qu'à la première démar-

che tout le monde , tous ceux que vous
avez offensés , soient à vos ordres et à
vos pieds ? vous Voyez , au reste, que tous
pensent comme moi que la plus grave de
ces fautes est vos mémoires et autres pam-
phlets imprimés. C'est celle-là que vous ne
pouvez pas vous pardonner à vous-même,
qu'aucune circonstance ne peut excuser,
sur laquelle vous ne pouvez réclamer l'indulgence , mais dont il faut obtenir le pardon par le repentir et par les larmes ».

« Quelques torts que vous ayez pu croire
ou savoir à Mme. de Mi. , ils sont secrets ;
elle est en droit de les nier. Sa négation
vaudroit votre assertion quand vous seriez
en mesure avec elle , et vous avez mis les
apparences contre vous , au point que le
public sera toujours porté à croire que
vous récriminez. Elle reste donc en droit
de se tenir pour offensée de vos torts qui
sont très-publics. Elle a l'honnêteté de ne
pas parler de celui qui peut choquer personnellement une femme , et une femme
provençale. Elle ne se plaint que de la diffamation qui doit offenser tout être sensible à
l'honneur. Qu'avez-vous à dire ? Convient-
il à un homme d'injurier une femme ? Con-
vient-il à un homme d'injurier sa femme ,

le méritât-elle ? Et de l'injurier en public,
par des écrits imprimés où elle n'avoit que
faire ? Je ne me rappelle pas les termes. S'ils
sont palliables, il faut les pallier ; s'ils
ne le sont pas, il faut passer condamnation. Dans tous les cas, il faut invoquer la
générosité ; et pour les ames nobles et généreuses, il y a mille manières de le faire,
qui elles-mêmes ne manquent pas de noblesse, et sont loin de l'avilissement ».

« Quant à la lettre de votre oncle, elle est
parfaitement telle que je la présumois. Il
faut lui répondre ». (Ici se trouve la substance de ma réponse).

« Il est plus difficile d'écrire à votre beau-
père ; je peux moins vous guider là-dessus.
Cependant il faut le faire, vous le connoissez mieux que moi. La seule donnée
que j'aie sur lui est qu'il a dit que si vos
parens vous rendoient la liberté, il vous
feroit à l'instant séparer de corps d'avec
sa fille, d'après le motif de diffamation.
Cela vous fait sentir combien il est important de reconquérir la fille même, afin
que ce soit par elle que vous ayez la liberté. Je suis convaincu, et que votre père
ne la lui refuseroit pas, et qu'il verroit
avec une sorte de plaisir qu'elle la lui de-

mandât. Il y a dans son cœur un grand
fond d'intérêt et de tendresse pour vous ;
mais il ne prendra jamais sur lui de vous
mettre en liberté, si sa belle - fille ne le
demande pas. Il craindra qu'on ne le rende
responsable des folies futures que vous
pourriez faire, et que les folies passées lui
font appréhender. Il arrive ici dans quelques jours ; je le verrai et lui parlerai de
vous avec intérêt. Il sait que je vous aime ,
mais il ne faudroit pas qu'il sût à quoi mon
amitié pour vous m'engage ; je perdrois
tout moyen de vous servir ».

« Pensez, mon chèr comte ; ayez un inaltérable courage , mais un courage doux et
patient. Celui-là seul domine à la longue
les hommes et les choses. Ecrivez encore ;
mais ne faites rien partir sans me l'avoir
montré. Je vous verrai avant la fin du
mois. Je compte partir d'ici le 25. En cas
pressant , vous pouvez m'écrire jusqu'au
vingt-deux ; je trouverois votre lettre à Nemours , à mon passage. (Suivent quelques
discussions littéraires en réponse à mes
observations sur un de ses ouvrages dont
tu n'as que faire , voici ma réponse). Je
la copie à peu pès de mémoire ; mais le fond
des choses et presque toutes les expres-

sions sont les mêmes, et plutôt plus foibles que plus fortes. Tu vois pourquoi je
lui ai écrit d'abord, et pourquoi je me suis
hâté; c'est qu'il me presse pour le terme;
et que je voulois te l'envoyer.

« Si vous avez cru, mon cher Dupont,
que je pusse répondre à Mme. de Mi. par
de nouvelles supplications, en vérité c'est
pour moi, une humiliation cruelle, quoique je ne l'aie pas méritée. Sa lettre est
lâche, fausse, vile, perfide; en un mot
digne d'elle. Je ne sais pas prier deux fois
une femme que je méprise comme l'être
le plus abject; et vous pouvez vous épargner à cet égard, les prédications; je n'é-
crirai point. »

« Quant à la lettre de mon oncle, elle
est précisément à deux mots près, ce qu'elle
devoit être. Je lui écris donc, et j'en joins
ici la copie conforme à ce que vous voulez bien me dicter. »

« Maintenant je réponds à vos lettres :
toutes deux sont généreuses et tendres,
et je vous en remercie. Toutes deux sont
pleines d'esprit et de feu; il n'y a pas
tout-à-fait autant de vérité dans la dernière;
et je vais le prouver. »

«D'abord, je conçois très bien qu'on charge

sept fois et qu'on est battu. On l'est
sans humiliation alors ; on avoit mérité
de vaincre ; mais prier , supplier , ramper ,
ce n'est pas se battre , et je ne sais que
me battre. — Je me trompe ; je sais aimer.
J'aime mon père malgré ses procédés bien
durs, et cela seul doit vous prouver que mes
torts envers lui , ont été des saillies fou-
gueuses et non des torts du cœur; car on
ne pardonne pas à qui l'on a offensé bien
volontairement et dans le dessein de recommencer. J'aime et révère mon oncle.
Je donnerois ma vie sans hésiter pour mon
père ; je la donnerois avec joie et en courant pour mon oncle. Je ferai sans exception aucune tout ce que vous voudrez pour
ces deux hommes-là. Avançons »

» *Ma femme n'a point de torts* ! Certes
cette phrase est étrange ; et vous me permettrez bien de croire que vous lui con-
seillerez donc d'avoir tort. Ainsi donc me
deshonorer dans la bête d'acception que
l'on donne à ce mot, et, ce qui est plus
sérieux , me donner un enfant qui n'étois
pas à moi , et dont une fausse-couche l'a
délivrée ; reconnoître mon pardon par d'infâmes calomnies , déserter ma cause qui
lui étoit confiée ; déchirer moi et mes amis;
me

me refuser des nouvelles de mon fils, machiner ma ruine, la proposer il y a dix-sept ou dix-huit mois, et aujourd'hui la consommer ; ce ne sont pas des torts !... Mon ami, je ne crois pas à un Dieu rémunérateur, mais je crois à un Dieu. Je jure à la face de cet être suprême que j'ose fixer en cet instant, que je ne dis pas un mot ici qui ne soit vrai. Je renonce à l'estime et à l'amour de tout ce qui m'est cher, si l'on peut prouver que j'exagère rien. *Les torts de Madame de Mi. sont secrets*, parce que j'ai eu la générosité de les tenir secrets ; j'en ai les preuves écrites de sa main, et elle ne l'ignore pas ; voilà pourquoi je mourrai au donjon de Vincennes, si elle le peut ; car son ame ne peut pas deviner la mienne ; elles n'ont rien de commun. J'ai écrit *un* mémoire, et non *des mémoires*. Dans ce mémoire pour ma mère, car je n'ai jamais voulu plaider, voici la seule phrase qui regarde madame de Mi. *c'est* ici *que je peindrois*, *etc.* (voir p. 17 du mém. de ma mère). Et voilà donc ce qui autorise cette femme à ne pas réparer ses fautes, d'autant plus poignantes pour une ame honnête, qu'elles sont plus secrètes, et à ne pas se prêter à la démar-

che tout à la fois la plus prudente et la plus
noble qui lui conserve tous ses avantages, qui
lui en donne une infinité d'autres ; qui me
ferme à jamais la bouche sur le passé , si
j'étois capable de vouloir l'ouvrir ; qui me lie
les bras , si je pouvois jamais acquérir des
forces , et être capable d'en abuser !

Il est un autre mémoire, imprimé sous
mon nom par ma mère , qui n'est point
de moi , que j'ai désavoué , où l'on a imprimé pour pièces justificatives mes lettres
à M. Malesherbes ; elles sont respectueuses
pour mon père. On y lit cet alinea relatif
à madame de Mi. *Ici je me rappelle*, *etc.*
(Voir p. 20 du mémoire à consulter pour
moi) et ailleurs , *mon beau - père est
trompé* (voir p. 40 dans le même). Vous
remarquerez que j'adressois ceci au ministre , dans le temps que madame de Mi.
me dénonçoit à tout Paris , et à M. de
Malesherbes, comme un mari atroce, et après
qu'elle m'eût refusé de me justifier auprès
du ministre , parce que son père et le mien
lui interdisoient , m'écrivit-elle alors , de
se mêler de telles affaires. Cependant j'a-
teste l'honneur que je ne l'aurois pas imprimé. Ce n'est pas qu'il y ait un seul mot
qui ne soit de la plus exacte vérité ; mais

un honnête homme peut taire les vérités
qui ne sont utiles qu'à lui. Certes il est
bisarre que celle qui a osé dire à M. de Malesherbes que je lui avois donné la vérole (infâme fausseté) que je l'avois battue , (mensonge atroce, un seul soufflet excepté qu'elle
avoit bien mérité ; car on ne dit pas à son
mari , *que sa mère et sa sœur sont des pu-
tains;* mais enfin , je ne me pardonne ni
n'excuse le coup,) que j'avois eu pour elle
les procédés les plus indignes (soit montré
à l'histoire de M. de G. et de deux autres)
il est bisarre , dis-je , que cette femme ose
s'offenser de mes expressions . . . . Où sommes-nous ? J'ai contre madame de Mi. des
preuves suffisantes pour faire enfermer
cent femmes. C'est moi qui suis dans les
fers ; et c'est elle qui se plaint ! et
c'est moi qui ai offensé , et c'est moi
qui dois me *jeter à ses pieds* . . ! Non ,
mon ami , en vérité non ; je n'en ferai
rien. Je puis souffrir et mourir , mais je ne
puis pas agir de sang-froid contre cette voix
intérieure , qui, je vous le disois l'autre
jour, crie plus haut que les puissances et
la renommée, et seule, sans compter les voix,
l'emporte sur tous les suffrages. Cette voix
me dit que j'ai fait des fautes , j'en suis

beaucoup trop puni ; que je suis au fond aussi honnête qu'infortuné , et qu'il vaut mieux continuer de l'être que de voir tomber mes chaînes par une action lâche qui ne me laisseroit plus de paix avec moi-même.

Je finis à ce sujet, en vous disant que je ne m'accoutume pas à entendre répéter à mon ami que j'ai pu me tromper sur des faits dont je lui ai dit que j'avois la preuve. J'ajoute que vous êtes bien bon de louer *l'honnêteté que cette femme , et cette femme provençale a de ne pas parler de ce qui peut la choquer personnellement.* Eh ! mon ami ! la science des dédommagemens, compensations, supplémens, complimens , etc. lui est connue, et je vous jure qu'elle n'en est plus aux élémens.

Somme tout , je ne *l'injurierai point* ; mais je ne lui écrirai plus : si je lui écrivois, ce seroit pour lui dire : madame, je ne sais *dans quel cas je vous ai mise* ; mais je sais que vous m'avez précipité dans l'abîme ; 1°. par votre conduite et vos procédés ; 2°. par votre refus de m'arracher au danger , lorsque me sentant beaucoup trop amoureux pour ma raison et pour mes forces, j'invoquai votre secours, votre honneur, votre devoir, vos sermens. Per-

sonne ne sait cela que vous et moi ; mais
nous le savons tous deux. J'ai écrit telle
et telle chose de vous. L'une, et c'est la
plus forte, a été publiée à mon insu, malgré moi, et je puis le prouver. Elle n'a-
voit été écrite que sur votre refus par
écrit adressé à moi, de me justifier auprès
de M. de Malesherbes. L'autre n'a rien de
diffamant ; et si j'eusse voulu vous diffamer, vous n'ignorez pas que je suis maître d'écrits plus propres à ce but. Je n'en
ai point fait d'usage, je n'en ferai point ;
mais vous avez, sans doute, quelques motifs plus honnêtes à alléguer du refus de
me servir, que ces phrases amphibolo-
giques ayant lesquelles vous aviez hautement et publiquement déserté ma cause.
*Vos souhaits pour que mon père exauce
mes vœux*, ne vous coûtent pas grand'chose,
puisque je vous ai dit qu'il n'accordera rien
qu'à votre prière. Croyez-moi, ne vous
donnez pas la peine de chercher des motifs à votre haine ; ils sont écrits en gros
caractères dans l'histoire du cœur humain.
Qui a offensé, ne pardonne pas. Je suis
fâché, madame, que vous vous refusiez
à vous-même, une action belle, noble,
prudente, sûre, et que le public croiroit

même généreuse. Au reste , vous avez peut-être raison ; car , ou je mourrai à Vincennes , ou je n'y mourrai pas. Si j'y meurs , tout est dit. Si je n'y meurs pas , vous me connoissez assez pour savoir que je ne me vengerois pas quand je le pourrois. Je vous en répète volontiers l'assurance , et je souhaite , de bonne foi, que vos remords ne vous fassent pas plus de mal que moi. Voilà ce que je puis écrire ; et ce que je signerai hardiment Mira* , à plus juste titre qu'elle n'a signé son infame billet : Ma. de Mi*.

Si M. de Mari* m'attaquoit, moi libre, pour fait de diffamation relativement à sa fille , je nierois aussi long-temps que je pourrois , d'être l'auteur des mémoires ; si je ne le pouvois plus , je serois obligé de produire ses lettres , et il est un peu clair qu'il et qu'elles ne gagneroient pas leur procès. Ces lettres ne parlent guères que *du fruit de ses amours , de sa haine pour moi , de ses transports pour un autre , de son ancien amour pour un autre, etc. etc. Et vous voyez bien que je dois me mettre aux pieds de cette femme*-là...Elle s'est deux fois jetée aux miens . . . Je ne l'y ai pas soufferte : j'en suis bien payé !

Quant à écrire à son père , ma foi je
ne sais pas écrire à un homme de cire.

Mon ami , j'écrivois un jour à M. le
Noir ou à M. B. : Un jeune Spartiate au
pouvoir de ses ennemis , est condamné pour
un ouvrage servile ; il prend son élan en
disant : *non , je ne serai pas esclave* : et
il se brise la tête contre un mur. Je suis loin
d'être Spartiate , je suis né gentil-homme
dans un pays esclave ; c'est à dire que je
suis né l'esclave des esclaves : mais je sais
tout comme un Spartiate , qu'il a des che-
mins éternellement et infailliblement ouverts à la liberté. Le comble du malheur pour moi, est que j'ai une amante
que j'idolâtre et qui ne me survivra pas ,
et une fille d'elle , pour qui je ne puis
rien tant que je ne suis pas libre , et qu'ainsi
me voilà lié par des chaînes qu'on ne brise
que dans un accès de désespoir; et le désespoir est au-dessous d'un homme de cœur.
Je ne suis pas encore dégradé jusques-là.

Je vous fais tous mes remercîmens , mon
ami : et quel'e que soit la fin de tout ceci ,
qui me paroît à moi totalement manqué , je
n'en serai pas moins autant votre obligé que
votre ami que je suis de tout mon cœur. »

Ma tendre amie, voilà ma lettre dont tu

Z 4

me diras naïvement ton opinion. J'ajoute
dans un post scriptum dont je ne me rappelle pas les expressions , que s'il veut me
faire une lettre noble pour M. de Mari... ,
je l'écrirai ; qu'il est haut et honnête autant que peut l'être un homme très-foible;
que si je le voyois une demi-heure , il
prêcheroit pour moi sa fille ; que quand
elle eut rompu son mariage avec Lavalette,
favori du père , il déclara d'humeur que
je ne serois jamais son beau-fils ; et que
ce fut cependant par lui que je gagnai et
ramenai toute sa famille. Au reste , ma
chère Sophie , je ne veux pas te donner
meilleure opinion de tout ceci, que je ne
l'ai moi-même. Cela me paroît tout au moins
fort en l'air. Je t'épargnerai aussi de tristes
réflexions que tu ne feras que trop toute
seule. Je verrai D. P. à la fin du mois , et
tu sauras aussi-tôt alors tout ce qu'il pourra
y avoir de nouveau. Je vais obtenir du
bon ange , que ceci te passe sur le champ ,
si ce n'est à raison des bonnes nouvelles,
du moins à raison de ton inquiétude. Il
me paroît, par ta lettre d'aujourd'hui, que
tu te doutois à-peu-près de ce que feroit
madame de Mi. J'y vais répondre enfin , à
cette lettre charmante, et laisser-là toutes

ces espèces. Mais je commence par te dire
que j'ai été attristé de ne la voir que de
quatre pages. Je me rappelle un temps où
recevant quatorze lettres contre dix-sept
que tu envoyois, tu criois contre le petit
nombre de mes pages dont chacune pourtant contenoit quatre des tiennes. Tu devrois être plus juste aujourd'hui, ma Sophie, et avouer qu'il n'y a nulle comparaison entre la quantité de ce que je t'écris,
et de ce que tu m'écris. Il est vrai qu'il n'y
en a pas non plus pour le prix, et qu'il
est tout à mon avantage; mais tu n'es pas
capable de t'appercevoir de cela; et quand
tu le verrois, tu serois bien-aise que ton
ami eût plus de plaisir que toi, quand
c'est Sophie qui le lui donne.

A SOPHIE.

30 Juillet 1779.

QUE tu es heureuse que ce bon ange
ne soit pas de ton sexe ! quel rival il seroit pour toi ! je lui demande hier ta lettre ; il me l'envoie aujourd'hui, cette charmante lettre si triste, si tendre, si courte,
mais si charmante et si digne (*pour le pre-*

mier août) de l'incomparable Sophie ; c'est
ainsi qu'il te nomme. Ah ! oui tu l'es, tu l'es
en amour, en générosité, en vertus ; si
d'autres en sont capables, toi seule as subi
des épreuves qui te placent à une distance
infinie de celles qui ne font que sentir
le courage d'y résister. — Comme je commence ceci le 30 juillet, et que je ne le
finirai et ne l'enverrai que le lundi deux
août, pour les raisons que tu trouveras
plus bas, je débute par te transcrire la
lettre que je reçois à l'instant de D. P. , à
l'instant dis-je, et depuis ta lettre reçue.
Vois quelle est l'infatigable attention de ce
bon ange, surchargé d'ouvrage, et cependant toujours occupé de ses amis. — « J'ai
reçu vos lettres, mon cher comte, et approuve entièrement les deux à monsieur
votre père et à monsieur votre oncle.
Je ne peux rien vous dire sur ce que
vous me mandez : il me faut un mot
d'explication sur deux phrases, et je vous
le demanderai dimanche. Je n'ai pu vous
renvoyer vos lettres par la poste, elles ne
seroient pas plutôt arrivées que moi. J'ai
parlé sérieusement de vous avec votre père,
et suis satisfait de la situation de son cœur
et de son opinion à votre égard. Mais je

ne vois point que nous en soyons beaucoup plus avancés , parce que le peu de
confiance qu'il a dans votre tête le butte à
penser qu'il n'y a que votre femme qui
puisse risquer de vous demander. Il me
paroît qu'il seroit bien-aise qu'elle le fît. Je
ne suis donc pas désespéré , mais je suis
inquiet de la longueur des choses à faire ,
de leurs difficultés , de l'embarras de la
position. Si madame de Mira*. n'étoit
qu'à 30 lieues, je l'irois voir ; mais mon
temps et mes affaires ne me permettent
pas un aussi long voyage que celui de
Provence : j'en suis très-affligé. Mes lettres , si j'en écrivois , ne méneroient pas
au quart d'effet d'un mot de conversation.
Enfin , mon ami , je dis : *non liquet.*
(Cela n'est pas clair) mais je ne me décourage pas. Il ne faut jamais se décourager. Vous direz que j'en parle bien à mon
aise. Point. Quand on sait ses amis dans
la souffrance , et qu'on ne voit pas nettement
comment les en tirer, on n'est pas mieux
qu'eux. J'ai ici deux intérêts. Le vôtre et
celui de votre famille , à laquelle je me
tiens comme affilié. Ce qu'il y a d'agréable ,
est qu'on ne peut rien faire de bien
pour un de ces intérêts-là , qui ne soit

aussi pour l'autre. Adieu, mon cher comte ».
Le reste est une excuse de dîner chez M. de
R., où il ne veut pas aller. Maintenant,
chère amante, en attendant que je puisse
te rendre compte de ce qu'il me dira, et
des démarches que nous déciderons, je
vais répondre à ta lettre. — Tu es trop
prompte, ô ma fanfan, à espérer, et trop
prompte aussi à t'affliger. Avec un courage
de héros, tu es quelquefois une vraie femme
pour les sensations du moment. Elles n'in-
fluent jamais sur tes principes, et peu
sur tes opinions, parce que ton sens
très - profond et très - droit, et ton esprit
fort élevé, étendent bientôt ta vue; mais
elles te font du chagrin, de la douleur,
du mal. Madame de Mi. est une femme
sans honneur et sans ame ; mais elle est
aussi sans caractère: d'où il suit qu'il n'y
a ni trop à compter sur elle, ni trop à
en désespérer. Elle ne manque pas de
sens, et l'on peut se faire entendre à elle
en touchant légèrement, mais à battemens
redoublés, la corde délicate de l'intérêt
de son cher *moi*: tu comprends que je dis
le moi d'elle. Je ne connois personne au
monde de plus égoïste. D'ailleurs il est très-
probable que son père, piqué de mon si-

lence, a encouragé ses passions dominan-
tes, qui sont la crainte, la méfiance et la
paresse. Sa lettre est dictée par ces trois
maîtres-là. Elle craint mes reproches, elle
se méfie de mes procédés, d'après ses of-
fenses accumulées ; elle redoute la peine,
l'embarras, que lui font entrevoir mes desirs, si elle vouloit s'y rendre. Enfin, elle
s'accommode fort bien de la vie indépendante : cela est fort aisé à croire. Je ne
doute pas un instant que si D. P. la voyoit,
il ne l'amenât à notre but ; et je doute bien
moins qu'il ne disposât du père qui a réellement de l'honneur et de la droiture. J'a-
joute que si j'étois D. P., et qu'il fût moi,
j'irois en Provence et bientôt. Il dit qu'il
ne le peut pas, et je le crois puisqu'il le
dit. Il me fait entendre qu'il ne peut pas
écrire, et je ne crois pas cela de même. Ce
qui est bien sûr, c'est que je n'écrirai que
dans le sens, et même la forme du modèle
de lettre que tu as vu. Nulle autre démarche ne me convient ; 1°. parce que je suis
offensé et malheureux; 2°. parce que je suis
homme et mari ; 3°. parce qu'il n'y a point
du tout à compter sur la générosité de
cette créature; que je ne suis nullement dans
le cas d'y recourir ; car justice n'est pas

générosité, et qu'elle prendroit mes instances pour des supplications, ce qui la rendroit et plus fière et moins maniable. Je te supplie donc de ne rien exiger de moi à cet égard, qui ne nous paroisse à tous deux convenable. Mon honneur est le tien, et l'infortune est plus aisée à supporter que l'ignominie. Je suis bien-aise que tu sois contente de la lettre que D. P. t'a écrite. Il m'a paru penser sur toi comme feront tous les honnêtes gens qui te connoîtront un peu ; et il t'a sûrement connue d'après un témoignage bien favorable, ou plutôt bien juste, celui du bon ange. Une femme aussi tendre, aussi fidelle, aussi constante que toi, sera toujours l'objet de l'intérêt, de l'estime, du respect des cœurs sensibles et vertueux; parce qu'ils sentent bien qu'une telle passion, et tellement éprouvée, ne germa jamais dans une ame commune ; et qu'une femme qu'aucun malheur ne décourage et ne détourne de sa route est un être rare et digne de l'hommage de tous les gens bien nés. On m'envoie cachetées les lettres de Dupont comme à toi, et j'en ai grondé aujourd'hui le bon ange pour la seconde fois. Outre qu'il a le droit de lire tout ce qui m'est adressé, comme rap-

porteur né de mon affaire, et inspecteur
de ma conduite, il est trop mon ami pour
que j'aie des secrets pour lui, et je n'en ai
point, même à ton égard, que je ne pusse
lui avouer : non pas par écrit, il est vrai.
Mais les hommes dignes de toute confiance
sont toujours ceux qui en marquent le
plus. La finesse et la méfiance sont presque toujours le signalement d'un esprit
court et d'un cœur faux. Je dis *presque*,
parce qu'il peut exister quelque exception, quoique je n'en aie point trouvée.
Pour revenir au bon ange, tu sens bien
qu'il ne dit pas tout dans sa place, mais
rien n'est plus franc que tout ce qu'il dit,
—Non, D. P. ne croit point sérieusement
que je n'aie d'autre parti à prendre que
celui-là, mais il voudroit que je le crusse ;
1°. parce qu'il pense que j'en serois plus
porté à me prêter à toutes les négociations, et à tout ce qu'on pourroit demander, en quoi il se trompe ; car je dois plus
à mon honneur qu'à ma liberté ; 2°. parce
qu'il tremble pour de nouveaux procès qui
achèveroient la réputation de mon père, et
abreuveroient sa vieillesse d'amertume ;
3°. parce que, comme il l'avoue ingénu-
ment, il a ici deux intérêts, celui de ma

famille et le mien. L'un lui est au moins aussi cher que l'autre, et il ne rend qu'un demi-service à ma famille, s'il me tire d'ici sans me raccommoder avec cette femme, parce qu'il voit mon nom tomber, et la moitié, ou presque, de ma fortune dissipée. De tous ces calculs-là, il n'y en a pas un que je lui puisse reprocher; mais aussi il n'en est que très-peu que je puisse personnellement adopter. On ne me permettra pas plus de coups de fusil que le reste, parce qu'on me veut ici, et non pas dehors. Assurément St.-M. n'a pas donné une belle idée de moi au ministre actuel de la guerre; et comme je crois que la protectrice que je pourrois réclamer, (ce qui n'est cependant nullement mon avis pour mille et mille raisons plus fortes les unes que les autres) comme je crois, dis-je, qu'elle est la sienne, je n'ai rien à espérer de ce côté. St.-Paul, qui pourroit et voudroit m'être utile, ne fera que ce que voudra mon père. Vioménil fait cas de moi comme officier, mais il est ami de mon père. Montboissier me demanderoit peut-être bien comme parent, auquel il s'est toujours intéressé; mais, je crois, et je me tiens même sûr que mon père le récuseroit et refuseroit

seroit comme son ennemi personnel. On a eu la politique de ne me mettre jamais qu'à la suite des corps où j'ai servi ; ça été d'abord par avarice , puis , pour m'ôter tout soutien. J'ai demandé l'Amérique , et je la demanderois bien encore. C'est de tous les partis (hors la continuité de déten- tion) celui qui m'éloignant de la France, accommoderoit le mieux mes ennemis ; mais on ne m'a point écouté. M. L. N. , lorsque je lui en ai parlai, me répondit : mais je ne vois pas pourquoi vous ne deman- deriez pas mieux que cela , vous n'êtes point fait pour aller en Amérique. Vous êtes malheureux depuis votre enfance, vous avez montré jusqu'ici le plus grand cou- rage, vous manquera-t-il au terme ? » Non , il ne me manquera pas , mais ma santé et sur-tout ma vue s'en vont ; cependant il faut laisser démêler cette fusée , et ne point indisposer mon père par une contre-mar- che. Quand tout sera manqué , je me re- tournerai. Le bras de notre bienfaiteur ne me manquera point. Notre bon ange veille pour nous. Ma mère remue. Patientons , ma mie bonne , patientons. — Je sais que M. L. N. me croyoit un diable. On le lui a tant dit ! il n'en croit plus rien ; assurément nous en avons la preuve. Je suis prodigieusement impatient dans les petites contrariétés , et fort maître de moi dans les grandes. J'aime à te voir me rendre cette justice , parce que ma conscience confirme ton témoignage. Je ne crois pas avoir frappé deux fois dans ma vie à tort , et en général j'ai trop de respect pour moi-même, et pour la qualité d'homme , pour être battant. La vivacité de mon élocution me fait croire emporté à ceux qui ne me connoissent pas. Je le suis beaucoup à l'intérieur ; mais comme tu dis , moi seul en souffre. Le vrai est que madame de Mi. et compagnie , ont trouvé qu'il étoit fort commode de me donner cette réputation , et il faut qu'ils y aient étrangement réussi , pour qu'on ait pu me soupçonner de te battre. . . . Te battre , bon Dieu ! toi dont un regard me brûle et m'attendrit ! toi qui ne me donne jamais un baiser sans me plonger dans tous les délires de l'amour ! toi dont une larme déchire mon cœur... ! Te battre ! mais comment peut-on croire qu'un homme qui n'est ni sans bravoure , ni sans générosité , batte une femme ! Cet attentat du sexe fort sur le sexe foible m'a toujours inspiré la colère la plus profonde.

Je n'ai jamais vu insulter une femme,
même inconnue, sans la défendre ou la
venger. Cependant madame de Mi. a reçu
un soufflet de moi; tu sais le pourquoi;
il me falloit ou la chasser de chez moi ou
me mettre dans mon tort à mon tour; et
mon premier mouvement, qui n'est jamais
méchant, me porta à ceci plutôt qu'à un
éclat ignominieux et irréparable. Cette
femme m'a dit une fois: je sais bien que
vous finirez par me faire enfermer... Non,
lui répondis-je, d'un ton calme, je vous
tuerois plutôt... Je ne doute pas qu'elle
n'ait trouvé ce mot atroce; pour moi, je
le soutiens honnête et naturel. Je savois
bien que l'on avoit dit *que je te battois*;
mais je ne me doutois pas que l'on prétendît que *nous nous battions*; ah! oui,
nous nous battions; et fort souvent, et
de toutes nos forces. — Ton idée sur le
mémoire d'Amsterdam m'est venue dans
l'instant. Jamais il ne fut public; mais une
fois le parti pris de passer condamnation
à cet égard, je n'ai dû disputer aucun détail. S'il n'a pas été publié, ce n'est pas
ma faute; ainsi le prétexte est mauvais
pour eux, mais l'excuse ne vaut rien pour
moi. — Sans doute, je ne demanderois pas

mieux qu'une séparation à l'amiable entre
madame de Mi. et moi, mais je ne la
souffrirai jamais par arrêt; et de plus, il me
faut cacher ce sentiment dont on se doute
bien, et à mon père et à D. P., parce que
l'un des plus grands motifs de celui-ci, et
le plus grand, peut-être l'unique de celui-
là pour me tirer d'ici, c'est l'espoir de
cette réunion et de ses suites ; or, il faut
premièrement sortir. Ne parle donc jamais de cela à D. P. ; et, en général, consulte avec moi ce que tu lui écriras.—Je te
supplie de ne point regarder tout ceci
comme manqué, et moi pour une éter-
nité au Donjon. Ceci n'est rien moins que
probable, et l'autre ne l'est pas. Le mal est
que D. P. s'obstine à me croire la meilleure
santé du monde, comme si la stature déci-
doit de quelque chose à cet égard ; comme
si deux ans de prison ne pouvoient pas
avoir altéré ma constitution d'Hercule, et
m'en avoir laissé l'air ; comme si je pouvois rendre visible un mal qui, de l'aveu
de tous les occulistes, ne se voit point ; et
manifester le nuage, maintenant toujours
présent, qui obscurcit ma vue. Il est certain que j'ai besoin que tout se hâte, et
que tout va lentement ; à cela près, rien

n'est désespéré.—Tu te défends bien sérieusement sur les lettres, et beaucoup plus
sérieusement que je ne t'avois attaquée.
Tu dois convenir qu'autrefois les courtes
lettres étoient ton péché mignon ; je sais
et me souviens avec reconnoissance que
tu t'en es corrigée ; mais cependant depuis
ta conversion, j'en ai fréquemment reçu
de deux pages ; $\frac{1}{2}$ 3 ; 3 $\frac{1}{2}$; et tout cela est
trop court ; beaucoup trop court pour mon
cœur. Quoique le bon ange nous serve
avec toute la complaisance possible aujourd'hui , il est certain que nous nous
écrivons trop rarement pour nous écrire
des billets ; et tu compteras comme tu
voudras, mais je t'adresse dix fois autant
que tu m'envoies ; cependant je suis aveugle. Tu as eu dans ta vie des lettres de
moi de 9 et 10 pages , tellement minutées
que 40 des tiennes ne tiendroient pas ce
qu'il y a dedans ; quand as-tu fait paroli ?
—Mais sur-tout ne vas pas croire que je te
gronde, ni que je t'aie voulu gronder ; car
je n'en ai, ni n'en ai eu envie.—Eh bien ,
mon amie, ce que tu dis de M. de Ren⋆
est clair ; ce que tu en avois dit ne l'étoit
pas. Je suis tranquille, et je te remercie.—Le
bon ange a tort. Il me manda : «je me re-

fuse aux détails pour en laisser le plaisir à votre amie qui a reçu une longue lettre à ce sujet. « Demande-lui ce que c'est que cette lettre. Ma tendre Sophie, je t'adore pour la charmante idée de m'envoyer ta fille ; mais je suis obligé de convenir avec notre amie, que c'est une tentative inutile, périlleuse et chère. Le secret de la maison ne le permet point, et cela seroit su au-dehors. Querelle des R., clameurs de mon père, etc. etc. Si M. de R. étoit un homme à procédés, on auroit pu essayer de la mener chez lui, et de m'y conduire la nuit ; ce qui seroit fort aisé ; mais tu comprends bien que le bon ange ne proposera pas cela ; l'autre est et n'est qu'un caporal qui suit bien durement et brutalement sa consigne. Nous sommes d'ailleurs, moi, très-froidement avec lui ; lui, très-politiquement avec moi. Tu vois qu'il n'y a point de moyens d'arranger cela. Le bon ange a la bonté d'en soupirer. *Que ne puis-je*, dit-il, *vous l'envoyer dans une lettre.* En revanche, voici une prière plus raisonnable que je lui ai faite. C'est, après s'être informé si la petite tête encore et peut se passer du téton, de raisonner avec son chirurgien, quels moyens, quel ar-

gent, et combien de temps il faudroit pour
inoculer ce cher enfant. On la garderoit
pendant ce temps; puis on la rendroit à
sa nourrice, jusqu'à ce que sa destination
nouvelle fût décidée. Je lui demande une
réponse naïve à cet égard, et je suis sûr
qu'il fera ce qu'il pourra. Pour tes deux
louis, je prie M. B. de surseoir à l'envoi;
et voici pourquoi. J'avois, il y a quelque
temps, demandé des livres. La recherche
en a été un peu longue. Dans l'intervalle,
j'ai appris ce que me coûteroit quelque
chose que j'ai assez légèrement entrepris
sans m'en enquérir; ce prix, quoique très-
rabattu, graces aux soins du bon ange, me
ruine; et lui, plus fou que moi, malgré
mes instances pour ne rien m'envoyer,
n'a pas voulu me priver des livres que
j'avois desirés; de sorte que je crains qu'il
ne soit en avance; et tu veux bien qu'il
arrête mon compte avant de t'envoyer ces
deux louis; s'il n'a point de marge, ce
que je crois, je ne t'enverrai d'argent qu'en
septembre; s'il en a, je t'enverrai ce qui
me restera. Quant à la destination de ta
fille, il faut que je la consulte avec notre
ami. Je demanderai, 1°. s'il est absolument
impossible de la mettre dans ton couvent,

Aa 4

en la faisant nièce d'une religieuse ; 2°. quelle
espèce d'autorité peut avoir madame de R.
à cet égard ; et 3°. comment on pourroit
l'éluder. Tu décides trop vîte qu'il ne faut
point la donner , du moins , en attendant ,
à ton hospitalière ; je l'aime mieux là un
ou deux ans , que dans un village ; et la
Rem* ne la prendroit pas que je ne fusse
libre. Ta sainte ne retourne point à Pr. et
demande G. , arrangement dont je ne suis
pas aussi éloigné que toi , pour des raisons
que je te dirai , quand il en sera temps.
Pour chez la D. c'est une horreur contre
laquelle j'invoquerai l'autorité. C'est une
bégueule de dire qu'elle ne peut pas t'écrire ;
personne ne l'en a empêchée ni ne l'en empêche.—Ce n'est que par momens que ta
mère tourne les yeux ; mais ces momens
sont fréquens. Son grand secret est une
bourde. M. de la Cor* n'a pas plus de
crédit que d'esprit , et il a de tout cela fort
peu. Ta mère ne veut point que l'on finisse,
cela est clair. Le prétexte qu'elle prend est
bien mauvais et bien lourd , puisqu'elle t'a
juré , crié et recrié qu'elle ne desiroit point
que tu retournasses à P. Il est vrai qu'elle
est un peu sujette , pour une dévote , à
faire de faux sermens , et que j'ai toujours

cru que c'étoit son plan unique. Il est
digne d'eux tous, car il est bien vil et
bien fou ; mais en ce genre, on auroit tort
de les taxer d'inconséquence. Tu ne dois
jamais aller à M. F. En pareil cas, on déclare à M. L. N. et au ministre le pourquoi ; et on déclare de plus qu'à tout prix
on n'ira pas ; que s'il faut fuir, on fuira ;
que s'il faut mourir, on mourra ; qu'il est
bien barbare de pousser à un coup de désespoir, une femme qui ne demande qu'obs-
curité et tranquillité, parce que des fous
furieux, des fanatiques enragés, veulent
qu'elle le soit à leur manière, et non pas à
la sienne ; ou plutôt parce qu'ils veulent
pouvoir dicter un testament. Certainement
le ministère entend de pareilles raisons.
D'un autre côté on écrit à sa mère, qui,
au fond, a quelques sentimens maternels,
qu'on se portera à un coup de désespoir le
jour où il faudra coucher à Montf*, et
l'on avertit ses amis. Mais je crois, j'espère,
je me tiens sûr que nous nous battons
sur une supposition fausse. —Je ne sais pas
si madame de R. a assez d'esprit pour
trouver madame de Vence fort bête ; mais
je sais que moi, qui, enfin, n'ai jamais
trop passé pour tel, ai été cent fois étonné

de l'esprit, du sens et des lumières de
cette bête. Tu peux le lui dire, et lui demander s'il faut aussi que tu me prennes
pour uu sot, et les R. seuls au monde pour
des gens d'esprit, de vertu, de courage,
chasteté, probité, qualité, etc. etc. Je sais
que madame de R. ne parle jamais de moi
qu'en m'appelant *ce scélérat, ce misérable,*
et autres gentillesses de cette espèce. Si
elles pouvoient m'offenser, je lui dirois
que les scélérats sont ceux qui *méditent,*
tentent et conseillent des assassinats; et
elle m'entendroit; que les misérables sont
les pères qui veulent séduire leurs filles,
et les frères qui tentent d'en jouir malgré
elles. Je ne connois point dans *ma famille*
de ces titres de noblesse; qu'elle cherche
s'il ne s'en trouveroit pas quelques-uns dans
SA MAISON.—Il faut bien que j'en fasse
maintenant, des remèdes, malgré toute ma
belle répugnance! Je me vois forcé de
rafraichir cette poitrine qui me fait sentir
autant de chaleur que si je n'étois pas le
plus flegmatique des hommes. Mais le
malheur est que mon diable d'estomac ne
veut point s'accoutumer aux émulsions.
C'est une chose embarrassante que d'a-
voir affaire à ces deux ennemis. Ton

amoureux, M. Dorat, a fait un épitre à
son estomac ; car il est sujet à se distinguer
par ces titres, ce cher homme ; et il a
raison de le quereller ; car c'est un importun compagnon quand il sert mal ;
mais il faut se résoudre à ces petites tri-
bulations, quand on veut absolument avoir
cinq maîtresses. Hélas ! je n'en ai et n'en
aurai qu'une, et *je ne l'ai* même pas. C'est
donc bien gratuitement et bien injustement
que je subis le sort du petit maître Dorat ;
et cependant je ne chante point mes malheurs ; Je n'adresse point la liste de mes
indigestions à tout l'univers; mais les grands
hommes savent, au moyen des graveurs,
intéresser tout l'univers même à leur chaise
percée. — Mais je ne vois pas trop que
le marquis eût de grandes raisons de s'intéresser aux talens prolifiques de ton sang ;
car malgré *tes douze fausses couches* par
ans, il n'a ni su, ni pu en tirer un grand
parti. Il auroit un peu mieux fait de prendre garde à la prophétie du président de
Cœur-de-roi, qui en très-habile et très-
véridique astronome, prétendoit que ton
mariage étoit écrit au ciel, au signe du
capricorne. — Non, je ne crois point que
tout ceci ne finira qu'après mon père; mais

je suis sûr que cela finira alors. Hélas ! cet homme assombrit bien sa vieillesse , et je doute que les tourmens dont il a chargé ma jeunesse puissent l'en dédommager, quelque haineux que puisse être son cœur.—Il me semble que tu n'es point du tout dans les principes d'un certain Guillaume de Balaun , ancien troubadour , qui voulant rompre avec sa dame , lui adressoit ainsi cette invitation en vers : » si nos sermens , lui dit-il, s'opposent à un divorce nécessaire , adressons-nous à un prêtre ; vous me donnerez votre absolution , vous recevrez la mienne , et nous pourrons ainsi loyalement former de nouvelles amours ». On peut bien ici dire avec Lafontaine :

> On ne s'attendoit guère
> A voir un père en cette affaire.

Mais tu n'es pas si dévote , et je t'avoue que quoique je connusse à-peu-près ta profession de foi, cet aveu naïf et énergique fait sous les yeux d'un tiers, m'a singulièrement touché ! Ah ! ma Sophie, il y a long-temps que je t'ai appelée *ma divinité* ! Je t'ai donné l'exemple , et quoique l'on prétende qu'une femme ne peut être sage, qu'autant qu'elle a de la religion , moi, qui suis le plus jaloux des hommes , j'aime mieux ma maî-

tresse amie que dévote. Veux-tu un autre
exemple de la bienséance et des chastes
principes de ce bon vieux temps dont on
nous vante les mœurs. Guillaume de Saint-
Didier aimoit la marquise de Polignac.
Comme il étoit d'un esprit agréable, la
marquise de Roussillon se plaisoit à causer
avec lui, et ils se virent si souvent que la
dame de Polignac en conçut de la jalousie.
Or, voici l'expédient qu'elle imagina pour se
venger de Guillaume qu'elle croyoit infidèle. Elle prend avec elle un ami, va faire
un pellerinage à Saint-Antoine de Viennois,
passe chez Guillaume qu'elle savoit être
absent, et pour se venger authentiquement
d'une prétendue infidélité, couche avec
son chevalier dans la chambre et dans le
propre lit de son amant. Cette aventure se
passa publiquement; et madame de Polignac avoit un mari! Et l'histoire ne dit point
qu'il s'en formalisa!... Ah! Sophie! jure-
moi de ne jamais te venger ainsi, mais par un
coup de poignard. Balaun subit une autre
vengeance plus plaisante. Sa maîtresse s'étant
brouillée avec lui, ne voulut jamais se raccommoder que sous la condition expresse
qu'il se feroit arracher l'ongle du petit doigt,
et qu'il le lui apporteroit avec une chanson

amoureuse. Balaun se fit arracher l'ongle par un chirurgien, sans donner presqu'aucun signe de douleur ; il composa la chanson, apporta son ongle à la dame qui fondit en larmes d'attendrissement : il chanta sa chanson qu'on trouva charmante, et ils s'aimèrent tous deux plus tendrement que jamais. Veux-tu voir une déclaration de ce temps-là. Raymon Jourdan, vicomte de Saint-Antony, troubadour, ayant perdu sa dame, vivoit depuis long-temps dans la solitude et la tristesse, quand Elise de Montfort, fille du vi-comte de Turenne, et femme de Guillaume de Gordon, émue sans doute d'une noble pitié, l'envoya prier de sortir de sa mélancolie, et lui écrivit ce billet : « je vous offre *mon amour et mon* « *corps* en dédommagement des chagrins « que vous avez eus. Je vous conjure de « me venir voir. Si vous ne vous rendez « pas à ma prière, j'irai moi-même vous « chercher ». Il faut convenir que cela est franc et naïf, et que ces dames étoient bien aussi indulgentes que les nôtres pour la fragilité de la chaire humaine. Au reste an troubadour se plaint *de ce que les fem-* *mes se mettent tant de blanc et de rouge* *sur le visage, que jamais on n'en vit plus aux ex-voto , dont les offrandes sont accompagnées.* Tu vois que les ruses de la coquetterie sont en France d'une haute antiquité. — Jamais, jamais de perruque , tête rase ou nue. Le bon ange a la bonté d'être inquiet de mes cheveux. Il jure avoir tout envoyé , et sûrement il dit vrai ; cependant j'en ai remis cinq très-grosses à Fontelliau , outré celles que tu as reçues. Ne tracasse plus pour cela mon pauvre ami. Ah ! que non , que je ne suis pas chauve. — D. P. déraisonne avec sa *réhabilitation.* Je traiterai cela avec lui. Sois bien sûre que c'est-là le moindre de nos embarras; tu aurois bien dû m'envoyer sa lettre. — Ne compte en rien sur le Marv★. Maintenant que tu le connois et que tu as vu de ses œuvres, je puis te dire qu'il est loin d'être estimé ; mais ne lui laisse prendre aucun ton , relativement aux instructions dans le couvent. Les premières étoient fort odieuses. Fais-les lui retirer tout-à-fait. M. de Marv★ n'a précisément sur toi que les droits que veut lui donner ta mère. Mais à la rigueur , ta mère elle-même , en a très-peu , vu que tu es sous la main du Roi. C'est une indicible insolence au Mar★ et consorts que d'avoir osé deman-

der que tes lettres à M. L. N. lui fussent
remises à lui Mar* : M. L. N. est inspecteur
né des prisonniers d'état, et un père temporel n'est absolument rien. Ton faquin
de moine méritoit Bicêtre, et M. de Mar*,
une réprimande du ministre. Ainsi donc,
on pourroit te vexer là autant qu'il voudroit, sans que tu pusses avoir le moindre
recours au ministre, puisque les lettres
même adressées à celui-ci, devoient tomber
entre les mains de M. le père temporelr.
Cela est fou. Il n'y a qu'un père temporel
pour les laïques en France, c'est le Roi et
ses préposés. Dis-moi quel est le sot propos
de cette religieuse. Cependant ne romps
point en visière au Mar*, mais fais-lui sentir
que tu n'es point un enfant, et que tu
connois tes droits. C'est moi qui te dis qu'il
n'eût pas osé soustraire une lettre à M. L.
N. — Tu me mettrois presque en colère avec
tes jérémiades mal fondées et fort injustes.
Voyons si je le suis autant que tu le prétends.
Voici la phrase à laquelle je répondois.
» Je crois t'avoir assûré que le petit garçon
ne reviendroit pas (tu ne l'avois point
assuré, puisque je demandois cette assurance.) J'ai pris tous les moyens pour cela,
(tu pouvois te donner la peine de dire
quels

quels étoient ces moyens) et en tout cas,
ce ne sera pas ma faute, (membre de
phrase très-choquant, au moins à mon avis,
qui, je crois, doit être le décisif en ce cas)
mais je compte que c'est fini. (*Je compte:*
ne voilà t-il pas une assurance bien énergique ?) Suit un tas de platitudes pour me
faire entendre qu'il est impossible que tu
exiges qu'il n'entre plus dans la maison,
comme si je t'avois parlé d'autre chose
que de toi et de ta chambre. Voilà la réponse laconique et amphibologique que tu
faisois à un alinéa très-vigoureux, où
j'exigeois formellement ta parole d'honneur
de ne pas revoir cet homme, et où je rele-
vois toute l'indécence de la conduite de
l'abbesse. Je te demande si c'est-là *une
chose toute entière, une promesse de ne plus
revoir !* Je compte.. ce ne sera pas ma faute.
Jolie manière de promettre!.. En vérité,
je n'ai ni envie ni sujet de gronder ; mais
puisqu'il faut s'expliquer nettement, je
dis qu'il est de la plus haute indécence
dans toute position, mais sur-tout dans
la tienne, de recevoir, dans un couvent,
un homme dans sa chambre, et sur-tout
un homme en tête-à-tête. Veuille ou ne
veuille pas me donner raison à cet égard,

Tome III. B b

je crois et croirai, dis et dirai que j'ai le droit exclusif de décider et d'exiger en ce genre. Si tu ne le penses pas, déclare-le. Je saurai ce que je devrai répondre... Mais je te répète que je suis tranquille sur ce morveux. Je n'aime pas seulement le ton léger que tu avois pris sur ce sujet, et encore moins le ton plaintif que tu prends aujourd'hui. Il n'est rien de léger de ce qui blesse le cœur de son ami : il faut avoir raison et demie, et en être bien sûr, pour s'en plaindre.

Tu crois bien que je donnerai demain à D. P. l'explication de cette phrase amphibologique ; elle auroit tenu un volume. —Il me semble tout comme à toi qu'il n'a point écrit à madame de Ven. et je m'en éclaircirai demain. Maintenant je vais suspendre ceci, pour ne pas fatiguer le bon ange d'un volume. Je vais copier ta lettre, des pièces fugitives pour t'envoyer ; demain sitôt la visite de D. P. finie, je t'en rendrai compte. Je finirai ma lettre, je l'enverrai lundi de grand matin à M. B., Si le R. veut faire une fois ce qu'on lui demande, et je supplierai notre cher et bon ange de te la dépêcher mardi, afin que tu voyes mercredi que tu t'es tro hâtée de t'inquiéter et de

désespérer. Puis ce ne sera plus qu'après
la mi-juillet que le bon ange t'expédiera
un nouvel envoi, à moins d'une nouvelle
intéressante, car nous le harassons.—Comme
il faut une fois mettre ta mère au pied du
mur, fais-lui ce petit raisonnement. Vous
dites toujours que l'on ne se prête à rien,
parce que je déclare ne pas vouloir retourner chez M. de M. A qui l'ai-je déclaré? A vous, à M. de Mar. Mais appre-
nez-moi nettement, je vous en supplie,
et sans amphibologie, quel moyen j'aurois
de retourner chez cet homme, quand je le
voudrois. Me l'a-t-il proposé? On diroit,
à vous entendre, que c'est lui que j'ai refusé! Non, ce sont des projets vagues et
des tendeurs de piéges que j'ai reçus comme
je le devois. Que ferois-je donc? Irois-je
me faire fermer sa porte et affronter le
refuge de Besançon. Est-ce-là ce que vous
me conseillez? Eh ma mère! Je ne suis
plus un enfant à la bavette : des phrases
ne m'en imposent point. Vous n'avez pas
encore proposé un seul accommodement
raisonnable. Et pourquoi? C'est que vous
frémissez à l'idée que je devienne libre
dans aucun temps de ma vie. Cependant
vous devriez penser que la nature m'a

destinée au malheur de vous voir mourir
avant moi. Eh! que deviendrai-je après
vous, si rien n'est fini; si mes parens et
les Vald. peuvent à l'envi me vexer? Quand
vous voudrez que je croie sérieusement
que vous voulez un arrangement, vous
commencerez et avant tout par demander
l'abdication de la procédure; puis ma dot
et rien de plus; car tout le reste n'est
qu'ironie, et peut-être barbarie, quoique
assurément vous ne le croyez pas; puisque
vous me garottez et me laissez sous les
liens d'un arrêt infamant, tandis que je
pourrois, de l'avis de tous les gens de
loi, plaider et gagner mon procès. Non, on
ne le veut pas, et l'on a la cruelle dérision de me dire que l'on n'assure pas ma
liberté après le marquis, pour ne point
m'obliger au couvent pendant sa vie. Eh!
quand ai-je demandé autre chose que cet
asile jusqu'à sa mort? Je veux le couvent,
je serai au couvent, je n'en sortirai que
de force. Jamais, je le crois du moins,
les gens en place ne donneroient leur sanc-
tion à une telle violence : et s'ils le faisoient, le désespoir sait briser toutes les
chaînes. —Oh! quand laissera-t-on obscure
et tranquille celle qui ne veut que cella; dont

le caractère est flexible et doux , et qu'on
a déja poussée aux partis les plus extrêmes,
par des entêtemens et des moyens bien
déraisonnables ? Songe à ne rien signer dont
l'anéantissement de la procédure et ta liberté après le marquis ne soit la base.—
Dimanche premier août, à midi.—J'ai reçu
ce matin un billet de Dupont qui me dit :
je ne suis pas parfaitement sûr , mon cher
comte, de vous voir demain ; et je ne saurai que ce soir si j'en ai ou non la possibilité; (c'est d'hier samedi 31 qu'il m'écrit)
ainsi , si à onze heures vous n'avez
vu personne , ce sera que je n'ai pas
été le maître. Ce qui m'afflige , c'est
que cela peut me renvoyer à la huitaine ;
mais si j'ai un instant plutôt, j'en profi-
terai. Les meilleures et les plus belles dames
du monde (c'est toi) sont toujours un peu
indiscrèttes. Adieu et aimez-moi. — Il est
midi, et il ne viendra point. Je vais te
transcrire ce que je lui écris , t'ajouter
quatre mots et finir. Aussi-tôt que je l'aurai vu , tu auras encore de mes nouvelles,
si le bon ange veut bien.—Votre billet m'a
fait du mal , mon cher Dupont ; l'espoir
de vous embrasser m'avoit rajeuni , même
en m'ôtant le sommeil, et j'aimerois mieux

n'avoir pas compté que de décompter. D'ailleurs tout ceci traîne beaucoup. Si nous écrivons à M. de Marig., il est plus que temps, et je ne ferai rien sans vous; en outre, j'ai mille choses à vous dire. Venez donc vîte et non pas pour *un instant*. En attendant, je vous trouve plaisant de taxer Sophie d'indiscrétion, parce qu'elle m'a dit qu'elle vous avoit écrit. Vous n'êtes pas assez vieux, mon ami, pour que ma maîtresse vous écrive sans me le dire. D'ailleurs, nous sommes les deux moitiés d'une même ame, et nous ne nous taisons jamais que ce qu'il ne nous est pas permis de nous dire. Sophie est la plus discrette de toutes les femmes, et très-peu d'hommes le sont autant qu'elle. Elle l'est beaucoup trop en cette occasion, car elle devoit m'envoyer la copie de sa lettre et de votre réponse. Elle ne me dit pas même la substance ni de l'une ni de l'autre. Je vais, pour vous donner tout de suite l'explication d'un des points sur lesquels j'ai deviné que vous en desiriez, vous transcrire un fragment de la grande lettre que j'avois envoyée pour mon père. Il ne contient que vérité. « Voici l'époque de la plus grande faute que j'aie faite en ma vie, et qui probablement a

fixé mon destin dans un océan d'infor-
tunes. Il faut l'avouer toute entière. Je ne
prétends point l'affoiblir, je veux seulement
en développer la cause et les motifs. Avant
de la commettre, je me livrai le plus terrible combat. Personne n'a su la démarche que je fis alors. Décidé à me déchirer
le sein pour en arracher le trait qui le
perçoit, j'écrivis à votre belle-fille une
lettre forte, pressante, embrâsée, étince-
lante de toute l'éloquence du moment et de
la chose, pour l'engager à s'associer à mon
sort comme les loix divines et humaines
lui ordonnoient. Je lui offris de nous retirer en Suisse où nous vivrions de notre
modique revenu, et même sans secours s'il
falloit, parce que mon travail me donnoit
les moyens d'y suppléer, une fois que j'y
étois connu. Si elle eût consenti, j'atteste
l'honneur que j'aurois rompu tous mes
liens, eussai-je dû en mourir de douleur.
J'aurois oublié tout, excepté les engagemens qui m'unissoient à madame de Mi. ;
j'aurois travaillé avec ardeur pour ses besoins et ma subsistance. Je me serois vu
sans étonnement le stipendié d'un libraire.
Jamais l'amour de la liberté et l'amitié
conjugale n'eussent remporté une plus belle

victoire, et cette victoire étoit possible!
Peut-être ma passion n'étoit pas parvenue
au dernier degré du délire, et du moins
je n'étois point encore enchaîné par les
plus sacrés des liens, ceux d'une inacqui-
table reconnoissance. Mais cette proposition étoit trop élevée pour celle à qui je
l'adressois. J'avois tort de chercher des
fruits sur un arbre qui ne portoit que des
fleurs. Je reçus quelques lignes glacées où
l'on m'insinuoit avec douceur que *j'étois*
fou... O contraste trop frappant, vous m'a-
vez perdu! D'un côté tant de courage, de
dévouement et d'amour! De l'autre....Je
me livrai à ma tendresse par impuissance
de m'y dérober. Mon amie, vraiment dé-
sespérée, étoit capable de tout en ce moment, excepté de me quitter... Femme
unique entre toutes! Elle s'imputoit tous
mes maux, tandis que j'ourdissois tous
les siens... Ah! qu'une telle ivresse est
touchante et contagieuse! Je conservai
ma raison mieux qu'elle, et cependant j'en
conservai bien peu; déchiré par ses larmes et par mes regrets, bouillant d'amour
et d'indignation, obligé de choisir entre
les plus grands maux, je préférai ceux qui
m'offroient des compensations: les illusions

se jetèrent en foule au devant de moi :
ma passion m'égara ; et pour obéir à l'a-
mour, j'outrageai l'amour. Je me décidai
à me cacher à Pont., pour rester auprès
de madame de Mo., Sans songer, ou sans
m'arrêter aux dangers auxquels je l'exposois...Mon père, voilà mon crime : voilà
mon crime unique : tout le reste fut forcé,
fut de devoir. J'eusse été un prodige de
lâcheté, un monstre d'ingratitude, si je
ne l'eusse pas fait. Vous en jugerez bientôt. Mais ce crime étoit celui de l'amour, etc.

J'en étois-là, ma tendre amie, et il étoit
une heure, lorsque D. P. a paru. Il ne
pouvoit rester qu'un instant ; et il revient
d'aujourd'hui en huit. Dans cet instant, il
m'a paru décidé au voyage de Provence, s'il
étoit nécessaire ; (mais pour le moment
il lui est impossible) il va aussi méditer
une lettre pour madame de Mi. et une pour
mon oncle qu'il veut faire marcher de front.
Il est si convaincu que mon père desire
ma sortie d'ici, mais seulement par la voie
de madame de Mi., qu'il lui montrera ces
lettres. Je desire qu'il y en joigne une
pour M. de Marign., et je crois que je l'y
engagerai ; car il ne m'a opposé que des
objections de convenance. Il m'apportera

dimanche le projet d'une pour lui. Il donne
le tort à mon père, pour l'exécution en effigie ; et est d'avis que si tu te trouves des
joints d'accommodement pour notre affaire,
tu les saisisses , parce que c'est toujours
un fardeau de moins à soulever. Il pense
comme nous , qu'il n'est point décent que
tu sépares ton affaire de la mienne; qu'il
l'est encore moins que tu retournes chez
le marquis , et que tu ne dois demander
que l'abolition de la procédure , ta dot ,
ton enfant, et ta liberté après lui. Il prétend que mon père lui a parlé pendant
trois heures de moi avec tendresse ; mais
finissant toujours par dire que s'il ne me
croyoit pas fou , il ne me pardonneroit
jamais... Voilà qui est conséquent. Il s'opiniâtre toujours à dire que ceci devient long;
mais ne manquera point. Il m'a fort engagé
*à ne point serrer la mesure pour finir au-
trement*, ce qui ne seroit point honorable
pour moi , et empoisonneroit la vieillesse
de mon père. Assurément je suis loin de
le vouloir ; mais cependant je me dois à
moi-même ma liberté , s'il se refuse à me
la donner. Enfin il m'a appris une chose
que je ne puis te dire , qui m'étonne infiniment; au moins d'un côté, et qui doit

et te rassurer et te tranquilliser. Si cela est , comme je ne puis en douter , je suis loin d'être proscrit par les dieux de la terre... Mais pourquoi me laisser m'aveugler ici ? Sûrement ils croient que le délabrement de ma santé est jeu joué , et ils se trompent bien.—Voilà , ma mie bonne , la relation très-succinte d'une conversation fort précipitée ; mais comme je compte qu'il y aura quelque chose de plus décisif dimanche , huit , je ne m'appesantis point, d'autant que voilà un paquet énorme à lire pour le bon ange, qu'il faut ménager en raison de sa complaisance et de la reconnoissance que nous lui devons , c'est-à-dire , infiniment.

Adieu , mon tendre et unique amour , adieu celle qu'entre toutes les femmes j'adore et révère. Ne me fais plus de mauvaises querelles ; et crois que lorsque je l'ai attristée de quelque chose , ce n'est jamais humeur , mais chagrin. Quoi que ce soit qui m'ombrage , et quelque futile que te paroisse cet objet, parce que tu le vois de près , entre dans beaucoup de détails ; c'est le moyen de soulager mon cœur à l'instant , parce que j'ai toute confiance dans ta tendresse et ton honnêteté. Adieu , mon épouse et ma vie ; je suce tes lèvres

de rose et te donne mon ame, mais seulement pour la tienne.

GABRIEL.

J'avois signé mon nom de famille par
mégarde ; mais je ne veux porter que
celui de ton époux.

D. P. n'a point du tout insisté pour que
j'écrivisse à madame de Mi.

D. P. m'a paru amoureux de toi, mais
il dit que tu es une indiscrette d'aller pu-
bliant tes faveurs, et que tu ne devois pas
me dire que tu lui avois écrit. Il m'a reproché assez vivement d'avoir perdu une
si excellente femme. Je lui ai répondu que
tu étois la seule en droit et en état de
m'absoudre et de me condamner. Il sera
bon que tu t'expliques avec lui sur cela ;
mais ne lui écris rien que nous ne l'ayons
consulté ensemble, et pour cause ; je crois
ta mère plus de sa connoissance que nous
ne pensons, au moins par mon père. Cependant regarde-le à tout jamais comme
incapable d'abuser de tes lettres, et en général de tout ce qui seroit le moins du monde
malhonnête.

Il n'a point écrit à madame de Vence,
parce qu'elle est absolument brouillée avec

madame de Mi. Je le crois ; cela est plus
que naturel.

L'histoire de mes cheveux paroît devenir singulière. Le bon ange me dit aujour-
d'hui qu'il est sûr d'avoir reçu les huit
tresses, de les avoir envoyées, et que c'est-
là ce qui l'inquiète, dès que tu ne les as
pas reçues, parce qu'il ignore s'il n'y a
pas joint quelques lettres ou billets. Vois
à éclaircir si tout t'est remis fidèlement,
et sois très-ferme sur cela. Tu peux l'être
en toute sûreté.—Je te dis de tâcher d'avoir
ton hospitalière, m'entends-tu ? Cela ne
t'engage à rien, et nous donne des moyens
de dépayser la petite.—L'intérêt, l'AMITIÉ de
MADEMOISELLE D. doivent être de belles
choses ! et les grands mots en sont assurément : que ne disois-tu aussi *ses bontés ?*
—Ma santé seroit bonne , si tu me laissois
dormir; mais tu me brûles encore plus, s'il
est possible, de loin que de près; parce
qu'alors tu éteins de temps à autre le feu,
et qu'ici tu ne fais que le souffler.—Vous
êtes plaisantes, vous autres femmes ! Vous
nous dites toutes ! *Je veux bien que vous*
soyez jaloux, c'est une marque d'amour ;
mais ne le soyez que quand vous avez sujet
*de l'être...*Or, à votre avis, nous n'avons

jamais sujet de l'être ; donc, etc., etc. Adieu Sotte Marie Thérèse.

Sophie - Gabriel, veux-tu *un bacio di columba.*

Je voulois joindre ici la copie d'une lettre forte et chaleureuse que je viens d'écrire à Dupont ; mais mon amie, voici la trente-troisième page que j'écris depuis hier matin, et je n'ai pas voulu manquer de t'envoyer *le pouvoir de l'harmonie*, qui n'est pas sans quelque mérite.

J'ai dit naïvement à D. P. que mon projet étoit d'être très-sage, deux occasions exceptées, l'une desquelles étoit purement de la faute de mon père, qui pouvoit aussi parer l'autre : c'est-à-dire que l'auteur de l'exécution en effigie devoit mourir sous le bâton, ou toi avoir le plus favorable arrangement ; et que si l'on vouloit que je me tinsse en repos, il falloit que l'on t'y laissât au couvent. Il a topé.

A SOPHIE.

16 Août 177.

LE bon ange me fit passer hier ta lettre, chère et tendre amie ; ta lettre toute aima-

ble comme toi , et qui n'a à la vérité que
six pages à lignes bien ouvertes ; mais enfin ,
ce n'est plus quatre , et si c'est peu pour
moi , c'est tout au moins beaucoup pour
ce pauvre ange que j'écrase d'écritures , qui
prend sur ses nuits pour me répondre , et
expédier mes affaires , et qui joint à tout
l'enchantement de l'amitié , tous les procédés de la bienfaisance. Il me sert continuellement et toujours avec les mêmes attentions et le même zèle ; mais je doute que
ceux sur qui j'ai bien plus de droits le se-
condent avec autant de zèle et de bonne
foi : aussi ce bon et sage ami me ménage-
t-il d'autres ressources. Il me demande la
patience d'un *saint.* Je ne suis ni ne veux
être un *saint*; car , comme je lui dis , c'est
un sot métier; mais j'ai la patience du courage , et c'est quelque chose. Je commence
d'ailleurs à voir assez clair à mes affaires
pour sentir que , quand je serois sujet à ce
défaut , ce ne seroit pas le moment de se
décourager. Je te dois la relation de deux
visites de D. P. ; l'une du huit , et l'autre
de hier. Celle du huit ne fut que d'un instant , et il s'y accoutume. Il m'avoit écrit
la veille ; et par une méprise du suisse de
M. L. N. , sa lettre ne me parvint que le

mardi. Le dimanche il me dit qu'il ne venoit que parce qu'il m'avoit trop grondé
la veille, et je l'envoyai là où cela pourroit lui faire le plus de plaisir, l'assurant
que je n'avois point sa lettre, et que s'il
m'avoit grondé, je pourrois très - bien le
mordre; je lui ai tenu parole, comme tu
le verras bientôt. Il ne comptoît que me
faire une visite ce jour-là, et si bien qu'une
visite, qu'il ne m'apportoit pas même un
projet de lettre pour M. de Mari. Je lui
dis que puisque nous étions en accès de
fanchise, j'allois lui en donner l'exemple.
Je me plaignis de son peu de bonne foi,
de l'écorce politique qui enveloppoit son
amitié, du parti qu'il sembloit avoir pris
de me donner tort en tout, même dans
les choses où j'avois le plus évidemment
raison. J'ajoutai que ce n'étoit pas là la
conduite que l'on devoit tenir avec un
homme qui avoit de l'honneur, et ne
manquoit pas de lumières. Il fut doux
comme un mouton, et il l'est toujours en
parlant. Il se retrancha sur les écrits contre
mon père, parce que c'est en effet la seule
prise sérieuse que j'aie donnée. Je n'y pus
plus tenir, et je lui articulai le plus horrible des griefs de mon père contre ma
mère

mère et contre moi. Il le nia de manière à le
confirmer , et même à le rendre plus coupable ; car il convint que mon père n'a-
voit jamais cru à cette affreuse imputation ,
dont il n'est peut-être pas l'auteur , mais
qu'il a contribué à répandre, et débité chez
tous ses juges. Assurément tous les honnêtes gens frémiront d'horreur en enten-
dant cette accusation infâme , et n'y croiront pas ; mais celui qui ne la croyant
pas plus qu'eux , l'a cependant accréditée
pour obtenir un arrêt favorable , est un
homme. . . . que je ne veux pas qualifier ;
mais auquel il reste bien peu de droits de
se plaindre de mon mémoire qui paroîtra
très-modéré à quiconque saura que je l'é-
crivis avec ce ver rongeur dans le sein.
Tu crois bien que la cause de D. P. ne
devint pas belle, et il foiblit beaucoup ; il
en revint à ses généralités ordinaires, que
je ne pouvois sortir avec honneur que de
l'aveu de mon père ; que je lui avois promis , etc , etc., et en vérité, il est assez
inutile de me rappeler ce que j'ai promis.
Bref , nous nous quittâmes très-bons amis
et avec la gaieté que nous avons toujours
ensemble. Ne croirois-tu pas que d'après
les nouvelles instructions qu'il venoit de

recevoir, lesquelles lui faisoient voir mon
ame à nud, et lui démontroient que ce qui
lui paroissoit le plus grave dans ma conduite, étoit sinon justifiable, du moins
très-excusable, il iroit retirer à la police
une lettre qu'il trouvoit lui-même très et
trop dure avant nos explications, et qu'il
savoit que je n'avois pas reçue ? O que
non ! cette lettre dans le fait ne m'étoit pas
destinée ; elle l'étoit à M. L. N. que D. P.
croit toujours lui tendre des piéges, (soit
dit entre nous trois, le bon ange) et si
j'étois capable de répondre tout simplement à mes amis par un mot piquant, je
lui aurois écrit : *Je renvoie à M. L. N.
la lettre qui m'est parvenue de votre part,
car je vois clairement que vous vous êtes
trompé d'adresse.* Voici, mon amie, cette
missive que je reçus pour me refaire à mon
troisième accès de fièvre. Car ensuite d'une
indigestion ou fonte de bile, comme il te
plaira l'appeler, qui me mena dix-sept fois
dans la matinée du dimanche, j'ai eu
quatre accès de fièvre dont je n'ai plus
nul ressentiment ; ainsi dis-lui bon-jour,
sans la quereller. (7 août) « Vous avez
plus d'un tort, mon cher comte, en m'é-
crivant de grandes lettres. Le premier est

de m'y dire des choses qui ne sont pas à dire. Le second est de me faire perdre, pour y répondre, un temps que je n'ai point, et que j'aimerois mieux employer à vous être utile, autant du moins que je le puis.

Je suis très-mécontent de tout ce que vous me dites dans votre dernière au sujet de votre père. Il a pu être sévère, et ce n'est pas aujourd'hui que la captivité même où il vous tient, est un moyen d'assurer votre tête, et de se réserver la faculté de vous rendre toute espèce d'existence dans un temps plus favorable. Mais quand a-t-il été injuste ? Toutes ses sévérités n'ont-elles pas été motivées chacune en particulier par des fautes, des étourderies très-fortes, de l'inconduite, des crâneries de votre part ? Quel est le père qui n'a pas droit de punir son fils, quand son fils fait des sottises ? Et qui est-ce qui a le droit de contester sur un peu plus ou un peu moins d'intensité dans l'arrêt du tribunal domestique ? Comment se peut-il que vous m'ayiez été citer Ragny, Sades et Montboissier ? Et vous vous mettez en parallèle avec ces monstres-là. Fi donc ! sans doute on a eu un tort avec eux. C'est de les avoir soustraits à la sévérité des loix,

Cc 2

et réduits à une guerre de peines privées.
Il leur falloit l'échafaud et la roue ; autant du moins que ces supplices sont or-
donnés par les loix du pays , et appliqués
à de moins criminels ».

« Et ne peut-on donc pas être coupable ,
sans être assassin ou parricide ? Je laisse
les minuties, qui cependant méritoient
punition , et l'excès des dettes usuraires
qui méritoit interdiction. Je viens à ce que
vous avez de grave sur la conscience. Si
un homme avoit fait contre vous un livre
intitulé : *l'Hypocrisie démasquée* , qu'eus-
siez-vous fait ? Vous vous seriez coupé la
gorge avec cet homme-là. Un tel livre est
un cartel à mort. A qui l'avez-vous donné ?
A un homme , à un gentilhomme , à votre
père ! Il vous fait grace en vous croyant
fou. C'est de vous l'opinion la plus avan-
tageuse qu'il puisse avoir. C'est la seule
qui puisse laisser une petite porte entr'ouverte pour vous dans son cœur , et je
me garderai bien de la fermer. Je dirai avec
lui que vous êtes porté à la folie, que vous
avez été fou ; parce que je ne veux ni
dire ni croire que vous ayiez été dépravé
et dénaturé. Mais j'ajouterai que vous êtes
susceptible de revenir à la raison ; que

vous avez un grand fonds de sensibilité et
d'honneur ; qu'il y a encore à espérer de
vous ; que j'en juge par vos lettres ; et que
je répondrois que vous voulez expier vos
fautes, et les couvrir d'une vie désormais
honorable ».

« Je dirai cela, parce qu'effectivement je
le crois. Mais je ne tenterai seulement pas
de vous justifier, parce qu'il y a eu dans
votre conduite, au milieu de beaucoup de
fautes excusables, quoique réelles, deux
délits injustifiables ».

« Je vous ai parlé du premier : n'avez-vous
point encore pensé au second ? N'est-ce
donc rien, à votre avis, que d'avoir abusé
de votre ascendant pour enlever à une
femme aussi sensible, et d'un caractère
aussi noble que votre Sophie, la paix,
l'état, la fortune et l'honneur ? Pour cela
tout seul vous auriez bien mérité la prison
que vous éprouvez, et la punition est de
mesure. Il falloit jouir de son amour, c'é-
toit un bienfait du ciel ; mais il ne falloit
pas la compromettre, encore moins l'immoler. C'est un crime devant Dieu et devant les hommes. Je ne deviendrai point
amoureux d'elle. Je ne la connois pas ; et
si je la connoissois, et si même je l'ai-

mois , je me ferois un scrupule de troubler
le seul bien qui puisse encore l'attacher à
la vie , la passion à laquelle elle a tout sacrifié. Elle n'a plus que cette passion pour
consolation , elle n'a qu'elle pour excuse.
Il faut donc la respecter , et n'y donner
aucune atteinte ; c'est l'asyle de son honneur ».

« Mais vous, mon cher comte, il faut
vous blâmer , vous maltraiter , vous gronder , avec amertume. Regardez donc que
tous ceux qui ont été liés avec vous, que
vous avez aimés , ou qui vous ont aimé ,
n'en ont été payés que par des malheurs.
Il faut être brave pour se jeter encore
dans le danger que vous avez étendu sur
tout ce qui vous étoit cher ; et je ne voudrois
pas répondre de ce qui m'arrivera pour
l'avoir tenté. Mais j'ai eu , et j'ai bonne
intention. Je tâche d'être prudent , et je
ne suis ni superstitieux , ni timide ».

« Vous demandez ce que votre père appelle *un fou* : c'est ce que j'appelle *un fou*
moi-même ; c'est-à-dire un homme qui ,
sans être méchant , fait des méchancetés ,
parce qu'il n'y a pas assez de suite dans
sa logique pour prévoir toute l'étendue de
l'évènement , ou qu'il n'a pas assez de

raison pour se contenir quand les passions
l'égarent. Cet homme peut, avec beaucoup
d'esprit, et le fonds d'un cœur honnête,
faire toute sorte de maux à lui et aux autres. Un père dur le haïroit, un ami froid
et sage l'abandonneroit ; mais un père tendre le plaint, et un ami zélé cherche à le
secourir. Ni l'un ni l'autre ne sauroient
l'approuver, et ils ne peuvent excuser son
cœur qu'aux dépens de sa tête. Je ne la
crois point du tout d'une folie incurable ;
mais je vois qu'elle a eu la fièvre chaude,
et par malheur un vilain accès ».

« Adieu, mon pauvre cher comte ; voilà
une rude bordée que je vous tire, mais
que je vous devois ; ce qui m'afflige est
que je ne suis pas certain de pouvoir en
aller adoucir l'effet demain, en me jetant
dans vos bras. » — Voici à-peu-près ce que
j'ai répondu à cette lettre que j'appelle-
rois fort insolente de la part de tout autre
que d'un ami, et qui a d'autant moins de
nom venant de D. P., qu'il n'y a ni vérité,
ni esprit, ni raison. Je dis que voici
à-peu-près ma réponse, parce que comme
M. de R., selon sa louable coutume de ne
me donner que le plus tard qu'il peut
tout ce qu'on lui envoie pour moi, et de

ne me le laisser que le moins qu'il peut, ne me fit passer cette lettre qu'un quart-d'heure avant de partir pour Paris. Je dressai sur - le - champ la réponse, et je n'en ai gardé de copie que de mémoire. La voici : « je n'ai qu'un moment, mon cher D. P., pour répondre à votre lettre du sept, que je reçois à l'instant ce matin 11. Cette réponse sera nette et succinte. Vous avez tort, vivement tort, et de plus évidemment tort, un seul point excepté.

La conduite de mon père envers moi n'est point *sévérité* ; c'est un attentat contre la nature, la justice et les loix. Cela est-il clair ? Vous sentez - vous la force de prouver le contraire ? Je vous réponds moi, que vous ne l'avez pas.

Le prétendu moyen d'assurer ma tête est barbare et fou ; car on ne dit pas à un homme : tu t'es fait mal en dansant, je te coupe les jambes pour que tu ne te fasses plus mal.

Le projet de me rendre *toute espèce d'existence,* n'existe pas, et vous le savez bien : un homme capable de me refuser le nécessaire et le vêtement sur mon bien, et de dire, quand on lui déclare que six mois de plus de prison peuvent me donner la pierre, qu'on le trompe, sans vouloir s'assurer si on le trompe ; en effet, un **tel** homme n'est pas capable d'un tel projet.

Quand mon père a-t il été injuste ? De-. puis que j'existe.

Un peu plus ou un peu moins d'intensité dans l'arrêt du tribunal domestique, peut et doit être inspecté *et contesté* par la société, son chef, les magistrats et les loix. Au reste, le tribunal domestique n'existe pas dans nos constitutions modernes, et il y seroit, vu la dépravation de nos mœurs, une horrible inquisition. D'ailleurs, il n'a jamais été composé d'une seule personne : lisez Gravina ; et mon père devroit frémir en pensant qu'il me donne lui seul une mort civile, tandis qu'il faut sept juges pour prononcer sur le sort d'un de ses laquais.

Je vous ai cité Ragny, Sades et Montboissier, non pour me mettre en parallèle avec eux, (ce qui est de votre part une idée fort étrange) mais pour vous faire sentir que mon père devroit frissonner à l'idée que de tels scélérats sont infiniment moins punis par le ministère que moi qui ne le suis que par lui. Au reste, je nie que qui que ce soit ait le droit de vie et de mort sur un autre homme. Quoi qu'il en soit, le despotisme qui épargne du sang, est infiniment moins odieux que celui qui attente sur les libertés.

L'excès de mes dettes usuraires n'est pas tel que vous le dites. Je ne serois jamais tombé dans cet excès, si mon père n'avoit pas eu la dureté que je ne veux pas qualifier, de refuser à M. de Mar. sa signature, (laquelle ne lui coûtoit pas un sou) pour arranger mes affaires, et s'il ne m'eût pas marié ridiculement.

Je n'ai point fait de livre intitulé : *l'Hypocrisie démasquée*; mais j'ai eu tort d'écrire, j'en suis convenu, je m'en repens. Ce que je vous ai dit dimanche doit rendre ce tort au moins excusable ; cependant je suis coupable à cet égard, mais on peut être coupable sans cesser d'être intéressant. Il est assez bisarre que j'intéresse les étrangers, et non pas mon père. S'il ne peut pas me pardonner, il me doit rigoureuse équité. S'il me doit rigoureuse équité, il doit m'abandonner à l'inspection des juges légaux. Un père ne peut jamais soustraire son fils à la sévérité des loix, que pour le traiter mieux. Je vous demande s'il me traite mieux. Un homme quand il se sent ulcéré contre un autre homme, ne fût-il pas son père, ne doit pas se porter pour son juge, en eût-il le droit. Répondez à cela.

Si mon père *me fait grace en me croyant fou*, il doit du moins étudier ses devoirs envers un fou, et ces devoirs ne sont pas de me tuer ; or, il me tue en tous sens.

Si vous ne pouvez excuser ma conduite passée qu'en disant *que je suis fou ou dépravé et dénaturé*, ne vous mêlez plus de mes affaires ; car je vous avertis que je ne suis pas *fou*, et vous ne devez pas vous intéresser à *un homme dépravé et dénaturé*.

Je veux *réparer mes fautes*, mais je ne veux pas être outragé. Je ne veux pas non plus exposer un homme que j'aime et qui se croit en péril *en tentant de me sauver*, je ne veux pas, dis-je, *l'exposer à ce danger*.

Quant à madame de Mon., je vous ai déja dit que vous n'aviez pas le droit de me juger à cet égard ; qu'elle seule pouvoit dire si j'avois eu tort envers elle, ou exercé un acte de générosité sublime ; mais je vais vous mettre à l'aise. Si les temps passés reparoissoient, et que ma liaison

avec elle recommençât, je tâcherois que
les circonstances ne fussent pas les mêmes ;
mais si elles étoient les mêmes, je referois
ce que j'ai fait : je m'en honore au lieu de
m'en repentir.

Non, mon cher D.P., il ne faut pas *gronder
amèrement* l'infortune, il faut la respecter;
il faut savoir qu'elle est susceptible et fière,
et la ménager. Il faut sur-tout ne point juger un homme que l'on n'ait assez de
de données pour cela. Je suis digne d'entendre la vérité ; mais vous n'êtes point
de bonne foi avec moi, vous n'êtes pas
même généreux. Vous m'avez vu et entendu avec le parti pris de me donner tort
en tout. Vous avez repoussé tout ce qui
pouvoit vous détourner de ce dessein. Si
c'est en vous occupant de mes affaires que
vous contractez ces préventions, j'aime
beaucoup mieux que vous ne vous en mê-
liez pas ; car je préfère plus d'amitié et
moins de services, et je ne veux ceux-ci
que de qui m'estime. Votre lettre m'afflige, elle vous affligeroit vous - même si
vous la relisiez. Elle est dure, outra-
geante, de mauvaise foi, mal raisonnée,
et, ce qui est pis, insidieusement raisonnée ; voilà ce que je pense, ce que je sens.

Si votre opinion à vous est sérieuse et im-
muable, j'en serai plus malheureux, mais
je ne vous en aimerai pas moins ».

Voilà, ma Sophie, ma réponse que le
bon ange, *ne m'en déplaise*, a trouvé
très-forte, et qui l'est en effet; mais qui
du moins est honnête et bien raisonnée.
Tu vois que je n'ai attaqué que ce qui en
valoit la peine; que je n'ai voulu ni per-
sister, ni relever les inconséquences, les
absurdités, les duretés et impropriétés
d'expressions. Je n'ai pas même voulu le
remercier de la peine qu'il prend de m'assurer qu'il ne sera point amoureux de toi,
et ne te rendra point amoureuse de lui.
J'ai seulement été au fait, à l'abordage;
et il a bien senti que malgré sa bordée, je
l'avois coulé à fond. Veux-tu voir comme
il l'a senti, et en même-temps observer sa
politique? Il est venu hier dîner chez M. de
R., ce à quoi il avoit répugnance. Il est
arrivé à une heure, et a commencé par
m'envoyer la lettre suivante, qu'il *s'est
bien gardé de faire passer par la police*;
car c'est une espèce de rétractation amphibologique de celle du sept, puisqu'il
ne réplique pas à un mot de ma réponse.
Juges-en, et que le bon ange qui n'a point

vu celle-ci, y fasse attention. (14 août)
(J'y ajouterai des parenthèses , parce
que comme il s'avoue à-peu-près battu, je
n'ai pas voulu insister et répondre à ceci.)
«Quoique je doive vous voir demain, mon
cher comte, il faut répondre par écrit
à votre lettre du 11. Les conversations di-
vaguent trop ; et lorsque je ne suis pas
content de vous , la situation où je vous
vois, m'ôte la force de vous le dire de
bouche. (De sorte qu'il faut avoir moins
de sensibilité et de pitié en écrivant qu'en
parlant; parce que les écrits sont sensés
le fruit de la réflexion ; parce qu'ils res-
tent ; parce que le ton et la physionomie
n'y sont pas pour les adoucir, etc.) Cependant, si je peux et crois vous *rendre
quelques* services , celui de la vérité cou-
rageuse n'est pas le moindre dont vous
ayiez besoin». (De la dureté au courage , il
y a infiniment loin, et de la vérité à sa
lettre du sept, infiniment plus loin.)

« Lisez moi avec calme, ou calmez-vous
avant de me voir ». (Cet homme me croit
une fièvre chaude continuelle.)

« Je n'ai nulle intention de vous offenser ,
bien au contraire. (Non , mais bien celle de
faire des manifestes que vous puissiez tou-

jours, en cas de besoin, citer à mon père. Je
sais combien toute faute doit obtenir indulgence, et combien toute infortune est respectable. Dans tous les cas, je voudrois adoucir
votre sort par mon amitié ; mais elle doit
être franche et non flatteuse. (Il s'agit de
prouver que la sienne est franche, et il
ne prouve pas trop bien cela). Je sais qu'on
peut être coupable et intéressant, et c'est
pour cela que je n'ai pas cessé, et que je
ne cesse ni ne cesserai de m'intéresser à
vous, malgré la prière que vous m'en
faites ; et quoique je sois loin, et vous-
même aussi de vous croire exempt de délit.
(Je voudrois bien savoir qui diable l'est.)
Mais il est certain que, comme votre père,
je vous croirois beaucoup plus coupable et
beaucoup moins intéressant, si je ne pensois pas que vous avez été entraîné par un
mouvement que vous nommerez comme il
vous plaira ; mais qui n'étoit pas celui de la
raison. (Ainsi tout homme qui a un mouvement qui n'est pas celui de la raison, est
un *fou*. Il me reste à demander où sont
les sages. Ce n'est pas celui qui couche
quand il peut avec une jolie femme, qui
boit un peu trop de bon vin, qui travaille,
étudie avec excès, qui va se faire tuer

pour un peu de fumée, etc, etc; car toutes actions, et les trois quarts et demi
des actions humaines, ne sont pas *des
mouvemens de la raison.*) Vous me contes-
tez le titre de votre ouvrage : (c'est qu'en
effet il est très-différent) peu importe que
je l'aie cité exactement : il suffit que le mot
et l'accusation d'hypocrisie y soient, pour
vous avoir mis dans un état de guerre absolue avec tout homme. (Et tu vas voir
quelle est la conclusion) Et dites-moi comment s'appelle la guerre, et la guerre
odieuse à ce point avec un père. (Et dis-
moi comment s'appelle l'action d'un père
qui dit à tout Paris que son fils a couché
avec sa femme, et qui le dit sans le croire ?
Qui de nous deux a commencé la guerre ?)
Comment la finir ? Avec la plus profonde
humiliation, (en ce cas elle ne finira point)
avec le repentir le plus vrai, avec l'abandon absolu de toute défense. (Il n'y a
qu'un lâche qui renonce à toute défense
sur les points où il est convaincu n'avoir
pas tort. Je ne défends pas les autres.)
C'est en présentant le sein qu'on combat
contre de tels adversaires ». (C'est-là une
phrase, et voilà tout ; car ce n'est pas
l'épée à la main que nous nous battons).

Tant

Tant que vous me ferez des manifestes, je jugerai que vous n'êtes pas mûr, que vous chercherez à en faire d'autres dans l'occasion ; (bien conclu, car ce qu'on dit à un ami particulier, on le crie au public) et qu'avec votre prétention de n'avoir jamais tort, ou presque point, (qui de nous deux la décèle cette prétention ?) vous gâterez toutes nos affaires, rebrouillerez les vôtres, et ferez honte à la garantie et aux soins de votre ami »(Ne diroit-on pas qu'il a déja assiégé des villes pour moi ?)

«Non, votre père n'a pas toujours été injuste ; il a quelquefois été *dur*, (le *quelquefois* est modeste) et il est très - vrai que vous lui en avez donné sujet. Soyez de sang froid, mettez - vous à sa place, et dites-moi si j'ai tort. (Je lui ai répondu à ceci, que je ne voudrois pour mille trônes et mille vies, avoir sollicité une lettre de cachet ; parce que j'étois convaincu que c'étoit un crime de lèze-nation, c'est-à-dire le plus atroce des crimes.—Mais nous n'avons point de *constitution* ; — et parce que nous n'avons point de constitution, parce que nous sommes esclaves; faut-il violer la loi naturelle?) Quant à la dureté, ce peut être une erreur de l'es-

Tome III. D d

prit , et non pas un défaut du cœur. Il
vous a plusieurs fois aussi témoigné de
l'estime (pardieu , je le défie de n'en pas
avoir pour moi ; l'estime est un sentiment
involontaire) et de la confiance ; (quand
j'ai pu lui être utile. Le beau mérite.) et ce
dont il vous avoit chargé en Limosin et
en Provence en est la preuve. (J'en suis
bien récompensé !) Il n'est pas *injuste*
dans le moment actuel. (Tu vois qu'il ne se
défend plus que pour le moment. De-là à
sa phrase , *quand a-t-il été injuste* , il y
loin ; mais remarque et pèse ce qui suit.)
Quoi ! s'il n'eût pas été votre père , il auroit été en droit de disposer de votre vie
en se coupant la gorge avec vous ; (d'abord
celui qui se coupe la gorge avec moi , *ne*
dispose point de ma vie , il partage au
moins le danger) et il n'auroit guère pu
honorablement s'en dispenser. Il est votre
père , conséquemment bien plus offensé
que ne seroit un étranger ; et il n'aura pas
le droit de vous tenir en prison ! Jugez
vous-même. » (Voilà un inconcevable raisonnement. S'il n'étoit pas mon père , il
devroit se couper la gorge avec moi. Il
est mon père , il doit me tuer par derrière ,
me tuer des années entières , au lieu de

me tuer un instant, me garotter pieds,
mains, bouche, etc., pour me tuer plus
commodément.... C'est puissamment raisonné, et je l'en ai fait rire lui-même. ...
Vive la logique de ces messieurs qui prétendent que je n'en ai point.... Appuyez,
monsieur de la logique.)

« Eh bien ! ce droit de vengeance que vous
lui avez donné, il ne l'exerce pas par vengeance. Il a de la pitié, mais il vous a
vu faire des folies, il craint que vous n'en
fassiez encore : (et tu vois bien que cette
crainte est un très-légitime arrêt de mort)
il n'en veut pas répondre ; il ne veut pas
prendre sur lui ; (eh de par tous les diables n'en prend-il pas assez ? C'est donc
du salut de tout le monde, excepté du
mien qu'il s'embarrasse) et cependant il
ne demande pas mieux que de vous voir
dans le cas de le faire changer d'opinion.
(Bien entendu qu'il hurle contre tous ceux
qui veulent le mettre dans ce cas, et qu'il
prétend que notamment M. L. N. n'y travaille que pour lui nuire, et non par intérêt pour moi. (Et je suis sûr qu'il desire
secrettement que votre femme se mette à
la brèche, et lui ôte les armes des mains ».
(Voilà en effet une vaillante héroïne, et

c'est une chose fort méritoire que d'invoquer le secours de qui ne veut pas le
prêter.)

« Et voilà l'homme contre lequel, tout en
me disant que vous vous repentez, et que
vous l'aimez, vous m'écrivez avec ' violence. (Tu remarqueras que ma lettre n'é-
toit que chaude et tendre, et j'en atteste
le bon ange qui l'a lue.) En vérité, mon
cher comte, cela m'alarme. Songez donc
que si vous sortez d'ici, et que j'aie le
bonheur d'y contribuer, je réponds de
vous à tout le monde. Une seule lettre
comme celles que vous m'écrivez, que
vous vous permettriez vis à-vis d'un ami
moins discret et moins circonspect que
moi, qui pourroit la rapporter à votre
père, à votre oncle, au public, déshono-
reroit ma garantie, et me forceroit à devenir votre ennemi. Qui me répondra que
vous ne l'écrirez pas, tant que je vous verrai le cœur plein du sentiment amer que
vous y répandez ? «(Ne vois - tu pas qu'il
est très-clair que quand mon procès sera gagné, je m'amuserai à écrire des plaidoyers ?
C'est une occupation si douce !)

« Je suis venu, dites-vous, avec *le projet
pris de vous donner tort*, et c'est à moi

que vous dites cela ! Un homme d'honneur
et de sens ne vient point avec un projet
pris de condamner ni d'absoudre. Je suis
venu vous sachant des torts très - graves,
et desirant vous mettre à portée de les
faire oublier. Je suis venu appelé par vous,
ayant pour vous de l'attachement, sachant
que vous m'aviez aimé dans votre jeunesse, connoissant à travers vos passions
bouillantes que vous aviez un grand fonds
d'honneur, espérant de lui et de vous,
comptant que votre amitié donneroit du
poids à mes conseils, supporteroit les remontrances de la mienne, et m'aideroit à
vous tirer de-là ».

« Quel intérêt ai-je à tout cela que le vôtre ? Et celui de procurer, si je puis par
votre propre moyen, quelques jours doux
à votre vieux père, pour prix de quelques
instructions qu'il a données à ma jeunesse,
et de beaucoup de sermons qui n'étoient
pas trop tendres, (le tout *parce que la du-*
reté n'est qu'une erreur de son esprit) mais
qui m'ont prouvé qu'il me vouloit du
bien, et m'ont appris à pâtir, et en partie
à penser » ?

« Du reste, j'ai des fatigues et des affaires
plus que je n'en puis porter ; j'en ai qui

me sont personnelles ; j'en ai dans lesquelles je dois service à mes amis les plus
chers ; j'en ai pour les princes qui m'ont
protégé hors du royaume , et qui ont droit
à mon travail , quand ils le demandent ;
j'en ai pour mon devoir direct et le service du roi ; et de tout par-dessus les
yeux ; et avec cela , je viens vous voir toutes les semaines , et vous avez une grande
partie de mon temps , de ma tête et de
mon cœur. J'ai donc bien envie de vous
voir malheureux , et d'ajouter à vos peines ! j'ai là de rudes *projets* contre
vous » !

« Mon envie , mon ami , et mon projet ,
sont de vous voir résigné, touché , attendri, renonçant à toute justification ou ré-
crimination dont vous vous êtes ôté le
droit, si vous l'aviez ; abjurant tout esprit
de division et de guerre , criant merci et
rien autre chose au père que vous avez
offensé, afin que je puisse vous donner
pour tel, en sûreté de conscience , et vous
sauver par-là ».

« Quant à ce que je puis avoir de danger
personnel, je vous en parlerai une autre
fois ; mais puisque je ne crains pas de vous
affliger , je crains encore moins de l'être

moi-même. Ma prudence est ferme, et ma timidité fort aguérie. On ne me prendra pas au défaut de la cuirasse, car je suis tout nud. Adieu, mon cher comte, j'attendrai que vous ayiez lu ma lettre pour vous dire bon-jour, et en attendant je présenterai mon respect à madame de R., ce qui est très-propre à faire prendre patience. Au ton de votre dernière, je n'ose plus entrer chez vous sans votre aveu ».—Tu vois que la fin de cette lettre est d'un ton beaucoup plus convenable et plus amical. Cela ne m'a pas empêché de lui parler avec beaucoup de vigueur sur la première. Il s'est peu défendu, et m'a fait presque remords par sa douceur; mais avant que ce remords me retînt, je lui ai dit à-peu-près tout ce que j'avois dans l'ame. Notre conversation a, comme tu sens bien, roulé sur les mêmes sujets : je me suis plaint amèrement de son écorce, et je lui ai dit que la cour l'avoit aussi perverti, lui. Enfin, car tout ceci devient trop long, après beaucoup de dits et de contredits et d'amitiés, nous avons fait ensemble une lettre pour M. de Marignane, dont tu trouveras la copie à la fin de cette lettre, qui est un tissu de copies ; je l'ai

envoyée à mon père avec des phrases nobles et tendres, et toujours dans le même
sens. Je me hâte de répondre à ta lettre.
—Je ne t'ai assurément point dit que je
voulusse récrire à madame de Mi., c'est
de D. P. que je parlois. Il n'y a qu'un cas
où je pusse lui adresser encore des lettres ; c'est celui où elle m'avoueroit que
c'est son père qui a dicté sa lettre, et où
elle me prieroit de la seconder auprès de
lui, me témoignant qu'elle est prête à
faire son devoir sans lui, mais qu'il lui
paroît plus agréable pour nous deux de le
faire d'accord avec lui. Comme il paroî-
troit alors qu'elle a eu un sentiment honnête, et qu'ainsi l'on pourroit attendre
quelque chose de son cœur en l'encoura-
geant ; comme enfin je n'aurois en ceci
à lui reprocher que de la foiblesse, inconvénient de son caractère qui m'est très-
connu, je me prêterois certainement à la
décider tout-à-fait. D. P. y seroit très-propre, si nous avions quelque lueur à cet
égard, mais il lui faudroit quelque preuve
pour y croire. — Mais tu crois donc que
les lettres de Provence arrivent en ,vingt-
quatre heures? Comment veux-tu que mon
oncle ait répondu à ma seconde ? Songe

que courier par courier, il faut trois semaines d'Aix à Paris, et que de toute autre ville de la province, il faut beaucoup
plus. D'ailleurs, la meilleure réponse que
mon oncle puisse faire, c'est d'écrire à mon
pere ; et s'il prend ce parti, ce ne sera
qu'ensuite de ce détour que j'aurai sa
lettre. — Je ne crois point que tu puisses
tirer parti de ton accommodement avec
madame de R., et ses terreurs, jusqu'à
ce qu'elle sache qu'il est réellement question de ma liberté. Je persiste à dire
comme D. P., que tu ne peux décemment
signer que pour nous deux ; mais fais sentir à ta mère que c'est moins pour moi
qui n'en ai pas besoin, puisque le crédit
de mon père vaut mieux que ta signature et
qu'elle ne me tirera point d'ici malgré lui,
que pour toi-même qui te déshonorerois
dans l'esprit de tous les honnêtes gens, si
tu désertois ma cause, au point de me
laisser sous les liens d'un arrêt, en t'en
affranchissant : que voilà l'unique raison
pour laquelle tu insistes sur l'anéantissement de la procédure, parce que tu sais
très-bien qu'un accommodement particulier avec M. de M., n'est que son pardon
pour toi, et non son désistement pour

moi ; que tu a consulté ce point ; que tu
en es certaine ; que ton opinion à cet égard
n'est donc point un entêtement de passion,
mais un procédé d'honneur ; et que tu
oses en rappeler au cœur et à l'esprit de
ta mère , en la suppliant d'oublier un moment que cette affaire la touche. — Quant
à ta fille , dis tout simplement que tu n'as
rien à te reprocher dans la rigidité du procédé et du droit , puisque tu ne lui as donné
que ton nom , et que tu ne pouvois le lui
refuser sans la voler ; que d'ailleurs tu ne
vois pas que la lâche cupidité avec laquelle
les Vald. te poursuivent , et l'atroce brutalité
de M. de M. qui en veut à la fois à ton bien ,
à ton honneur, ton existence civile et à ta liberté, tandis qu'il sait bien que dans le droit
tu ne fus jamais sa femme , te soient autre
chose que des raisons de se servir contre eux
des armes que t'a données le sort , pour les
effrayer, et recouvrer une partie de ce qu'ils
te volent. La preuve qu'il a fallu te pousser à bout pour te réduire-là , c'est qu'assurément tu pouvois faire un enfant à P.
comme à Amst. , et que tu ne l'as pas
voulu , quoique tu aies vécu cinq mois
avec moi dans cette ville . . . . Au reste ,
tout le tapage et le pathos que ta mère te

fait à cet égard , n'est que pour colorer le
reproche qu'elle te faisoit dans les précé-
dentes , en termes très-clairs et très-exprès
de n'avoir pas donné à M. de M. , chez
lui , un enfant de ma façon. Il faut convenir que cette dévote - là a une morale
versatile. — C'est bien dommage que tu
n'aies pas épousé D. P. ; vous auriez fait
à vous deux des enfans bien logiciens. . . .
Ma fille est très-jolie . . . . donc elle me ressemble. . . . Qu'en dites-vous bon ange ?
Appuyez , messieurs de la logique . . . . .
Mais que je t'apprenne à tirer un argument en forme; il y faut trois membres.
Je suis laid comme Vulcain , tu es jolie
comme Vénus , donc je suis cocu , et ma
fille qui est jolie ne peut pas être de moi...
Crois-tu que cette logique vaille la tienne?...
fâche-toi , si tu veux , je suis loin , et je n'y
gagnerois seulement pas une morsure.
Puisque nous en sommes à cette petite
pisseuse , finissons sur son compte ; j'ai
dit au bon ange qu'il ne convenoit en aucun sens pour son éducation et sa sûreté ,
qu'elle fût jusqu'à trois ans dans un village. Elle en aura deux au mois de janvier , et c'est alors que je te propose de
la retirer. En conséquence , écris à M. L.

N., (c'est l'avis du bon ange) et que ta lettre roule sur ces deux points - ci. 1º. S'il est possible que tu l'aies à G., sous un autre nom, formule, prétexte, et toujours par lettre de cachet. Elle seroit-là délicieusement et économiquement, mais je t'avoue que je ne m'en flatte pas; 2º. Si cela ne se peut, nomme le couvent où tu desires qu'elle soit. Sur ce sujet, j'avois une proposition à te faire, et la voici. Ton hospitalière n'est rien moins qu'un merveilleux sujet; mais comme la grande tache de son écusson, à ce qu'il me paroît, c'est les mœurs; et qu'elle ne pourra donner aucuns exemples dangereux de sitôt à un enfant de deux ans ; comme le recouvrement de ma liberté paroît probable, au moins avant un siècle ; comme elle semble avoir besoin de nous, compter sur nous, et nous aimer assez ; comme elle restera probablement à St.-M., et que j'ai là, 1º. le voisinage du bon ange; 2º. les soins de Fontelliau qui veillera à la santé de notre enfant ; comme on n'y prend que cent écus, ce qui s'accommode assez avec notre bourse ; comme enfin je ne sais du tout point où la mettre, jusqu'à ce que je sois libre , je pensois à la

mettre jusques-là à St.-M. Voilà mon projet très - vague, très - subordonné à tes
idées, à tes desirs ; décide, et n'en parlons plus qu'une fois ; mais prenons un
parti, et dis-moi ce que tu écriras à M. L.
N. Je l'appuierai ; mais seulement auprès
de lui ; car tu sens bien que je ne puis
pas m'avouer publiquement le père de cet
enfant, au lieu que tu dois t'avouer sa
mère.

Je ne puis encore te parler de l'inoculation ; car le bon ange ne m'en a pas dit
un mot ; cependant cela me presse et m'inquiète. Parle-lui en, et prie-le d'arranger
que la nourrice puisse être avec elle ; cela
est juste et sage ; mais cela sera cher. Crois-
tu que madame de R. paiera cela ?—Dupont
ne m'a point vu faire de coups de tête ;
mais c'est un ton de philosophe que de
parler de ma tête ; et ce ton lui plaît.—
Moi je le conçois très - bien que je n'aie
point pensé à écrire à M. de Mar. 1°. C'étoit
si à contre-cœur que j'écrivois ce que certainement je n'étois pas empressé de deviner ; 2°. M. de Mar. a eu la dureté sur
ma première lettre écrite d'ici d'obtenir un
ordre pour que je n'écrivisse pas. Crois-tu
que ce procédé me dictât des avances en-

vers lui ?—Je te renvoie la lettre de D. P.
Elle es honnête, et il y a long-temps que
je sais que le beau sexe adoucit son stile
et son austérité. Mon amie, la justification
que tu daignes faire de moi au sujet de
ce prétendu précipice où je t'ai *immolée*;
car les grands mots ne coûtent rien pour
arrondir une période ; cette justification,
dis-je, est charmante, et je voudrois que
tu l'eusses écrite avec cette naïveté au philosophe Dupont. Je me rappelle une phrase
plus touchante que tu m'écrivois un jour
à ce sujet. *Un homme nous donne un
magnifique palais; s'en prendra-t-on à lui,
si l'on y est tué du tonnerre ?* Il est certain, mon adorable amie, qu'il est fort
injuste de censurer notre conduite respec-
tive, quand on ne peut pas apprécier notre
passion; car celui qui ne sait point quel
maître et quelle excuse est l'amour, ne peut
juger aucune de nos démarches, aucun
de nos sentimens, aucune de nos pensées;
nous parlons une autre langue, nous ha-
bitons un autre univers. O amie ! amie de
mon cœur ! combien il est vrai que leurs
brillans hochets ne leur donneront jamais
la moindre partie de notre bonheur ? Esprit, philosophie, succès, gloire, renom-

mée ! qu'êtes-vous auprès d'un baiser de
Sophie ? Qu'êtes-vous auprès d'un de ses
regards ? Et que m'est la postérité, la ru-
meur publique, la fortune et le temps,
quand je lis dans ses yeux son amour, et
que ses mélodieux accens enchantent mon
ame énivrée de délices ? O jouissance !
jouissance !...que de vies je donnerois pour
toi ! Mais ce qui te précède, et sur-tout
ce qui te suit; cette douce langueur, ce
tendre épanchement de deux cœurs qui se
pénètrent, cette inaltérable confiance,
cette union des ames qui seule produit et
prolonge la volupté !.. O c'est-là le bonheur ! c'est-là le bonheur suprême ! et
c'est-là ce que je retrouverai toujours auprès
de Sophie ! — Mais, mon amie, cet homme
qui n'avoit aucune espèce de droits sur
toi, eût été un infâme assassin, s'il t'eût
tuée : car on ne met pas la vie d'un autre
dans la balance avec son amour propre.
L'idée de mettre à profit ma victoire étoit
odieuse et vile. Il est vraiment infâme
d'oser dire à son infortunée victime : (car
c'est le dire que de le tenter) jusqu'ici
vous n'êtes pas ma femme, parce que ma
débilité s'y est opposée ; je crois qu'un
autre a franchi et diminué ces obstacles.

Livrez-vous à mes lâches desirs , et je pardonne tout. » Un homme qui auroit l'ombre
du sens , je ne dis pas de la délicatesse ,
sentiroit qu'à moins que celle qu'il attaque
ainsi , ne fût aussi vile que lui, il ne peut
que se rendre à ses yeux un objet d'exé-
cration et d'horreur ; mais ce qui surpasse
tout cela , c'est d'avoir , après un aveu si
humiliant de sa lascive impuissance et du
desir effréné de vengeance qui l'a toujours
consumé , c'est , dis-je , d'avoir l'atrocité
de poursuivre dans les tribunaux celle qui
n'a de crime envers lui, que de n'avoir
jamais voulu la tromper. Comment n'as-
tu jamais dit cela à ta mère qui enfin a
de l'esprit et même de la tendresse pour
toi, mais malheureusement peu de bonne
foi, parce que son amour-propre se trouve
aux prises avec toi ? « Quoi! cet homme
qui savoit par mon aveu que j'avois un
amant adoré , maître de mon cœur et de
ma personne ; cet homme vouloit profiter de cet instant où les plaisirs d'un autre
pouvoient, croyoit-il, faciliter ses hideuses
caresses , pour assouvir son implacable
vengeance; et parce que je n'ai pas voulu
me prêter à ses odieux et inutils efforts
auxquels lui-même avoit renoncé depuis
des

des années ». Parce que je n'ai pas voulu me partager entre deux hommes, parce que je ne l'ai jamais trompé ; parce que je lui ai dit : je ne suis pas votre femme ; si vous entriez dans mon lit aujourd'hui que j'ai un époux de mon choix, c'est alors que je serois criminelle ; il me traîne devant les tribunaux ; il veut me couvrir d'opprobre, me charger de fers éternels ; et l'on veut que je demande pardon à cet homme, qu'au fond je n'ai point offensé, à qui je ne pourrois pardonner pour moi-même, et qui a osé faire monter sur un échaffaut la représentation de mon amant !...» Que ceux qui ont une ame te jugent ! et qu'ils te condamnent s'ils peuvent ! — Au fond, le silence de Mlle. Dou* est peu inquiétant, puisque le bon ange daigne nous donner des nouvelles de notre enfant; mais voici dans quel sens, il faut voir clair à cela. Ta mère croit que tu n'as des nouvelles de ta fille que par la D. Celle-ci ne t'écrit point. Ta mère veut-elle te faire perdre la trace de ta fille ? et si tu ne réclames point contre cette intolérable tyrannie, que peut-elle penser d'une patience qui n'est ni dans ton caractère ni dans ton cœur ? Elle devinera la vérité: c'est que tu en as d'ailleurs. Il me semble que tu devrois voir la fin de ce farouche silence. — Je ne crains point Montf.; mais ce n'est du tout point le motif que tu allégues qui me rassure ; car enfin le Roi peut te mettre à Montf. par lettre-de-cachet, tout comme à G. Supplie donc toujours pour être dans un couvent. — Allons, allons : de la manière dont tu combines et mêlanges les actes de contrition, je te reconnois digne fille et nièce de dévotes; et je ne désespérerois de rien , quand je te verrois te donner à Dieu et à tous les saints, du paradis s'entend. Je conçois, ma Sophie, que les *actes d'amour* de Dieu doivent paroître un peu secs, quand on en a connu d'autres; cependant je t'attends à 60 ans. — Mde. de R. elle-même n'a nul droit de t'empêcher d'écrire à M. L. N. Et elle n'auroit pas l'insolence de le demander à aucun ministre, parce que tous se mocqueroient d'elle ; or tu dois sentir que ce n'est plus à 25 ans qu'on se laisse dire : si vous écrivez-là, je vous donnerai le fouet. On déclare aux béguines que l'on entend écrire aux gens en place, nonobstant toutes défenses à ce contraires, parce que l'on vaut à-peu-près une vendeuse d'herbes , et qu'une vendeuse d'herbes a ce droit , comme citoyenne et sujette du Roi. Si elles ont l'audace de verrouiller, on jette un paquet par les fenêtres, adressé à l'officier municipal ou au juge du lieu, où on le somme de faire passer l'incluse à tel ou tel homme en place, et les béguines, et leur moine sultan, et même les mères fanatiques ont sur les doigts. Te souviens-tu du jour où Mde. de R. fit demander à M. L. N. de la maréchaussée pour l'escorter à P.? Eh bien, il la refusa, en disant naïvement que *si elle étoit folle, lui n'étoit pas fou.* Crois-tu que si ses accès la reprenoient, un ministre la ménageât davantage. Tu sais les douces lettres que lui écrivoit M. de Malesherbes. — Lorsque le Mar. eut la bêtise ridicule de te mander que *tout ce que tu lui enverrois, passeroit,* il falloit lui demander clair et net, s'il prétendoit quelque droit sur tes paquets à M. L. N., et au ministre; que tu ne pouvois pas croire qu'un homme en place, tel que lui, voulût nier les droits des préposés du Roi; et qu'un homme aussi éclairé et aussi honnête, prétendît d'autres droits sur toi, que ceux d'ami de ta mère. Cela ressemble comme deux gouttes d'eau au R., qui après m'avoir dit et répété cent fois qu'il avoit cent lettres du ministre pour empêcher tous ses prisonniers d'écrire cacheté, finit par ramper le jour où je m'y obstinai; et j'ai depuis vérifié que, comme cela est nécessaire, décent et juste, tout prisonnier a droit de cacheter ce qu'il adresse à M. L. N. Voilà cependant ce qu'aucun ne sait, ce qu'aucun ou presque aucun ne fait, et la diabolique tyrannie qu'il exerce. Il a osé me dire une fois *qu'étant l'homme du Roi, il devoit être en tiers de ce qui passoit entre un prisonnier et qui que ce fût.* Je ne sais comment M. L. N. trouveroit cette prétention; si elle est juste, M. de R. se trouve son inspecteur. M. L. N. avoit daigné, le jour même où je fus conduit ici, ordonner que j'écrivisse tant que je voudrois. Je fus trois semaines sans papier et sans livres, sans chemise à changer, sans peigne, sans qu'on me fît paroître un homme pour me raser; car sa politique est de cacher les prisonniers aussi long-temps qu'il peut à F.; et tu remarqueras que pendant ces trois semaines là, ou plutôt pendant la première de ces trois, j'eus la fièvre et crachai le sang... Mais, grace au bon ange, il a mis de l'eau dans son vin, et il a bien fait; car sûr de la probité de M. B. et de M. L. N., j'étois résolu de le

poursuivre à feu et à sang ; et j'avois beau
jeu. — C'est beaucoup trop parler de Reu.
et la réparation que tu daignes me faire à
cet égard , excède infiniment l'offense ,
puisqu il n'y en a point eu. J'avoue que
le ton de ta lettre à cet égard m'avoit cho-
qué ; cependant il étoit assez simple que
tu n'y eusses pas attaché une grande importance, puisque tu n'avois point deviné que
cette indécence m'affectoit. Il est certain
que c'en est une en tous lieux, à plus forte
raison au couvent. Au reste, ne fais pas
l'honneur à cet écolier de croire qu'il m'ait
inquiété un instant. Le ton de ta dernière
lettre sur ce sujet , étoit amer et aigre ;
j'en pris de l'humeur , et je répliquai trop
vivement. Je t'en demande pardon , quoique bien sûr que tu l'as déja oublié ; mais
c'est à cause de cela même que je dois
m'être plus sévère. Je suis si subordonné
à tes moindres desirs ; ton cœur m'est un
bien si précieux , et la jalousie est une
maladie toujours si voisine de moi , que
j'ai peu de sang froid dans toutes les occasions où , rassurée par la conscience de
tes intentions , tu sembles trouver que j'aie
tort de ne m'y pas confier aveuglément ;
mais outre que la jalousie n'est jamais en
moi de méfiance , et qu'elle est le plus

souvent un sentiment involontaire; je tiens
de si près, ou plutôt si indissolublement à
ton honneur, que le coup d'œil de ta conduite dans le public ne sauroit m'être in-
différent, sur-tout quand je suis loin de
toi. Tu as été si lâchement et si indignement déchirée, qu'assurément tu dois redouter les langues officieuses. Je ne doute
pas que madame de Vi. ne se soit trouvée
fort piquée de tes injonctions relatives à son
neveu; mais je doute encore moins que
tu ne t'en mocques.

Eh bien! si tu n'aimes pas que j'écrive
33 pages en cet instant, aime-moi donc
bien peu; car depuis cinq jours, je n'ai
pas quitté la plume que bien avant dans
la nuit. Mes yeux et ma poitrine n'y suffi-
sent pas trop; mais patience. — Moi, j'aurois
porté ton deuil en Suisse!..J'aurois cru
que Sophie ne me soupçonnoit pas de
pouvoir le porter nulle part. — Oui, madame,
oui, *Maria Angela* est un très-joli nom;
et quand j'étois jaloux de quelqu'un (ce
qui ne m'arrivoit pas bien souvent; car
j'étois fort tiède) elle lui disoit des injures,
ou le soufflétoit, ou me proposoit gravement en brave Italienne de le poignarder.
Moi, pauvre François, je la poignardois
de mon mieux pour prix de cet amour un

peu Corse ; mais cela ne me touchoit pas infiniment ; et cela m'auroit effrayé , si par nature je pouvois l'être ainsi. Je ne te la donne pas pour modèle ; et il faut bien que je m'en abstienne ; car si tu poignardois tous ceux dont je suis jaloux , nous ne serions bientôt plus que nous deux sur la terre.—Je te renvoie la lettre de D. P. : garde-la , aussi bien que tout ce que l'on t'écrit d'essentiel sur toi ou sur moi, et alors conserve une copie de tes réponses. —Songe à écrire tout de suite à M. L. N., dès que c'est l'avis du bon ange , ce que tu veux pour ta fille. Subordonne , comme de raison et de droit, ta lettre à celui-ci ; et fais le une fois parler clair sur l'article de l'inoculation, que je lui ai proposé , comme un sot de faire faire à Paris , tandis que cela est défendu , et sur la possibilité ou impossibilité de te donner ta fille à G. Si tu la mettois à St. M., il faudroit écrire à M. de Monbourg , grand-vicaire du diocèse de Sens, et M. L. N., qui le connoît, ne dédaigneroit peut-être pas de lui en parler. Si tu ne la veux pas là, vois donc où tu veux la mettre ; car je ne la veux pas , passé le mois de janvier, à la Barre. Je ne l'y veux pas , dis-je, pour mille et mille raisons. Je ne sais du tout point si D. P. vou-

droit l'amener à G., et je ne le crois pas.
Cette démarche seroit beaucoup trop publique et remarquée. Tu as mal réfléchi
à cet égard. Mademoiselle Diot et la nourrice seroient tout ce qu'il te faudroit pour
ce petit voyage, lequel se feroit en deux
jours par le coche d'eau ; mais encore une
fois , je ne m'en flatte pas.

Il faut finir , ma tendre amie ; il faut
finir, car je tue le bon ange, et je me tue.
Or tu ne laisses qu'à toi le droit de me
tuer... Ah ! mauvaise ! cela t'est fort aisé ,
et tout aussi aisé de me rendre la vie. Je
ne connois point de Thessalienne plus
habile dans cette sorte de métamorphose.
Adieu, chère fanfan ; adieu, la bien-aimée de
Gabriel. Chaque jour tu m'enchaînes par de
nouveaux liens de reconnoissance et d'a-
mour. Ah ! il y a long-temps que j'en suis
tellement chargé que je ne puis plus t'é-
chapper. Mais augmente ce doux fardeau ;
augmente cette inacquittable dette, et crois
qu'il m'est doux d'avouer que je suis dans
l'impuissance de la payer. Adieu , mon
épouse et mon amante...Tu me fais une
mauvaise querelle, et tu le sais bien.—Jamais
tu ne reçus un seul baiser de l'avide, de
l'insatiable Gabriel ; et tu ne crois pas que
deux ans de veuvage, d'un cruel veuvage

l'aient rendu moins tendre et moins ardent.
Dis-moi si ta fille a déja bien de l'esprit.

Gabriel.

A SOPHIE.

29 Août 1779.

JE la reçus hier au soir ta lettre que j'ai
mangé de caresses jusqu'à t'en rendre jalouse. Ce n'est pas que je n'y trouve beaucoup
à redire à cette lettre, chère amante! car,
pourquoi en consacrer une grande partie à
m'y copier des lettres, qui, tu le sens bien,
ont nécessairement passé dans les mains du
bon ange et dans les miennes. Le bel esprit
Dupont, et même le bel esprit *toi*, quand
tu n'écris point à *moi*, ne m'intéressent du
tout point assez, pour que j'aime mieux
lire leur réthorique que ta simple et naïve
tendresse, dont la certitude fait mon bonheur; mais dont l'impression réitérée m'est
plus précieuse que tout le reste, ta présence
exceptée; quand je t'envoie des copies de
lettres et de réponses, c'est que tu ne peux
les avoir que par moi, et que je te veux en
tout, et dans tous les temps, pour mon
guide, mon témoin et mon juge; mais ce
qui de toi me revient, ou me reviendra toujours, pourvu que tu l'enjoignes une fois
pour toutes à D. P., ne peut pas me rem-

placer les assurances de ton amour.... Voilà
sans doute un singulier début pour une
lettre qui devroit être toute consacrée aux
plus tendres remerciemens; mais je te les ai
déja faits. En recevant la réponse de D. P. à
tes éloquentes et généreuses lettres, tu as
reçu aussi quatre marges de moi, griffonnées
bien menu, où je me livrai, dans le premier moment de mon émotion et de mon
amour, à tous les sentimens que tu m'inspires sans cesse; mais que l'admiration de
mes amis exaltoit en ce moment. Le bon
ange aura ri de ma niche; tu m'en vengeras
en lui en faisant une nouvelle, c'est-à dire
en répondant à ce fragment de lettre ;
ainsi, tu vois, qu'en toute conscience, je
puis bien te gronder ; car je t'ai remer-
ciée et caressée auparavant, et tu n'es pas
embarrassée de l'être après, ni même pendant mon sermon ; car, comme tu me disois fort bien un jour, tu en es quitte pour
me fermer la bouche par un baiser que
tu prolonges, jusqu'à ce que l'envie et la
force de parler me passent...... Et voilà
comme les vengeances de Sophie sont im-
placables et redoutables ! ... Mais tu sais
bien que j'ai l'humeur au moins aussi vindicative que toi. Tu n'en seras donc pas si
légèrement absoute de ton crime, et voici

une penitence que je t'impose. Il y a long-
temps, ma coupable amie, que je vois avec
frayeur et regrets que tu vises à l'impéni-
tence finale. Mauvaise petite mondaine!
le démon de l'amour t'obsède, et tu sembles avoir fait un pact avec lui. Résolu
de faire ton salut à tout prix, et de te faire
rentrer dans les voies du salut, pour rentrer moi-même en grace auprès de ta très-
chère, et très-honorée, et très-pieuse
mère, j'ai consulté divers casuistes; j'ai
feuilleté les Conciles et les Pères; j'ai recherché quels étoient les plus puissans
exorcismes; et j'en ai fait un recueil religieux, saint, salutaire, dont j'espère ta
conversion. Le bon ange, ému des mêmes
sentimens que moi, touché de mon zèle,
desireux lui-même de contribuer à la
conquête d'une si belle ame à Dieu, s'est
chargé de te faire passer cette espèce de
rituel; et comme il se trouve épais et vo-
lumineux, je crois que tu peux l'attendre
incessamment par le carosse ou la messa-
gerie; car le paquet est bien gros pour la
poste. Lis, chaque matin, et même chaque
soir, une de ces antiennes; médite-la,
pénètre-t-en, et je ne désespère pas de
toi. Tu verras que son titre est, *Heures de
Sophie.* Ce t'est un témoignage bien évi-

dent, un monument durable de la sainteté de mes intentions, de la pureté de
mes vœux qui tendent tous à ton bonheur
éternel que je te souhaite au nom de l'a-
mour.... Voilà, ma bonne amie, la pénitence et la capucinade que je te prépa-
rois. J'avois bien pensé à y joindre une
petite discipline ; mais le relieur a oublié
de l'attacher ; et je te l'envoie à part, pour
réparer sa négligence, et seconder, avec
ferveur, mes pieux projets. — Je n'ai plus
rien à te dire sur le beau projet que tu
avois conçu : il est vraiment noble, et
digne de ton ame ; mais c'est loin de jouer
jeu sûr. Je t'ai dit au long toutes mes
raisons ; et je n'ai point balancé à être de
l'avis de D. P., d'autant que c'étoit celui
du bon ange *(adresser à une femme vul-*
gaire une pareille lettre), qui n'en a pas
moins senti toute la dignité et la délicatesse de ta démarche. O ma Sophie ! tu
étonnes les autres, mais tu n'étonneras
plus ton Gabriel, ton époux.... Il te connoît trop bien ! Ecris seulement à D. P.,
pour le presser d'attaquer directement madame de Mi. Ses délais à cet égard me sont
nuisibles, et ne peuvent jamais m'être bons
à rien. Si on la laisse se r'engourdir dans l'é-
goïsme qui lui est naturel, on la remuera

difficilement par une seconde secousse. Je
sais bien qu'au bout de tout, je puis sortir
sans elle; mais outre ces longueurs, ce
parti a aussi ses dangers. Je ne reverrai
plus D. P. qu'à la fin de septembre. Har-
celle-le jusques-là; les importunités des femmes sont aimables, celles de notre sexe
donnent de l'aigreur, et s'en ressentent
quelquefois. D'ailleurs, c'est du moins le
faire souvenir de pousser mon père; et il
est à même. — Je suis bien aise, pour toi-
même, que tu aies écrit à D. P. une lettre
convenable sur l'imputation dont tu es l'objet; mais pour moi-même, je m'en serois
fort bien passé; car outre que ton suffrage
à cet égard me suffit, il est et sera clair
aux yeux de tous les gens d'un esprit droit
et non prévenu, que ta passion n'auroit
pas conservé ce degré d'énergie, pour un
homme qui t'auroit perdu de gaieté de
cœur; et qui, aux transports brûlans de
son amour, n'auroit pas su mêler des procédés dont l'effet fût durable, et à l'é-
preuve de tous les traits de la malignité.
Quant au découragement, il n'est pas à
craindre d'une ame telle que la tienne;
mais enfin, l'adversité jointe au temps est
la grande épreuve de l'amour. Elle détrui-
roit infailliblement celui qui ne seroit

qu'une illusion. Quand on s'est vu si près,
quand on a subi tant de changemens de
sort , tant de ces révolutions qui mettent
le cœur à nud , et le font agir indépendemment de l'esprit, on se connoît ; et si
l'on s'estime , c'est assurément une preuve
que l'on a quelque droit à l'estime des
autres. Je suis donc très-tranquille sur le
jugement que les gens honnêtes et capables
d'impartialité feront de ma conduite envers toi , quand ils auront les données suffisantes pour la juger. Il me semble qu'il
y a peu de justice et de générosité à D. P.
à ne m'avoir point montré celle de tes
lettres où tu daignes faire mon apologie ;
c'est sans doute qu'il a trouvé qu'elle le
mettoit trop évidemment dans son tort.
Mais quand on se pique de franchise , il
faut savoir le reconnoître. Au reste , je
suis comme sûr que tu as exagéré tout à
ton désavantage , et je ne le lui aurois pas
caché ; car je donnerai jusqu'au bout à cet
homme , qui se pique d'être franc , l'exemple de la véracité. Je lui aurois dit , ce qui
est vrai , que le desir de ta fuite fut également conçu dans nos deux cœurs ; que si
je ne le manifestai pas le premier, c'est qu'il
falloit que tu t'y crusses de toi-même assez nécessitée pour m'en parler la pre-

mière, soit pour lever mes scrupules,
soit pour me prouver ta confiance dont je
devois bien m'assurer ; car au premier signe de ton repentir, je n'aurois pas répondu de mon désespoir. Il est donc faux
que ce soit par générosité que je volai à
ta prière pour t'arracher à tous les dangers
qui te menaçoient. D'abord ce fut par
justice, puisque c'étoit moi qui t'avois exposée à ces dangers ; et je le crus si bien
un acte de justice, que j'en aurois fait tout
autant pour une femme que j'aurois également compromise, sans l'aimer d'un si
tendre amour ; (à supposer que ces deux
contraires puissent s'allier.) j'en aurois fait
tout au tant, dis-je, avec cette seule exception que je ne lui aurois servi que d'escorte, et que je n'aurois point habité avec
elle la même maison et le même lit en
pays étranger, où je ne l'aurois aidée que de
ma bourse et de mes amis. Mais la vérité
est que je fus au comble de mes vœux,
lorsque tu réclamas mon secours ; et que
sûr de mon amante, de son inaltérable
tendresse, de son inflexible persévérance,
je ne vis plus pour elle et pour moi que
le bonheur. Je crus tous mes liens rompus
avec la France. . . . . Hélas ! je voulois
qu'ils le fussent. . . . . . J'espérois de ma

Sophie·Gabriel un fils qui me dédommageât
d'avoir, en quelque sorte, renoncé au
mien. Je ne pensai qu'à en faire à jamais
mon unique épouse, et à être, jusqu'au
dernier souffle de ma vie, le compagnon
de son sort. Notre espoir a été déçu...;
mais je ne me croirai jamais coupable,
parce que les motifs qui m'ont déterminé,
sont trop puissans pour que des préjugés
puissent jamais entrer en balance avec eux.
Il est sûr que tu périssois, si je ne t'eusse
enlevée à tes persécuteurs ; il est sûr que
loin de fomenter ces persécutions, j'ai
donné à toi et aux tiens les meilleurs conseils pour prix de leurs perfidies, et que
je n'aspirois qu'à te faire recouvrer la
tranquillité dans laquelle je voulois que tu
attendisses ton veuvage... Qu'ils disent
ce qu'ils voudront, j'ai fait ce que j'ai dû
faire, et les mêmes circonstances données, je recommencerois. Voilà ce que
j'eusse dit avec tout ce détail à Dupont,
s'il m'avoit montré ta lettre. Il ne l'a pas
fait, j'ai dédaigné de repousser ses grossières et injustes accusations. Tu remarqueras que c'est après avoir reçu ta lettre
apologétique qu'il m'a écrit celle du sept,
ou du moins qu'il l'a laissée entre les
mains

mains du bon ange, quoiqu'il avoue que
tu m'aies justifié. Il y a à cela bien de la mauvaise foi, et je n'avois pas besoin de cette
nouvelle preuve qu'il n'avoit destiné cette
lettre qu'à M. L. N., qu'il croit apparemment perdre son temps à les lire. — Tu
crois bien que ton commentaire m'a fait
plus de plaisir que sa lettre, dont cependant je lui ferai mention quand je le reverrai. Tu peux juger par ce qu'il dit de la
violence de ma réponse à sa lettre du sept,
de celle qu'il m'attribue dans les deux en-
trevues qu'il te cite. Dans la première, il
débute par me dire que *j'ai manqué à ma
parole.* Assurément il falloit que je fusse
son ami pour ne pas le prier un peu brus-
quement de sortir de chez moi : j'en appelle à M. de Vallage, qui ne nous quitta
point de ma prétendue violence. Je parlai
avec beaucoup de chaleur, parce que je
parle toujours ainsi à ceux que j'aime ;
mais je ne lui dis pas un seul mot qui ne
fût honnête et flatteur ; et je conservai si
bien mon sang froid, que je ménageai excessivement mon père. Quand il me revit,
nous étions seuls ; je lui dis des choses infiniment plus fortes, et il ne prétend pas
que je me sois emporté. Je l'ai vu sept

Tome III. F f

fois; celle où il dit que je m'emportai
pour la seconde, il ne fut question que de
mon père et des horreurs dont il avoit
accusé ma mère, en m'en nommant le
complice, sans qu'il le crût en effet, de
l'aveu même de D. P. Crois-tu que l'on
dise ces choses-là avec beaucoup de calme?
et une élocution froide ne te donneroit-
elle pas, en ce moment, très-mauvaise
opinion d'un homme? Dupont parut touché de mes sentimens et de ma véhémence,
et il dut l'être, s'il a des entrailles; puis
il t'écrit gravement que je me suis emporté!
S'il me connoissoit, il sauroit que je ne
crie jamais dans la colère; je renverserois
un mur; je mordrois des boulets rouges;
mais je ne crie point. Au reste, ces convulsions violentes dont aucun homme sensible ne s'est jamais totalement préservé,
sont très-rares en moi, et me font un
très-grand mal. Certainement jamais D. P.,
ni, je crois, toi, ne m'as vu dans cette
situation; mais il est du bon ton, du ton
philosophique, de taxer les autres de peu
de pouvoir sur leurs passions. Peut-être
peu d'hommes ont-ils fait plus d'efforts sur
eux-mêmes que moi, qui fourmille de
défauts; mais qui devrois en avoir davantage, vu les incroyables et barbares mal-

adresses de mon père. Je puis te dire avec
vérité que D. P. a le ton plus emporté et
l'élocution plus vive que moi, quoique
j'aie peut-être autant de verve, de mouvemens et de chaleur ; mais tu sais la fable
des besaces. Au reste, je sais qu'il est
beaucoup plus sage que moi ; peut-être
n'en doit-il remercier que le sort, l'âge et
les circonstances. Il est aisé d'être égal et
modéré au sein du bonheur..... Je ne crois
pas que le bon ange soit beaucoup plus
content que toi du ton de mon ami, qui
dans tout ceci, a pris un faux système de
conduite. Le B. A. m'écrivoit tout-à-l'heure
en m'envoyant ta lettre ; « mais, dites-
moi donc, mon bon ami, est-il bien vrai
que M. D. se soit permis d'écrire que, si
vous sortez, il répond de vous à tout le
monde. Si cela est, il connoît bien peu
la marche des affaires, ou il est prêt à avoir
une apoplexié d'amour-propre. Qu'il soit
tranquille ; ce ne sera point à son témoignage que nous aurons recours ; et en
vérité, le public le dispensera de sa garantie ». On ne peut pas persiffler avec plus
d'esprit et de sens ; et il est certain que
la phrase de D. P. est bien ridicule. J'ai
envoyé sa lettre qui n'avoit pas passé par
les mains du bon ange, à celui-ci, afin qu'il

n'en doutât pas ; c'est celle dont il se fit précéder à notre première entrevue, après sa lettre du 7. « Mais à propos , sur quoi pense-t-il, ajoute le bon ange ; que M. L. N. a le temps de lui tendre des piéges. Ce n'est même pas présumable ; et quoique M. D. dise avoir beaucoup d'affaires, il faut avoir absolument la tête vide, pour faire des songes aussi creux. Au surplus, mon bon ami, qu'il remplisse nos vœux, et notre reconnoissance doit lui servir de bouclier contre ses terreurs pour le public qui est un sot, quand il est question d'obliger un homme honnête ». C'est quand on pense et que l'on m'écrit ainsi que l'on se fait aimer de toi, chère amante ! Il est bien flatteur et bien doux pour nous que le bon ange veuille ainsi s'associer à notre reconnoissance , et se mettre en tiers de notre union. Ah ! c'est bien du plus profond de nos cœurs que nous lui en donnons tout ce qu'il en peut desirer. Mais conçois-tu que D. P. veuille s'obstiner à voir dans un beau et noble procédé de notre bienfaiteur , un piége tendu pour lui ? Il faut bien avoir la manie de voir à tout de la politique. D'abord la meilleure preuve que le bon ange est convaincu que M. L. N. a un cœur droit et honnête qui veut le bien pour le bien,

c'est qu'il ait osé lui proposer de me faire
voir un homme qu'il n'ignoroit pas lui-avoir
déplu. Ensuite c'est une singulière et belle
vengeance à prendre de quelqu'un , que
de le mettre à même de jouer un rôle noble
et flatteur. Quoi! M. L. N. en veut à D. p.,
il lui tend des piéges ; et pour mieux l'enla-
cer, il me l'envoie seul, sans réserve , sans
surveillant , et lui laisse toute liberté de
me dire, m'écrire et me faire écrire tout ce
qui lui plaît! Certes, Machiavel auroit peine
à voir là une embûche! Ensuite D. P. veut
absolument que M. L. N. ne m'oblige que
pour désobliger mon père. Cela fût-il , moi
qui ne sais ni composer avec la reconnoissance, ni sonder les reins et les cœurs , je
n'en serois pas moins son obligé. Mais je
dis que cette imputation est absurde ; car
si M. L. N. ne vise qu'à contrarier mon
père, comment me permet-il d'entamer une
négociation pour me réconcilier avec lui?
N'est-il pas évident qu'il devroit au contraire
me dire : *luttez: je vous soutiendrai; nous
vous sauverons malgré lui.* Je crois
fermement , et toute illusion de reconnoissance à part, que mon infortune , qui passe
de beaucoup mes fautes, a intéressé à moi
l'ame honnête et sensible de M. L. N. ; que
d'ailleurs l'intérêt de son devoir s'y est joint;

parce qu'au fait, il est le rapporteur de mon affaire ; et qu'il ne peut pas, pour plaire à mon père, la rendre plus noire qu'elle n'est ; qu'il ne peut pas dire que je me conduis mal, tandis que je me conduis bien ; qu'enfin la dureté de mon père qu'il voit de près dans les détails pécuniaires, a pû lui faire croire, indépendamment de mes manifestes ,que tous les torts n'ont pas été de mon côté. Tout cela doit le prévenir pour moi ; ses bienfaits l'y ont encore attaché. On se complaît à son ouvrage ; et il est certain que ma vie est le sien ; car je serois mort sans lui. Que conclure de tout cela en faveur de l'opinion de D. P.? Rien, en vérité rien. Il faudroit donc dire aussi que le bon ange qui enfin est le premier outil de tout cela, puisque ses comptes rendus m'ont valu tout le bien qu'on m'a fait ; il faudroit dire qu'il en veut à mon père. Et à propos de quoi ? C'est un absurde et injuste calcul que celui des préventions ; et je ne sais comment il se peut qu'un esprit droit dérive jusqu'à ce point.....

Je finissois ceci, lorsque D. P. , que je croyois au Bignon, est arrivé, toujours pour une demi-heure que, par grace, il a prolongée jusqu'à l'heure. Il m'a long-temps

parlé, de littérature et de livres.; enfin je
l'ai ramené aux affaires, et je l'ai pressé
vivement d'écrire. Il est très-décidé à ne
le faire que de l'aveu de mon père ; et je
n'ai pu le tirer de ses argumens ordinaires. Enfin, je lui ai parlé clair ; et je lui
ai dit que sa négociation devenoit infiniment longue ; que je ne voyois pas bien
nettement quelles étoient ses vues ; qu'au
fond je le croyois beaucoup plus l'homme
de mon père que le mien ; que je voulois
du moins mériter de lui qu'il dît que je
ne l'avois jamais trompé ; que je ne lui
cacherois donc pas que je ne voyois nulle
espèce d'impossibilité à forcer la main à
mon père ; que je n'en avois nulle envie
à présent ; que l'envie ne m'en prendroit
certainement pas qu'il n'eût échoué ; mais
que si cela arrivoit , il devoit sentir que
je devois à toi, à ta fille, à moi-même,
ma liberté ; que je ferois , pour y parvenir ,
tout ce dont je m'aviserois ; et que j'em-
ploierois toutes les cordes , même *femelles.*
Ceci l'a un peu remué ; il a persifflé cependant, mais de mauvaise grace. Je lui ai
montré assez clairement que je n'étois pas
sa dupe. Il s'est mis à vouloir me prouver
que je ne devrois, dans aucuns cas, desirer ma liberté autrement que par mon père.

Je lui ai dit que je ne pensois du tout point
ainsi. — Vous me ferez un tort irréparable.
—Quel tort?—Celui de démentir mes assertions. — Mais on me croit donc le plus
lâche des hommes, si l'on suppose que
je serai 5o ans prisonnier sans réclama-
tion. Devrois-je me laisser tuer par mon
père plutôt que de me sauver de ses coups?
—Oui.— Grand bien vous fasse, ce sentiment; pour moi, je ne tends point le
cou au cordon.—Vous ne réussirez point
ainsi. — Je crois le contraire.—Le dernier
qui parle a toujours raison avec M. de
Mau. — Outre qu'il est des gens qui peuvent lui faire vouloir, il n'est pas éternel.
—A sa mort, tout sera en confusion. Le
R. aura le hoquet; et qui sait ce qui arrivera.—Dans votre hypothèse même, qui
sait ce qui n'arrivera pas ? — Là-dessus il
s'est beaucoup débattu avec l'air fort sombre, et l'envie de deviner mon secret. Tu
crois bien que je n'ai rien perdu de ma
sérénité, et que j'ai persisté sur le même
ton *clair-obscur*. Enfin il est parti assez
passablement mécontent, à ce qu'il m'a
paru; mais me promettant de partir mercredi, d'être le jeudi à Bois-le-Fossé, et
d'aller coucher le samedi au Bignon. Aussi-
tôt de retour chez lui, il m'écrira. Il m'a

dit qu'il n'avoit rien reçu de toi. Je présumois cependant que recevant par le
courier du mardi, qui arrive le mercredi
à G. , tu aurois pu lui récrire , du moins
par celui du vendredi , ta réponse. Patience,
mais recommande-lui de me montrer tes
lettres.—Je suis très de ton avis d'écrire
à madame de Mi. des choses *qui la touchent plutôt que de celles qui l'humi-
lient.* Il y auroit, outre de la folie , quelqu'injustice à lui mander de celles-ci dans
un moment où elle paroît avoir eu un
mouvement honnête ; mais comme ce mouvement ne m'est connu que par une voie
que je ne puis pas citer , tu sens bien
que je dois attendre qu'elle me le fasse
sentir elle-même. Alors je te promets d'employer tout mon art à l'encourager. Je le
disois à D. P. ; le grand point est de me
mettre à même de lui écrire encore , afin
de prolonger l'effet qu'a produit ma première lettre.—Je ne sais guères plus que
toi ce que mon oncle fait à Aix. Je sais
qu'il déteste Paris ; mais je crois aussi
qu'il y a eu quelque froid dans la domes-
ticité de mon père.—Mon amie , voici la
copie d'une petite note que le bon ange
avoit attachée à l'endroit où tu me dis
qu'il faut que les R. sachent qu'il est ques-

tion de ma liberté. « Je pense au contraire qu'il faut bien s'en garder ; dans une affaire de conciliation , il faut tâcher d'éluder les observations qu'on ne manqueroit pas de faire ; et dans tous les cas il ne seroit pas encore temps de faire la moindre ouverture à cet égard. Du moins je le pense ». En effet les R. auront bien assez peur quand ils me sauront dehors , sans leur en donner d'avance. Mande-leur seulement ce que je t'ai dit , pour leur prouver que ta signature pour nous deux t'intéresse plus que moi que l'on tireroit bien d'affaire sans cela , si l'on vouloit ; et qu'ainsi cela ne délivrera pas , si mon père s'y refuse.—Il y a très-grande apparence que ton hospitalière ne restera point à St. M. Elle m'a fait dire aujourd'hui , avec beaucoup d'honnêtetés pour toi et pour moi , qu'il lui seroit de toute impossibilité de se charger de ta fille , là , attendu qu'elle y éprouve tous les jours de nouveaux désagrémens qui l'ont entièrement déterminée à retourner dans sa maison où on la desire. Elle se récrie beaucoup sur ce qu'on lui a dit de ma part que je ne souffrirois jamais que ma fille fût à Pr.; que lorsque tu lui proposas de lui donner cette marque de confiance et

d'amitié, tu lui avois mandé que tu voulois que ce fût chez elle qu'elle l'élevât;
que, quand même on lui rendroit à elle
la vie dure à Pr., cela n'influeroit jamais
sur l'enfant; que si elle, Ste. S., restoit
à St. Man., elle ne pouvoit élever ma
fille dans une cellule; qu'elle seroit donc
contrainte de prendre un appartement à
feu; que ce seul objet-là iroit à 200 liv., qui
jointes aux 300 l. qu'elle donne à présent,
feroient 500 l., sans compter la pension
de la petite qui va à 250 l.; sans compter le bois et le vin que les religieuses ne
fournissent point à celles qui sont en chambre; que pour être entre quatre murs,
nourri assez frugalement, il en coûteroit
donc 750 l.; qu'au lieu de cela, elle ne
demanderoit pour tout à Pr., même pour
l'entretien de la petite, que 400 l. Tout cela
est bel et bon; mais j'ai mille et mille raisons pour ne pas vouloir que mon enfant
soit à Pr., où je ne vois pas d'ailleurs
comment madame de Ste. S. pourroit la
garder de sitôt, puisque presque nécessairement elle sera soumise à une pénitence ecclésiastique. Je sais qu'à St. M., ma
fille, à la laisser au commun, ne nous
coûtera pas, l'entretien y compris, plus

qu'à Pr. Or je suis peu effrayé pour les premiers temps de ce qu'on appelle les classes ,
parce que la maîtresse est une amie intime
de F. qui y a sa fille. Elle seroit donc très-
surveillée, indépendemment même de la
recommandation que ne me refusera pas
le magistrat ; mais il me semble entrevoir ,
par une tournure de la lettre que m'écrivit hier le bon ange , qu'il ne seroit pas
impossible qu'on te la donnât. Prie - le
donc de s'expliquer clairement là-dessus ,
et écris à M. L. N. A propos d'un plan
que j'ai donné au bon ange pour faire
inoculer ma fille par F. , et tout près de
lui F. ; plan que le bon ange a trouvé
très - praticable ; il me dit : *voyez si la
lettre de Sophie ne vous fera pas décider
à retarder un peu*. Cela ne peut tomber
que sur la proposition que tu me fais que
mademoiselle Diot te l'amène. Mais si nous
obtenons la grace précieuse dont je serois
reconnoissant toute ma vie , que cette chère
enfant te fût confiée , nous pouvons te l'envoyer de mille autres manières que par
Mlle Di. ; et j'aime bien mieux qu'elle soit
inoculée presque sous mes yeux , par un
homme dont je connois le talent , qui m'est
attaché , que dans ta petite ville où tu n'as
que des ânes. F. qui est très-flatté de la con-

fiance de M. B. et de la mienne , ira , un de
ces jours, reconnoître l'état de l'enfant ; et
m'a dit: (ce que j'ai entendu avec plaisir) si
je l'inocule, ce sera à la manière de Sutton;
et certainement je ne serai pas seul , parce
que vous ne pouvez pas suivre ma manœu-
vre, puisque vous n'êtes pas libre. Je crois
qu'il faut te délivrer de cette inquiétude , te
préserver des âneries de tes artistes , profiter
de la circonstance heureuse qui nous met à
la portée des secours de Paris , et dépêcher
cette besogne qui n'est rien ; mais dans laquelle on meurt comme dans tout autre
temps, et qu'ainsi il faut faire prudemment.
La nourrice suivra la petite. Son lait pourra
nous être très-utile. Le bon ange fera un marché avec le mari ; F. n'en veut point entendre parler. Il se chargera de loger et nourrir
la nourrice, tellement à sa portée, qu'il y
sera , s'il le faut , la nuit et le jour.

J'insiste pour que l'on sache dans le
public que tu es mère ; ton silence peut
faire un très-fâcheux incident dans le procès de ta fille. Ne cabre pas cependant
madame de R. que tu ne saches si tu l'auras.
Ce seroit cependant une bisarre raison
pour te la refuser, que d'en alléguer pour
raison que tu es notoirement sa mère. — Il
me semble que Mlle. de la R. se connoît

peu en amour. Comment demande-t-on à deux gens qui prétendent avoir une passion l'un pour l'autre, ce que l'un des deux feroit, si l'autre se noyoit devant lui ? Le doute, en pareil cas, est plus outrageant pour celle qui l'a conçu, que pour celle à qui on l'adresse. — Tu me parles si souvent de *dévotion* depuis quelque temps, que je crois que tu as réellement conjuré avec le bon ange pour me rendre un *saint*. Tu vas en juger par ma profession de foi que tu m'as déja demandée deux fois, et que je n'ai jamais eu le temps de te faire ; parce que toutes ces discussions immenses à faire, difficiles à résumer, n'apprennent, après tout, qu'un gros rien, si l'on veut être de bonne foi. Un ancien philosophe, interrogé par un Roi sur l'essence de la divinité, demanda du temps pour y répondre. Le délai expiré, il en demanda un autre : enfin pressé de s'expliquer, Simonide dit à Hiéron : *plus j'examine cette matière, et plus je la trouve au-dessus de mon intelligence...* Je crois que Simonide a bien dit. — Veux-tu de grands et de beaux mots ? Racine te dira en parlant de Dieu : — *l'éternel est son nom, le monde est son ouvrage.* — Et voilà un admirable vers ; mais une mauvaise définition. Veux-tu quelque chose de plus grand et de moins vague : lis cette inscription que Plutarque dit avoir été gravée sur le temple de Saïs : *je suis tout ce qui a été, ce qui est, et ce qui sera, et nul d'entre les mortels n'a encore levé mon voile...* En effet, on ne peut faire un aveu plus sublime d'une invincible ignorance. Je t'entends bien d'ici, toi qui marches pas-à-pas, et ne crois point sur parole. Il faudroit, dis-tu, sans doute, prouver qu'il y a un Dieu, avant d'expliquer ce que c'est que Dieu. Peut-être l'un n'est-il guère plus facile que l'autre ; car te démontrer l'existence de Dieu en faisant attention à la nature de l'être infiniment parfait et à ses attributs, c'est-à-dire, par une démonstration directe, par des raisonnemens tirés de la nature même du sujet, c'est supposer l'idée de l'infini, qui est inconcevable. C'est mettre en fait ce qui est en question, et ces sortes de preuves sont tout au moins insuffisantes. — Démontrer l'existence de Dieu par celles du monde et de l'univers, c'est-à-dire indirectement, c'est une tâche bien difficile ; car les loix simples qui dérivent de la forme imprimée à la matière, nécessitent bien un premier mouvement, mais ce premier mouvement sera-t il Dieu ? Il faut convenir que cette première cause

est très inconnue , très-obscure, et parcon-
séquent de nulle application , de nulle utilité dans les choses humaines. Nous ne
connoissons point de cause générale , si
l'on entend ce que l'on doit rigoureusement
entendre par ces mots ; à savoir : *une loi
qui s'observe dans tous les phénomènes.*
La cosmologie , ou la science du monde
ou de l'univers en tant qu'un être composé,
est jusqu'ici une science trop bornée , trop
dépourvue de faits et de principes , pour
embrasser la nature sous un seul point de
vue. (Ce mot de *nature* demanderoit une
dissertation.) Eh ! que valent les démonstrations tirées des loix générales de l'univers aussi long-temps qu'elles seront si
incomplètement connues. Cependant les
preuves sensibles valent cent fois mieux
en ce genre , que les discussions métaphy-
siques , où tout est sujet à dispute, où
l'on s'abîme sans s'entendre ; et si, ce
que je ne crois pas , l'existence de Dieu est
un jour irrécusablement prouvée , ce sera
sans doute par les phénomènes généraux.
Les expliquerons-nous jamais ? J'ose dire
que non. Nous ne connoissons , nous ne
connoîtrons que des phénomènes particuliers. — Si l'on ne sait pas évidemment qu'il
y a un Dieu, juge des efforts de ceux qui
prétendent

prétendent connaître sa nature. Les anciens supposaient la matière éternelle, parce qu'il est évident que puisque quelque chose existe, quelque chose a toujours existé. La matière et la forme, principes simples et généraux de toutes les choses, composaient, selon eux, certaines natures simples qu'ils nommaient *élémens*, des différentes combinaisons desquelles toutes les choses naturelles étaient formées. De-là à faire de la nature, du grand Tout, Dieu, il n'y a pas loin assurément; et c'est, à mon avis, ce qui est au moins aussi raisonnable que le reste.

L'argument du consentement unanime des nations, en faveur de l'existence d'un Dieu, dont on parle tant, ne prouve rien, mais rien du tout; car 1°. ce consentement unanime n'est pas prouvé, et c'est une question de fait parfaitement insoluble. 2°. Il faut peser et non pas compter les suffrages dans une matière qui exige tous les efforts de l'esprit humain. Eh! qui le pourra jamais? 3°. On sait comment la superstition s'est introduite chez la plupart des hommes; et il est plus qu'évident et unanimement convenu que tous les cultes sont de fabrication humaine; car toutes les nations n'exceptent que leur croyance particulière.

Tome III. G g

Mais enfin que penses-tu? me dira peut-être Sophie. Y a-t-il un Dieu? n'y en a-t-il pas? Se mêle-t-il des affaires de ce monde? ne s'en mêle-t-il pas? Ici, je te répondrai naïvement ce que je t'ai répondu et ce que je te répondrai bien souvent: *je n'en sais rien :* ce sont quatre grands mots; crois-moi. Je n'en sais rien, et peu m'importe, parce que je suis assuré qu'il m'est impossible d'en savoir plus que j'en sais, et que ma bonne foi, mes sentimens, mes intentions, ne sauraient déplaire à l'être infiniment juste, s'il en est un. Je ne sais, ni s'il existe, ni comment il existe; mais je sais que le bien moral utile, et même nécessaire à l'homme, indispensable à l'organisation et au maintien de la société, est obligatoire pour tout être raisonnable, et même assez fréquemment inspiré à tout être sensible par son institution, dont il faut bien se garder de négliger les inspirations. Je sais que s'il est un Dieu, l'homme juste et bon lui sera agréable. Je sais que s'il n'en est pas, l'homme juste et bon sera souvent le plus heureux et le moins agité, et qu'alors même qu'il sera persécuté et malheureux, le témoignage de sa conscience adoucira ses maux que des remords envenimeroient, comme ils empoisonnent sans doute la prétendue félicité des méchans. Je sais que j'en serai mieux avec moi-même, et plus aimé de mon amante, quand j'aurai été vertueux : cela me suffit pour idolâtrer la vertu, et ces sentimens droits et simples, ces opinions estimables et salutaires ne peuvent jamais faire de mal, ni à moi, ni aux autres... Ne vas pas croire que cette longue morale soit une antienne de ton gros rituel. Non, il est plus gai ; mais je te la devais une fois, et surement je n'y reviendrai de ma vie, que je ne radote ; car j'ai tout dit.

Pousse le Mar... relativement à ta fille, il faut démêler cette fusée. Non-seulement tu ne dois pas paraître consentir à perdre ta fille de vue ; mais Madame de R.,. est très-capable de te tendre ce piège, pour conclure de ta tranquillité que tu en sais des nouvelles par ailleurs, et que par conséquent tu corresponds ; cela serait très-dangereux.

Te voilà encore à radoter, et cela m'impatiente. M. de Mar... n'aurait TRÈS-CERTAINEMENT pas osé donner un ordre par écrit à l'abbesse pour que tu n'écrivisses point à M. L...N..., qui n'aurait pas souffert cet insolent conflit de jurisdiction ; et ta mère, si elle eût été assez folle pour demander cette défense aux gens en place, en eût été baffouée.

Il est très-possible que M. L... N... autorise
pour certains sujets gangrenés et incurables
les directrices ou directeurs des maisons-de-
force à soustraire leurs lettres qui écrase-
raient inutilement ses préposés ; encore je
ne crois point à cette autorisation. Mais il
n'est pas croyable qu'on mette à la merci
de qui que ce soit, même d'une mère, une
femme de ton espèce, majeure et mariée.

A la raison... il faudrait qu'il en eût pour
s'y mettre ce R... ; mais je t'ai déjà dit qu'il
ne peut rien contre moi, et qu'il me ménage
beaucoup. C'était très-différent la première
année, où je faisais la bête. Jusqu'à ce que
le bon ange me connût, cet homme poussa
la barbarie avec moi, jusqu'à me laisser
quinze jours sans encre, plumes, papier et
livres, quoique M. L... N... lui eût fait donner
par B... (moi témoin) l'ordre de me laisser
écrire tant que je voudrais. Les huit premiers de ces quinze jours, je crachai le sang,
et ne pris exactement que du lait. J'avais la
fièvre, des hémorragies dont tu sais bien la
cause, et l'on ne me proposa pas même le
chirurgien-major. Mais je te dis et te répète
que grâce à notre ange tutélaire, je suis aussi
bien que je puis l'être ici.

Souviens-toi que je n'entends à aucune

composition pour ton sommeil. Je ne veux pas, sous quelque prétexte que ce soit, que tu travailles la nuit. En tout repose-toi, je t'en supplie, et songe que tu n'auras pas toujours vingt ans.

Surement le silence de M. Bouch... calomnie ta fille. Elle a de l'esprit plus que les quarante académiciens de Paris, qui, disait Piron, *en ont comme quatre* ; elle sait déjà toutes les langues, et a beaucoup de talens ; mais elle a la malice ou la modestie de les cacher. Patience : tu juges bien que Fr... va me dire très-exactement si elle me ressemble.

Je ne sais pas ce que diable tu me rabaches avec tes bandes ; quelquefois le bon ange me les envoie, et je les garde sans scrupule pour les baiser ; d'autres fois, comme ces deux dernières, il ne me les envoie pas, et je m'en console. En général je sais combien les *bandes* et toutes leurs propriétés intéressent le beau sexe ; pour moi, je n'en suis guère que tourmenté... Adieu, belle amie ; il fallait bien que je finisse par des poliçonneries cette lettre où je t'ai fait deux sermons. Ma gravité m'eût étouffé. Je finis plutôt que je ne comptais, parce que D. P. et mon estomac m'ont arriéré, celui-ci en me prenant une heure, celui-là qui n'est pas en très-bon ordre, grâces aux pêches et aux melons, en me rendant impossible, par les chaleurs qu'il fait, d'écrire la première heure après mon dîner. Il faut d'ailleurs que j'écrive encore un mot au bon ange, quoique je lui aie écrit une longue lettre ce matin; et je veux que ceci parte demain bon matin, afin que notre bon ami ait le tems de le lire et de l'expédier mardi, le tout pour t'annoncer mon rituel, que tu baiseras comme une relique; entends-tu? Une diable de brune, qui n'est ni ne sera ma maîtresse, me l'a fait emprunter, et je n'ai pu refuser. Le bon ange prétend *qu'il reconnaît là ma galanterie pour le beau sexe*; ainsi, pour ma consolation, je suis persifflé.

Adieu, mon cher et tendre amour. Ne me copie plus des lettres dans les tiennes; envoie-moi celles de D. P. seulement, et ordonne-lui de montrer tout au bon ange et à Gabriel, et ne vole plus ton époux, ton tendre époux, qui t'adore de toutes les forces de son ame, et ne connaît de bonheur que dans l'amour, ses projets, ses espérances, ses dons, ses faveurs, sa fidélité, sa constance.

GABRIEL.

A S O P H I E.

9 Septembre 1779.

Oui, en vérité, tu l'entends bien ; et voilà
une belle *complaisance* qui me vaut un *supplément* de deux pages et demie bien petites ,
bien courtes, écrites bien large... eh à quoi
un supplément, je te prie? Il y a dix-neuf
jours que je n'ai eu de lettres de toi ; c'est
donc une lettre qu'il me fallait, et non un
supplément. Et ce M. l'ange que tu prétends
que nous occupons , nous la donne belle de
substituer des billets à des lettres ; en vérité
il n'y a dans tout ceci que nous *d'attrapés*, et tu
comptes fort mal. Ce n'était pas la peine de
me faire attendre quatorze jours , du 25
Août au 7 Septembre , un petit billet assez
doux , mais qui ne vaut rien du tout pour
un amant affamé. Je le crois bien que tu es
contente, toi qui venais de recevoir une
longue lettre de Gabriel ; c'est alors que les
cadres étaient un supplément; mais, moi ,
je prends ta lettre pour rien du tout ; elle
me donne la soif de Tantale , et voilà tout
ce que j'y gagne. Si ce Monsieur avait tant

Gg 4

de plaisir à relire nos lettres, il nous en
ferait écrire davantage; mais c'est de l'eau
bénite de cour dont il t'asperge, et tu deviens, ce me semble, facile à endormir.

Au-lieu de te gronder de ce qui n'est point
ta faute, je vais te transcrire une belle missive
de D. P., qui devient tous les jours plus
ridicule et plus girouette; mais comme cette
lettre entraîne une explication importante,
et pourrait amener une rupture entre lui et
moi, à laquelle je ne me refuserai ni ne me
prêterai, je te l'envoie, ainsi que ma réponse.
« 3 Septembre. Mon premier soin en arrivant
» ici, (il est chez lui) mon cher comte, et
» avant de faire aucune démarche au Bignon,
» est de vous écrire au sujet de notre der-
» nière conversation.

   » Je vous aurais écrit dès lundi passé, si
» mon travail ne m'eût entraîné de manière
» que je n'ai pas eu le tems de dormir depuis
» que je vous ai vu jusqu'à mon départ, et
» n'ai pu partir que mercredi à onze heures
» du soir.

   » J'ai trouvé, dans ce que vous m'avez
» dit, des demi-projets de guerre nouvelle
» avec votre père, qui ne cadrent ni avec
» le repentir dont j'ai cru vous voir pénétré,
» ni avec les dispositions que je veux recon-

» naître dans un homme que mon cœur
» aime par instinct, mais que ma raison ni
» mon caractère ne me permettraient pas
» d'aimer davantage, si je ne croyais pas
» pouvoir et devoir l'estimer.

» Non, mon cher comte ; si vous ima-
» giniez que vous eussiez pu expier, par
» quelques peines et quelques malheurs que
» ce soit, le délit de l'ouvrage contre votre
» père, sur lequel vous avez craint l'autre
» jour de me laisser jeter les yeux, je ne
» pourrais pas vous en estimer.

» Une telle guerre de plume, et par la
» voie de l'impression, me paraît au moins
» (il avait écrit *beaucoup plus* et l'a effacé)
» aussi atroce que celle qu'on peut faire
» l'épée à la main. J'en serais, à la place de
» votre père, beaucoup plus irrémissiblement
» offensé qu'il me l'a paru, lorsque je lui
» parlai de vous, il y a six ou sept semaines;
» et je n'ai rien trouvé de plus respectable
» que les dispositions à l'indulgence que j'ai
» vues alors dans son cœur. Mais comment
» me hazarderais-je à cultiver ces disposi-
» tions dont j'espère votre résurrection phy-
» sique et morale, si je peux douter que votre
» cœur soit vraiment et complettement dans
» le cas de les mériter ? Il ne dépendrait

» pas de moi d'aimer et servir un coupable
» volontaire.

» Mettez-vous dans la tête que vous n'avez
» aucun moyen de recouvrer l'existence
» civile accompagnée de quelque honneur ,
» et de reconquérir l'estime des cœurs hon-
» nêtes , qu'en ayant un repentir constam=
» ment prouvé par les faits.

» Si nos démarches étaient malheureuses ,
» cela serait triste , mon ami ; il faudrait les
» recommencer , en varier la forme , per-
» sévérer au fond , mais persévérer *à genoux.*
» C'est pour vous aujourd'hui , et jusqu'à la
» mort , vis-à-vis d'un père tellement outragé ,
» la seule attitude convenable , la seule dé-
» cente qui puisse vous procurer la pitié , l'es-
» time et le zèle d'amis propres à vous servir.

» Je connais beaucoup mieux que vous
» le monde, et les affaires et les hommes ;
» croyez sur la parole de l'amitié que l'en-
» treprise de forcer la main à votre père est
» absurde ; qu'elle n'aurait aucun succès ;
» que les demi - faveurs que vous pourriez
» attendre ne mèneraient qu'à vous com-
» promettre.

» Même à torts égaux , le public et les
» gens en place sont toujours pour les pères
» contre les enfans , et ils ont raison. Mais

» êtes - vous dans le cas des torts égaux?
» (oh non! j'en serais bien fâché) et pour-
» riez-vous faire, dans la vue d'obtenir votre
» liberté malgré votre père, aucune démar-
» che qui ne renfermât, ne supposât et n'exi-
» geât des discours et des écrits qui aggra-
» veraient vos torts?

» Si vous aviez le malheur de réussir,
» vous ne sortiriez qu'avili, odieux aux
» ames nobles et tendres, odieux à vous-
» même. Il ne faut pas entrer dans le monde
» pour y chercher le mépris ; ce n'est pas
» un aliment pour votre cœur. J'aime mieux
» la prison; et s'il ne me reste que cette
» alternative, je me renferme et je meurs.

» Je crois que votre choix serait le mien ;
» mais je suppose à notre place un scélérat
» qui ne voudrait que la liberté, *per fas et ne-*
» *fas*, et pour qui la honte des moyens ne
» serait rien. Hé bien! il serait trompé dans
» ses vues, il aurait la honte et n'aurait pas
» la liberté.

» Ce que je vous dis là, est de simple
» observation philosophique. Mais croyez,
» mon cher comte, que la raison est tou-
» jours d'accord avec la conscience. Il n'est
» presque pas nécessaire de philosopher, il
» faut sentir. Sentez donc ; vous saurez sure-

» ment quel est le rôle d'un fils qui diffame
» son père, un père estimé.

» Vous n'auriez pas renoncé à ce rôle,
» si vous n'aviez pas renoncé à tout moyen
» apparent ou réel, illusoire ou possible
» *de lui forcer la main.*

» Il ne faut point se lasser de solliciter
» son indulgence et de suivre toutes les
» voies qui peuvent vous y conduire. Je vous
» y servirai avec un zèle que rien ne pourra
» rebuter. Mais je n'aurai point ce zèle, et
» je ne pourrai vous servir à rien, si je
» n'ai pas l'assurance la plus inviolablement
» sacrée, que même, en cas de malheur,
» vous ne vous permettrez jamais rien de
» contraire au profond repentir que je vous
» aurai supposé, que j'aurai attesté, dont
» je me serai rendu garant.

» Comment oserais-je me dire et m'avouer
» l'ami d'un homme duquel je saurais qu'il
» ne tient qu'à une circonstance de plus ou
» de moins, au malheur d'une position plus
» fâcheuse en soi qu'injuste, pour lui faire
» faire une guerre itérative et mortelle à son
» vieux père?

» Vous voyez que votre réponse m'im-
» porte. Je l'attends, et jusqu'à elle je me
» tiens coi.

» Il n'y a point de dureté dans cette lettre,
» mais la vérité et la fermeté que je vous
» dois, et que je me dois. Vous direz que
» j'ai plus de cette juste fermeté loin de vous
» que de près. J'en conviens. En présence,
» votre clôture m'appitoie ; les guichets
» sont une préface attendrissante. Mais ren-
» tré dans mon cabinet, il faut revenir avec
» courage à la raison et à la justice.

» J'ai reçu une lettre de votre amie, dont
» je ne suis pas content. Je fais de mon
» mieux pour vous servir, mes très-beaux
» enfans, et crois mériter d'être seul juge
» de la manière. D'ailleurs je n'ai point de
» tems à perdre en manifestes. Je suis écrasé
» de devoirs. Prenez courage, et que votre
» courage soit ferme, patient, doux et ten-
» dre. Adieu, et aimez-moi ».

Je crois que personne ne disconviendra
que cette lettre soit captieuse et mal-honnête. Je n'y trouve aucun symptôme de
bienveillance et d'amitié. Je n'y vois qu'un
homme qui veut retirer son enjeu, et qui
ne voudrait pas le dire ; qui est tiède, et même
pusillanime, injuste, et ce qui est pis, de
mauvaise foi, et qui n'ose être rien de tout
cela, masque levé ; mais qui voudrait me
conduire à lui mettre le marché à la main

par des phrases dures, qu'il ne me sait pas
naturellement d'humeur à souffrir. J'ai réfléchi, et j'ai cru qu'il était convenable et sage
de lui parler avec toute la franchise, mais
aussi avec toute la modération possible,
1°. pour le mettre évidemment dans son tort
en cas de rupture; 2°. pour conserver tous
mes avantages, et j'en ai eu infiniment depuis
le commencement jusqu'à la fin de notre
correspondance; 3°. pour ne pas manquer de
reconnaissance, légère à la vérité, que je
dois à ses dehors d'amitié, qui n'ont rien
produit, mais qui peuvent avoir été sincères.
En conséquence je réponds : « Votre lettre
» était en vérité, mon cher D. P., tout au
» moins fort inutile, car je m'étais expliqué
» très-nettement avec vous; mais si c'est,
» comme cela en a tout l'air, une audience
» de congé que vous me donnez, je vous
» approuve; car il faut être franc dans ce
» monde, et vous allez voir que je le suis
» autant que je me pique de l'être.

» Votre lettre roule sur deux points. Le
» premier est l'émotion que vous a faite ma
» conversation dernière. Le second est la
» demande que vous me faites de ma parole
» *inviolable et sacrée, que même, en cas de*
» *malheur, je ne me permettrai jamais rien de*

» *contraire au profond repentir que vous m'avez*
» *supposé.* Ces épithètes, *inviolables* et *sacrées* ,
» sont oiseuses et redondantes ; car je ne
» connais point d'autres engagemens que
» ceux-là ; et je ne voudrais pas que vous
» arrondissiez vos phrases aux dépens de
» l'estime que vous devez à un ami , et même
» tout simplement à un homme , à la parole
» de qui vous vous fiez, puisque vous la
» demandez. Quoi qu'il en soit , voici ce que
» je réponds.

» L'émotion que vous a faite ma conversa-
» tion dernière , ne vous est venue que de
» m'avoir mal compris. *Vous avez cru voir* ,
» pour me servir de vos propres expressions ,
» *dans ce que je vous ai dit, des demi-projets de*
» *guerre nouvelle avec mon père , qui ne cadrent*
» *ni avec le repentir dont vous avez cru me voir*
» *pénétré, ni avec les dispositions que vous voulez*
» *connaître dans un homme &c. &c.* que vous
» vous proposez de servir. Je n'eus jamais
» depuis ma détention , et je n'ai point ces
» projets. J'ai écrit contre mon père un pam-
» phlet nullement *atroce* , comme il vous plaît
» de le nommer , et qui ne contient que des
» vérités, vérités dures qu'il est mal à moi
» d'avoir dites, et que je me repents d'avoir
» *voulu* publier ; car elles ne l'ont point été :

» mais ce n'est pas ma faute; ainsi je n'en
» suis pas moins coupable. Je ne vous refu-
» sai point cet écrit l'autre jour, et je ne
» vous l'aurais point refusé, si vous me l'eus-
» siez demandé, quoiqu'il me parût peu
» convenable de le laisser lire même à vous.
» Je vous dis seulement que je ne pouvais
» pas vous remettre ce volume relié, qui est
» le recueil de mes premiers et très-mé-
» diocres essais, parce que l'*anecdote &c.* que
» j'en voulais arracher, s'y trouvait. Vous
» auriez dû, ce me semble, trouver honnête
» et naturel ce sentiment et cette sincérité.
» Quel que soit mon repentir à cet égard,
» et il est très-réel, je ne conviendrai pas
» d'avoir commis un parricide. Une guerre
» *l'épée à la main* contre son père est un par-
» ricide, c'est-à-dire un forfait qui n'est pas
» sans exemple, mais qui fait hérisser les
» cheveux et gémir d'être homme. Cependant
» vous osez dire qu'une *guerre de plume est*
» *au moins aussi atroce* que le serait la guerre
» d'épée. En vérité, mon ami, les déclamations
» vagues peuvent égarer bien loin même les
» bons esprits, et vous rougirez de celle-ci,
» quand vous y réfléchirez; mais ce n'est
» point là ce que j'ai voulu vous dire. A
» cette époque triste et douloureuse où j'ai
                         » écrit

» écrit contre mon père, vous savez ce qui
» me fit prendre la plume. Je sus que j'étais
» accusé par mon père d'un crime abomina-
» ble, d'avoir souillé son lit... A cette idée,
» mon sang se glace, et ma main s'arréte....
» On me demandait vengeance; on la de-
» mandait dans le délire de la colère et de
» la douleur. Ce sentiment contagieux s'em-
» para de moi. J'écrivis, j'écrivis amèrement,
» mais sans toucher au cruel motif de mon
» emportement, et sans me nommer. Peut-
» être aurais-je paru bien plus excusable aux
» yeux du public, si j'eusse fait un manifeste
» complet et avoué. Une voix secrète m'ar-
» réta, et j'en loue et remercie ma cons-
» cience. J'écrivis en vingt-quatre heures
» le mémoire pour ma mère, qui est infi-
» niment plus fort que le pamphlet, et le
» pamphlet qui n'est guère qu'une satyre
» littéraire. J'aurais pu employer des crayons
» beaucoup plus vigoureux, sur-tout tra-
» vaillant de premier mouvement.... J'ai tou-
» jours aimé mon père, et ce sentiment
» involontaire que je haïssais alors m'a tou-
» jours retenu.

 » Je crois, et je dis, parce que je le crois,
» que l'action d'avoir écrit contre mon père
» est impossible à justifier en bonne morale,

Tome III.   H h

» mais qu'elle peut s'excuser par les circons-
» tances. Vous aurez beau dire et batailler
» contre votre propre pensée. J'ai été in-
» dignement vexé, calomnié, persécuté. J'ai
» la conscience de ce que j'ai souffert. En
» vérité je ne dirai pas que je n'ai point
» expié cette faute, parce que je ne le crois
» point. Mais (je ne sais pas comment sont
» les autres hommes) l'expiation ne détruit
» point en moi le repentir. J'ai fait à vingt
» ans une très-grande faute contre la morale.
» Tout le monde l'ignore ; car je fus plus heu-
» reux que je ne méritais de l'être, et l'offensé
» est mort. Certainement beaucoup de mal-
» heurs m'ont purifié depuis du délit de
» m'être battu ayant tort, et le sachant. Eh
» bien ! cette faute me bourrelle encore. Ce
» n'est pas au milieu d'un repentir que
» j'avoue que je me donnerai matière à de
» nouveaux repentirs ; c'est un trop triste
» oreiller ; ainsi je n'écrirai pas contre mon
» père, c'est-à-dire je n'adresserai point au
» public des manifestes offensans contre lui.
» Mais veux-je m'interdire la défense légi-
» time de moi-même ? cette question rentre
» dans le second point de votre lettre, et
» la réponse n'est point douteuse.

    » NON , JE NE LE VEUX PAS. La défense de

» soi, de sa réputation, de son honneur,
» le recouvrement de sa liberté, de ses droits
» civils et sociaux est le premier devoir de
» tout être sensible, et il est coupable, s'il
» ne remplit pas ce devoir. Je vous le dis
» avec quelque douleur, mon ami; vous
» avez pris dans les grandes affaires et dans
» les méprisables cours du nord (ces deux
» derniers mots sont oiseux) une teinture du
» despotisme ministériel qui opprime ce
» monde sublunaire, et qui a fort perverti
» vos principes, et ce sentiment intérieur
» qui plaide chez tous les hommes en faveur
» de la liberté; vous n'avez jamais voulu
» entamer ce sujet avec moi, parce que
» vous sentez fort bien que vous ne seriez
» et ne pourriez qu'être battu; et aussi parce
» que vous êtes trop honnête homme pour
» soutenir sérieusement une thèse réprouvée
» par votre conscience. Vous aimez mieux
» éluder les difficultés, et vous jeter dans
» de belles déclamations morales qui ne
» prouvent absolument rien, faute de base
» et d'application. Quelquefois plus adroit,
» vous substituez le sentiment aux raisons, et
» vous m'attendrissez. Mais mes yeux retom-
» bent bientôt sur mes chaines, et des chaînes
» indignent tout cœur honnête, toute ame

» élevée. O mon ami ! ne faites pas nombre
» parmi ces esclaves sophistes qui ont deux
» poids et deux mesures, qui mettent tous
» les devoirs d'un côté et tous les droits de
» l'autre, qui trafiquent de la morale, de
» la justice, de la liberté de l'espèce hu-
» maine..... Vous n'ignorez pas qu'on est
» souvent et très-souvent coupable d'obéir ;
» que le plus grand des attentats que l'homme
» puisse commettre envers lui-même, c'est
» de déférer à des ordres, à un gouverne-
» ment, qui lui ôtant l'exercice de sa volon-
» té, de son opinion, de sa conscience,
» peut mettre à chaque instant le crime au
» nombre de ses devoirs. Vous savez cela,
» et vous approuvez et défendez celui qui,
» non-seulement y défère, mais qui les in-
» voque ! O vous qui traitez un écrit, même
» modéré, quoique répréhensible *de crime*
» *atroce*, et qui l'assimilez à un parricide,
» pensez-vous qu'un malheureux esclave,
» qui est hors de la société, hors de la
» puissance des lois qui la régissent et qui
» ont été impuissantes pour lui, tient de
» la nature et de la justice le droit de tout
» faire, je dis *tout* sans exception, pour rom-
» pre ses chaines ? Pensez-vous qu'un des-
» pote quelconque, un géolier et un mar-

» chand d'esclaves sont trois êtres dévoués
» au poignard de celui qu'ils tiennent dans
» les fers, s'il a le moindre espoir de les
» briser à ce prix?... Voilà de la chaleur,
» mon ami; mais ce ne sont pas des décla-
» mations, c'est de la raison et de la vérité
» philosophiquement et rigoureusement dé-
» montrées. Vous le savez aussi bien que
» moi, et vous m'affligez de toujours l'ou-
» blier vis-à-vis de moi, parce que vous me
» faites suspecter votre bonne foi.

» Quel est le résultat de tout ceci? Il n'est
» point amphibologique. Je vous ai promis,
» et je vous promets d'honneur de ne pas
» faire une seule démarche tendante à ma
» liberté que vous ne l'approuviez et ne la
» dictiez; jusqu'à ce que vous m'ayiez dit :
» *je renonce à l'obtenir.* Je promets cela, dis-
» je, sous la condition que vous vous enga-
» gerez à votre tour à ne pas me tromper;
» car enfin, si vous espériez cent ans, moi,
» je ne veux pas être cent ans ici. Si vous
» échouez sans retour, je ne promets point
» de ne pas tenter d'autres voies, et je me
» croirais coupable de le promettre. Je ne
„ me servirai jamais, je le jure, que de
„ moyens légaux et légitimes par toutes
„ les lois divines et humaines ; je ne re-

Hh 3

» noncerai point à me sauver d'un despo-
» tisme quelconque, paternel ou autre :
» car ils sont tous deux au moins égale-
,, ment odieux.

» Voilà, mon ami, un engagement non
» équivoque que j'avais pris verbalement
» avec vous, et que je signe volontiers. Je
» le contracte de sang froid : il est ferme-
» ment arrêté dans mon ame, soit que vous
» m'abandonniez à mon sort, soit que vous
» continuiez à me servir; et je me crois sûr
» qu'à mon dernier jour, je ne me repenti-
» rai pas de l'avoir formé. Après ceci, il est
» assez inutile de discuter le reste de votre
» lettre; de vous demander si l'aggresseur
» ne doit pas s'imputer les suites de l'aggres-
» sion; si un homme peut avoir quelque
» droit personnel d'attenter sur la liberté
» d'un autre homme; s'il a le droit de refuser
» le pardon avant de s'être assuré par un
» examen sincère s'il n'est pas complice des
» délits qui l'ont offensé; si l'offensé peut
» être juge de l'offenseur; si un honnête
» homme, même impartial, peut ne pas
» s'abstenir dans sa propre cause, à moins
» qu'il ne prononce que pour se condamner
» lui-même...... Je vous demande pardon,
,» mon ami; mais avant que de faire de belles

» phrases et des exclamations attendrissan-
» tes, il faudrait répondre pied à pied à ceci,
» et à bien d'autres choses..... Hélas! tels
» sont les trop fréquens exemples qui sem-
» blent légitimer la tyrannie des lettres-
» de-cachet, qui accréditent cet arbitraire
» odieux que des citoyens tels que vous,
» estimés et estimables, et qui même ne
» manquent pas de patriotisme, ne rougis-
» sent pas d'invoquer ou d'approuver au
» mépris des loix, de la magistrature et du
» droits des gens.... O hommes! ne serez-
» vous donc jamais las d'appeller la tyrannie
» par vos maximes inconsidérées, ou votre
» fol enthousiasme ou vos lâches flatteries,
» ou votre stupide crédulité? Ces préjugés
» funestes, cette pusillanime docilité, cet
» égoïsme aride, ces complaisances vénales,
» qui infectent toutes les classes de la so-
» ciété, enhardissent les puissans que l'opi-
» nion publique dirigée vers le bien effraie-
» rait, retiendrait, entraînerait, instruirait
» peut-être. Vous vous vendez vous-mêmes.
» Vous souffrez en attendant la catastrophe;
» et vous souffrirez encore lors du terrible
» dénouement... Mais, mon ami, je prêche
» un converti. Vous savez mieux que le
» secret est la véritable égide de la tyrannie;

» que c'est au milieu des ténèbres dont elle
» s'enveloppe, qu'elle aiguise son glaive et
» rive nos chaînes; qu'invoquer des ordres
» illégaux, des jugemens arbitraires, des
» punitions secrètes, c'est outrager la natu-
» re, la justice, les lois et la nation. Tout
» cela change-t-il quand il est question d'un
» fils? Je vous laisse le soin de répondre à
» cette question; mais je parierai ma vie que
» vous ne ferez jamais enfermer aucun de
» vos enfans.

   » Je finis cette lettre, déjà très-longue;
» mais il me faut encore vous dire un mot.
» Je crois, je pourrais même dire, je crains,
» que votre amitié et vos préventions ne
» vous exagèrent le crédit de mon père et la
» difficulté de lui forcer la main. Hélas! mon
» ami, la réputation et l'estime qu'il avait
» acquises sont fort chancelantes. Je le dis
» en gémissant, parce que j'en suis trop sûr
» et de trop de côtés, pour en douter. C'était
» ma propriété, c'était mon bien que cette
» réputation. Pourquoi desirerais-je de le
» perdre? Je ne puis le recouvrer complette-
» ment qu'en rentrant en grâce auprès de
» lui; mais, en vérité, je crois qu'il se ferait
» honneur à lui-même. Il n'est pas vrai que
» les gens en place soient toujours pour les

» pères contre leurs enfans. Ils savent trop
» bien qu'il est des mauvais pères. Et si ce
» que vous dites était réel, que serait de-
» venu, pour vous citer un exemple récent
» et terrible, cet infortuné de Poilly, qui,
» traîné *par une lettre - de - cachet* dans une
» ignominieuse prison, pour le décider à
» entrer dans le cloître, où la barbare pré-
» dilection de sa mère pour son aîné voulait
» l'ensevelir; forcé, par une autre *lettre-de-*
» *cachet*, de prononcer les vœux pour sortir
» de son cachot; frappé d'une nouvelle
» *lettre - de - cachet*, lorsqu'il veut réclamer
» contre cette violence; délivré après dix-
» neuf ans de captivité par le ministre qui
» avoue enfin avoir été trompé; enfermé de
» nouveau lorsqu'il redemande son bien, et
» délivré encore avec l'aveu d'une surprise
» faite à l'autorité; baloté ainsi pendant
» trente-sept années de persécutions, vient
» enfin de revoir la lumière et la société,
» après avoir été les deux tiers de sa vie la
» victime de ses parens et des ordres arbi-
» traires?... Cet exemple et beaucoup d'autres
» prouvent que si le gouvernement veut rete-
» nir le cordon, il veut aussi savoir comment
» on le renoue. Et certes, s'il était permis
» aux ministres de se jouer ainsi de la liberté
» des hommes, et de se justifier en confes-

» sant leur erreur ; si des précautions bar-
» bares prises sur des informations si légères
» et si fautives, étaient un ressort nécessaire
» à l'administration, il nous faudrait vivre
» continuellement suspendu entre le déses-
» poir et la mort. En un mot, je suis mal-
» heureusement de cette classe d'hommes
» que le crédit gouverne absolument ; mais
» le crédit est variable, et je ne suis ni de
» nature ni d'espèce à être oublié.

» Je puis avoir disposé très légèrement de ma
» vie autrefois ; mais je vous demande pardon,
» mon ami ; elle n'est plus à moi : je ne dirai
» plus : *je me renferme et je meurs.* Sûr, à mon
» premier pas dans le monde, de faire baisser la
» tête, plus par ma conduite que par mes re-
» gards à quiconque aurait osé me préparer du
» mépris, j'ai mis dans ma tête de recouvrer
» ma liberté, de la recouvrer sur-tout en
» conquérant le cœur de mon père, et dans
» la vue d'adoucir sa vieillesse, de la rendre
» heureuse par l'attendrissant repentir de
» m'avoir méconnu. S'il me ferme à jamais
» ses bras et son cœur, (ce que je ne croirai pas
» légèrement) je gémirai, mais je n'oublierai
» point que je les dois à d'autres auxquels
» les liens sacrés de l'honneur et la recon-
» naissance m'unissent.

» Au reste, mon cher ami, vous mettez

» un peu trop légèrement en fait ce qui
» est en question, en assurant que je n'ai
» qu'un moyen *de reconquérir l'estime des cœurs*
» *honnêtes.* Il faudrait, pour cela, que je
,, l'eusse perdue, et en vérité cela ne m'est
,, pas prouvé. Il me l'est au contraire que
,, des gens estimables et respectables me
,, témoignent, outre de l'intérêt et de l'ami-
,, tié, une estime très-flatteuse. Vous, qui
,, parlez, je doute. qu'au fond de votre ame
,, vous m'en refusiez ; ou plutôt si j'en dou-
,, tais, je ne me dirais pas ce que je suis et
,, serai toute ma vie, votre sincère ami.
,, — J'avoue que vous me paraissez difficile
,, en stile, puisque les *manifestes* de mon amie
,, vous ennuyent. Je lui recommanderai de
,, ne pas vous surcharger. J'attends une
,, réponse décisive à cette lettre, qui est
,, mon dernier mot ».

Voilà, ma chère amie, ma lettre, où il y a
peut-être beaucoup de fautes de stile. parce
qu'elle est écrite fort à la hâte, et copiée de
mémoire, et que je n'ai pas le tems de relire;
mais qui est bien, noblement et fortement
pensée. Je me crois sûr que tu l'approuveras:
car au bout, il faut finir, et ne pas payer les
choses plus qu'elles ne valent. Je ne romprai
pas le premier, mais je ne me laisserai ni
défier ni vexer.

J'ai maintenant assez envie de laisser sans
réponse ton billet, car sa briéveté me choque
la vue. Cependant il faut que je te parle de
ta fille. L'idée de la faire inoculer par F....
m'est venue avant toi. Le bon ange l'a adoptée,
et a autorisé sa visite à la barre ; car il faut
bien examiner un sujet avant que de le sou-
mettre à cette opération. La petite est très-
bien portante, d'une constitution très-saine,
de la plus belle carnation possible, et assez
vigoureuse, mais sans cet excès qui est plus
dangereux que desirable. Elle sortait d'un
dévoiement venu à la suite de ce que la nourrice appelle petite vérole volante, et qui
n'est qu'une ébullition, germe ou symptôme
de germe de dents. Elle n'en a que seize. Les
alvéoles sont gonflées, et elle va en faire.
C'était une raison sans réplique pour suspendre l'inoculation. C'en est une aussi pour
ne pas penser à la tirer de chez sa nourrice
qu'elle tette encore, ce qui me fait et me
fera grand plaisir jusqu'à l'inoculation inclu-
sivement. F... la reverra en Octobre ; mais
nous voulons que la dentition soit, sinon
parfaitement finie, du moins absolument sus-
pendue, avant que d'aller en avant. Je te
dirai maintenant ce que tu cherches des
yeux ; demeure long-tems : ta fille est très-
jolie, donc elle ne me ressemble pas ; aussi

ne me ressemble-t-elle pas plus qu'au grand-mama Mouchi. Mais en revanche, connais-tu ce mauvais petit morceau d'ivoire que j'ai tant baisé, et que je baise encore? eh bien! ce petit morceau d'ivoire est en très-laid le portrait de ta fille; ce qui ne m'étonne point, parce que cette image frisée ne te ressemble aussi qu'en laid. Bref, la ressemblance est frappante, dit F....; et si frappante, qu'entre mille enfans il l'eût reconnue. Mais comme je suis à-peu-près son père, elle a d'autres rapports avec moi, et les voici: elle est turbulente, méchante et bruyante comme dix légions de diables, tape des pieds, crie, tempête; je crois même qu'elle jure... boit du vin, et en boit si bien, que F... a été obligé de lui ôter son gobelet, qu'elle avait à moitié vuidé; dit sans cesse: *je veux, je veux, je veux... panpan, pan...* Ne voilà-t-il pas une riche langue? Elle y ajoute: *papa, maman*; embrasse fort familièrement les hommes; appelloit F... *son papa de pays*; le battait lui et la petite Thérèse, s'il caressessait la petite Thérèse, etc. etc. etc. Ne voilà-t-il pas un charmant sujet? Somme tout; elle est espiègle, maligne, vive comme une Salamandre, mais bonne enfant, donnant tout d'elle-même, mais aussi prenant ce qui lui convient, même des brioches grosses comme elle; c'est la loi de la nature. Elle s'est laissée très - paisiblement examiner sa petite machoire, et son joli petit corps, qui est blanc comme un lys, et où il n'y a pas un bouton. Sa taille est très-droite et bien prise; ses sourcils et ses cils noirs, ceux-ci fort longs; une forêt de cheveux châtains foncés qui seront bientôt noirs, de forts jolis traits, puisque ce sont les tiens, et plus réguliers; mais des yeux qui ne sont ni les tiens ni les miens; car s'ils ne sont pas petits, ils sont encore moins grands. C'est assez bête à elle. F... trouve que c'est un charmant enfant, et je le crois bien, puisque c'est ta fille; mais, jusqu'ici, ne t'en déplaise, ma paternité est assez mal prouvée... Ah! Sophie, pardonne-lui de te ressembler : mes vœux sont comblés, et elle me sera bien chère. Eh! comment le plus tendre amant eût-il été un mauvais peintre ?

Je crois tout comme toi que ce serait fort bien fait de nous mettre en même cachot, et peut-être quelque jour le proposeras-tu à Madame de R... Penses-y; crois-tu qu'elle y tope? elle ferait fort bien, car nous lui laisserions après tripoter tout ce qu'elle voudrait...; mais les péchés... les péchés. Nous ne ferions guère que réaliser ceux de notre imagination ; ainsi il n'y aurait pas grande différence ; s'il y en a , elle serait à l'avantage de notre salut ; car maintenant nous desirons de toutes nos forces d'en commettre , et si nous étions ensemble , nous aviserions aux moyens d'éteindre un peu ces desirs criminels. Pour moi , si l'on veut me donner cette compagne de captivité , je consens à ne demander de ma vie ma liberté. Te sens-tu le même courage?

Finalement, finalement, tu es la fille de Monsieur ton très-cher père , puisque *finalement* tu veux ce que tu veux. Mais je crois que tu me demandes ce que tu as maintenant : or il est des offrandes que je ne puis pas doubler aisément, du moins loin de toi.... Ah ! dans tes bras la piété ne s'use jamais, et les sacrifices se succèdent sans qu'on ait l'envie ou le tems de les compter.... Mais n'est-ce pas ton *breviaire* que tu demandes? Eh bien ! demande-le à ton ange , si tu ne l'as pas; car il l'a lu ; et tu peux le remercier , car sans lui il ne serait pas si orné et si beau. Pour tes mystères , je te les laisse faire volontiers: jamais tu ne te cachas de Gabriel que pour augmenter son bonheur et ses plaisirs, en les aiguisant du charme de la surprise. Mais s'il est question de Gabriel-Sophie, comme le dessin de M. L. N. me le fait présumer, j'aimerais mieux un portrait, du moins en pastel, qu'un dessin, qui rend difficilement l'expression et la vie de l'ame, je veux dire la physionomie. Mademoiselle Di... ne peint-elle point en pastel ou en miniature ? Elle est fort bonne dessinatrice, et je crois qu'elle sait mieux que dessiner.

Madame de Rem... a gravé trop d'anecdotes dans sa *mémoire* pour que la mienne y tienne une grande place. Si elle est insolente, elle trompe mon opinion particulière sur elle, mais non pas mon opinion générale sur les femmes à mauvaises mœurs, qui croient toujours que l'austérité de leurs discours et de leurs jugemens plâtre leur conduite ; ce qui n'est vrai que pour les sots.

Certainement tu feras très-bien de ne rien hazarder du côté du Bignon. De tout tems le maître de la maison a été un très-grand inquisiteur, et son fils cadet n'est rien moins que circonspect et prudent par nature. Cependant s'il écrit honnétement, et qu'il donne un avis important, il faut l'accueillir comme il le méritera.

Ta mère t'a donc envoyé une lévitique ? Eh bien! ma Sophie, je te nomme ma grande-prêtresse.

prêtresse. Tu sais à quel dieu, dans quel temple je sacrifie; et je crois que tu devineras quelle victime.... Oh! quand pourra-t-elle tomber sous le couteau brûlant et sacré, qui consume à-la-fois le prêtre, et l'idole, et l'autel!

Je desire plus que je ne l'espère, que tu tires quelque parti du voyage de M. le conseiller d'Etat. Tu es aisément la dupe de son jargon; mais tu ne le seras plus, du moins sur les choses essentielles, et le reste s'arrangera. Mais je serais fâché que tu oubliasses l'explication que tu te proposais d'avoir sur ses perfides instructions, et aussi sur la ridiculité avec laquelle on t'accorde comme une grâce ton droit indisputable d'écrire aux gens en place. Je te prie aussi de tirer au clair l'histoire de la Do... Certainement il y a du dessein à ce silence, et il serait dangereux de ne pas éventer ce dessein.

Le départ de Madame de Ste. S.... n'est rien moins que sûr. Mais ma fille nous donne du tems. Je doute fort que l'on nous fasse à tous deux tant de plaisir que de la mettre entre nos mains. Madame de R... hurlera, et l'emportera. Il faut même éviter à M. L. N. des importunités à cet égard, pour peu que le bon ange te dise que cela n'est pas faisable.

Tome III. I i

Nous la placerons , d'ailleurs , le mieux que nous pourrons. L'inoculation se fera incognitò ; mais on la saura assez tôt pour la payer.

Adieu , tendre amante. *Indépendamment du certificat de santé que me donne D. P.* , tout chez moi se porte à merveille , excepté mes yeux, qui périssent et si bien et si vîte , que je ne prends plus la peine de les ménager ; car à quoi bon ? Quoique je me trouve aujourd'hui déjà beaucoup trop généreux envers toi , c'est *d'avance* que je te prodigue tous les tendres baisers que tu comptes bien prendre quelque jour , et moi donner quelque jour ailleurs que dans mes lettres. Celle-ci serait plus longue , si je n'avais pas voulu t'envoyer le très-beau dithyrambe aux mánes de Voltaire , qui vient de remporter le prix de l'académie française. Il m'a tué mon tems , et mes yeux , et ma lettre.... Mais en mérites-tu davantage ? Non, et ce n'est que pour faire pénitence que je t'embrasse.

Dis donc au bon ange qu'il est un frippon.

GABRIEL.

A SOPHIE.

11 SEPTEMBRE 1779.

MON amie, je ne puis qu'être bien reconnaissant de tes intentions; mais je ne puis aussi que te gronder, et sérieusement, de l'étourderie majeure que tu as faite, et que j'apprends à l'instant. Voici ce que D. P. m'écrit sur ce sujet, après m'avoir donné des nouvelles assez bonnes, et qui m'ont attendri sur mon père, qui a parlé de moi avec sensibilité et dignité. » Il se croit d'autant plus obligé, dit D. P., » de demeurer neutre entre Madame de Mi... » et vous, qu'il est instruit par une incroyable » imprudence de Sophie de toutes ses relations avec vous. Je ne la gronderai point, » mon ami; elle prend mal mes remontrances, » fruits de mon zèle et de mon attachement » pour elle et pour vous. Mais grondez-la » vous-même un peu sérieusement : c'est une » liberté qu'un grand attachement autorise, » et voilà pourquoi je ne m'en faisais pas faute » avec vous. Imaginez-vous que cette pauvre

» et charmante folle, active comme le feu,
» mais imprudente comme la grêle, s'est avi-
» sée d'écrire à votre frère, qui est à Mon-
» targis, et de lui demander à le voir. Il a
» pris un cheval de poste, s'est rendu à Gien,
» a vu un médecin qu'elle lui indiquait, et
» qui l'a fait entrer chez elle déguisé en la-
» quais autant que son gros ventre comporte
» le déguisement. Là, elle lui a parlé avec le
» plus grand pathétique, et la plus profonde
» inutilité, et le plus effroyable danger des
» lettres que vous écrivez, de celles que vous
» avez reçues, de tous les détails qui vous re-
» gardent, et dont il est clair qu'elle n'a pu
» être instruite que par vous. Je tremblais
» qu'elle n'eût parlé de moi, et pendant le
» récit de cette équipée, j'étais sur le gril.
» Mais il paraît que j'ai eu le bonheur d'être
» excepté de ses indiscrétions. Votre frère
» lui a dit qu'il ne pouvait rien que vous
» plaindre. Ils se sont séparés, et il est re-
» venu riant aux éclats, et faisant de grandes
» plaisanteries sur cette aventure de roman.
» C'est un garçon qui ne manque point d'es-
» prit, mais chez qui le physique a détruit
» le moral, et qui est l'être le moins roma-
» nesque qu'il y ait au monde. Il est d'ail-
» leurs, par sa position, l'homme qui a le

« plus grand intérêt que vous restiez où vous
» êtes; mais la prudence de l'aimable Sophie est
» toujours de se jeter à la gueule du loup. M.
» votre père avait envie d'en écrire à M. de Ni-
» vernois et à M. de Maurepas, pour demander
» qu'on mît fin à des communications qui
» étaient contre la règle, et qui pouvaient
» vous écarter d'un retour sincère à vos de-
» voirs, et vous mettre par conséquent dans
» le cas de prolonger votre détention. Je lui
» ai représenté que cela ne mènerait à rien,
» que si vous aviez été favorisé par quelque
» intrigue subalterne, des ordres supérieurs
» n'empêcheraient pas que la chose ne con-
» tinuât, et ne feraient qu'ajouter aux ani-
» mosités, de sorte que dans cette singulière
» position, la seule chose à faire pour un
» homme aussi sage que lui était de feindre
» d'ignorer entièrement, et ce qui était ar-
» rivé à son fils cadet, et les correspondances
» qu'il paraissait qu'on avait permises à son
» aîné. Je l'ai ramené à cette opinion, et
» ce n'est pas un point de peu d'importance
» pour Sophie, pour vous, et même pour
» les petits désagrémens qui eussent pu en
» résulter pour M. L. N. et M. B... »

A ce dernier égard, je suis tranquille, parce

que je sais M. L. N. aussi complétement autorisé qu'il puisse l'être. Mais tu as joué à
pair ou non, notre correspondance, parce que
certainement M. de Maur...., sur la plainte
de mon père, eût pris de l'humeur, et l'eût
défendue.

Ce n'est pas tout. Comment as-tu pu voir
le chevalier sans mon aveu ? De deux choses
l'une : il pouvait me servir, ou il ne le
pouvait pas. S'il le pouvait, c'était bien le
moins de savoir si je voulais lui avoir cette obligation, comment je voulais la lui avoir, si
je ne craindrais pas qu'elle le brouillât avec
mon père, et que je ne me visse la cause
d'un nouveau trouble dans ma famille. S'il
ne pouvait pas me servir, et que tu l'aies cru,
ton étourderie n'a pas de nom. C'est au point
que je ne puis me persuader la vérité de la
relation du chevalier, qui est fausse en un
point, puisque c'est lui qui te fait solliciter
de lui donner un moyen de t'écrire. Mais comment l'as-tu vu ? dans quelle circonstance ?
pour irriter ta mère, embarrasser le ministre,
et nous reculer tous deux ? Cela est inconcevable, et le bon ange, qui avec raison est
mécontent, ne l'est pas autant que moi. Je
te prie de songer que ce doit être un in-

violable secret que celui de notre correspondance, autant par reconnaisance et respect
pour l'administration, que pour notre intérêt.
M. B... se repent presque de m'avoir permis
d'entrer en matière avec toi sur mes affaires
personnelles. Il est dur de faire repentir un
ami de s'être laissé vaincre par l'amitié.

D. P. m'ajoute en *P. S.* qu'il ne t'écrira point
encore, parce qu'il a trouvé dans ta dernière
des tournures désobligeantes et des impru-
dences, qu'il n'a méritées sous aucun aspect,
dit-il. Il est dans nos mœurs, ajoute-t-il, et
dans mes principes, d'être toujours de la plus
grande honnêteté et d'une galanterie respectueuse avec les dames. Il ne faut leur écrire
que lorsque l'on est content ou calmé. Au
reste, dit-il encore, ces petites et légitimes
humeurs ne changent rien ni à son zèle ni
à son estime.

Ceci n'est rien, mais le reste est beaucoup :
explique-le moi sur-le-champ, et nettement,
je t'en prie. Je te supplie encore de ne plus
rien écrire ni faire sans nous consulter. Adieu,
ma tendre amie. Ton activité me touche; j'i-
dolâtre ta tendresse : mais ta tête est plus
folle encore que la mienne. Voici un supplément bien grave à ma lettre d'avant-hier; mais
sache en revanche que nos affaires vont bien.

Je te dirais bien encore que ton Gabriel t'a-
dore ; mais ce n'est pas une nouvelle.

GABRIEL.

A SOPHIE.

20 SEPTEMBRE 1779.

TA lettre du 12, qui ne m'est parvenue
qu'aujourd'hui fort tard, devait, ma tendre
amie, m'être remise le 17. C'était l'intention
de M. Boucher, de la part de qui la diligence
est une faveur. Ceux dont elle est le devoir
ne sont pas aussi exacts, et il a plu à M.
de R... de ne me l'envoyer qu'aujourd'hui,
à midi. Je l'avertis que si cela arrive encore une
fois, j'en porterai les plaintes les plus sérieuses
à qui de droit. Il est bizarre qu'un préposé
subalterne, qui ne sait pas ce qu'il me passe,
puisqu'il me passe tout cacheté, et qui de
plus sait mes affaires dans la crise, ait l'impudence de retenir trois jours mes paquets.
Enfin je l'ai, ta charmante lettre, et j'en
avais grand besoin ; car, quoique tu eusses
répondu à la question de la Voit... (qui ne

la faisait qu'à ma prière) purement et simplement, que le chevalier n'avait pas plus
paru à G... qu'il n'y avait été appelé ; quoique
j'en eusse fait aussi-tôt part à M. Boucher ;
quoiqu'il puisse m'être témoin que je n'ai
jamais cru à cette prétendue visite , toute
circonstanciée qu'elle était , je bouillais d'impatience de n'avoir à lui offrir sur cela que
des conjectures ; et la lettre qu'il m'adresse
enfin , et qui n'est pas même une réponse
à ma dernière , est la première assurance
indirecte que j'en aie. Il m'est bien clair
maintenant que M. le chevalier de Mi... voyant
dans le cœur de son père des dispositions
pour moi , trop favorables à son gré , a voulu
les étouffer par un des plus vifs mécontentemens
que ce père austère pût recevoir de
son fils aîné ; je veux dire la certitude que
celui-ci s'efforçait, cabalait pour armer une
partie de sa famille en sa faveur. Je savais
depuis long-tems que la crapule avait étouffé
dans l'ame du chevalier tout sentiment de
délicatesse et de bienséance ; mais je ne le
croyais pas pervers et sans honneur. Je n'aurais sur-tout jamais imaginé qu'à 25 ans ,
n'ayant jamais reçu que des services d'un frère
infortuné , souffrant, captif, on pût machiner contre lui une trame aussi noire , dans

la seule vue d'aggraver ses fers. Que l'on soit neutre ; que l'intérêt sordide d'une cupidité aussi vile que folle fasse sacrifier les plus douces affections du cœur humain , la concorde et l'amour fraternel, il n'y a rien là de fort étranger à l'homme : mais qu'en s'abstenant de servir, on ne s'abstienne pas de faire du mal, voilà, je l'avoue, un période de scélératesse qui étonne mon esprit, et navre mon cœur. Heureux encore que dans cette occasion comme dans tant d'autres , la perversité d'autrui n'ait pas fait notre crime , et que la folie Ruff... et la fougue Mir... ne se soient pas réunies pour nous opprimer !

Je crois , mon amie, que tu t'es mal entendue avec le bon ange. Qu'on ne te donne point ta fille ; cela me paraît tout simple , quoique fort dur, et je m'y attendais. C'est tout ce que tu pourrais espérer d'une mère aussi raisonnable que tendre ; et ce n'est pas là ta destinée. Mais qu'on laisse malgré toi, malgré moi, malgré les convenances , malgré la raison , malgré l'humanité , ta fille à la merci de la négligence d'une paysanne dans un village, c'est ce que je ne puis croire, et je m'en expliquerai aujourd'hui très-sérieusement avec M. B.... , qui fera sûrement par instinct, amitié et devoir, tout ce qui sera juste pour ma fille. Bellard l'a touchée ; F... l'a touchée ; Mademoiselle Diot l'a probablement touchée aussi : tout le monde peut donc la toucher. J'en demande pardon à M. B... Mais les personnes qui ont déjà une fois au moins gagé des assassins contre moi, qui t'ont écrit à toi que je ne devais attendre d'eux qu'une balle dans la cervelle, n'ont pas de grands droits à mon estime ; et je dis nettement que je les crois fort capables d'empoisonner un enfant qui leur est importun, à charge, et qu'ils haïssent comme mon sang. Quant à la crainte que l'on ne les forçât par-là à dépayser ta fille, M. B... n'y a pas bien réfléchi : on a voulu te retenir par une peur de femme. Si ma fille disparaissait demain, après demain tu attaquerais en justice père, mère, Mou...., Valdh...., ou tu serais un monstre. Tu réclamerais à l'instant ses droits et les tiens ; et je déclare hautement que moi, qui suis lié ici bien plus par la reconnaissance et la raison que par mes chaînes, au risque de me tuer et de me perdre mille fois, je tenterais une évasion plutôt que de laisser un tel forfait impuni. Quand M. B... dit que St. Mandé... a des difficultés (elles peuvent sans doute exister en effet pendant ma détention, à raison du voisinage), il ne dit pas que tout couvent soit interdit à ta fille, qu'il la faille paysanne, et exclusivement paysanne. Ta fille est aux yeux des magistrats et des lois Mademoiselle de Mon... Elle a les droits de citoyenne : nous les réclamerons pour elle le jour où on voudra l'en priver ; et ce devoir est le premier et le plus sacré des nôtres, quelques pantalonnades que des dévotes, qui n'ont peut-être pas donné à leur mari un seul enfant de lui, veuillent accumuler. En voilà assez sur ce sujet. Je le traiterai avec M. B.... Calme ta tête et ton cœur. Ce bon et digne ami est actif, sage et sensible : il fera pour le mieux ! Je t'ai donné dans ma dernière lettre réponse à ton billet aux cadres de D. P., beaucoup de détails sur cette chère petite. Elle sera inoculée aussitôt qu'elle pourra l'être. T... y retournera, si le bon ange le veut bien, en octobre.

L'histoire de l'homme et de la caisse est évidemment la seconde édition du roman de M. le chevalier. Je ne suis point étonné que cela soit parvenu à ta mère. Il l'a contée en riant aux éclats dans tout Montier. Je l'ai su par D. P., vil personnage qui ne voyait pas qu'à supposer qu'il dît la vérité, il ne te chargeait que d'une imprudence, tandis

qu'il développait toute l'aridité de son cœur
et l'inconséquence de son esprit ! Si le père
s'est mêlé là dedans, comme cela est, du
moins pour la publication de cette nouvelle,
tu aurais dû le traiter devant M. de Mar...
comme le méritait un moine insolent et ca-
lomniateur, qui répète en pleine communauté des bruits scandaleux (sans doute
parce qu'il n'a pas trouvé sur son chemin les trompettes de la ville pour l'ébruiter), et donne des instructions sans vérifier
le fait, comme s'il était ton mentor. Il n'a
que voulu ameuter contre toi toutes ces
dames, et cela pour te punir de n'être pas
amoureuse de ses appas doguins. Apparemment qu'il te trouve plus jolie que ses sultanes, et qu'il compte au nombre des droits
de sa place, les bonnes grâces des pensionnaires. Mais ce hideux et odieux Monsieur, qui
a déjà osé s'élever avec tant d'impudence contre un ordre de M. L. N., qui le ferait assez aisée-
ment et peut-être assez équitablement mettre
à Bicétre, s'il le voulait, mérite que tu le ra-
vales et tiennes à sa place. Pour ta mère,
c'est autre chose. Je ne m'attendais pas à
la voir si modérée qu'elle l'a été sur un bruit
de cette espèce, et tu lui dois déférence et
douceur autant par raison que par conve-

nance ; et l'on peut répondre avec force ,
sur-tout quand on a l'évidence pour soi ,
sans y mettre d'aigreur. Elle ne va jamais
bien à qui a droit. Laisse-la pour ressource
aux déraisonneurs de mauvaise foi.

Tu ne peux pas empêcher le monde de
penser ce qu'il lui plaît ; et cela est assez
égal , pourvu qu'il n'y ait point de ta faute,
et que tu ne commettes aucune indiscrétion.
Il n'est pas fort singulier que M. de Marv...
se soit douté que ton grand empressement
d'écrire à M. L. N. avait quelque motif. Tout
ton tort en cela est d'avoir tant insisté pour obtenir une permission dont tu n'avais pas besoin,
dès que M. L. N. daignait te faire des envois.
Mais après tout, il n'est pas mauvais que cette
discussion de conflit de juridiction (qui
cependant n'en pouvait pas être une) n'ait
pas eu lieu , et que tout se soit arrangé à
l'amiable , parce qu'encore faut-il ménager
M. de Marv... , ne fût-ce que comme corres-
pondant de ta mère. J'entends bien qu'un de
tes plus grands torts avec celle-ci est de la
deviner. Mais au fond, ses procédés de détail sont bons ; les masses s'arrangeront malgré
elle. Il faut donc patienter , et mettre la raison de son côté , en allant doucement et modérément.

Si jamais on avait l'insolence et la cruauté
de t'interdire le jardin, informes-en les supérieurs. Mais je ne puis croire, ni que ta
mère l'exigeât, ni que l'abbesse, qui me paraît t'aimer, s'y prêtât. Quant à tous les autres,
ils n'ont aucuns droits sur toi, et tu ne dois
pas leur souffrir une juridiction quelconque,
qui ne les rendrait que plus insolens.

Quand on a le front de vanter l'efficacité
de négociations, qui depuis deux ans et demi
ne sont pas entamées, il faut que l'on n'en ait
pas beaucoup. D.P. ferait quelquefois fort bien
pendant avec les faiseurs de phrases de tout
sens. Il m'écrivit hier une lettre, qui, selon
l'expression plaisante du bon ange, est fort
ministériellement amicale. Mais, avant que de
te parler de celle-ci, à laquelle est jointe
une fort grave pour toi, il faut te donner
l'autre partie de celle dont tu n'as eu qu'un
fragment dans mon supplément à la réponse
des cadres, où je te conte, d'après D. P.,
toute l'histoire du chevalier. Voici le reste
de cette lettre, ou plutôt le commencement.
Elle est du 6 septembre. « Je ne vous ai pas
» tenu parole, mon cher comte; c'est-à-
» dire, que j'ai fait à ma manière, mieux
» que je n'ai promis et qu'au fond je ne

» crois devoir, du moins avant votre réponse
» à ma précédente du 3 de ce mois.

» Mais je n'ai osé douter de cette réponse
» que j'espère ; et si , contre mon attente ,
» elle se trouvait indigne de vous ou de moi,
» il serait tems alors de me retirer et de vous
» laisser à vos beaux projets de guerre. J'es-
» père pourtant qu'ils ne sont pas dans votre
» cœur , et que j'aurai votre parole de ne
» les y voir jamais rentrer.

» J'ai donc passé hier la journée au Bi-
» gnon , et j'y ai beaucoup parlé de vous.
» On m'a montré vos lettres, que j'ai com-
» mentées le plus favorablement. Votre père
» trouve que celle à M. de Mar... n'est qu'a-
» droite ; mais qu'elle l'est beaucoup ; il
» n'est vraiment content que de la seconde
» à votre oncle. Enfin lisez et pleurez! Il
» m'a dit ces paroles : Pour moi , mon ami,
» je lui ai pardonné le délit qui m'est per-
» sonnel , aussi complettement que je pour-
» rais le faire à l'heure de la mort , et je
» demande à Dieu de le lui pardonner de
» même. Si cela peut servir à sa consolation,
» je ne suis pas fâché qu'il en soit instruit.
» Je ne lui écrirai point : je ne crois pas le
» devoir ; mais j'ai mandé à son oncle ce
                                        » que

» que je vous dis, et je crois qu'il lui écrira.

» J'ai profité de l'émotion pour lui de-
» mander à quoi pouvait tenir votre déten-
» tion, tandis qu'il était dans cette dispo-
» sition paternelle, qui m'a fait lui baiser les
» mains. Elle tient uniquement, m'a-t-elle
» dit, à l'espèce de sauve-garde que je dois
» à sa femme ; à ce que je n'ai pas le droit
» de rendre à la société un homme qui n'y
» rentrerait que pour tourmenter les autres ;
» à ce qu'après tout ce qu'il a fait, je n'ose
» prendre sur moi de répondre de ce qu'il
» ferait encore.

» Il reste donc dans son plan, qui est sensé,
» et qui nous remet à la merci de Madame
» de Mi... , en souhaitant que nous réus-
» sissions auprès d'elle , mais demeurant
» neutre entr'elle et nous. Il se croit d'au-
» tant plus obligé d'y demeurer neutre, qu'il
» est instruit par une incroyable imprudence
» de Sophie , de toutes ses relations avec
» vous. Je ne la gronderai point, mon ami ;
» elle prend mal mes remontrances, fruits
» de mon zèle et de mon attachement pour
» elle et pour vous. Mais grondez-la vous-
» même un peu sérieusement. C'est une li-
» berté qu'un grand attachement autorise ;
» et voilà pourquoi je ne m'en fais pas faute

Tome III. K k

» avec vous...... (Suit ce que tu as déjà.)
» Voilà où nous en sommes. Il faut donc
» prendre patience, gronder un peu la belle
» Sophie, la prier au nom de Dieu de n'a-
» gir en rien du tout, et de nous laisser,
» sur-tout à moi, le soin de ses affaires. Il
» faut attendre la lettre que vous devez re-
» cevoir de votre oncle ; si elle traînait,
» lui récrire, en lui envoyant copie de celle
» à M. de Mar...; attendre aussi de celui-ci,
» et nous résoudre selon les tems. Moi, qui
» suis grave, je trouve que nous avons fait
» bien du chemin, quoique nous paraissions
» encore à la même place; et en tout j'es-
» père bien plus qu'en commençant. Mais
» si mes premiers progrès n'étaient pas dans
» votre cœur, je n'espérerais plus rien, et
» craindrais d'espérer. Adieu, mon cher
» comte ».

Un fils froid et ulcéré aurait repris pied
à pied cette lettre, et trouvé que la mon-
tagne était accouchée d'une souris. Mais j'y
ai répondu de premier mouvement; et ce
premier mouvement a été un attendrissement
profond sur le sort d'un infortuné vieillard
dont le cœur veut se r'ouvrir à l'amour paternel, que barrent et offusquent encore
mille et mille préjugés enracinés. J'ai pleuré,

et je n'ai pas regretté mes larmes. Il ne me convient pas, il ne convient à personne de discuter avec son père, quand il dit : *Je vous pardonne* ; et je n'aurais point de torts (ce que je suis loin de croire), que je serais également attendri et docile. Ce n'est pas que je ne voie fort bien qu'avec ce sentiment noble et tendre, qui s'est élevé dans le cœur de mon pauvre père, il ne fera peut-être rien pour moi, parce que son esprit est trop encroûté d'idées fausses sur le despotisme paternel et les dangers de mon caractère. Mais enfin son cœur est attendri ; me convenait-il de lui fermer le mien ? Non, et quand je l'aurais voulu, je ne l'aurais pas pu. J'ai donc écrit une lettre tendre et soumise, où j'évitais toute discussion, et ne me vouais qu'à des remercîmens. Je n'ai pu garder copie de cette lettre, parce que j'étais très-pressé par l'heure et le courrier. Ce n'est point celle à laquelle D. P. a répondu dans celle de lui que j'ai reçue hier ; c'est à la longue lettre de moi, dont je t'ai envoyé copie dans ma dernière, et voici sa réponse, *ministériellement amicale.* Elle est du 13. « Je » reçois votre lettre du 8 de ce mois, datée » par erreur du mois passé. Ce n'est pas celle » que j'attendais, et que j'attends, mon cher

» comte. (Il ne fallait donc pas répondre.)
» Relisez la mienne du 3. J'y ai pensé en l'é-
» crivant. Elle répond à tout ce que vous
» dites. (As-tu trouvé cela ? Répond-elle à
» la terrible énonciation de la cause qui me
» fait prendre la plume contre mon père ?
» Il n'a eu garde de toucher cette corde. Ré-
» pond-elle au raisonnement si serré sur l'a-
» trocité de l'invocation des lettres-de-cachet?
» Répond-elle à la distinction de l'aggres-
» seur ? etc. etc.) Nous la relirons ensemble,
» et je vous expliquerai ce qu'elle peut avoir
» d'obscur. Il me semble que j'y avais tout
» prévu. (Pour un homme à vue basse, il
» a de bons yeux.) Je ne vous ai point dit
» que le style de votre ami m'ennuyât (il
» est bien bon) , mais qu'elle m'a dit des
» choses qui ne m'ont point fait plaisir ;
» (mais que lui as-tu donc écrit de si ter-
» rible ? car il semble que celle à toi soit la
» réponse à un cartel ;) que je n'avais pas
» le tems d'écouter et moins encore celui
» de faire des manifestes. (Que le bon Dieu
» bénisse le mot *manifeste* ! Je ne rêve plus
» que *manifestes*. Mais que diable veut-il donc
» qu'on lui écrive autre chose que ses rai-
» sons ?) Je dois juger par les masses (très-
» mauvaise manière de juger ; car les détails

» seuls constituent la vérité) et m'exprimer
» par des traits qui parlent plus à l'ame
» qu'à l'esprit de mes lecteurs. (Comme c'est
» mon esprit qui lit, il est assez *opportun*
» qu'il soit satisfait pour que mon ame le
» soit.)

   » Il est de fait que j'ai des devoirs si mul-
» tipliés vis-à-vis de tant de gens respec-
» tables, à qui j'ai obligation du peu que
» j'ai de réputation et de fortune, faites
» l'une et l'autre de marquetterie, que dans
» le dessein de m'acquitter, ne manquant
» point d'honneur ni de reconnaissance, ne
» refusant aucun travail, ne pouvant suffire
» à tout, je plie sous le faix, et suis
» voué à mourir de regret ou de fatigue.
» (Voilà un fichu sort ! Mais le tems qu'il
» met à parler complaisamment de la mul-
» tiplicité de ses devoirs, n'est-il pas perdu ?)
» Dans cette position, je voudrais au moins
» que mes amis particuliers m'entendissent
» à demi-mot, et ne me forçassent pas à me
» répéter, et à me commenter sans cesse.
» Ma raison est dans mon cœur, dont j'ai
» toujours fait plus de cas que de ma tête,
» (je crois qu'il a raison) et qui seul a
» formé celle-ci. Je ne disserte pas, je sens.
» (Tu verras que je ne sens pas, moi.)

K k 3

» Or je sens sur le point contesté entre
» nous , (tu remarqueras que je n'ai pas
» daigné le contester) que je pardonnerai
» toujours aisément à qui m'attaquera l'épée à
» la main (même à son fils apparemment ; car
» il est question d'un père et d'un fils) ;
» car je me tiens très-bon pour me défendre,
» et son risque sera égal au mien. Mais je ne
» pardonnerai pas à qui m'attaquera par un
» libelle (je n'ai point fait de libelle) ;
» car, quoique je puisse me défendre de plume
» aussi, je ne parerais les coups qu'après
» qu'ils sont portés (tu verras que , l'épée à la
» main , on les pare avant). Je ne serai point
» auprès de tous les lecteurs. Il y en aura
» vis-à-vis desquels je demeurerai sans dé-
» fense , et c'est sans phrase et très-littéra-
» lement que j'aime mieux mon honneur
» et même ma réputation que ma vie. (J'a-
» voue que ce dernier point , *réputation*, me
» paraît un peu fort ; mais mon père a beau-
» coup plus attaqué la mienne que je n'ai
» attaqué la sienne. Il est donc l'aggresseur,
» et je n'ai voulu que l'empêcher de diri-
» ger l'opinion publique contre ma liberté. Je
» demanderais aussi volontiers à D. P. s'il
» aime mieux sa réputation que sa liberté.)
» Je mets donc le libelliste presque au

» niveau de l'empoisonneur pour la lâcheté.
» (voilà de *bizarres* exécrations). Je le trouve
» plus odieux (appuyez ; il ne faut pas s'ar-
» rêter en si beau chemin) par la nature
» du mal qu'il veut me faire. Il est clair
» que l'un et l'autre sont au-dessous du
» simple assassin (cela est clair....), à plus
» forte raison du duelliste, que pourtant je
» méprise fort (autre assertion très-tran-
» chante et très-folle, grâces à un mot im-
» propre). Voilà l'échelle de mon cœur pour
» juger ces maudites guerres (l'échelle du
» cœur est cependant une expression fort
» plaisante) que les liaisons plus intimes
» rendent plus abominables. Je les suppose
» faites à moi, et je mesure l'impression que
» j'en reçois. Je n'oblige personne de penser
» ou de sentir comme moi. Mais personne
» ne me fera changer ma façon de penser.
» (Tant pis en vérité ! tant pis ! car celle-là
» est folle, et il y a de l'opiniâtreté sotte
» à s'acharner à une folie, parce qu'on l'a
» produite).

» Vous me faites sur les lettres-de-cachet
» beaucoup de raisonnemens qui seraient
» très-bons, si nous avions des lois (nous
» avons au moins celle de tout honnête
» homme, la loi de nature ; et l'on n'y lira

Kk 4

» à aucun feuillet la légitimité des lettres-
» de-cachet et de l'invocation des lettres-
» de-cachet), et qui deviendront fort justes
» par-tout où il y en aura. (Tu verras qu'en
» ce cas on peut légitimement assassiner ,
» parce qu'il n'y a point de constitution
» nationale en France ; car en vérité on me
» fait plus de mal en me mettant à Vin....
» qu'en me tuant. Ainsi, ce qui est juste pour
» cela , l'est à plus forte raison pour ceci.)
» Mais vous êtes en pétition de principes.
» Nous n'avons pas une seule *loi* proprement
» ainsi nommée. Les Anglais même n'en ont
» qu'une couple. Les Américains en auront
» peut-être davantage. Toutes les autres so-
» ciétés existantes ou qui ont existé , sont
» et ont été dans un état de guerre. (Ta ,
» ta , ta , je ne crois point cela.) La seule
» loi de cet Etat déplorable est *væ victis.*
» Malheur aux vaincus. (C'est la loi des scé-
» lérats ou des hommes ivres.) On doit sa-
» voir gré aux plus forts quand ils n'en abu-
» sent pas. (Et il faut les tuer quand ils en
» abusent , et qu'ils ne sont pas nos pères !)
» Vous avez fait quelque hostilité. L'artil-
» lerie et les lettres-de-cachet sont des armes
» souvent fort cruelles ; mais ce sont des ins-
» trumens de guerre fort bons. (Mais que

» diable conclure de-là pour la justice d'une
» détention illégale ?) Vous êtes un prison-
» nier de guerre, (Je ne veux point être
» pendu , je ne veux point être roué, dit
» Arlequin ; j'aime mieux un chapon rôti.
» Et moi je dis : je ne veux point être
» prisonnier de guerre ; j'aime mieux être
» libre) d'une guerre que vous n'auriez
» pas dû faire , que vous devez abjurer ,
» dont vous ne pouvez vous empêcher de vous
» repentir (parce que je n'en ai point envie) ;
» que vous ne pouvez reprendre ni en pu-
» blic , ni par aucun mémoire dont votre
» père puisse se tenir offensé sans réag-
» graver les anciens délits , et démériter
» le pardon que son cœur vous accorde ,
» et qui doit soulager le vôtre ; qui ne vous
» laisse enfin de ressource que celle de crier ,
» d'implorer et d'attendre *merci*, en vous ai-
» dant, pour l'obtenir , de tous les secours
» que vous pouvez trouver dans une amitié
» active et prudente , et qu'il me semble
» que je ne vous refuse pas. (Mes amis fe-
» raient fort bien de ne pas me forcer à
» compter avec eux; ils y gagneraient.)
» L'absence des lois ne dispense pas des
» mœurs (oui et non) ; car les règles de
» celles-ci sont des lois divines , indépen-

» dantes des conventions humaines. (Je ne
» crois pas un mot de cela.) Or la base de
» toutes bonnes mœurs est le respect filial,
» porté jusqu'à une sorte de religion. (Soit;
» mais l'amour paternel , plus majestueux ,
» ne doit pas être moins tendre.) C'est ce
» que les anciens appeloient par excellence
» *pietas*. (Et les anciens étayaient-ils l'a-
» mour filial sur les lettres-de-cachet?) Les
» obligations m'en paraissent imprescrip-
» tibles (ceci serait la matière d'une grande
» discussion) et supérieures à toutes autres
» (autre très-grande discussion ; mais il est
» plus court de poser des assertions) ; et
» quand je pourrai traiter pour vous à visage
» découvert, je serai obligé de garantir que
» vous les respecterez toujours jusqu'au
» scrupule. Si vous y manquez ensuite, je
» serai obligé de dire que vous m'avez
» trompé, et de devenir votre ennemi. (Eh!
» mon dieu ! que d'importance ! quelle né-
» gociation ! quelle garantie !) Cette pers-
» pective m'afflige et m'affecte. Délivrez-
» m'en, mon cher comte , et ne me faites
» pas regretter d'avoir été ému par notre
» ancienne amitié. (En effet il y a matière
» à regret.)

» Ce que je vous dis mérite d'autant plus

» de considération que je suis convaincu,
» autant qu'on peut l'être, qu'excepté celles
» que vous pouvez trouver dans le chemin
» par lequel je vous conduis, toutes vos
» autres espérances sont parfaitement illu-
» soires. Et vous le verrez, si vous avez le
» malheur d'abandonner mon plan de cam-
» pagne. Adieu. Je ne vous demande pas de
» longues lettres. Je suis las de plaidoieries.
» (Voilà de sottes expressions et une mau-
» vaise foi bien mal déguisée.) Vous ne sa-
» vez pas combien le tems qu'elles me vo-
» lent est précieux pour moi. Ne m'écrivez
» que deux mots, mais énergiques et posi-
» tifs. (Tu remarqueras que je lui avais dit
» que c'était mon dernier mot.) J'en voulais
» faire autant, et voilà quatre pages que je
» pleure amèrement. (J'ai peur qu'il ne les
» paye plus cher qu'elles ne valent.) Mais
» je ne les pleurerai plus, si votre réponse
» me tue ; c'est mon métier de me tuer pour
» mes amis. (Il n'a pas la vie dure apparem-
» ment !) »

Toujours fidèle à mon plan, ma chère
amie, je n'aurais pas même répondu à cette
lettre ; et j'aurais attendu l'effet de ma seconde, qui est toute pleine de douceur et
de sensibilité, si je n'avais pas voulu lui dé-

férer la perversité et le mensonge de M. le
chevalier, à qui je ne veux point nuire. Mais
je ne veux pas plus qu'il me nuise ; et
comme mon père ne peut pas trop douter
que notre liaison ne soit l'histoire de la vie,
je ne me soucie point qu'il te prenne pour
une folle. J'ai énoncé en peu de mots et
soutenu de preuves le mensonge de M. le
chevalier. J'ai fait une esquisse légère de
mes procédés pour lui, de ceux dont il m'a-
vait payé, et j'ai déploré sa bassesse et sa
méchanceté. Du reste, je m'en suis référé à
mon avant-dernière lettre, et j'ai dit à D. P.
qu'il ne m'était point assez doux d'avoir raison avec mes amis, pour me mettre en frais
de le réduire à l'absurde encore une fois.
Le bon ange a toute raison. Cette discussion
ressemble à cette pièce Italienne, où malgré
toutes les bonnes raisons qu'Arlequin donne,
on lui demande des cautions ; à faute de
quoi il est envoyé en prison. Le pis, c'est
qu'il n'est pas question de m'y mener, mais
de m'en tirer.

Tout en te recommandant douceur et modération, je te demande persévérance sur le
fait de ta fille. Il est honteux, il est bizarre,
il est cruel que ta mère te fasse refuser de
ses nouvelles. Fais un moment abstraction

de celles que tu dois au bon ange, et que tu
n'es pas censée lui devoir ; et tu seras toi-
même effrayée des dates. C'est à ta mère
tout autant qu'à M. de Mar..., ou plutôt beaucoup plus, que tu devais écrire.

Je te prie très-fort et très-distinctement
de laisser bouder ton moine, et de n'en souffrir aucune visite particulière, pas plus qu'aucun dîner commun.

Mais que tu es bonne de souffrir les caresses que je fais à tes lettres ! J'espérais recevoir des stances bien attendrissantes sur
mon infidélité.... Ah ! Sophie ! tu sais bien
que je n'aime que toi, que ce qui est de toi ;
que je ne caresse que ce qui en vient, ou
que tu m'ordonnes de caresser. Ton amant
n'est qu'un outil dans tes mains. Tu as son
ame ; elle est toute une avec la tienne. Tu
diriges sa volonté seulement en lui montrant
ton opinion ; et il ne peut pas plus se séparer de tous ces sentimens, que s'isoler
de lui-même. Tu commandes à ses sens ; tu
régis son ame ; tu animes son cœur. C'est
en toi qu'est son être, comme c'est à toi
qu'il est consacré.

Le bon ange ne m'a point fait passer le
dessin de M. L. N., et c'est surement oubli
de sa part ; car il ne saurait y avoir d'incon-

vénient que j'aie dans ma chambre l'image
de celui que je porte dans mon cœur. Ne
puis-je pas acheter son estampe comme
tout autre, et faire un dessin d'après cette
estampe? D'ailleurs ce n'est point un don de
M. L. N.; ce n'est qu'un desir de ma reconnaissance, satisfait par ta tendresse.

Je crois que M. Bou... aura encore plus ri
du tour qu'il nous a fait, que de celui que
nous lui préparions. C'est un Juif qui a bu
toute honte. Imagine-toi, chère Sophie,
qu'il veut me faire passer ton billet pour une
lettre. Il n'ose pas le dire; mais il agit tout
comme.

O mie! mie bonne! serais-je assez heureux
pour que tu eusses enfin hérité de mon humeur vindicative? Hélas! je t'ai trop long-
tems trouvée douce comme un mouton, et
douce jusqu'à la tiédeur. Tu te dis femme
de feu.... Toi!.... Je n'ai jamais vu que ton
cœur brûler.

Cet ange de ténèbres aura-t-il encore été
perdre mon sinet, comme ces deux ou trois
livres de cheveux, que je laisse sur sa conscience, et qui surement ne contribueront
pas peu à le faire damner? C'est cependant
lui qui a choisi la relique qui est au bas de
ce sinet; ainsi il doit le protéger.

Oh ! tu braves le démon et les exorcismes ! Mais quelle réprouvée ! Et puis l'on dira que je l'ai pervertie ! Moi ! moi, si pieux ! qui ne lui écris que pour lui faire des sermons ! moi qui lui compose des *heures* ! qui emploie tout mon tems, tout mon art à la ramener au goût des choses saintes, et qui, pour prix d'un zèle si édifiant, ne reçois que la promesse de mille et mille vengeances.... O Sophie ! Sophie ! tu es une grande pécheresse ! et tant que ton amour paternel sera si terrestre ! En vérité tu es une brebis égarée.... Moi ! Gabriel ! je t'assure que mes vœux se borneraient facilement à pécher chaque jour avec toi autant que le juste, et pas plus.... Sophie ! ma Sophie ! est-ce bien vrai ? Ah ! quand pourrai-je savourer ces fruits de ta conversion !

Tu verras ce que le ministre D. P. (car il est ministre du margrave de Baden, et il m'assurait un jour froidement et sérieusement que s'il était riche, il serait par le seul expédient des voyages ministre plénipotentiaire de l'Europe) ; tu verras, dis-je, qu'il trouve fort mauvais que tu le presses d'écrire à M. de Mi... qu'il *mérite bien* que nous lui laissions le choix des moyens de nous servir, et qu'il te donne tendrement

l'espérance que *le printems prochain* un voyage
de Languedoc qu'il projette, pourra le mener en Provence ; cela n'est-il pas bien consolant et rassurant pour un pauvre diable
qui devient aveugle, mais au pied de la lettre,
aveugle ? Et point de morale : car que veux-tu
que je fasse ? Réponds-lui ce que tu voudras. Il n'y a que celle qui a fait la lettre
dont il se plaint, qui puisse écrire la réponse.
Mais ne tarde pas, et écris-lui avec honnêteté.
Je prie le bon ange de te faire passer ceci
jeudi, puisque M. de R... a trouvé à propos
de te le retarder déjà de quatre jours.

Je ne crois point que D. P. en impose sur
les véritables sentimens de mon père. Eh !
ne conçois-tu donc pas qu'à 65 ans, on soit
las de haïr son fils ? ne conçois-tu pas que
le chemin glissant et rapide du tombeau pa-
raisse mal orné par l'isolement de toute sa
famille ? Ah ! qu'il colore comme il voudra
son repentir. Pourvu qu'il recouvre le bonheur,
et rende à ma mère et à moi de la tranquillité, je conviendrai de tout ce qu'il voudra de bon cœur.

Tu sens bien, ma généreuse et tendre
amie, que quoique je me réserve en effet
toutes les cordes qui peuvent m'aider à me
sauver du naufrage, j'aurais été aussi fou
que

que dénaturé, de me refuser à m'attendrir aux signes du retour de mon père, je ne crains plus d'être désapprouvé de toi.

Il est certain qu'il faut avoir l'ame très-élevée pour aimer sincèrement à entendre dire ses vérités. L'amour-propre se roidit contre tout ce qui le choque; il séduit d'abord le cœur, et quand celui-ci est affecté, gare la raison. J'ai eu toute ma vie avec mes amis l'innocente ruse de me taire sur les points trop délicats qui ne leur importaient pas infiniment. Mais je n'ai jamais pu dire à qui que ce soit ce que je ne pensais pas, et j'ose dire qu'on me doit quelque indulgence pour ma rustique véracité; car j'ai toujours courageusement accueilli la vérité.

Eh! quel mérite ai-je donc aux procédés dont tu te loues pendant les neuf mois de mon bonheur? A-t-on bien de la peine à jouir paisiblement de la félicité? Quelle société plus douce que la tienne! Que d'ame et d'esprit tu as montré pour embellir mon sort, et me payer d'avoir bien voulu être heureux! Crois-tu que j'ignore que tu aies apporté dans notre union infiniment plus de douceur, d'égalité, d'aménité que moi? Tu es aussi sensible que ton époux, et par un assemblage unique, jamais humeur et ca.

ractère ne furent si inaltérablement doux
que les tiens. Je faisais donc un furieux effort de bien vivre avec toi ? Non, Sophie,
non ; ce n'est pas là ce dont tu dois me savoir gré, mais de t'avoir assez bien appré-
ciée, assez tôt connue pour ne pas trembler
de mettre ma destinée à ta merci. Si tu n'eusses été qu'une femme ordinaire, j'aurais été
le plus malheureux des hommes. Mais mon
cœur devina le tien, et voilà mon mérite,
mon bonheur et ma gloire. Expression délicieuse ! *Nous ne sommes pas quittes envers la
fortune.....* Oh ! non, ma Sophie ! nous ne le
sommes pas : je ne le serai jamais. Quoi donc
pourrait valoir le bonheur de t'aimer et d'être
aimé de toi ?

J'avoue que ce que tu dis est sans réplique :
si mon père desire ma liberté, en quoi D. P.
peut-il craindre que sa négociation le choque ?
Tu feras peut-être bien de lui proposer cette
petite question dans ta lettre. Mais prends
garde que c'est un grand tort d'avoir trop
raison. Non, D. P. ne veut pas me laisser
périr ici ; mais il traîne, parce qu'il est paresseux et distrait, et qu'il tremble ; et puis
il veut plâtrer ses lenteurs par de belles phrases ; et puis son amour révolté défend ses
phrases, et de-là les plaidoieries, les lon-

gueurs, l'humeur et l'opiniâtreté d'autant plus aigres qu'il en veut cacher le vrai motif. Au reste, c'est un homme d'honneur qui a un très-bon cœur et de l'esprit, même beaucoup, quoiqu'il s'en croie au - moins autant qu'il en a, ce qui n'est pas ordinairement le défaut des têtes supérieures.

Je t'avoue que je ne comprends rien aux éternels verbiages de ta mère. Je suis vraiment persuadé qu'elle t'aime, et qu'elle me hait encore plus qu'elle ne t'aime. Mais je ne conçois pas que cette haine puisse l'aveugler assez pour ne pas voir qu'elle joue très-gros jeu à attendre pour un accommodement la mort du marquis; que son refus de traiter pour tous deux de concert n'attaque pas le moindre de mes cheveux et l'arrête tout court en pure perte; que tu ne peux avec honneur finir pour toi seule; et qu'en finissant pour tous deux, tu ne fais à-peu-près rien pour mon affaire, quoique tu fasses beaucoup pour moi, en me donnant une preuve publique d'amour, d'estime et de constance. Pour peu que ta mère connaisse le monde (et personne ne lui refuse de l'esprit), elle doit être convaincue qu'on ne mettra pas un instant en délibération dans mon affaire le procès, l'arrêt, la difficulté d'accommoder, etc. etc. Mon père n'y a pas même pensé. Il dit tout bonnement qu'il ne me rend pas ma liberté, parce qu'il n'est pas sûr de moi ; et il sait fort bien que les Mon... et les Valdh..... qu'il méprise de tout son cœur, ne prolongeraient pas en cent mille ans d'une seule minute les ordres du Roi qui me détiennent. Un quart-d'heure de conversation entre M. de Maure..., M. de Mirom... et lui finiraient tout ; et on ne saurait avec un peu de bon sens en douter. Que veut donc ta mère ? encore une fois que veut-elle ? le plaisir barbare de prolonger ta prison et ta tutelle à volonté ? j'ai de la peine à croire cela. Te mettre à l'abri de mes entreprises ? sur quoi rouleront ces entreprises ? T'écrire, te voir ou t'enlever ? t'écrire, on écrit par-tout ; l'ignore-t-elle ? Te voir ? on pénètre par-tout avec de la prudence, de l'adresse et de l'argent. T'enlever ? mais quand je serais assez fou, assez insensé pour y penser, où diable sont les grilles que l'on ne sache pas franchir ? Et la gêne du couvent ne serait-elle pas un aiguillon à certaine folie plutôt qu'un frein. Madame de R.... aura beau dire ; elle ne me croit ni fou ni méchant. Elle ne me croit pas fou, parce qu'enfin je parle et j'écris un peu mieux

que le père éternel des petites maisons. Elle
ne m'a jamais fait l'honneur de dire que
je fusse fou ; c'est toujours pour pervers qu'elle
m'a donné. Mais elle a bonne idée de ton
esprit et de ton cœur. Cent fois elle en a
fait l'éloge, même depuis ta fuite. Comment
croirait-elle qu'un scélérat pût t'avoir inspiré tant d'amour ? Tu m'as connu ; tu m'as
vu de si près.... Tiens, Sophie ! je te l'ai déjà
dit : il y a de ta mère à toi une lutte d'a-
mour-propre, et c'est ta perte. Elle sent
très-bien toutes les sottises qu'elle a faites
pour t'avoir mal jugée. Elle se doute qu'une
partie du public le sent mieux qu'elle encore.
Il faut qu'elle te vainque ou qu'elle soit
vaincue ; qu'elle prouve à sa manière que
tu es une tête légère, ou que les faits dé-
montrent que sa conduite a été folle et toute
propre à te pousser dans le précipice où tu
n'es tombée que par sa faute...... On
ne consentira point à cela, on ne sacrifiera
point son opinion, ses projets, ses ressentimens; on chicanera contre sa propre conscience ; on traînera en longueur ; on ne finira rien, de peur de trop bien finir, et de
se démasquer.... C'est une hideuse maladie
que la mauvaise foi !

Je t'ai dit très-précisément que ma fille

ne me ressemblait pas, mais qu'elle ressemble
comme deux gouttes d'eau à un mauvais petit
nez retroussé, que j'ai quelquefois trouvé
et baisé sur mon chemin, et qui, je ne sais
comment, a attenté à mon honneur, au point
de me faire un enfant. Sais-tu qui c'est ?
En vain la renierais-tu, ma chère Sophie !
C'est ton image trait pour trait ; c'est ton
teint, ta physionomie, et en un mot toi jusque
dans les plus petits détails. F.... l'a trouvée
fort ressemblante à ton portrait ; et à un
point frappant, mais beaucoup mieux, parce
qu'en effet le portrait ne te ressemble qu'en
laid. Mais moi dont l'amour guidait le pinceau ; moi qui travaillais sur un tant joli
cannevas, j'ai bien mieux peint qu'Auvert.
Je t'ai déjà dit que si tu ne voulais pas t'at-
trister de mon bonheur, il fallait me félici-
ter de ce qu'elle te ressemblait, et t'en
réjouir. Oh ! pourquoi veux-tu m'envier d'a-
voir deux Sophies ?

Ta brune, qui n'est ni ne sera mienne,
parce qu'elle est trop noire, trop fendue
(j'entends parler de sa bouche), trop sèche,
trop poissarde, quoiqu'au fond assez bonne
femme, et sur-tout parce qu'elle n'est point
toi, t'a taché tes heures ; et c'est bien pis que
de les avoir lues. Mais c'était pour te faire

plaisir ; elle voulait leur faire sentir la vanille.

Mon estomac est trop bon ; tout mo₁ trop bon ; ah! beaucoup trop bon , et assez pour m'attirer de fâcheuses et insipides histoires. Excepté de ce qui est bon en moi , mes yeux, qui sont très-mauvais.

Je n'ai point vu le bon ange à la fête de Vincennes ; il est invisible.

Il me semble que tu aurais pu te dire la mère de ta fille, sans en prévenir ta mère, qui va te faire des scènes. Si tu parles du couvent, parle-lui de St-M...., où il y a, lui diras-tu, et cela est, beaucoup d'autres enfans, et où tu connais une religieuse. Enfin qu'elle consente à un couvent; car très-décidément je ne veux point que ma fille soit une paysanne, et c'est pour cette fois que nous aurions querelle.

Adieu, ma tendre amie ; je suis pressé de t'envoyer ceci, parce que le R.... te l'a déjà trop retardé , parce que je dois chanter la palinodie de mon supplément , où jé t'ai grondée bien malgré moi et contre mon opinion ; parce que je veux te faire passer la lettre de D. P. ; parce qu'enfin, et sur-tout, je veux te donner du plaisir , et que tu daignes toujours en prendre à me lire. Ah !

Ll 4

que ne puis-je t'en donner un plus doux,
celui de m'entendre t'appeler ma bien-aimée,
mon épouse, mon amante, mon bien suprême et l'unique fin de mon être!

GABRIEL.

Serait-il donc impossible que ton Emilie
nous peignît en pastel ton enfant, maintenant qu'elle a un visage?

Je ne t'envoie point de pièces fugitives,
parce que je n'en ai point de jolies, pas
plus que de tems; ce sera pour la première
fois.

A SOPHIE.

24 Septembre 1779.

GRONDE, gronde, charmante amie; c'est à
ton tour; et tu devrais plutôt encore nous
persiffler que nous gronder : car le conte
borgne dont tu te défends n'a pas l'ombre
du sens commun; mais si je ne te trouvais
pas plus jolie quand tu grondes que quand
tu es douce, je ne voudrais pas être querellé;

car au fond je n'ai jamais cru cette histoire;
et quoique je ne puisse rien répondre à la
relation formelle de D. P., mon cœur disait
non; mais comment oser accuser ou même
soupçonner un frère de la plus vile des bas-
sesses, sans en avoir la preuve la plus constante ? En vérité j'en suis encore à concevoir
comment l'idée d'une telle fable entre dans
l'esprit sans indigner le cœur, et comment
un homme est assez pervers pour oser s'avouer
à lui-même le projet de nuire à un infortuné
dont il n'a reçu que des services, et à qui il
est uni par les liens les plus étroits du sang;
et tu voulais que j'eusse l'idée de le lui imputer ? Je me perdais moi-même dans la foule
de pensées contradictoires qui m'agitaient;
mais le bon ange peut me rendre témoignage
que le premier mot de ma lettre, en recevant celle de D. P., a été : *Ne jugez point
Sophie sans l'entendre, mon cher ami.* J'ajoutais
dans cette même lettre : *Je parierais ma tête
que ce n'est point elle que le chevalier a vue ; je
parierais aussi, mais moins cher, qu'elle ne lui
a point écrit;* mais, mon amie, tout le monde
ne te connaît pas comme moi; et, en t'é-
crivant ainsi, je pouvais te faire croire que
je te suggérais un mensonge; il valait mieux
laisser venir l'éclaircissement et t'écrire

dans le sens de tout le monde. Moque-toi
donc de D. P.; mais ne te moque pas de
moi, pas même du bon ange, quoiqu'il ait
cru bien sérieusement cette fadaise. Mais
veux-tu savoir comme il répare son erreur?
en m'envoyant en quatre jours deux de tes
lettres. En vérité, à ce prix, je voudrais qu'il
eût à réparer tous les jours. Cela me rappelle
la manière dont les sénateurs de Venise puni-
rent une fois le célèbre et immortel Galilée.
Dans le cours d'une visite de l'Université de
Padoue, par les trois procurateurs de Saint-
Marc, qui forment un tribunal spécialement
établi *per la riforma dello studio di Padoa*, un
des collègues de Galilée qui était jésuite et
jaloux, l'accusa en pleine assemblée, lui présent, d'entretenir une fille à Padoue, une
autre à Gambarata, où il allait passer les
jours de congé, et une troisième à Venise,
où il faisait de fréquens voyages. Interpellé
par le magistrat de répondre à cette accusation, il dit simplement qu'il avait des
besoins, que ces besoins lui étaient communs avec son accusateur, et qu'il ne s'était
jamais embarrassé de la manière dont son
accusateur les satisfaisait. Sur cet aveu, les
riformatori en ayant conféré, le président
prononça, que, vu l'insuffisance des appoin-

temens de l'accusé pour fournir à ses besoins, la république les doublait, en l'exhortant à en faire bon usage.

Rien n'est plus net que ton plaidoyer, ma chère amie, et la turpitude de M. le chevalier est entièrement dévoilée. J'ai, entre nous soit dit, peine à croire que du S... ne soit pas pour quelque chose dans cette perfidie : elle est tramée avec plus de suite que je n'en connais au chevalier. Mais il faut être aussi méchant pour adopter un tel projet que pour l'inventer. Quelque chose que je soupçonne de la Remi..., d'après ce que tu m'en dis à mots couverts, j'ai peine à la croire complice de cette machination; mais elle y a certainement donné lieu par la communication de tes lettres. Apparemment que cette dame, contente des talens de la famille, n'a pas voulu les laisser tomber en quenouille; et comme avec les femmes qui ont plus de cœur que de mémoire, (j'entends le cœur de la région inférieure que le chevalier de Boufflers a chanté), les absens ont toujours tort. M. le chevalier a probablement acquis des droits qui lui ont valu cette confidence malhonnête. Si la lettre de cette créature est insolente, tu fais assez bien de ne pas me l'envoyer; car comme elle n'est

pas de mon sexe, je n'en pourrais ressentir
qu'une colère fort infructueuse qui me ferait
du mal ; et je n'irai pas gagner la maladie
du roi David tout exprès pour lui faire dire
avec plus d'onction les sept pseaumes de la
pénitence. Toute cette race est faite, à ce
qu'il me semble, pour me faire payer trop
cher le peu de plaisir que sa société peut
m'avoir donné. Sa très-belle et très-célèbre,
et très - comédienne cousine, après avoir
rompu avec assez d'éclat une liaison d'elle
à moi, qui grace à ses manières était fort
notoire, s'avisa de me dire, devant trente
personnes chez madame de Sauvigny, que
j'étais un *impertinent... Ah ! madame*, lui dis-je
bien doucement, *quel tort vous me faites ! moi,*
impertinent ! pour insolent, j'ai pu l'être quelque-
fois ; la chair est si fragile ! mais impertinent...
ah ! jamais... Elle se mit à pleurer. Je croyais
les femmes de cour plus aguerries ; mais je
vois que la guimpe n'exclut pas l'effronterie.
Les femmes indulgentes pour elles-mêmes,
sont ordinairement fort sévères pour les autres. Elles croient en imposer par de grands
airs et de grands mots ; elles se trompent ;
car les novices même n'en sont les dupes
qu'une fois. Viles créatures ! qui ne voient
pas que d'une femme tendre à une femme

galante il y a la même distance que de la vertu au vice! que l'amour, qui est le plus pur et le plus chaste des sentimens comme le plus délicieux, est le meilleur et peut-être le seul garant qu'une femme puisse avoir de de ses mœurs; que l'ame forte et brûlante qui sait aimer mérite le respect de tous les mortels; tandis que l'inconstance du cœur, la légèreté de l'esprit et la fougue des sens, ne peuvent jamais que composer un être méprisable qu'on daigne à peine regarder comme un outil de plaisir, encore mutilé et flétri.

Je ne te gronde point d'avoir écrit à Madame de Rem..., parce que tout ce que je t'en avais dit a pu facilement t'induire en erreur. Cette femme a beaucoup d'esprit, et je lui croyais un bon cœur. Je n'ai jamais eu de mauvais procédés pour elle, au contraire; j'ai poussé avec elle le scrupule jusqu'à l'excès pour la correspondance, non seulement à cause de son état, mais parce que ç'a toujours été mon principe avec toutes les femmes. J'ai engagé sa cousine la marquise de Feuil... à entrer dans un marché très-compliqué avec son fol et assez onéreux frère le marquis de Remig..., pour sauver de sa prodigalité insatiable le fonds sur lequel était hippotéquée la pension de Madame de Remig..., dont la subsistance se trouvait à la merci du plus mauvais frère, et de la tête la plus insensée. Toutes ces choses sont assez simples; mais enfin voilà mes titres sur elle; elle en avait sur moi par les soins vraiment maternels qu'elle a donnés à deux de mes sœurs. Elle m'avait servi lorsqu'il fut question de me faire venir à Paris au retour de Corse. J'ai fait pour elle ce que j'ai pu. J'aurais fait davantage; qu'a-t-elle à me reprocher? Après tout, ce n'était pas moi qu'elle avait élévé; car j'avais fait toutes mes classes, lorsqu'elle a daigné recorder avec moi quelques-unes de mes leçons. Pourquoi donc manque-t-elle à mon amie? et pourquoi se défend-elle si dédaigneusement de me servir? On peut refuser honnétement. Il est vil d'outrager l'infortune; il est ingrat d'oublier ses anciens amis dans le malheur. Madame de Remig... est donc un mauvais cœur, et je ne le croyais pas. A force d'essuyer des trahisons, et de reconnaître des méprises, peut-être enfin parviendrai-je à apprécier l'espèce humaine ce qu'elle vaut.

Je ne vois pas trop comment D. P. pourra désabuser mon père de l'histoire du chevalier, et je ne veux pas le lui demander formelle-

ment. J'abandonne ce mauvais frère à sa
conscience, et ne veux pas lui nuire. Je ne
voudrais pas non plus sans doute qu'il me
nuisît; mais D. P. me dira qu'il ne peut guère
reparler de cela à mon père, sans lui avouer
nos liaisons. Or ce serait trop de sa bravoure.
Il me dira tranquillement, (je le gage), que
le chevalier n'a fait cela que par étourderie;
qu'après tout, cela nous est fort égal, puisqu'il est parvenu à détourner mon père
d'écrire... cela et de beaux lieux communs
sur le pardon des injures, voilà la réponse
que j'en attends. Cependant le bon ange lui
a donné beau jeu, s'il veut me servir dans
cette occasion; car il a eu la bonté de lui
écrire lui-même. D. P., qui, du règne de
M. Turgot, a eu de grandes relations avec la
police que dirigeait son féal Albert, qu'il
donne pour un homme de *beaucoup d'esprit*,
pourrait très-bien avoir connu M. B...
ou dire qu'il l'a connu; et que d'après
l'anecdote du chevalier il lui a écrit pour lui
faire part de ses soupçons sur notre correspondance, et le prier de veiller à ce qu'elle
ne nuisît pas par tes suggestions à son plan
de conciliation; car toi, la plus généreuse
des femmes, toi qui sacrifierais tout, excepté
mon amour, pour ma liberté, tu ne dois

compter, pour récompense de tant d'amour, de délicatesse et de dévouement, que sur mon suffrage, le tien, et celui de deux amis qui te voient d'assez près pour te juger. Les autres croiront que tu mets autant d'activité pour entretenir mes ressentimens contre Madame de M... que tu en as mis en effet pour me rapprocher d'elle. Alors la réponse de M. Bou... et la découverte de la fable deviendraient toutes simples ; mais n'attends pas cela de D. P. Pour moi, je ne crois pas devoir lui montrer cette route.

Qu'est-ce donc que cette brûlure, chère fanfan ? pourquoi brûles-tu tes beaux bras ? pourquoi gâtes-tu la plus belle peau que l'amour ait formée ? Ne négliges pas cela, je t'en prie. Ces bobos ont quelquefois des suites longues, douloureuses, et que trop d'insoin peut rendre dangereuses.

Le bon ange a raison. Il m'écrivait hier que les querelles de mots étaient très-bien entre les mains des femmes ; qu'il fallait te laisser t'escrimer avec D. P., et que tu avais si beau jeu, que c'était un meurtre de te priver d'une victoire sure et facile. En conséquence, je suis neutre ; tu juges bien quelle neutralité sera la mienne. Sois honnéte,

parce

parce qu'il faut toujours l'être. Ne lui fais point de plaisanteries à deux sens, puisqu'il les prend mal, et va ton train, car j'aime mieux que ce soit toi qui le harcèle que moi, et il a besoin de l'être. J'espère qu'il n'insistera pas sur la demande d'une parole que je lui ai donnée cent et cent fois, et à laquelle je n'ai mis de restriction que celle que le bon sens tout seul et la justice dictaient évidemment; mais comme il est paresseux et s'apperçoit un peu tard de ses lenteurs, et que je pense au commentaire que tu en feras, il cherche des prétextes pour les motiver. Quand je lis ses lettres divisées comme un sermon, je me rappelle une autre anecdote ancienne dont j'ai presque été témoin. Des écoliers Padouans, après avoir passé une partie de la nuit au *qui va là?* dont ils tourmentent toute la ville, fondirent vers les deux heures du matin, chez un vieux professeur d'humanités, se firent ouvrir la porte, et envoyèrent à son lit deux députés pour lui représenter toute l'université prête à se couper la gorge, s'il n'avait la bonté d'entendre les deux partis, et de donner sa décision sur une question importante qui les avait divisés. Le professeur se leve, endosse la robe doctorale, et vient siéger sur un banc de pierre qui était

Tome III. M m

à côté de sa porte. Là, l'orateur de l'un et l'autre partis prononça une longue harangue toute en lieux communs sur le bien de la paix, de l'union, de l'harmonie dans les compagnies savantes, et sur les maux que portent, dans toute société, la dissention et la discorde. Il fut amplement péroré sur la confiance de l'université dans les lumières et le zèle d'un professeur qui lui sacrifiait les jours et les nuits; on l'accabla d'éloges, et on en vint enfin à la question, qui était de savoir : si l'un des mots les moins honnêtes de la langue Italienne (cazzo) devait s'écrire avec un z seulement ou avec deux. *Ecrivez-le avec trois milles*, répondit le professeur furieux, *et que le Diable vous berce, canaille maudite. Scrivetelo con tremila e più, che il cancaro vi pigli, canaglia matesetta.* Tu ne ressembles pas précisément à un vieux professeur d'humanités; mais tu analyserais à-peu-près ainsi les lettres de ton ami D. P.

Songe donc, songe donc, petit démon d'étourderie, que je me hâtais de t'écrire ce qu'il fallait éclaircir pour que cela partit avec l'autre lettre que le bon ange avait déjà pour toi, et que ce supplément n'était qu'un P. S., et non pas une lettre. Si c'eût été mon rappel qui eût été contenu dans la lettre de D. P.,

en vérité, je t'en aurais fait part ; mais
comme c'était un détail qui m'aurait nécessité à copier toute sa lettre, comme je n'avais
qu'un instant, comme il me fallait écrire
à toi, au bon ange, à D. P. , je me suis
contenté de te dire de sa lettre ce qu'il
fallait que tu en susses tout de suite, et de
te donner seulement le résultat du reste.
Et puis on me menacera de bouder! vraiment tu y as un beau mérite; je m'en venge
en te caressant, et la petite réprouvée ne se
fâche que pour être défâchée... Tiens, Sophie! tu ne vaux rien, mais rien du tout.

Ce qu'il y a d'excellent dans tout ceci,
c'est que le la Boissière du chevalier est un
ancien capitaine d'invalides qui était ici, et
qui s'étant trouvé compromis entre le marquis de Voy... et le R..., a été expulsé par
l'intrigue de celui-ci. Moi qui n'aime point
à persiffler les gens, j'ai conté bien bêtement
toute cette aventure à M. de R..., qui s'est
tué pour me prouver que la Boissière était
ici de mon tems, ce qui n'est pas vrai,
afin de voir là dedans une prévarication , et
c'est ce que je voulais. Je me suis amusé
long-tems à chercher les dates, et j'ai eu
toutes les peines du monde à lui prouver
que la Boissière était parti en Mai et moi

arrivé en Juin 1777. Le second acte de la
farce est encore plus plaisant. Quand j'en
suis venu à l'envie que mon père avait eu
de se plaindre de notre correspondance,
l'autre fait un haut-le-corps tragique, et me
dit avec un air consterné... Ah! mon Dieu!
quel risque j'ai couru! — Et quel risque?
— Quel risque, Monsieur, quel risque? —
Oui, Monsieur, quel risque? — Les lettres,
Monsieur, (et il disait cela comme Hamlet
dit *le spectre... le spectre*) moi je n'ai pu m'empêcher de partir d'un éclat de rire. Pardi,
Monsieur, lui ai-je dit, vous êtes bien bon
de vous compromettre comme cela pour me
passer des paquets cachetés de M. L... N...
— Vous avez raison; je ne voudrais pas
pour rien au monde que ces paquets ne
fussent pas cachetés. Je ne réponds de rien;
je ne sais ce que c'est; je m'en lave les
mains... Je n'ai pas dit cela au bon ange,
parce que je n'en ai pas eu le tems; mais
il le trouvera ici; et je te réponds qu'avec
sa gravité, il en rira sous cape; mais si doucement, que nous n'en entendrons rien.

En vérité, j'ai tort; oui, j'ai tort de trouver
mauvais que l'on m'envoie deux pages et
demie, tandis que j'envoie des volumes. Et
pour se justifier du fait, on me met en parallèle

d'exigence etc. avec M. D. P. Tu fais bien de ne m'en paraître pas autrement amoureuse ; car ce parallèle - là m'aurait assez complettement déplu.

Hélas oui ! mon amie , il se passe bien des horreurs sous l'égide du secret ; moins sous cette administration que sous l'autre, je veux le croire, mais toujours infiniment trop ; ce qui est nécessité par la nature même du ressort qu'emploie le gouvernement. T'ai-je conté que j'avais vu au château d'If un ancien armateur de nos colonies Américaines, âgé de 72 ans, criblé de vingt coups de fusils, aimé , estimé et employé par mon oncle. Ce vieillard, pour prix de ses travaux et de son sang , était détenu à la réquisition de sa fille, qui avait représenté que son père scandalisait le public par ses fréquentes ivresses ; que d'ailleurs il pouvait se tuer en tombant , et qu'il fallait l'enfermer pour qu'il ne tombât pas ; en effet, ce pauvre homme , à qui j'ai connu encore un esprit très-sain, des vues , de l'audace et des connaissances étonnantes accumulées par l'expérience et enfouies dans un peu d'abrutissement, aimait le vin et l'eau - de - vie en déterminé marin. Il n'aimait pas autant les prostituées, et sa fille en était une. Un

subdélégué la protégeait. Le père avait eu
l'imprudence de menacer, et on l'avait prévenu. Je t'ai dit l'histoire de Madame de
Launay. Tu as pu entendre parler de celle
d'un nommé Rivière. En 1766, il avait été
soupçonné plutôt qu'accusé, lui et son père,
d'un assassinat. L'un et l'autre, arrêtés en
vertu d'un ordre du Roi, furent conduits
à Bicêtre, où l'infortuné vieillard est mort
de chagrin et de misère, et où le fils a
langui neuf ans. Ses parens, qui s'étaient
approprié son bien, affectaient, comme
cela se pratique, des allarmes très-vives sur
son sort et leur honneur, si on le laissait
juger. Des Essarts le connut, et publia un
mémoire à consulter en sa faveur. Rivière
a obtenu en 1775 la permission d'être transféré dans les prisons de Bayeux, où son
procès lui ayant été fait, sa liberté lui a été
rendue. Il vaut mieux tard que jamais; mais
tout le monde n'a pas la force ou la foiblesse
d'être esclave dix ans. Je recueillerais facilement un volume de telles anecdotes. Pense
que la seule affaire du Jansénisme a fait
décerner 80 mille lettres-de-cachet. Mais ce
à quoi on ne songe point assez, c'est que
dans les prisons de cette terrible inquisition
civile exercée par les ordres arbitraires, il se

fait sans cesse un odieux alliage d'innocens
et de coupables, de corruption et de simplicité. Une seule haleine empestée infecte
toutes les autres, si les prisonniers se communiquent; s'ils sont enfermés à part, ils
deviennent sombres, atroces, insensés.

Mais, mon amie, demande donc à ta mère
si ce n'est pas elle qui aurait fait Gabriel-
Sophie, dès que tu m'assures que ce n'est
pas toi; car je ne connais qu'elle qui te ressemble assez pour que j'en aie pu prendre si
bien l'empreinte. Quoi! tu la renies, cette
pauvre petite! et pourquoi? parce qu'elle
t'est la preuve vivante que le plus tendre
amour a présidé à sa naissance; que ton
Gabriel était plein de toi lorsqu'il lui donna
l'être; qu'il lui imprima tes traits, et sans
doute ton ame pour doubler ses trésors et
son bonheur... Et c'est pour cela que tu la
houdes! vas! c'est bien mal.... Mais point
d'injures, je t'en prie, à ce portrait qui est
le sien. Il est bien vrai qu'il n'a ni le jeu
de ta physionomie, ni son extrême tendresse;
mais il en a cependant, et ce sont ces traits...
Ah! si tu savais de combien de baisers il est
jonché, ce morceau d'ivoire que tu injuries!
de quelle consolation il m'a été! que de
douces larmes il m'a fait couler! que de

tendres expressions il t'a valu! tu le traite-
rais mieux.... Il est vrai cependant qu'au
milieu de si ardentes caresses on ne devrait
pas rester si bien frisée. Je ne me rappelle
point de t'avoir vu sortir si élégante de mes
bras... Ah ! le désordre qu'a fait l'amour, est
la vraie parure de la beauté. Ta Mademoiselle
Diot est, selon toutes les apparences, une
maîtresse folle. Mais pourquoi diable lui as-
tu été parler d'inoculation ? qu'avait-elle à
faire à tout cela ? Elle n'était bonne qu'à
dessiner ta fille ; il fallait ne l'employer qu'à
cela. Elle a été proposer au magistrat de faire
inoculer ta fille. Où ? pourquoi ? de quel
droit ? M. L... N... a pris fort mal la proposition, et j'en aurais fait autant à sa place.
Si elle se fût adressée au bon ange, qui veut
bien m'en avertir, il lui aurait indiqué une
marche qui n'est plus pratiquable, ou il lui
aurait évité un refus. Point du tout ; elle a
été indisposer le magistrat, et peut-être
nous susciter des difficultés pour celle que
nous projetons. Au diable la folle. Quant à
ce que tu dis de St. Mandé, le bon ange me
met en note : *non, absolument.* Il est malheureux d'être forcé de demander à être cru
sur une décision laconique et non motivée ;
mais l'amitié toujours certaine de n'être

refusée dans le possible que par des raisons
qui s'y opposent sans pouvoir les déduire,
demande à l'amitié d'être crue sans rappel.
Tout ce'a est fort honnête ; mais l'amitié
n'obéira pas, et tâchera de remplir tous ses
devoirs sans être importunée. Je ne tiens point
à St. M... plus qu'à un autre couvent ; mais
je tiens à ce que ta fille ne reste point dans
un village où elle sera à la merci du premier
qui voudra la caresser. Je ne crois pas qu'il
soit possible de te refuser pour elle un couvent au choix du magistrat, dès que tu
paieras. Madame de R... même n'a pas osé
porter la déraison jusque-là. Je rebattrai cette
matière quand il en sera tems ; mais n'insiste
pas sur St. M... ; parce que surement, s'il n'y
avait pas de raisons sans réplique, M. B... ne
parlerait pas si décidément. et c'est sur cela
par exemple que nous n'avons rien à exiger.
Je dis *nous*, parce que quelque chose qu'on
en pense, je me regarde comme ayant tous
les droits de père sur cette enfant, quoique
je ne puisse pas les poursuivre légalement. Il
y a des moyens sûrs pour que le marquis de
M... lise les lettres du chevalier ; mais voyons
ce que dira D. P., à qui le bon ange a écrit,
et qui nous doit secours en cette occasion.

J'éprouve tous les jours, moi-même, qu'il
est impossible de rompre en visière aux
gens qui plient. Malgré tout le mépris qu'inspirent et leurs perfides caresses, et leurs
fausses protestations, et leurs complaisances
intéressées, on ne les brusque pas, parce
qu'on dédaigne de pousser une planche
pourrie, et d'écraser un insecte. Si ta pauvre
abbesse, que je regretterais beaucoup, venait
à manquer, écris-le aussi-tôt au bon ange;
il prendrait les moyens les plus sages pour
que cette accident ne nuisît ni à nos intérêts
ni à notre correspondance. Mais je ne puis
pas croire que personne fût assez osé pour
te soustraire les contre-seings de M. L... N...
Ta mère elle-même n'a motivé son imperti-
nence à cet égard, qu'en disant que tout le
monde pouvait contre-signer. Cela est fort
bête, moi ici; mais cela prouve qu'elle n'a
pas osé avouer nettement le dessein de te
barrer toute correspondance avec M. L... N...
Quant à une nouvelle abbesse, je ne crois
pas qu'il te convienne de supposer la nécessité d'un ordre de M. de Mar..., à qui tu ne
dois rien que comme ami de ta mère; ce
qui donne le droit de conseil, et nullement
celui d'ordre, malgré les dix-huit citations de
l'almanach royal. C'est cependant une belle

décoration que celle-là, et qui ira bien avant dans la postérité.

Fais expliquer nettement Madame de R... sur le fait du couvent, et tu verras après ce que diront les gens en place. Mais ils n'ont pas plus la volonté que le droit d'ôter l'existence civile à ton enfant; ainsi tu n'as probablement pas des difficultés bien sérieuses à craindre de ce côté. Si le crédit des Vald... l'emporte, les procureurs-généraux ne sont pas morts; et ils n'entendent point raillerie sur les soustractions d'état.

Le bon ange et moi, nous avons été un peu enfans pour te plaire. Je ne pouvais te laisser Tibulle écrit de ma main; j'y avais consacré plusieurs dessins, plusieurs estampes; il fallait donc les faire copier nettement. Cette copie est devenue plus chère que nous ne pensions; mais enfin je suis au courant; dumoins si j'en crois le bon ange qui pourrait fort bien mentir pour me faire plaisir, et m'inquiéter moins. Je suis bien aise que tu sois contente de l'habillement de tes heures; tu le seras plus encore des oraisons, du moins je l'espère; et ce petit amour qui forme le nez, qu'en dis-tu?... Mais que je suis donc bon de t'envoyer ainsi un consolateur qui partage ta solitude! ma foi, ma foi, n'en attends de moi qu'en peinture. Je suis fâché que le format soit si grand ; peut-être t'en serviras-tu difficilement pour prier Dieu à l'église. Cependant je sais que c'est-là le théâtre ordinaire de tes pieuses lectures. J'ai connu une très-grande dame qui lisait *l'Aloisia* dans les travées à Versailles , avec un air de componction fort touchant. Tu ne sais peut-être pas ce que c'est que ce livre-là ; c'est celui à propos duquel J. J. Rousseau disait si plaisamment à l'archevêque de Paris : Monseigneur, ne craignez pas pour vos prêtres mon Héloïse; ils ont , pour contre-poison , *l'Aloisia.*

Ma tendre amie , si tu avais autant de mal de tête , et sur-tout les yeux aussi fatigués que moi, je t'ordonnerais de te reposer ; ainsi je prends l'ordre pour moi. J'ai depuis deux jours une ébullition très-considérable , qui m'a donné un peu de fièvre. C'est une espèce de maladie épidémique ici, mais qui n'a point de suite. Je voudrais que ce fût la petite-vérole. Peut-être la nouvelle boucherait-elle les trous de l'ancienne. Adieu, chère Sophie; pardonne-moi pour aujourd'hui mes quatre pages. Je t'en dédommagerai une autre fois. Si tu savais tout ce que j'écris , tout ce que je fais , et que ce tout se rapporte de près ou de loin à toi , tu n'accuserais pas ma paresse.

Mais ne faut-il pas aussi laisser respirer ce pauvre ange, qui donnerait à Beelzebuth son métier, si tous les prisonniers qui sont sous sa coupelle lui donnaient autant d'ouvrage que moi. Cependant sitôt que j'aurai des nouvelles un peu décisives de D. P., (et je m'étonne qu'il tarde tant) je demanderai la permission de te les faire passer. Ma Sophie-Gabriel, profite bien de tes heures, prie avec ferveur, aime de même, et ne boude pas ton Gabriel, tant qu'il ne se donnera que des pénitences telles que celle que tu lui reproches. Baise pour moi le petit amour; comment trouves-tu cette manière d'embrasser par procureur ? Hélas ! je suis bien ennuyé de donner toutes mes commissions à mes lettres.

GABRIEL.

A SOPHIE.

JE veux te conter aujourd'hui, ma bonne amie, quelques anecdotes que j'ai trouvées dans un assez mauvais recueil où il y a cependant des choses curieuses. L'une m'a fait un grand plaisir, parce que c'est une haute preuve d'amour qu'a donnée un de mes très-proches parens, et que je suis bien aise de t'apprendre comment on sait aimer dans ma famille quand on s'en mêle. Le marquis de Grille était très-amoureux d'une belle demoiselle, qui mourut de la petite vérole. M. de Grille, au désespoir, fut se cacher dans l'église des Jacobins de Toulouse, où elle fut enterrée. Le soir un frère qui avait soin de mettre de l'huile dans les lampes, fut extrêmement surpris de voir ce pauvre amant, qui lui présenta une bourse avec 400 louis, à condition qu'il lui ouvrirait le tombeau de Mademoiselle Daumelat, et de l'autre un poignard dont il le menaça de le tuer, s'il refusait d'ouvrir le tombeau. Le moine était seul ; les portes de l'église étaient fermées :

quel parti prendre ? Il s'avisa de tendre à
mon pauvre cousin un piége dans lequel il
donna , soit qu'il fût fort bête , soit qu'il
eût perdu l'esprit. Le frère lui dit que la
pierre qui couvrait le tombeau , était trop
pesante pour qu'il la pût lever tout seul , et
l'assura qu'il allait chercher quelques religieux de ses amis. Toute la communauté
survint , saisit l'amant désespéré , et le ra-
mena de force chez lui. Mais quoiqu'on le
gardât à vue , il trouva le moyen de se jeter du haut de sa maison dans la rue , et se
brisa sur le pavé. Tu conviendras , chère Sophie , que celui-là savait aimer. Eh ! que
faire au monde quand on n'y voit plus son
amante ? N'est-ce pas un crime de lui survivre ? Une autre anecdote que je vais te
raconter , est celle des moyens qu'employa
une religieuse pour se sauver de son couvent avec son amant. Il me semble que toutes
ces inventions-là , quelles qu'elles puissent
être , ont droit de nous intéresser. Non-seulement cette religieuse voulait fuir avec son
amant; mais elle voulait le mettre à l'abri
des recherches. Voici ce qu'elle lui inspira.
Elle dit à son amant de se procurer de bons
chevaux à une certaine distance du couvent,
et se chargea du reste , sans vouloir lui ap-

prendre les moyens qu'elle avait trouvés pour
dérober à tout le monde la connaissance de
son évasion. On avait enterré ce jour-là
une de ses compagnes, et comme la tombe
n'était pas encore refermée, elle entra dedans
pendant la nuit, porta la morte dans sa
cellule, la coucha sur son lit, et y mit le
feu; ensuite, à la faveur d'une échelle dont
elle connaissait la retraite, elle franchit les
murs du jardin, et joignit son amant. L'in-
cendie ayant mis l'allarme au couvent, on
courut à sa cellule; et comme la religieuse
morte était dans ses habits et à demi brûlée,
on ne douta point que la fugitive n'ait été
la victime des flammes. On pria beaucoup
pour elle, qui surement se portait fort bien,
et emploiait son tems à autre chose qu'à
prier. La substitution du cadavre me paraît
fort difficile; mais l'invention du feu est très-
bonne. L'histoire est vraie, et ce qui t'étonnera bien, c'est la conduite de cette bégueule
après un coup si heureux et si hardi. Les
deux amans furent en pays étranger; ils se
marièrent; l'homme s'appliqua au commerce,
et y gagna beaucoup de bien. Ils eurent plusieurs enfans; mais la femme ayant perdu
son mari, se retira dans un couvent, où
elle fit une confession qui ruina ses enfans.

Elle

Elle déclara qu'elle avait été religieuse, ce
qui rendait bâtards les pauvres malheureux;
et la famille du mari s'empara du bien. Cette
barbare folie te gâtera bien la première partie de son histoire. Je ne puis lire de ces
histoires-là sans penser qu'il n'y a que nous
d'assez infortunés pour être repris après la
plus heureuse fuite. Mais je remarque sur-
tout quelle différence il y a de ma Sophie
à tout le reste de son sexe, et combien elle
est supérieure à toutes les légèretés méprisables ou aux faiblesses des autres femmes!
Et puis quels autres sacrifices n'as-tu pas
faits à ton amant? On voit tous les jours
des religieuses briser les odieux liens des
cloîtres, et plus enflammées de l'amour de
la liberté que de la tendresse que leur inspire un amant, fuir dans des lieux où elles
ne trouvent plus ni grilles ni ennuyeuses
pratiques. Mais qu'ont-elles à perdre? rien;
elles ne peuvent que gagner. Au contraire,
ma Sophie a tout quitté pour voler dans les
bras de son amant, pour partager son sort,
pour embellir sa vie.... O mon amie! quel
salaire tu as reçu pour tant de dévouement
et d'amour! Hélas! je meurs de douleur en
y pensant...... Pardonne, ah! pardonne,
chère amante! Devais-je refuser ma féli-

cité que tu m'assurais devoir être la tienne ?
Pouvais - je prévoir toutes les horreurs du
sort qu'on nous destinait ? Qui m'eût dit
que ces frénétiques se déshonoreraient pour
nous perdre , et que le droit des gens serait
violé dans un pays qui passe pour l'asile de
la liberté ?..... Ah ! de telles raisons ne
peuvent me justifier peut-être...... Mais
que mes larmes t'attestent du moins ma douleur et mon amour , et méritent ta pitié !

GABRIEL.

A SOPHIE.

9 OCTOBRE 1779.

CHÈRE amie , je commencerai par un reproche bien grave , et la nécessité où je me vois
de te le faire m'empoisonne tout le plaisir
que j'ai eu à lire ta charmante lettre , et que
j'aurais eu à y répondre. On a su , par une
de tes amies , envers qui tu n'es pas aussi
discrète qu'envers moi , que dès le 29 Sep-
vembre tu avais la fièvre ; dans les six
grandes pages que tu m'écris le 30 , tu ne

m'en dis pas un mot. Quoi! tu as la fièvre, et tu ne me le dis pas! tu as la fièvre, et tu écris six mortelles pages! Eh! mon amie, est-ce donc comme cela que tu m'aimes, et que je puis me fier à toi du soin de ta santé? O Sophie! Sophie! pourquoi de vaines réticences? Mes jours ne sont-ils donc pas bornés au même terme que les tiens?... Tu le sais, mon imagination brûlante dépasse toujours le but; mais de ce qui l'enflamme, rien n'est aussi violent que l'incertitnde, et sur-tout la crainte d'être trompé. Chère amie! ta bonté est cruelle! pour m'épargner un petit mal, tu m'en donnes un bien grand; je n'aurai pas un moment de tranquillité, jusqu'à ta prochaine lettre; j'aurais su du moins la valeur et l'intensité de ma crainte, si tu m'avais dit la vérité. Au-lieu de cela, ton silence la rend vague et sans bornes, et je suis fort malheureux. C'est ton engagement formel que de me dire exactement toutes les variations de ta santé; l'as-tu rempli? ô non; et les caractères épars, sautillans, tremblans, inégaux, de tes trois dernières pages, et la précipitation du style des deux dernières, et la gaieté forcée que j'y remarque, m'apprennent trop que tu souffres beaucoup. Est-ce donc par simpathie que

j'ai tant souffert ces jours-ci ? Hélas ! il est
bien vrai que l'ame a ses pressentimens ; je
l'éprouve en ce moment ; je l'ai éprouvé
mille fois ; je n'ai aucun siége fixe de mal et
de douleur, mais un mal-être physique et
moral, tel que le plus vaporeux des hommes
ne le connaît point. O guéris-toi, ma Sophie !
guéris-toi ; que je ne te sache pas souffrante !
que... mourir n'est rien ; mais se voir forcé
de survivre à ce qu'on aime pour apprendre
que son amante n'est plus..., c'est un supplice
qui excède mes forces et me glace d'horreur.
Chère amie, écris moins, je t'en conjure ;
aussi-tôt que tu es lasse, arrête-toi. Moi,
homme de lettres, moi tant accoutumé à
étudier, à écrire, j'en suis excédé, suffoqué.
Tes organes délicats ne peuvent que se ressentir davantage des inconvéniens inévita-
bles qu'entraîne ce genre de vie. On n'achète
la science qu'aux dépens de la santé ; je
sais que tu ne veux point de science ; que
c'est ton cœur, et non l'amour-propre qui
te pousse. Mais qu'importe, si ton genre de
vie devient absolument celui des hommes
de cabinet ? Toute forte contention d'esprit,
en dirigeant vers la tête la plus grande partie
des forces vitales, fait de cet organe un cen-
tre d'activité, qui ralentit d'autant l'action

de tous les autres organes. Une personne
profondément occupée n'existe que par la
tête; elle semble à peine respirer. Toutes les
autres fonctions se suspendent ou se trou-
blent plus ou moins; la digestion en souffre
sur-tout : les sens mal élaborés deviennent
plus propres à former des embarras ou de
mauvais levains, qu'à réparer les déperdi-
tions qui sont une suite nécessaire du mouvement qui entretient la vie. Le corps privé
des sucs qui le renouvellent languit, se fane,
et tombe comme un tendre arbrisseau planté
dans un terrein aride, et dont l'ardeur du
soleil a desséché les branches. O ma mie si
bonne! quitte ce genre de vie destructeur;
marche, promène-toi, distrais-toi... Mais,
mon dieu! qu'as-tu? que fais-tu?

J'ai mille et mille choses à te dire; mais les
idées sinistres qui m'occupent m'en laissent
bien peu la force. Je ne pense qu'à ta santé.
Tout le reste m'est importun et frivole. Ah!
pourquoi mon amante n'est-elle qu'une mortelle?... D. P. m'a écrit, et je l'ai vu; et
comme s'il ne m'écrivait pas assez en absence,
il m'a encore donné une lettre en présence;
c'est là sa méthode, quand il ne veut pas
que M. B... voie ce qu'il écrit; mais il n'y
gagnera rien. Avant de te parler de lui, je

veux te rendre compte d'une autre visite à
laquelle tu t'attends moins, et qui est plus
récente. J'ai vu ton amoureux M. de Mar...,
qui m'a beaucoup parlé de sa profonde estime
pour toi. Si je pouvais avoir envie de rire,
je te demanderais comme ce confesseur à
je ne sais quelle femme : *combien de fois vous
a-t-il estimée?* réellement il m'a parlé très-
convenablement de toi , et est on ne saurait
moins d'accord avec ta mère sur tes sentimens , tes principes , et même tes projets.
Si tu me demandes ce qu'il est venu faire ,
je serai très-embarrassé de te le dire; car en
vérité je n'ai rien du tout conclu de sa conversation. Il a commencé par m'expliquer
la nature de ses relations avec ta famille,
en me disant de deviner où tu étais; je n'ai
rien répondu. Il a passé à la *connexité* de ton
affaire avec la mienne, et je me doutais en
effet qu'il y avait quelque rapport à la vérité
de ton amour pour moi, et j'avais bien encore
soupçonné que tu ne me haïssais pas, à son
désir de terminer pour nous deux, au desir
que lui avait témoigné M. L... N... qu'il me
consultât *sur mes projets et mes vues* à cet égard
etc. etc. L'objet de ma visite, m'a-t-il dit,
est donc de savoir ce que vous desirez, ce
que vous demandez de M. de Mo... Ma réponse

h été laconique : *rien , Monsieur.* — Comment !
vous vous amusez donc ici ? — Non , Monsieur ; mais comme ce n'est pas M. de Mo...
qui me tient ici, comme mon affaire avec lui
est si triviale et si plate , que ni moi, ni les
miens ne daignent y penser : comme ma
détention et ma liberté dépendent uniquement de mon père, je n'attends grâce et faveur
que de lui. — Mais encore vous faut-il des
lettres de grâce , et croyez - vous qu'elles
s'obtiennent comme cela ? — Monsieur, je
crois , et vous savez mieux que moi, que les
lettres de grâce s'obtiennent fort aisément
par certaines gens ; or je ne rougirai du tout
point d'en demander. Je n'aurais aucune
honte de les solliciter , si j'avais eu le malheur
de tuer un homme en duel ; j'en aurais encore
moins d'en obtenir pour avoir couché avec
une jolie femme... Il s'est mis à rire ; et cela
l'a mené droit à me demander *si j'avais donc
quelque espoir du côté de mon père.* Oui, Monsieur. — Mais de quelle nature ? — De la
nature du simple espoir. — Sans certitude ?
— Sans certitude. — Qui plaide pour vous
auprès de lui ? — Mes amis et quelques-uns
de mes parens... J'ai remarqué que ce début
de conversation le rendait très-visiblement
plus circonspect. Il est retombé sur toi...

Nn 4

Ceci est différent; — Monsieur, je ferai, sans exception, tout ce que permettra mon honneur pour Madame de Mon... — Mais, elle ne veut pas finir sans vous. — (Voici ma réponse mot pour mot) : Monsieur, cela me paraît tout simple, et je connais trop la générosité, la tendresse et les principes de Madame de M... pour ne l'avoir pas prévu. Mais il est certain que je ne le lui ai demandé, ni ne le lui demanderais quand je le pourrais. Elle ne peut pas me tirer d'ici sans l'aveu de mon père : mon père peut me sauver sans elle; je ne suis donc point intéressé à ce qu'elle s'obstine; mais dans l'impossibilité de correspondre et de traiter d'affaires avec elle, fort peu au fait de ce qui s'est passé, de ce qui se passe, je ne puis ni lui donner des avis ni exiger qu'elle s'en rapporte à mon opinion, quand même elle la saurait... Alors M. de M... s'est jeté dans un grand éloge de tes principes, de ta persévérance, de ta conduite, et m'a dit en propres termes : *Que ta profession de foi à mon égard et ton refus à quelque prix que ce fût de retourner chez un homme que tu avais outragé l'avaient pénétré d'estime pour toi.* Que ta mère accorde donc, si elle peut, ses déclamations avec la déclaration de son négociateur. Il m'a exposé son plan, qu'il

compte faire réussir au moyen d'un prêtre
qu'il ne m'a point nommé, et qui est maintenant auprès de M. de M... Ce plan se réduit
à faire une transaction, où interviendra le
procureur - général, par laquelle tu renon-
ceras à tes droits matrimoniaux et déclareras
n'avoir point d'enfant de M. de Mon... Pour
prix desquelles renonciations et aveux, ta
dot te sera restituée, et ta liberté rendue,
moyennant qu'un ordre du Roi te constituera
prisonnière jusqu'au décès de M. de M... Je
lui ai dit que la déclaration me paraissait
forte; qu'il ne convenait jamais de se reconnaître adultère, et que tu pouvais jurer devant
Dieu et les hommes que tu ne l'étais pas;
que cependant comme, dans le fait, tu ne
pouvais nuire à ta fille, mon opinion était
que tu devais tout signer pour avoir ta liberté, ta dot et l'anéantissement de la procédure. — *Bien entendu*, m'a-t-il répondu. Que
ta mère s'accorde donc avec lui... — Mais
vous dites qu'elle n'est point adultère; elle
a vécu maritalement quatre ans avec M. de
Mon..., et Madame de R... jure... — Il serait
singulier, Monsieur, que Madame de R... en
sût autant que Madame de M... sur la puissance ou l'impuissance de son beau-fils; mais
ce que je puis dire, moi, c'est qu'il me paraît

bizarre qu'un jeune homme ardent et très-
amoureux ait trouvé des difficultés très-fortes
où un septuagénaire n'en a trouvé aucune.
— (L'argument lui a paru péremptoire). Mais
est ce donc votre avis de recommencer ce
procès... — Non, Monsieur. — Madame de
M... s'y obstine. — Elle a tort; mais ce tort
vient probablement de Madame de R...; celle-
ci me hait, et cela est assez simple; mais cette
haine lui fait croire que sa fille doit m'oublier
comme une de nos femmes de Paris oublie
celui qui a passé une heure en vis-à-vis avec
elle. Cela ne me paraît ni juste, ni sensé...
— Ici il m'a fait un portrait très-peu flaté de
Madame de R..., dont je lui ai parlé très-
modérément et avec éloge; il prétend qu'elle
t'aime, et il a raison; mais qu'elle t'aime en
J. C., et je lui ai répondu que je me trompais
ou que cet amour n'était pas assez substan-
tiel pour toi. En tout, il ne m'a guère paru
plus dévot que nous. Il m'a parlé de *l'énorme
sottise* que tu avais faite de faire baptiser ton
enfant sous ton nom; je n'ai point pris parti
pour me tenir dans mon système d'ignorance;
mais j'ai dit que les Valdh... le méritaient,
et j'ai peint énergiquement leurs procédés
infàmes. Il a paru de notre avis. Il est tombé
nn peu sur moi, et m'a demandé pourquoi

donc vivant avec toi, je t'avais emmenée..;
Parce que, lui ai-je dit, je n'ai jamais su
prendre un bénéfice sans les charges, et
qu'elle craignait pour sa vie, et invoquait
mon secours. — Mais elle ne serait pas partie
si vous n'aviez pas voulu. — Non; mais elle
serait peut-être morte. — Il m'a beaucoup
entretenu de l'intérêt que nous lui inspirions
à raison de nos malheurs. — Je lui ai dit que
tu en méritais infiniment plus que moi, parce
que tes torts étaient, si tu en avais, les miens,
et que j'en avouais qui ne t'étaient point
communs.... Il a loué mon honnêteté, je
n'étais que juste. — Elle veut sa fille, et cela
est déraisonnable. — Cela est naturel du
moins; mais il me semble qu'elle doit se
contenter d'obtenir qu'elle soit élevée convenablement dans un couvent, puisque tu
pouvais lui laisser une subsistance honnête,
sans ce que je ferais un jour... C'était son
avis, a-t-il dit; somme tout, le résultat de
notre conversation que je lui ai promis par
écrit, et envoyé le même soir, est que je ne
demande rien pour moi, que je ferai tout ce
qu'on voudra pour toi; que tu peux finir à
tout prix, si tu crois le devoir: mais que mon
nom ne se trouvera jamais au bas d'une
transaction avec celui d'un homme qui m'a

fait exécuter en effigie. Il m'a quitté au bout de trois quarts d'heure de conversation, et m'a promis de me revoir. Je ne sais en vérité pas pourquoi ; car je suis persuadé qu'il n'est venu que pressé par ta mère de savoir s'il était réellement question de mon élargissement. Je ne lui ai dit que ce que je voulais bien, et il me trouvera toujours également circonspect. Quoi qu'il en soit de ses vues, voilà ce que tu as recueilli de ta persévérance, c'e t que l'inflexible Madame de R... voyant que tu t'obstines à ne traiter que pour nous deux, sent qu'il faudra sacrifier sa répugnance, et elle en viendra là, sans que j'aie même daigné le demander.

Venons à D. P. dont tu me fais un panégyrique assurément fort plaisant, et qui m'a fait rire, quoique je ne l'approuve pas dans toutes ses parties, mais qui probablement ne le chatouillerait pas de même. Il m'a écrit, avant que de me voir, en date du 17 Septembre, la longue lettre suivante ; je te la copie toute entière, parce que ma réponse importe, et que tu ne l'entendrais pas sans cela : « J'ai reçu, » mon cher comte, votre lettre du 11 en » réponse à la mienne du 6, et cette réponse » m'a fait un veritable plaisir, tant que vous » serez »... Je pense que ceci serait fort long ;

car il y en a huit pages ; j'aime donc mieux t'envoyer sa lettre ; renvoie-moi-la tout de suite. Voici quelle est cette belle lettre de M. de Marignane qu'il m'envoyait. « Il m'est
» impossible , Monsieur, de justifier ma fille
» *des plaintes que vous m'en faites indirectement* ,
» sans que cette justification n'amène né-
» cessairement des choses qu'il m'est pénible
» de vous rappeler dans la position où vous
» êtes. Vous *avez été tyran dans le tems qu'elle*
» *a passé avec vous.* Elle n'en est cependant
» sortie qu'à votre sollicitation pour faire
» tous ses efforts auprès de vos parens pour
» les adoucir, et obtenir le pardon des torts
» sans nombre que vous aviez avec eux *et*
» *avec toute la terre,* soit par votre dérange-
» ment poussé au dernier excès , soit par les
» affaires que vous vous faisiez journelle-
» ment, non-seulement avec tous ceux qui
» avaient le *malheur d'avoir les plus petits rap-*
» *ports avec vous* , mais même encore avec *des*
» *indifférens que vous avez été chercher* à 25
» lieues de distance du lieu où vous étiez fixé
» par ordre du Roi, où vous avez été les cher-
» cher , dis-je , pour les insulter *sous les pré-*
» *textes les plus frivoles.* Les témoignages de
» reconnaissance que vous avez donnés à
» votre femme dans le tems qu'elle travail-

» lait avec quelque espoir de succès auprès
» de votre famille, dont elle était parvenue
» à se concilier l'estime, l'amitié et la con-
» fiance, qu'elle travaillait, dis-je, à adoucir
» votre sort, ces témoignages se réduisent
» à des *insultes dont j'ai été témoin, ayant lu*
» *un billet insolent que vous lui avez fait parvenir*
» *pendant mon séjour à Paris;* revenue en
» Provence, n'ayant plus aucun moyen de
» rétablir des affaires que vous trouviez le
» secret de gâter tous les jours de plus en
» plus, même dans vos différentes prisons;
» tout le public a vu avec un étonnement
» égal à son indignation que dans un mé-
» moire imprimé, et répandu sous votre
» nom, vous avez *l'audace et la méchanceté*
» *atroce* de diffamer votre femme par *des*
» *calomnies et des réticences plus offensantes et*
» *plus calomnieuses encore.* Après la distribu-
» tion de ce mémoire, vient l'enlèvement
» de Madame de Mon...., avec laquelle
» vous avez vécu publiquement en Hollande
» comme avec votre femme, d'où s'ensuit
» un jugement, qui, tant qu'il subsiste,
» vous ôte au moins votre existence civile.
» Ma fille serait *insensée*, si d'après la con-
» naissance de votre caractère, et après les
» insultes publiques qu'elles a reçues de

» vous , elle donnait les mains à une réunion
» qui ne peut lui promettre qu'une vie très-
» malheureuse , et *d'après mon opinion vrai-*
» *semblablement les catastrophes les plus funestes;*
» mais cet éloignement , fondé , pour toute
» réunion , *ne nous portera point à agir pour*
» *prolonger votre captivité* , c'est à votre père
» seul d'en prolonger ou d'en abréger le
» terme. Je l'attendrai, ce terme, pour pren-
» dre les voies légales qui pourront me faire
» parvenir *à soustraire une malheureuse victime*
» *à vos fureurs.* Je suis très-fâché d'avoir à
» vous dire des vérités que j'aurais voulu
» vous épargner dans votre situation ; mais
» elles sont nécessaires *à la justification de*
» *ma fille.* J'ai l'honneur etc. ». Certes si
l'épithète *d'atroce* convient à un écrit , je
crois qu'on peut l'appliquer, sans exagération , à cette odieuse lettre. Je n'y aurais pas
fait une réponse pour rien au monde , et
l'indignation qu'elle alluma en moi me fit
répondre à la lettre ridicule de D. P. comme
tu vas voir ; pèses-en tous les mots.

« Je vous avoue tout naïvement, mon cher
» D. P. , que je ne m'accoutume point à
» vous voir donner raison à tout le monde
» contre moi, lorsque le droit est le plus
» évidemment de mon côté. Prenez ; quant

» à mon père, le ton qu'il vous plaira ; je
» suis décidé de tout souffrir à cet égard.
» J'ai des torts envers lui; et n'en eussé-je
» pas, celui-là est sans ame qui pourra dis-
» cuter son droit avec son père, quand
» celui-ci dira : *je pardonne à mon fils*. Mais
» que diable m'est M. de M... pour que je
» m'abaisse à tout propos devant lui. M. de
» Mar... est un assez médiocre gentilhomme
» que je crois homme d'honneur. En cette
» dernière qualité, je l'estime. Je suis homme
» d'honneur et de qualité; nous voilà, je
» crois, au pair pour les devoirs de bien-
» séance. Qu'y ajoute notre alliance ? Il est
» le père d'une femme qui porte mon nom.
» Je lui dois honneur, politesse et préve-
» nance à cause de cela. J'ai fait plus pour
» lui ; je lui ai écrit une lettre soumise et
» respectueuse, parce que j'ai des torts, plus
» apparens que réels, mais enfin des torts
» avec lui. Il débuta avec moi, il y a 27 mois,
» par une lettre fort insolente ; j'en répondis
» une très-modérée. Aujourd'hui je lui écris
» une lettre affectueuse, et il me répond
» par un tissu de mensonges, d'injures et de
» calomnies. Et vous, qui ne savez rien de
» mes affaires, (il y paraît à votre lettre
» d'aujourd'hui) vous venez décider du haut
                                           » de

» de votre tribunal que ses *griefs paraissent*
» *fondés.* Et à qui paraissent-ils ainsi ? à vous
» qui étes encore à daigner vous instruire
» des outrages que j'ai reçus dans ma domes-
» ticité.

 » Je parle net. Quand j'ai offert à Madame
» de Mi... de me servir, j'ai cru la servir moi-
» même, et consommer un acte de générosité ;
» car je ne reçois pas de service de qui m'a
» offensé que je n'aie bien sincèrement par-
» donné ; et il y a quelque mérite à pardonner
» ce que j'ai souffert. Que le public, le sot
» public dont je ne me soucie pas plus que je
» ne l'estime, me croie de grands torts envers
» Madame de Mi... , je m'en moque ; ma
» conscience , qui vaut mieux que le public ,
» me dit fort intelligiblement qu'elle a rompu
» volontairement et la première tous les
» nœuds qui nous unissaient ; et que dans
» le droit je n'ai qu'une épouse qui n'est pas
» elle. Si j'ai consenti à retourner avec elle,
» et même à lui faire des avances, c'est que j'ai
» cru que c'était une manière courte et noble
» de recouvrer mon existence ; j'y joins un
» autre motif aujourd'hui, celui de satisfaire
» mon père , qui serait bien changé , si les
» projets de famille et l'orgueil du nom ne
» pouvaient plus rien sur lui. Mais je n'ai

Tome III.   O o

» jamais cru que Madame de Mi... pût être en
» aucun tems quitte envers moi, quoique je
» sois bien convaincu qu'il convienne à la
» noblesse qui est dans mon cœur, autant
» qu'à la bonne politique, de me regarder
» comme son obligé, si elle me tire d'ici.
» De-là à convenir aussi lestement que vous
» l'assurez, que les griefs de M. de Mari...
» sont fondés, il y a, ma foi, loin. Il a bien,
» lui, quelques raisons d'être mécontent, et
» il peut être injuste sans injustice, parce
» qu'il ignore, grâces à ma discrétion, tous
» les sujets de plainte que j'ai contre sa fille ;
» mais il n'en a point pour dire des duretés
» et des insolences à un infortuné. Vous,
» vous me molestez trop et trop long-tems ;
» cela me fait du mal, et j'aime mieux votre
» amitié sans services, que vos services avec
» tant de morosité.

» Autre diatribe qui tient le reste de votre
» lettre. Jusqu'ici, à votre avis, je n'ai été
» obligé qu'à demander pardon à tout le
» monde *à genoux* ; maintenant il me faut
» demander mon pain. Sachez que vous ne
» savez rien en ce genre ; sachez qu'il n'y a
» eu que de la malignité, et non point de
» la difficulté, qui ait fait obstacle à l'ar-
» rangement de mes affaires. Sachez qu'avec

» 14,500 liv. de rente que j'ai, je puis payer
» les intérêts de mes dettes (les usures ré-
» duites), et avoir 10,000 liv. de rente. Sa-
» chez sur-tout que moi, qui ne suis point
» économiste, et qui serais fort fâché de
» l'être pour dix mille raisons trop longues
» à déduire, je ne regarde point la subsis-
» tance, mais la liberté comme la première
» des lois, parce que je sais mourir, mais
» non pas être esclave; que je ne ferais pas
» la moindre démarche qui me répugnât
» pour le plus grand intérêt pécuniaire, pas
» plus que pour le plus petit. Et que si l'on
» veut avoir la bonté de me tirer d'ici avant
» que je sois aveugle, je ne demanderai dans
» aucun cas du pain à personne. Je me
» moque de ma naissance. Je suis un
» homme de qualité comme tant d'autres,
» et bon gentilhomme comme ils ne le sont
» pas tous; mais de tous les hommes de
» qualité du monde, je n'en connais pas un
» qui vaille les grands écrivains qui ont gagné
» leur vie avec leur plume. Et quelle plus
» noble et plus légitime propriété que celle
» de ses pensées? Mais enfin, je raisonne
» ici sur une supposition très-gratuite. Ce
» n'est point le lieu de me noyer en calculs
» pécuniaires, sur-tout vis-à-vis d'un homme

» à qui l'on ne peut dire ses raisons sans qu'il
» crie au manifeste ; mais Madame de M...
» peut faire ce qu'elle voudra et moi vivre
» sans elle décemment. Je serai riche à une
» époque que puisse le ciel reculer, indé-
» pendamment de ses biens et des biens de
» ma mère. A propos de celle-ci, je vous
» prie qu'il n'en soit jamais question dans
» vos lettres, parce que je ne puis ni ne dois
» en parler comme vous en parlez ; et que
» j'ai bien assez des querelles que vous me
» faites, sans me charger de celles des autres.
» Si l'on avait voulu, il y a long-tems que
» j'aurais irrévocablement son bien, que je
» n'ai jamais desiré de son vivant.

　» Je ne discuterai point avec vous *si quicon-*
» *que a eu une affaire d'éclat est noyé sans retour* ;
» si les deux tiers des hommes qui régissent
» l'Europe, ou qui y jouent un rôle, n'en
» ont point eu; si Madame de M... ne pour-
» rait pas et ne devrait pas forcer la main à
» son père. Je vous promettrai volontiers de
» ne pas le lui demander : je vous promettrai
» de plus, de ne jamais faire de mémoires
» pour des ministres, et de ne jamais recevoir
» *un sol marqué* d'eux, parce que je sais un
» peu trop ce qu'osent les Rois pour vouloir
» être leur satellite; mais je vous dirai qu'il

» est dérisoire, dur et cruel d'écrire à un
» homme : *Mon ami, priez à genoux Madame*
» *une telle de se mettre à même de vous donner*
» *des enfans de ses laquais, afin que vous ayiez*
» *de quoi vivre, ou vous ferez beaucoup mieux*
» *de rester en prison; car vous ne pourriez pas*
» *vivre ailleurs honorablement...* Voilà par ma
» foi la substance de votre lettre, et cela
» ne laisse pas que de faire une épître bisarre.
» Moi qui dans ce moment n'ai pas un habit,
» montre mon cul faute de culottes, et mar-
» che à la lettre pieds nuds dans mes sou-
» liers, parce que je n'ai point de bas, et
» que si avec 600 liv. qui doivent me suffire
» à tout, et même à ce que vous ne pouvez
» imaginer, j'achetais des effets, je ne pour-
» rais point avoir de livres, et que sans livres
» je serais bientôt mort ou fou, ce dont je
» n'ai nulle envie; moi, dis-je, dans ce
» magnifique état, je me moque de tous
» les habits brodés du monde, et je ne vou-
» drais qu'une chaumière et mille écus de
» rente pour être le plus heureux des hom-
» mes. Voyez comme les calculs pécuniaires
» me séduiront.

  » J'attendais de vous des lettres pour la
» province; vous ne voulez pas les faire. Eh
» bien ! je ne les ferai pas non plus, sauf

» celle de mon oncle, parce que ceci entre
» dans mes plans de tout faire pour mon
» père. Pour les autres, que le diable les
» berce ; ils ne veulent pas de moi ; je ne
» veux pas d'eux. Ce que je regrette, c'est
» le reste de ma jeunesse que j'aurais voulu
» donner à mon père ; ma vue qui est perdue,
» si un an de cessation absolue de tout tra-
» vail ne la remet ; imaginez si cela se peut
» ici. Mais après tout, j'en sortirai ; et je ne
» sais pas trop s'il me plaira alors de n'avoir
» point de mémoire. M. de Mar... veut plai-
» der, je sais mieux plaider que lui.

   » Ce qui m'afflige vraiment, c'est que
» mon pauvre père refuse une satisfaction
» bien douce dans des craintes et des vues
» tout-à-fait chimériques, et qu'il fasse dé-
» pendre le sort de son fils, et peut-être
» celui de sa propre vieillesse, du caprice
» d'une p.... et d'un homme sans volonté,
» qui, par cela même, a la méchanceté
» de tous ceux qui l'entourent. Qu'il me
» fasse exiler auprès de lui, qu'il me juge
» par lui-même, qu'il m'éprouve ; quand je
» ne lui servirais que de valet de basse-cour,
» encore coûterais-je moins à sa bourse et à
» son cœur.

   » Vous moquez-vous de moi quand vous

» voulez que j'avoue que *j'ai été un tyran* chez
» moi; que je me suis *fait une affaire sous le*
» *prétexte le plus frivole* quand j'ai régenté un
» homme qui avait insulté ma sœur dans une
» promenade publique, (vous remarquerez
» que M. de Mari... était alors tout - à - fait
» pour moi, ainsi que tous les honnêtes gens
» de la Province); qu'un billet où je répon-
» dais à toutes les infamies que l'on débitait
» de moi dans Paris, que je priais Madame
» de Mi... de se rendre chez M. de Males...
» pour articuler ses griefs contre moi, ou
» déclarer qu'elle n'en était point l'auteur,
» est *un billet insolent*; où je suis ou serais
» un assassin; car que veut - il dire autre
» chose par *ses funestes catastrophes*, que *mes*
» *fureurs*, etc. etc. ? en vérité, je vous loue
» de votre sang de macreuse, s'il est vrai
» que vous soyiez mon ami, et que vous lisiez
» (la diffamation) tout cela de sang-froid ;
» pour moi, je n'y répondrai pas, mais je
» trouverai toujours étrange cette phrase :
» *sur ce point vous n'avez de ressource que le*
» *désaveu, et sur les autres que l'aveu.*

  » J'aurais écrit sans répugnance à Madame
» de Mi..., parce que je sais que Madame
» de V... n'est pas capable de me tromper.
» Mais je n'aime pas les longueurs éternelles,

Oq 4

» et pour vous envoyer une lettre au B....
» que vous me renverrez corrigée, et qui
» ainsi arrivera à sa destination dans un
» mois, cela n'en vaut pas la peine ; ainsi je
» n'écris pas, puisque vous n'avez pas voulu
» écrire. Je n'écris bien que ce que je pense ;
» vous me paraissez dans toute cette affaire
» infiniment plus près de l'opinion de M. de
» Mar... et de sa fille, que de la mienne.
» Vous devez donc écrire infiniment mieux
» selon leur cœur, outre que vous êtes plus
» sage et en ceci plus froid que moi.

» Il fallait que vous eussiez du tems à per-
» dre pour employer deux alinéa à me de-
» mander une de vos lettres et à négocier
» cette importante restitution que ni Sophie
» ni moi n'aurons surement point envie de
» vous refuser. Adieu, je vous attends avec
» impatience ; car vous êtes meilleur à causer
» qu'à lire, au moins dans vos lettres, et je
» veux vous demander une fois, pourquoi
» vous répugnez tant à vous déclarer pour
» moi, tandis que mon père, selon vous,
» desire la réussite de nos projets. Pardonnez
» cette longue épître, que vous trouverez
» surement un manifeste ; mais je suis comme
» Sophie, je ne sais dire mes raisons qu'en
» les disant ».

C'est en réponse à cette lettre que D. P. m'écrit le grand n°. II, que je joins ici d'autant plus volontiers que le bon ange ne l'a pas lu ; mais renvoie - le moi vite, car les brouillons pour Madame de Mi... et M. de Mar... que je puis avoir besoin d'envoyer incessamment à mon oncle y sont, et je n'en ai point de copie. C'est là où tu riras de tout l'orgueil, de toute la déraison de D. P. Mais ce dont tu ne riras point, c'est que l'on ait été assez méchant pour détruire toutes les bonnes dispositions où il était, en l'assurant que je venais d'écrire et faire présenter à la Reine un mémoire contre lui pour ma mère. Je ne sais absolument point comment détromper mon père de cette fable absurde ; puisque D. P. a la pusillanimité de ne pas s'en charger. Nous fûmes une grande heure sans nous entendre ; lui me faisant des reproches, moi croyant qu'il parlait de l'ancien mémoire, et admirant sa mauvaise foi. Enfin nous nous entendîmes. Juge de mon indignation et de ma douleur. Le bon ange n'a point du tout pris cela comme je l'aurais cru. Il a trouvé que j'y mettais trop d'importance ; mais il ne sent donc pas que tout l'univers ne croirait point à cette calomnie, que je n'en suis pas plus avancé, si mon

père n'est pas détrompé. Or je ne connais,
pour cela, qu'un moyen que j'ai proposé à
D. P., et qu'il n'adoptera point ; c'est de se
déclarer ouvertement mon partisan, mon
défenseur, et la partie de quiconque me
calomnie aussi indignement ; il ne me faudrait à moi que ma haine naturelle de toute
injustice pour faire une telle démarche ; mais
on ne doit point l'attendre d'un demi-ami,
dominé par le respect humain.

J'ai reçu depuis une lettre de mon oncle,
dont je ne t'envoie point copie, parce que
je l'ai fait passer à D. P. Il m'y parle du
pardon de mon père pour mes torts person-
nels envers lui ; du refus qu'il fait de me
rendre ma liberté sans garant ; des risques
que courrait, lui, mon oncle, à se porter
comme tel ; des indignités dont Madame de
C... a payé ses bienfaits envers sa famille ;
ce qui le décide encore plus à la neutralité.
En général sa lettre est d'un homme sensible, mais aigri, et qui lutte contre lui-même
en refusant ; mais je ne désespère point à
beaucoup près d'en tirer parti.... Mon dieu
que je suis donc las de tous ces détails ! Ré-
pondons seulement à ta lettre.

Je suis fort content de la lettre de ta mère,
et, dans cette occasion délicate, elle s'est

conduite raisonnablement et convenablement. Je ne sais que te dire sur ta fille.
Laissons débrouiller encore quelques circonstances.

Je n'en sais point assez pour te prescrire
la conduite à tenir avec le tuteur de ton
enfant. Consulte des gens de lois, et ne fais
rien dans cette affaire qu'avec leur avis;
après cela, si ta mère crie, tu seras bien
forte, et tu auras du moins des raisons à
opposer à du bruit.

Il est certain que cette addition de preuves
que cherche M. de Mon... est singulière; mais
je crois, moi, que ses recherches ne sont
relatives qu'à l'existence du premier enfant
qu'on te suppose, et qui deviendrait en effet
très-inquiétant pour Madame de Val....,
puisque son état serait inattaquable.

Je crois qu'il n'y a point sureté à chercher
à ôter aux R... toute inspection sur cet enfant. Le crédit fait tout en France, et il se
consomme journellement des horreurs qui
font frémir la nature, et que l'on ne regarde
que comme des choses de convenance toutes
simples. Le procès-verbal de M. d'Estaing dont
tu as surement entendu parler, doit faire
trembler tout individu qui demande son état.

Je crois comme toi que c'est l'histoire du

chevalier, qui a donné à M. de Mar... l'idée
de te parler de notre correspondance. Mais
il est beaucoup plus que possible qu'il la
sache ailleurs, et une phrase du bon ange
me le fait soupçonner. Pour moi, je me suis
tenu strictement à mes instructions, et j'ai
ignoré tout ce que tu faisais, disais et
pensais.

J'aime beaucoup ton abbesse ; tout ce qui
t'aime m'intéresse... et cependant il est si
facile et si doux de t'aimer ! Mon dieu qu'elle
soigne donc ta santé : et ta Victoire... Ah !
Victoire, rends-moi ma Sophie, et je t'aimerai tant... Chère, chère amie ! donne-moi
cette preuve d'amour de te soigner, de te
ménager, de ne plus écrire que ta santé ne
soit parfaitement rétablie. Hélas ! hélas ! qui
devinera les angoisses dont je suis dévoré ?
qui daignera y compatir ? Les gens de sang-
froid croyent que les amans sont fous... Ils
ne sont cependant que sensibles.

Je t'avoue que la conduite de D. P. ne
me paraît ni plus amicale, ni mieux raisonnée, ni plus généreuse qu'à toi ; mais j'en
reviens toujours à dire qu'il n'est pas obligé
à ce qu'il fait, et qu'ainsi je n'ai pas le droit
de prendre de l'humeur contre lui pour sa
lenteur et son éternelle indécision, mais bien

pour les sottises qu'il me dit; et tu vois que dans ma dernière lettre je ne m'en suis pas fait faute.

Je pense comme toi, que je n'en mourrais pas de douleur, quand je ne me raccommoderais ni avec M. de Mar..., ni avec sa fille; et qu'ils ne sont pas du tout nécessaires à mon existence. Mon père s'entête, par amour-propre, à ce que je crois, parce qu'il craindrait que la restitution volontaire de ma liberté ne fût de sa part une rétractation de tout ce qu'il a dit et fait, et un désaveu, ou plutôt un aveu de l'excès de sa sévérité; mais qu'y puis-je faire? je marche avec des tortues; il faut me mesurer à leur pas, ou me résoudre à rompre le voyage, ce qui ne serait pas prudent.

Il faut avouer qu'il est très-possible et même probable que ce conte borgne d'un mémoire etc. ait arrêté tout court D. P. et changé les bonnes dispositions de mon père. Cependant c'est une manière bizarre de juger son fils, que de lui imputer une action lâche et folle, sur une prétendue ressemblance de style. Voici deux inventions successives, qui, si elles étaient bien dévoilées à mon père, devraient lui faire soupçonner qu'on a accumulé sur moi bien des faussetés dans ma vie,

et qu'au nombre de ses préventions, il en est
de bien peu fondées ; mais encore une fois,
tant que D. P. craindra de paraître, tant
qu'il n'opposera que des insinuations à des
déclamations, des palliatifs à du fort tran-
chant, des conjectures à des assertions calomnieuses, nous resterons où nous sommes, au
moins de ce côté ; et malheureusement, cette
fichue négociation barre toutes les autres,
parce que l'on dit : *quoi de plus raisonnable
que de te raccommoder avec sa femme ?...*

A tes momens très-perdus, et quand tu
auras du tems de reste, tu me feras plaisir de
me faire passer la collection de tes lettres à
D. P., il n'en est pas digne, le bel esprit qu'il
est ; et il ne me les montre toujours point,
ce qui est fort ridicule ; et moi, je ne veux
rien perdre de ce que tu écris. Le bon ange
a oublié de joindre à ta lettre celle de D. P.
que tu renvoies, je la lui redemanderai.

J'ai peur que la maladie de D. P. ne soit
contagieuse, et que M. B... n'ait hérité de
ses préventions contre les têtes et les cœurs
chauds : il ne me parle plus que de mon
imagination qui va trop vite. Excusez, je
vous prie ; on ne me mande, on ne m'impute
que des infamies, et je vais trop vite, en
m'en indignant, en les repoussant avec une

force très-modérée. Dieu bénisse les graces
d'état. Pour moi, je n'entends à aucune composition, quand il est question d'honneur, de
liberté, d'amitié, d'amour. Mais si le bon
ange allait devenir *ministériel* aussi... Oh! ma
foi! je ne saurais plus à quel saint me vouer.
Mais je te prie, ma bonne Sophie, de si bien
te délivrer de ton aigreur contre le lambin
D. P., en lui donnant un libre cours dans
les lettres que tu m'adresses, qu'il n'en reste
pas trace dans celles que tu lui écris; car,
encore une fois, ses services sont gratuits
et volontaires; ainsi nous n'avons pas le droit
de les évaluer rigoureusement. Ecris - lui
vite sur cette bourde du mémoire.

Je ne sais pas si le bon ange ne croit pas
un tantinet aux flammes de l'autre monde.
Il a pensé être capucin, et regrette cette
robe; cependant elle est assez sale. Toujours
est-il que si la dévotion le point, il doit nous
regarder comme des grands réprouvés; mais
s'il vise à notre conversion, qu'il nous réu-
nisse; je ne connais que cette manière de
nous faire croire à la justice de la providence.

Chère mimi! tu auras toutes les prétentions que tu voudras à la méchanceté; il
n'en sera pas moins vrai que le phénomène

le plus étonnant que j'aie observé dans le cœur humain, c'est l'alliage de sensibilité extrême et d'égalité parfaite qui est en toi. J'y ai réfléchi bien des fois ; je ne l'ai point encore compris ; et ceux à qui j'en parle, D. P. par exemple, aiment mieux en nier la possibilité que de tenter de l'expliquer.

En effet, il me paraît que le bon ange est assez galant pour un ex-capucin, et qu'il se connaît en reliques. C'est sans doute pour prix de sa dévotion qu'il a trois ou quatre enfans, sans ceux à venir ; et tu vois bien qu'en effet ses reliques sont aussi efficaces que jolies. Je te prie cependant d'attendre que tu sois fort vieille pour le prendre pour ton directeur ; car il est fort bel homme, et précisément de ces *saints n'y touche* qui affectent d'être sans conséquence, pour vendanger à leur aise la vigne du seigneur.

Tu verras dans le n°. II que D. P. a déjà fait *les affaires de six Rois.* Assurément on est ministre à meilleur marché.

Mon amie ! tu m'attendris aux larmes, quand tu me parles de ce tems si court où nous jouissions du présent et de l'avenir. Hélas ! c'est que nous ne devinions pas par celui-ci... Cependant nous sommes loin d'être échoués, et après la tempête nous trouverons

le

le port; mais songe donc, ah! songe donc
que pour cela il faut vivre : conserve-toi,
conserve ta santé, ta beauté : ô Sophie!
n'attente pas à mon bien, à mes trésors, ou
dis-moi de mourir.

Je crois, mon amie, que pour élaguer certains détails, tu t'es trop abstenue toi-même
de faire une profession de foi fixe et inva-
riable à ta mère; je ne dis pas précisément sur
moi (il faut à-peu-près la lui laisser deviner) je
dis sur tes affaires. Cela peut se faire affec-
tueusement, modérément, respectueusement ; alors on part d'un point fixe dont on
ne s'écarte plus ; et enfin, elle prendra son
parti.

O mon amante! que tu es savante dans
l'art des vengeances! Quoi? pour réparation
d'honneur tu ne m'offres qu'un fils qui me
ressemble parfaitement! Ah! je n'appellerai
jamais de cet arrêt, et le plus juste des tribunaux n'aurait pas si bien prononcé... O non!
deux, ce n'est guère ; mais tu sais si c'est
ma faute! tu sais si mon insatiable vengeance
faiblira jamais. O bonheur! viens, viens
recevoir le prix de tant d'amour. Hélas! ce
n'est qu'en me rendant plus heureux, que tu
veux être payée d'avoir fait ma félicité. Et ces

Tome III.   P p

deux êtres qui n'aspirent qu'à s'aimer, se voir, se réunir..., pourquoi conspire-t-on contre leurs vœux? quel mal font-ils? ils sont prêts à renoncer à tout autre rapport; que peut-on donc en redouter?

Tu aurais pu et dû te dispenser de parler de l'inoculation de la petite à cette folle d'Emilie; mais enfin, cela est passé, et j'espère que, graces aux soins du bon ange, sa sotte indiscrétion n'aura point de suite.

Tu as fort bien fait, quoi qu'on en puisse dire, d'ébruiter ta maternité. Ton silence était peut-être la seule chose qui pût nuire à ta fille, parce qu'il était un aveu indirect que tu n'avais point d'enfant de M. de Mon..., et tu avais même eu l'imprudence de le dire formellement. La voilà réparée, car surement tu ne varieras plus. Madame de R... criera; mais sur quoi ne crie-t-elle pas? Il est certain que de toutes les manières possibles de divulguer un secret, il n'y en a point de meilleure que de le confier à des femelles; cela vaut mieux même que les trompettes de la ville. C'est la méthode de M. le chevalier de M...; il a confié, *sous le secret*, son roman à tout le monde, et sur-tout aux femmes, nommément à Mesdames de

Montmort, belle-mère et belle-fille. Je réponds que la première est une des plus hup-
pées caillètes qu'il y ait dans Paris. M. le
chevalier ajoutait quelques détails atroces.
Par exemple, tu as la gorge très-jolie, mais
tu la défends... Mon cœur bondit de fureur
en pensant à ce monstre... Tu as les plus
beaux yeux, et la plus belle carnation du
monde ; mais je ferai bien de ne pas te laisser
veuve long-tems, ou tu t'en ennuieras. Le
premier mot qu'il prétend avoir dit au médecin, c'est qu'il s'hasardait sur sa parole
qui lui garantissait au moins que sa santé ne
courait aucun péril. Enfin je ne sais pas
comment il n'a pas tranché le mot et ne s'est
pas dit mon beau-frère. Toutes ces horreurs
prouvent bien avec quelle exactitude il te
peindra, si on lui demande ton signalement,
puisqu'il parle de ta gorge, que tu couvres
et caches beaucoup plus qu'une vierge, et
que je n'ai connue et même soupçonnée
que le jour de mon bonheur... quel monstre !
et que je le hais ! eh bien ! tu verras que
D. P. a trouvé cette histoire fort peu importante au moment où nous l'avons prié de
détromper mon père. Cependant, il nous
avait, disait-il, rendu le plus grand service

de désarmer celui-ci. Cependant il n'est pas fort d'accord avec lui-même, car il m'a avoué dans la conversation que mon père savait cette histoire avant que lui, D. P., allât au Bignon. Le ressentiment de mon père n'était donc pas bien impétueux.

Personne n'ignore que je suis à Vincennes; et on le dit publiquement dans le château, où il n'y a qu'une dame qui m'a un peu connu, et qui, quoique ma parente, et autrefois me trouvant à son gré, s'embarrasse fort peu de moi aujourd'hui; au moins je le crois.

La Dame qui prétend qu'entre mon père et moi nous partageons tout l'univers, ne refuserait pas de faire quelque chose pour moi, si elle s'en souvenait; mais comment se rappeller mon histoire et mon nom dans la foule? Elle a un ouvrage de Hall qui pourrait cependant l'en faire souvenir, et je ne te promets pas de ne point tâcher de lui voler.

Je ne sais pas où tu prends que *l'on a eu des droits* sur une femme pour l'avoir amusée? En vérité, tu es donc du tems des vestales ou des Sabines? Je crois t'avoir compté que l'abbé de Bernis, aujourd'hui cardinal, et long-tems le plus valeureux champion du clergé, ce qui n'est pas peu dire, ayant reconduit une femme en vis-à-vis, et eu tous les bons procédés usités en pareil cas, bons procédés réitérés chez elle au sortir de la voiture, y retourna le lendemain à sa toilette, et voulut jouer avec une jolie gorge sur laquelle il croyait *avoir des droits*. La Dame repoussa avec beaucoup de fierté ces tons légers; l'Abbé confondu lui représente qu'il ne croyait pas l'offenser après les bontés qu'elle lui avait témoignées la veille... *Comment, comment, Monsieur*, dit la dame, *auriez-vous pris cela pour des avances?* Tu vois qu'avec les belles Dames il ne faut compter sur rien, et qu'on doit absolument tomber amoureux d'une sotte petite provinciale comme toi, si l'on a la bêtise d'aimer ces vertus bourgeoises, nommées : *fidélité, constance, reconnaissance*, qui font bailler les grandes Dames.

D. P. s'est douté que tu ferais quelque niche à mon frère, et je vois qu'il t'a devinée avant moi. Il me disait *que tu avais de l'esprit comme tous les anges et tous les diables, et plus que lui et plus que moi; et que tu étais fort capable de faire quelque espiéglerie désolante à M. le chevalier.*

Ne te fâche point contre les visites de M.

de R...; il y a plus de trois semaines que je
l'ai apperçu ; et en tout, il ne m'en étouffe pas.

O Sophie! Sophie! tu le sais bien qu'il
n'en est point de tes caresses qui nuisent à
ma santé. De l'aveu même des médecins,
le célibat est un de mes plus grands maux;
et mon cœur me dit mieux que leur science
que l'absence du bonheur est un poison lent
qui me tue ; mais, chère amie! ta santé est
en ce moment ma pensée habituelle, ma
pensée dominante ; toi seule peux te faire
une idée de mon inquiétude, en te mettant
à ma place ; mais je t'en prie, je t'en supplie
au nom de l'amour et de ta fille, n'écris
qu'un mot, si tu n'es pas très-bien. Garde
mes lettres, pour les copier à loisir. Le bon
ange m'accorde cette faveur ; il ne te la
refusera pas , et bien moins dans un moment
où tu souffres. Je lui demande que ceci parte
après demain mardi 12 , et je compte trop
sur sa bonté pour en douter. Mais fais-lui
écrire un seul mot par l'abbesse ou Victoire,
avec ton nom seulement de ta main , si tu
as encore de la fièvre. Tu te brûles le sang,
chère amie. Ah! ce n'est pas le feu de la
fièvre qui doit circuler dans tes veines. Rassure-toi sur moi. Je n'ai, quoique malade en

ce moment, précisément que de l'inquiétude, et par un effet bizarre, mais très-ordi-
naire chez moi, mes urines, ma vessie et
mes reins s'en sont ressentis à l'instant;
depuis que je te sais malade, j'en ai souffert;
mais je souffre sur-tout de ce que tu me l'as
caché. Que cela ne t'arrive plus, chère
amante, et que je sache que tu te promènes,
que tu te distrais, que tu as recouvré ta santé
et ta beauté. Mon amie, ton cœur et ton
esprit ne sont que trop en contention; si tu
y joins encore une application forcée de
corps, et un genre de vie mal sain, tu te
tueras... Et tu ne veux pas mourir sans avoir
revu Gabriel. Pour moi, j'avoue que j'aime
la vie, depuis que j'ai recouvré l'espoir de
me retrouver dans tes bras... Adieu, adieu,
ma Sophie; ne sois point inquiète de moi.
Je serai guéri au moment où tu le seras.
Baise, baise ton petit amour; ah! s'il sentait
comme moi son bonheur, si je pouvais un
instant prendre sa place, mes brûlantes caresses t'auraient bientôt guérie... O quel mal
que l'absence ou le présent même nous
échappe! Adieu, mon amante.

GABRIEL.

Je ne t'envoie point de vers , quoique j'en aie ; assurément tu n'as que trop à lire , à copier , à écrire. Ne balance pas sur la saignée, toutes les fois qu'une fièvre paraîtra le moins du monde tendre à l'inflammation.

Fin du Tome troisième.

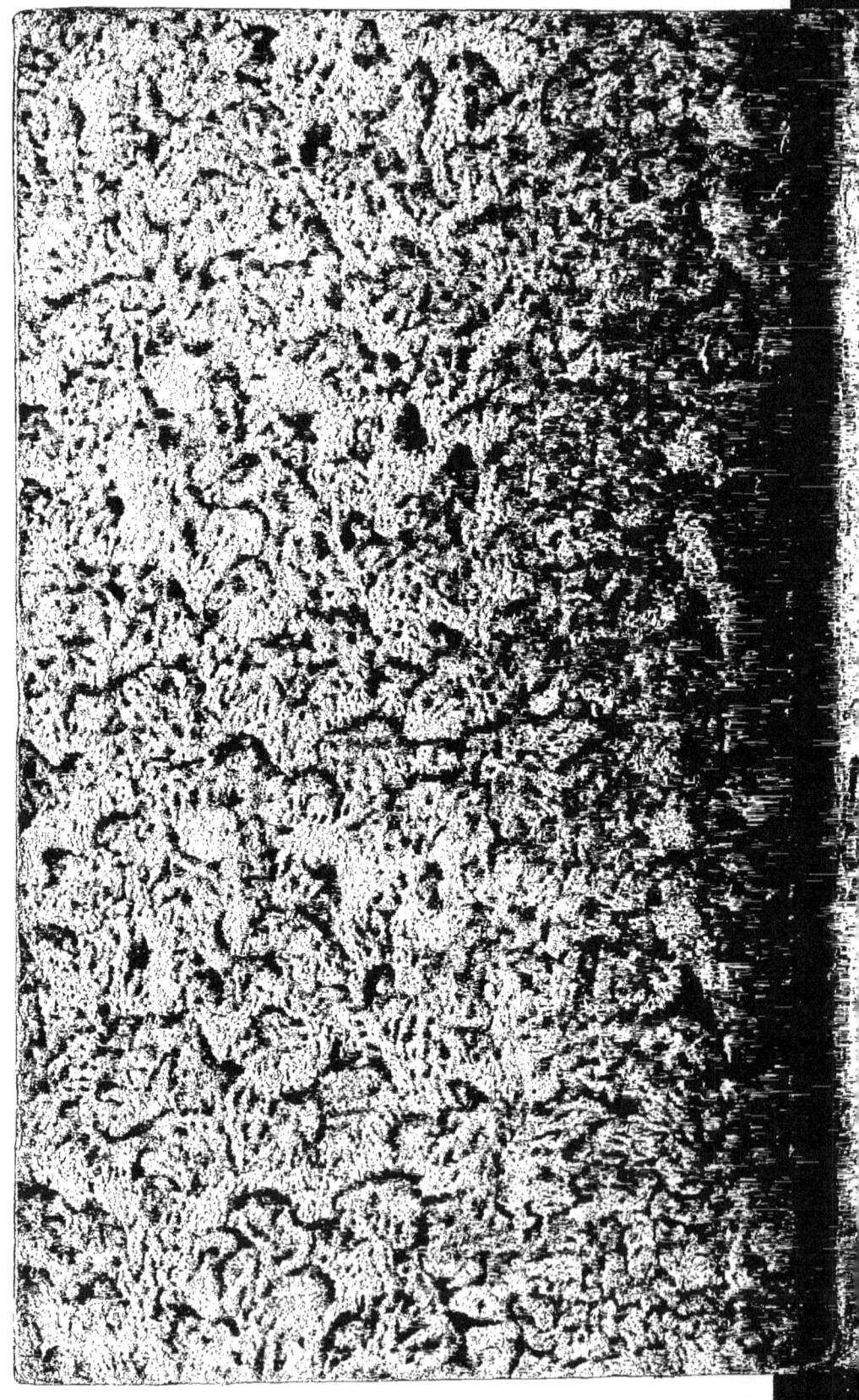